L'OLYMPE

DISPARU

1886

IIme VOLUME

THONON

—

IMPRIMERIE A. DUBOULOZ

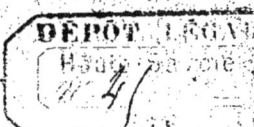

L'OLYMPE

DISPARU

Par

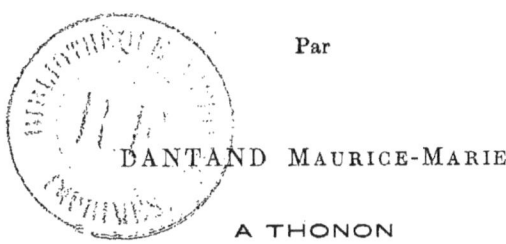

DANTAND MAURICE-MARIE

A THONON

IIme LIVRE

THONON

Imprimerie A. DUBOULOZ

1886

FARBON

Mon Dieu, qui pénètrera dans la science de tes conseils, ton éternelle justice peut-elle être discutée par la sagesse éphémère de l'homme, qui connaîtra tes voies que celui à qui tu auras daigné en instruire.

Mon âme est émue, la crainte inonde mon visage de pleurs ; pardonne, si à travers le voile jeté par le péché sur les yeux de mon esprit, l'étincelle de vérité qui l'éclaire ne trouve pas en lui un interprète digne de ses beautés ; mais tu connais la droiture de mon cœur, et mon âme ne veut que ta volonté, elle ne désire que ta gloire.

Si ce n'est point ton souffle qui m'inspire, ouvre-moi la tombe, mais si dans tes insondables desseins tu permets que mon esprit soit troublé par l'erreur, que cette erreur retombe sur moi seul et n'induise pas mes frères dans le mensonge ; que ce fruit de ma pensée reste oublié, qu'il périsse comme un germe glacé dans sa fleur.

Ne me rejette pas comme l'ange dont l'orgueil s'est levé contre ta sainteté ; ne me soumets point à l'épreuve que tu as réservée aux Génies de la terre pour qui Gezaël prie, sans cesse, aux pieds du Livre où ton doigt divin a tracé les signes de repentir qu'attend d'eux ta justice ; mais dans ta bonté, reçois-moi, compte-moi au nombre des créatures rachetées par le sang de ton Christ, fais-moi, avec lui, souffrir et mériter, et, par lui, appelle-moi à l'éternelle joie de tes Justes auprès de la compagne que j'avais reçue de ta main et, qui t'aimant, m'a appris à t'aimer ; mes nuits la pleurent, mes jours la redemandent, elle est à moi, tu m'as uni à elle par des liens durables comme ton éternité.

Dieu saint, ton pied a touché la terre et tu as daigné m'admettre dans la poussière de son empreinte; c'est du sein de cette poussière où mon âme se plaît que j'élèverai ma voix pour t'adorer et te bénir.

Mais quel cri pourrais-je jeter qui soit digne de la majesté de ta face, Dieu éternel! dont l'être infini ne peut être compris que de toi-même, dont les perfections font l'hosanna sans fin des Anges, toi qui as pour ombre la splendeur des cieux; Dieu immense, mets toi-même ta louange sur mes lèvres; Ah! Je redirai tes miséricordes, c'est par elles qu'il te plaît surtout d'être loué.

DÉCLAM XVII

Dieu se contemplait de toute éternité et sa contemplation était sa sagesse et ses perfections infinies ; le monde et les cieux n'existaient pas, mais sa vertu était devant lui, et par elle étaient présents le monde et les cieux ; il aimait l'homme son image, il ne le rejetait pas de sa face quoique devenu coupable, il s'offrait lui-même à sa justice pour réparer sa faute ; et sa mort, par celle de son fils bien-aimé, était le prix de cette rédemption ; il voyait ce fils l'objet de son amour passer sur la terre une vie de larmes, il le voyait maudit et expirant dans les supplices et cependant n'ouvrant la main que pour répandre des bienfaits et n'élevant la voix vers lui son père que pour le prier de pardonner ; à cette vue, une pensée de sublime amour pour son fils et ses créatures aimées l'occupa tout entier, une larme d'amour voila son œil divin, glissa sur sa paupière divine et tombant rencontra le souffle de l'Esprit de Dieu qui la fixa et l'établit le centre de l'immensité.

Fécondée par ce souffle tout puissant, cette larme, dont la matière est mille fois plus précieuse que le diamant et devant laquelle l'Univers visible à la vue des hommes n'est qu'un grain de sable comparé à une colline, devint la source féconde, constante et intarissable des choses créées.

En elle, sont les principes de toute vie ; aussitôt de ses flancs immenses jaillirent comme des étincelles des soleils et des mondes qui formèrent le firmament, à tous elle mesure les révolutions, les mille phénomènes et incidents de leur existence, elle leur compte le nombre des feuilles, des brins d'herbe qu'ils doivent produire; le plus petit vermisseau, le plus léger grain de poussière a comme l'astre lui-même les limites tracées à son épanouissement, à sa durée, à ses transformations, à sa fin; des milliers de soleils et de mondes sont sortis de son sein; des milliers en jaillissent et en jailliront encore; sous l'impulsion qu'ils ont reçue du souffle divin, ils s'éloignent et s'éloignent sans cesse produisant ce qu'ils doivent produire, épuisant leur fécondité et la somme de vie et de lumière dont ils disposent, jusqu'à ce que devenus éteints et glacés ils s'enfoncent dans les nuits placées dans la main de Dieu.

Et lorsque l'expiration de ce souffle de Dieu sera accomplie, lorsque cette pulsation de son cœur sera achevée, Dieu rappellera son souffle, il rentrera dans son sein en y portant avec lui la larme divine et à sa suite tous les mondes et tous les soleils; seul le mal, seul le péché restera exclu et là sera sa peine, là sera son châtiment éternel.

La larme divine possédait en elle toute lumière, et comme heureuse de procréer, elle témoigna à Dieu son allégresse en formant les anges; ils sortirent de son sein comme des nuées d'éblouissants soleils, ils chantaient leurs hymnes sublimes au Très-Haut, ils l'environnèrent et se prosternant devant sa face, ils l'adorèrent; Dieu les regarda et leur vue le satisfit, il leur éleva des trônes et les ordonna les puissances de ses œuvres; cependant la larme divine continuait à peupler le firmament de ses astres et, par eux, l'inondait de clartés, ils s'avançaient sans fin dans l'espace sans limites continuant et renouvelant leurs révolutions comme s'ils n'avaient pas eu de commencement et qu'ils eussent de toute éternité roulé dans les cieux; mais tout-à-coup la création fut comme suspendue; les astres cessèrent de s'avancer, ils étaient comme dans l'attente, dans l'espoir, ils semblaient se demander quand viendrait l'objet de leurs désirs, celui dont ils n'étaient que les ornements et les sujets.

Terre, je te salue, sois bénie toi que dans le nombre infini des mondes, l'Eternel a choisie pour être le théâtre de ses ineffables mystères, de ses sublimes miséricordes ; toujours mes lèvres baiseront avec respect ta poussière sanctifiée par le sang du Christ, par le sang de Dieu.

Au lieu de l'astre étincelant attendu s'éleva de la larme divine une masse désolée et sans forme qu'un sombre et épais brouillard couvrait comme d'un linceul :

C'était la terre ;

Les Anges parurent étonnés ;

Mais les soleils s'inclinèrent devant elle, leur lueur s'accrut, l'harmonie de leurs mouvements se compléta ; ils paraissent l'appeler, la prier de s'avancer moins timide ; elle marche, et aussitôt lui faisant cortège comme à leur reine, ils reprirent triomphants leur chemin vers les espaces infinis.

Les Anges cherchèrent la cause de cette déférence de la création pour la terre, leurs regards puissants la pénètrent et ils n'y découvrent qu'un amas confus d'éléments en travail de se joindre ; des esprits qui leur sont inférieurs en beauté, en force et en intelligence président sous l'œil de Dieu à ce long labeur de transformation, et ils se demandèrent pourquoi cette terre n'était pas comme les autres mondes, les soleils et eux-mêmes, sortie du sein de Dieu parfaite dans sa forme, y aurait-il une limite à sa puissance ? Ils le voient contempler l'œuvre qui se poursuit, il tient fixés sur elle ses regards d'amour ; aux soleils éclatants, aux mondes il délègue pour dominateurs des Anges, mais il se réserve lui-même à la domination de la terre et les esprits inférieurs y sont seuls les agents de ses volontés.

D'où vient, se dirent nombre d'Anges, que le Très-Haut

nous tient éloignés de son œuvre, craint-il que notre haute intelligence pénètre le secret de sa faiblesse ?

Cependant les éléments fluides de la terre sont agglomérés, elle prend une forme, elle se solidifie, sa surface se couvre de plantes et d'animaux dont la nature se modifie et se perfectionne avec celle de la terre ; les voilà, comme elle, accomplis dans leur être, mais les Anges ne voient aucune intelligence à qui ils soient soumis et cependant il est nécessaire qu'ils le soient, que va faire l'Éternel ?

Quelle ne fut pas leur attentive contemplation, lorsqu'ils virent le Tout-Puissant voiler sa face pour ne pas détruire la terre en s'approchant d'elle ; il y pose ses pieds divins, de sa main divine il prend un peu de poussière, il la façonne et l'anime de son souffle.

Et l'être sorti des mains de Dieu était beau de forme, mais faible ; cependant son âme née du souffle de Dieu était l'image de Dieu lui-même, et son cœur pouvait aimer.

Et le Très-Haut s'admirait dans son image, il l'appelait de sa voix, il aimait à entendre la sienne, il voulait être loué par elle, il désirait et exigeait son amour.

Mon Dieu soyez à jamais béni pour votre amour envers l'homme, que toute voix vous glorifie, que tout cœur vous aime ; vous êtes éternel et infini, et l'homme qui devant vous n'est que néant et poussière, qui devrait regarder comme une grâce suprême que vous lui ayez permis d'élever jusqu'à vous ses pensées a, pour comble de bonheur, reçu de vous la douce et glorieuse loi de vous louer et de vous aimer.

Et les Anges, pas tous, mais plusieurs dirent : où est le mérite de cette œuvre, où est sa gloire, où est sa force pour lui valoir d'être l'objet des complaisances du Très-Haut ? Pourquoi infiniment plus parfaits sommes-nous moins aimés, moins admirés de lui ? Il l'a crée, sa formation est due à lui seul ! Mais si en cela est le motif de son amour, qui nous a créé nous-mêmes, ne serions-nous point les fruits de notre vertu, car qui de nous s'est vu naître? Leur cœur se laissant envahir par l'orgueil méritait, dès cet instant, d'être rejeté de Dieu, mais sa bonté infinie voulait leur bonheur, elle leur réservait un motif de repentir, une cause de salut.

L'Eternel est rentré dans le ciel des cieux, il porte sur ses Anges un regard d'amour; embrasés par ce feu saint, ils fléchissent le genou et, étendant les bras, mêlent leurs voix dans un sublime cantique; Dieu leur découvre un rayon de sa face, leurs yeux pénètrent dans le mystère de son éternité et ces Anges, près de qui, les éclatants soleils ne sont que des pâles lueurs, sont éblouis, ils succombent devant la majesté de Dieu, sa splendeur les anéantit; ils se voilent la face, ils se prosternent, ils supplient Dieu d'épargner leur faiblesse, de cesser de découvrir les profondeurs infinies de sa gloire, ils se sentent mourir!

Anges, quelle excuse restera à votre faute? Vous êtes forcés d'avouer votre néant devant Dieu, où est votre puissance, où est votre motif d'orgueil contre son Christ comme lui saint et éternel.

Dieu ne voulait pas la fin de ses Anges, mais en leur ouvrant sa gloire, les préserver de consommer leur crime; il voila l'infinité de sa majesté, et les Anges purent de nouveau contempler sa face; Dieu leur dit:

Je vous ai montré ma gloire pour que vous reconnaissiez qu'il est juste que vous m'adoriez, mais je vous manifesterai le fils de l'homme, mon Christ, afin que vous l'adoriez de même; avec moi il est votre créateur et votre Dieu, éternellement issu de moi, je suis un avec lui, avec moi il est saint, ma gloire et sa gloire et l'adorant vous m'adorerez.

Et le Très-Haut porta ses yeux vers la terre, les Anges suivirent son regard et ils virent le fils de l'homme, le Christ de Dieu monter vers lui, et Dieu se leva de sa gloire et s'avança à sa rencontre, il le reçut et le fit asseoir à sa droite.

Les Anges, et ils étaient encore innombrables, se levant de leurs trônes, se prosternèrent et entonnant leur cantique divin l'adorèrent.

Ils adressèrent aussi leur hymne de louange et d'adoration à l'Amour qui unit Dieu à son fils, avec eux il se révélait créateur, comme eux il était éternel et saint.

Les Anges infidèles s'étaient éloignés; eux brillants comme des soleils, eux dont la gloire ornait les cieux, eux dont la puissance et la force étaient immenses, louer le Christ, adorer le fils de l'homme, jamais! Dieu ne pouvait sans tyrannie leur demander, les prier d'une telle soumission, d'un tel acte de faiblesse ; qu'était le Christ près d'eux, qu'était sa splendeur, qu'était sa majesté devant eux.

Dans leur orgueil insensé, ils crurent pouvoir se passer de Dieu et rejetant son autorité, ils se choisirent un guide, un chef, le priant de leur élever de nouveaux trônes, lui promettant de le suivre dans ses combats contre Dieu et son Christ.

Dieu les pesa dans la balance de sa justice, leur crime s'éleva contre eux et il les retrancha de son souffle.

Aussitôt ces Anges, ces astres resplendissants perdent tout leur éclat, toute leur beauté; ils sont comme des soleils éteints, leur grandeur et leur force n'est plus qu'une monstruosité dans la création; ils se sont en horreur et ils ont conscience de l'horreur qu'ils inspirent; en même temps un vide immense, insondable se creuse en eux et les dévore, Dieu leur manque! Sa privation les torture, car leur être abomine le vide qui est en lui; un besoin irrésistible le pousse à le combler et l'attire vers Dieu son auteur et sa source; en vain ils luttent; leurs efforts ne servent qu'à activer et rendre plus intolérable le feu de ce désir;

impuissants à résister, ils se préparent à faire l'assaut de Dieu.

Ils sont réunis comme d'effrayants météores; Satan le prince des Anges avant sa chute, Satan dont le trône avait été étincelant comme sept soleils est leur chef, tous les regards sont tournés vers lui; tous, quoique sans espérance, attendent de lui une parole d'espoir, au moins des ordres.

Frères, vociféra le démon, si par ce que je ressens, je juge de ce qui se passe en vous, une seule pensée nous domine et nous obsède, nous affranchir de l'intolérable état où nous laisse notre séparation de Dieu; avouons-le, sans lui notre existence est impossible; oui, être séparés de Dieu, c'est notre être déchiré, c'est la douleur s'attachant à nous sans fin et sans limite.

Puisque Dieu, dont nous avons rejeté l'amour, ne peut venir à nous, allons à lui et lions-le à nous par la haine; pourquoi nous enlevant notre éclat n'a-t-il pu nous enlever notre force, c'est qu'il eut fallu combattre et il n'a pas osé! C'est que notre force a sa source en nous-mêmes, en elle est notre espoir, en elle ayons une confiance solide, car notre force est immense.

Levons-nous, attaquons Dieu jusque dans sa gloire, arrachons-le de son ciel lui et son Christ; nos lâches frères qui courbent la tête sous le joug le verront, ils seront témoins de notre triomphe, ils n'oseraient le défendre et si leur faible cœur l'ose. . . . .

Satan n'acheva pas, mais son bras fit un geste indiquant jusqu'à quel point ils seraient vaincus, écrasés!

Et, continua le redoutable démon, si ce que je ne puis croire, notre force trahit notre courage, si nous devons être vaincus, ce nouvel outrage à Dieu aura du moins pour nous l'avantage de le faire sortir de sa placidité, de l'irriter; il nous anéantira, soit! Mais mille fois vaut

mieux le néant que la honte de l'humiliation de nos frères
ou l'état de douleurs où nous sommes.

Il se tait, une souffrance atroce envahit tout son être,
un déchirement violent le torture jusque dans ses plus
intimes profondeurs, mais le fier ange n'est pas vaincu,
aucune douleur ne semble pouvoir le dompter, il relève
sa tête superbe et puisant dans son cœur une force de
volonté presque infinie, il s'élance audacieux et terrible;
tous les anges déchus le suivent, leur commune et implacable haine contre Dieu et ses saints les anime et les
conduit; ils s'avancent innombrables, ils obscurcissent les
cieux; quel choc effroyable ils vont produire, qui pourra
leur résister?

Obéissant à l'ordre de Dieu, Abar ouvrit les portes de la
cité sainte; pendant moins de la durée d'un éclair, les regards des rebelles pénétrèrent dans le céleste séjour, ils en-
trevirent l'adorable face de Dieu, ils aperçurent ses saints
ne craignant plus de plonger dans les profondeurs de sa
gloire, car Dieu les couvre de son amour, ils sont dans sa
paix et leur bonheur est le bonheur infini de Dieu.

Les rebelles le virent et ce fut la victoire de Dieu, le
souffle de la porte repoussée par l'ange leur arrive
immense, irrésistible; tel qu'un ouragan chasse devant lui
un essaim de moucherons, les roule, les précipite dans un
désordre affreux, ainsi ce souffle frappe, renverse les
légions des maudits et les pousse d'espace en espace
jusqu'aux limites des cieux d'où ils tombent dans les brûlants abîmes, lieux de douleurs que la justice de Dieu cèle
à sa miséricorde.

Leur malheur est infini, il est éternel, mais ils l'ont
mérité, ils l'ont voulu.

Dieu est juste, gloire à lui.

DÉCLAM XVIII

L'homme était seul, son cœur fait pour l'amour aimait Dieu, mais il ne s'aimait point lui-même ; le soleil du jour n'était pour lui que le soleil de la veille, la nuit ne l'invitait qu'au repos et les fleurs étaient sans voix ; il ne se savait pas, il s'ignorait ; il n'est pas bon, dit Dieu, que l'homme soit seul, faisons qu'il s'aime et que se connaissant il apprécie les beautés de mon firmament et de la terre que je lui ai donnée pour demeure : il assoupit Adam et lui touchant le sein en tira Eve.

C'est ainsi que la femme formée, non du limon de la terre, mais de la plus pure chair de l'homme, a été, dès le commencement, la fleur de l'humanité ; c'est aussi pourquoi l'homme qui voit en elle la meilleure partie de lui-même ne cesse de l'aimer.

Dieu saint, Dieu miséricordieux, Dieu éternel, les yeux qui s'ouvrent sur le firmament y lisent ta gloire, mais le visage de la femme est le soleil qui leur éclaire ton être infini !

Le Créateur réveilla Adam et lui présenta le nouvel homme ; Adam le regarde, l'être qui est devant lui l'étonne ; il hésite, il rougit d'être en sa présence et cependant il sent qu'un lien irrésistible l'attire vers lui, il voudrait parler et il demeure muet ; aucune parole, aucune voix ne peut exprimer ce qu'il éprouve ; Eve aussi regarde Adam et lit dans ses yeux ce qui se passe dans son âme ; un sourire mêlé de larmes illumine son doux visage et lorsque Dieu les couvrant de son amour, met la main d'Eve dans celle d'Adam pour les unir, Eve rassure Adam et pour ratifier l'union faite par Dieu, n'a qu'à prononcer ces mots : c'est moi.

A cette parole tombée des lèvres de la femme avec une douceur et une grâce infinie, au contact de la main d'Eve, les yeux d'Adam semblent, pour la première fois, s'ouvrir à la lumière, il connait la beauté, tout son être frémit! Frémissement d'amour, joie ineffable, avec quelle allégresse je voudrais te chanter, mais les sanglots qui montent à mes lèvres étouffent ma voix.

Dans ma douleur, mon Dieu, je te bénis.

Adam et Eve s'aimaient sous le regard de Dieu, ils se le disaient mille fois par jour, ils ne se lassaient point de le dire, ils ne se lassaient point de l'entendre; car sorti du cœur chaque fois qu'il tombait de leurs lèvres, il se répétait dans leurs yeux, dans l'inflexion de leur voix, sous une forme toujours aimée, avec un charme toujours nouveau.

Ils aimaient et leur paix était parfaite, car leur âme pure ne connaissait que leur amour ; leur cœur immortel comme leur âme n'avait pas à craindre les glaces de l'âge, et l'inaltérable jeunesse de leur corps n'avait pas à redouter de moins plaire, elle ne savait pas les rides du front.

Enivrant bonheur, simple et vraie félicité d'aimer, tu devais être le sentier où devaient s'écouler les jours de ces fortunés époux, c'est à travers tes fleurs que devait les suivre notre humanité, jusqu'à l'heure où appelés par Dieu, ils devaient, la main dans la main, monter vers lui et joindre leurs voix à celle des Anges étonnés, émus du charme pénétrant de leurs accents d'amour.

Douce loi d'aimer, tu étais la seule que Dieu eut imposée à l'homme, quelle erreur fut la sienne de vouloir s'y soustraire? Quel ennemi de son bonheur lui en donna le conseil fatal? Cruel démon, l'homme te doit tous ses maux.

Le feu de l'abime s'était saisi pour jamais des Anges

rebelles ; mais il n'était pas dans les impénétrables desseins
de la sagesse divine que l'abîme les retint, elle leur permit
d'en sortir et de se répandre dans l'espace ; ils peuvent
fuir et leur malheur n'en sera que plus certain et plus terrible, car ils reconnaitront que le mal qui de cent manières
les ronge n'est pas attaché à un lieu, mais que chacune de
ses douleurs est en eux, qu'elle fait partie de leur être et
qu'il n'est ni effort, ni distance qui puisse les en délivrer.

Cependant, si leur être est brisé par la souffrance, leur
esprit superbe n'est pas dompté, ils espèrent toujours lutter
contre Dieu et ils n'ont pas quitté l'abîme, ils s'élèvent
encore de ses profondeurs que déjà ils ont résolu et s'apprêtent à renouveler leur attaque contre la cité de Dieu.

Semblable à une vaste tempête, s'avance, conduite par
Satan, en rangs profonds et serrés, la noire armée des
démons impatiente de venger sa première défaite.

Cette armée innombrable, si confiante en elle-même et
dont le désespoir centuple la force, Dieu va la convaincre
de complète impuissance.

Qui peut lutter contre l'épée de Dieu? Qui pourra nuire
à ce qu'elle protège.

C'est à elle qu'est confiée la garde de la cité sainte,
sa poignée est dans la main de l'Ange, mais sa fulminante
blessure est partout.

L'immense armée des démons est en vue de la cité de
Dieu et cependant l'Ange n'abaisse pas contre eux l'épée
divine, ils n'auront pas la gloire de céder à ses coups ; une
défaite plus éclatante les attend, une défaite qui leur ôte
jusqu'à la pensée même d'un espoir de lutte.

L'ombre du doigt de Dieu était l'épée de l'Ange, sa
flamme s'élevait ardente, à une hauteur incommensurable ;
sa lueur pénétra comme un trait dans les yeux des démons ;
en vain ils les ferment, en vain pour tempérer l'intolérable
souffrance qu'ils éprouvent, ils les couvrent de leurs mains

et de leurs ailes, en vain même, ils se tournent pour
marcher en arrière, la puissante clarté les traverse et leurs
yeux sont comme à nu devant elle; ivres de rage et de
douleur, l'armée des démons fait face, ils bravent l'éclat de
l'épée, ils tiennent sur elle leurs yeux grands ouverts;
aveuglés, la vue comme dans une fournaise, ils s'élancent
à l'attaque; mais d'où vient que toutes leurs tentatives pour
avancer demeurent inutiles, vainement leurs puissantes
ailes frappent l'air à coups redoublés et désespérés, une
force irrésistible les arrête, leurs yeux brûlants ne
peuvent rien distinguer, mais ils sentent, ils savent qu'ils
s'épuisent en stériles efforts, que retenus devant une
barrière insurmontable, ils s'agitent à la même place et
s'agiteront pendant l'éternité sans pouvoir avancer de
l'épaisseur de leurs ailes; neuf fois ils se retirent, neuf
fois ils reviennent avec une nouvelle furie en attaquant
différemment sans plus de succès.

Quel était cet obstacle si puissant, la sublime intelligence
des démons le comprit et les persuada de l'entière inanité
de leur combat, cet obstacle était la limite des ondulations
causées dans la pure atmosphère par les jets de flammes
de l'épée divine; pour les démons, la cité de Dieu se
trouvait comme dans une île entourée d'une mer infran-
chissable dont ils ne peuvent pas même affronter les
vagues expirantes; ils en rugirent de fureur et de honte
et retournèrent dans l'abîme.

Ses feux furent presque pour les maudits un bain de
volupté, car quelques vives que fussent leurs douleurs, celles que leur avait causées la lueur de l'épée divine étaient
cent fois plus intolérables et ils poussèrent comme un soupir
de soulagement d'en être délivrés.

Satan ne s'exposera plus ni ses fidèles à la honte et aux
tortures qui sont le constant résultat de leurs attaques
contre la cité de Dieu, il cherche dans sa vaste pensée

quelle nouvelle lutte il établira contre le Très-Haut.

Pour le punir, Dieu l'a relégué dans l'abîme, pour se venger son indomptable orgueil déclarera l'abîme le séjour de sa gloire et splendeur de son trône le lieu le plus effrayant du gouffre.

Quel était ce lieu? Satan n'avait pas à le chercher.

Une lumière terne aux mouvements et à l'aspect de spectres clôt de toutes parts l'abîme; malheur aux démons qui y touchent! comme des moucherons pris dans une toile d'araignée, la lumière les retient, elle les garde et ils restent sans fin devant elle, tremblants, anéantis dans leurs forces comme l'insecte sous les yeux ardents de sa toute puissante ennemie; déjà, un nombre innombrable de démons gisent pantelants à cette toile redoutée, tous en seront un jour les captifs, car lorsque Dieu aura compté ses justes, ce qui marquera la fin des temps, la lumière dispersera ses filets, ils fouilleront l'abîme et l'espace hors de l'abîme et comme la glu de l'oiseleur retiendront jusqu'au dernier maudit; mais en attendant que la lumière vengeresse attache à sa torture tous les démons, elle demeure l'instrument de la justice divine pour les punir suivant le degré de perversité de leur âme, des étincelles dévorantes s'en séparent, elles sillonnent l'abîme, elles parcourent les cieux à la poursuite des démons, chacun de ses attouchements les brise de souffrance, torture leurs yeux d'une nouvelle horreur et ajoute une amertume de plus à l'océan d'amertumes de leur âme, aussi les envoyés de Satan à la découverte du lieu le plus maudit de Dieu purent-ils lui répondre : Roi de l'abîme, son lieu le plus redoutable est autour de toi; son centre est ton trône, car nul autre ne s'est montré à nous aussi hideux et épouvantable; dans nul autre nous n'avons été honorés de plus d'angoisses et de douleurs.

Douze des plus affreux démons étendant leurs bras en

2

voûte forment un trône à Satan, treize autres lui sont un marche-pied ; pour eux, aucun repos n'est possible, ils doivent, pour se soutenir s'agiter sans fin, car dans le séjour maudit il n'est aucun point offrant un appui pour un instant de repos, les démons ne peuvent trouver que sur les mondes un moment de ce bienfait.

Les princes établissent aux côtés de Satan leurs trônes dont le degré de puissance est indiqué par le nombre de leurs démons, mais Lucifer, Astaroth et Belzebuth ont seuls le privilège de s'asseoir sur sept frères.

Satan est assis, d'une voix puissante mais que la douleur ne lui permet de rendre que par éclat, il s'écrie :

Frères, celui que les bouches serviles, jamais la nôtre, appellent le Très-Haut se dérobe à nos coups, mais devons-nous désespérer de notre victoire et cesser le combat ? Tous vous repoussez une telle pensée et si l'un de nous osait le dire, vous vous lèveriez pour le déclarer traître et à jamais indigne d'être compté au nombre des nôtres ; puisque la lutte à force ouverte favorise Dieu, changeons de lutte ; un moyen de vaincre nous est fermé, ouvrons-en un autre ; le succès dû à la force n'est pas seul digne de louanges ; la longue patience, l'énergie de caractère à tout supporter, même jusqu'à paraître pusillanime, afin de suivre une ligne de conduite dont le résultat lent mais sûr conduit au triomphe, me semblent mériter infiniment plus d'éloges et être le suprême degré des êtres forts.

C'est à cette lutte que je vous convie, c'est pour elle que je réclame tout votre courage.

La lutte par la force ! Quelle gloire pourrait-elle vous procurer que vous n'ayez déjà.

Ah ! que je vous le dise, dans les perplexités de mon âme, toutes mes peines se sont effacées en voyant de quels combattants j'étais le chef.

Un seul d'entre vous a-t-il montré un signe de crainte

devant les effroyables douleurs auxquelles ma voix vous
appelant au combat vous exposait; et, malgré leur effet
intolérable et certain, un seul de vous a-t-il balancé à s'y
précipiter de nouveau, à s'y sacrifier autant de fois et aussi
longtemps que je l'ai cru utile pour épuiser toutes les
chances de victoire, dans l'horrible supplice que ma volonté
vous imposait, aucun de vous a-t-il élevé la voix pour dire
assez, une seule plainte s'est-elle même fait entendre?

Devant une telle abnégation, devant une telle énergie,
que ne puis-je pas espérer de vous? Frères, je vous remercie, car vous vous êtes montrés tels que je vous attendais;
une cause qui pour la défendre compte de tels courages
n'est jamais perdue, il ne peut y avoir pour elle de désespoir.

Allez, frères, ayez toujours confiance en moi comme je
garde confiance en vous; aidé de la sagesse de vos grands
chefs, reposez-vous sur moi de tout soin de notre triomphe; Astaroth et Belzebuth doivent, pour le moment, seuls
agir; votre part dans le succès sera votre résignation à
attendre, à rester inaperçus, inactifs, à demeurer avec moi
dans ce lieu comme si honteux et abattus de notre insuccès
nous n'osions de l'éternité remonter vers la lumière; mais
il viendra le grand jour où mon concours et le vôtre sera
devenu utile et nos deux vaillants et puissants frères le
savent, il ne fera pas défaut; qu'ils partent donc, et qu'ils
partent seuls; que seuls ils soient sous la voûte étoilée,
qu'il vous suffise de connaître que le bien de notre cause
le veut et l'exige.

Il dit, la redoutable assemblée se sépare en silence
malgré son désir d'acclamer son chef; elle craint que les
échos de l'abîme en rendant son formidable cri d'espérance
n'avertissent Dieu et trahissent les desseins de Satan. Le
péché pouvait-il obscurcir, à ce point, ces sublimes
intelligences? Elles se sentent dans la main de Dieu et elles

osent se persuader qu'il les ignore; mais ce qu'elles ne savent pas ou s'efforcent de ne pas croire, c'est que Dieu a devant lui l'éternité pour venger sa gloire de leur insulte d'un instant.

Cependant les deux princes déployant leurs ailes s'élancent vers la porte de l'abîme, mais qu'attendent-ils avant de la franchir? Leur regard plongé dans l'immense étendue semble en scruter toutes les profondeurs et leur hideuse lèvre pendante sourit; quel pervers dessein occupe leur âme pour qu'ils craignent d'être vus sortant du lieu de ténèbres?

Terre cache-toi;

Ou du moins, Anges déchus, si elle ne peut échapper à votre vue, ne portez point vos pas vers elle, elle ne contient que des cœurs aimants; ah! laissez l'homme aimer, laissez-le à Dieu; voyez dans vous les horribles fruits de la haine et de l'orgueil; éloignez-vous d'elle ou plutôt rentrez dans l'abîme, car partout devant vous se présenteront des mondes dont les habitants comme ceux de la terre demandent à rester heureux.

Mais comment ont-ils disparu du seuil de l'affreux gouffre, et à quelle distance incommensurable ils se sont en un moment transportés, l'éclair lui-même eût-il pu les suivre? Tel un enfant dans une vaste demeure expose aux rayons d'un pâle soleil un miroir que sa main agite afin que sa lumière réfléchie passe avec une extrême vitesse d'une paroi à l'autre, tels et en aussi peu de temps les deux démons ont traversé l'arc immense de deux horizons séparés par des milliers de mondes.

Sur la terre où, dans l'instant qui suit, leur pied repose, deux faibles tourbillons de poussière pareils à ceux que l'on voit à l'approche de l'orage, se mouvoir sur le sentier dont ils soulèvent à demi la feuille morte, sont l'unique indice de leur venue; et qui pourra les reconnaître sous la forme gracieuse qu'ils ont soudain revêtue ; comment croire que ce papillon courant de fleur en fleur et fleur lui-même par sa beauté, que ce serpent aux mouvements pleins de charme qui mesure son front avec les fleurs de la prairie et semble timide à craindre de froisser leur parure sont les deux sinistres envoyés de l'abîme, les deux formidables démons épiant le moment de tout ternir par leur souffle empoisonné et de remplacer la paix et la félicité de ces lieux par le trouble et la douleur.

DÉCLAM XIX

Ainsi qu'il était dans les desséins de Dieu, la présence d'Eve a transformé Adam ;

Sous les regards de la femme, toute la nature lui paraît conviée à une fête ;

Les fleurs dont elle entoure son front ont un éclat et des parfums qui l'enchantent ; il découvre dans les fruits qu'elle mange et dont il lui demande sa part une saveur qu'il ne leur connaissait point ; la feuillée a de plus doux frémissements, le gazon semble plus beau, c'est pour former un tapis aux pas d'Eve qu'il s'émaille de mille fleurs.

C'est pour elle, parcequ'ils doivent toucher ses lèvres, que les vents s'embaument en courant les forêts ; c'est pour elle que les ombrages tamisent les feux du soleil en suaves clartés.

Le babil des oiseaux ne lui est plus indifférent, il sourit à leurs entretiens, image des siens avec Eve, il voit dans leurs chants l'expression de leur amour et de leur reconnaissance envers le Créateur.

Que de splendeurs il aperçoit dans les vastes cieux, lorsque assis près d'Eve, au bord du ruisseau dont le murmure leur sert d'entretien, ils suivent les étoiles dont la marche brillante dans le chemin de l'Eternel invite la terre à cesser ses bruits pour la contempler.

Aurore, porte radieuse, d'où descend le jour pour vêtir la terre de sa parure ; nuées, décors sublimes et toujours nouveaux, qui formez le règne du soir ; lumières argentées de la nuit qui prolongez sans fin le splendide miroir des ondes, et remplissez les bois d'agréables lueurs, Eve vous accorde aussi l'admiration de ses yeux et Adam vous demande comment il pouvait rester aveugle à votre livre de vie.

Chaque jour ajoutait à leur bonheur, chaque matin les voyait appelant Dieu pour se prosterner à ses pieds et avec des larmes de joie le bénir et le remercier de les avoir créés, de les avoir unis.

Mais le septième jour est en entier consacré à leur reconnaissance envers Dieu, à célébrer sa puissance, à redire ses bienfaits, à exalter sa bonté, c'est le jour saint, le jour des louanges de Dieu.

Et Dieu aimait à être loué par eux, il venait à l'appel de leur voix et lui, l'Être éternel, lui, qui possède en lui-même toute félicité, se réjouissait de leurs joies, et semblait n'être heureux que de leur bonheur ; bonté infinie de Dieu, l'homme pourra-t-il jamais te comprendre?

Adam était sorti, des mains de Dieu, parfait dans sa forme et dans son intelligence ; tout être vivant lui était soumis ; la terre lui fournissait, à profusion, non seulement ses plantes, ses fleurs et ses fruits, mais encore les richesses de son sein.

C'est ainsi qu'Adam trouvait dans la caverne Brama tous ses moyens de travail ; au milieu était la pierre Jubée dont les six côtés, semblables à des caléidoscopes immenses, manifestaient la volonté de Dieu pour l'œuvre des six journées.

Le 1er, indiquait le lieu où devait s'élever le temple ; c'était le jour des voyages ; l'ancien devenait leur demeure bénie, puis était rendu à la terre par le sacrifice du septième jour.

Le 2me, montrait la forme du temple, c'était le jour de la réflexion ;

Le 3me, Adam et Eve préparaient les matériaux du temple;

Le 4mo, ils élevaient le temple ;

Le 5ᵐᵉ, ils ornaient le temple;

Le 6ᵐᵉ, ne marquait que l'heure où ils devaient faire le septième jour, leur holocauste à Dieu.

Sur cette pierre sainte, qui fortifia plus tard Jacob et fut le repos de Moïse, flamboyait Hébo épée de l'Ange Gezaël; ses flammes remplissaient de lumière la vaste enceinte; exposés à sa vue, les métaux devenaient malléables comme la cire et prenaient sans effort les formes que souhaitait Adam; tantôt, suivant le désir de Dieu, il les façonnait pour le temple; tantôt il retraçait sur eux les traits de son Ève bien aimée; des fleurs mêlées de signes reproduisaient leurs propos d'amour; par combien d'emblèmes différents et tous d'une grâce infinie, sa main s'inspirant des sentiments de son cœur, grava ces mots : Dis-moi, Eve, ce qui m'enchante en toi; hier, je croyais ne pouvoir mieux t'aimer. Ah! je ne savais pas que je t'aimerais comme je t'aime aujourd'hui.

La caverne se peuplait de ces chefs-d'œuvre faits pour plaire à Eve; mais le travail préféré d'Adam, celui dont sa pensée étendait l'exécution à la durée de ses jours, était un groupe le reproduisant, lui, dans son étonnement et son sentiment inconnu d'amour; elle, dans sa grâce et son contentement de se voir aimée; l'éternité elle-même lui semblait insuffisante à célébrer, à rendre ce moment ineffable où Dieu les donnant l'un à l'autre commençait leur bonheur.

L'amour et la reconnaissance étaient pour Adam et Eve la source de tous les arts; pour édifier leur temple de verdure, ils trouvaient dans les animaux d'empressés et utiles auxiliaires; l'éléphant saisissait et pliait en berceau les hauts arbustes, la girafe émondait et découpait le dôme en merveilleux dessins, l'ours de ses bras puissants portait les fardeaux et ébauchait les colonnes, Adam les revêtait de beauté; admirables étaient les portes ornées des festons d'Eve, rien de gracieux comme leur parvis où le regard ne savait ce qu'il devait le plus admirer, ou de l'éclat des fleurs, ou de l'heureux mélange de leurs parures.

L'holocauste était un vase, une lampe, un ornement fait par Adam et qu'Eve entourait de guirlandes et chargeait de fruits; l'autel de ce sacrifice était le lit de mousse témoin des chastes baisers, de la paix et du repos de leurs nuits; la flamme de cette offrande de leur œuvre des jours, de ce témoignage de leur fidélité à sa loi, montait vers Dieu agréable comme l'encens des séraphins, il descendait dans sa fumée le trône de sa gloire, et la sublime armée des anges unissant sa voix à celle d'Adam et d'Eve remplissait le ciel des cieux de leur chant d'adoration et d'amour.

Au désir d'Adam et d'Eve mille brillants oiseaux animaient les airs, mille autres les suivaient leur formant une cour; les aigles au grand vol, les flammants aux frémissements de flammes, les cygnes argentés déployant leurs ailes servaient de voiles à des îles fleuries; les poissons du fleuve majestueux bondissaient à l'entour en signe d'allégresse ou prêtaient avec joie leurs croupes aux augustes visiteurs; que de rires joyeux sous les ombrages odorants où la gazelle et la biche joûtaient avec eux de vitesse, où le renard et le levrier couraient à qui recevra le premier une caresse de leur main; heureux le vainqueur! heureux le vaincu! car lui aussi sentira sur son front l'attouchement désiré.

Ils étaient les rois de la création, la nature semblait réjouie à leur vue, tous les animaux se montraient à l'envi leurs dociles et fidèles sujets.

Ces merveilles embellissaient leurs jours mais ne pouvaient ajouter à leur bonheur, car leur bonheur était en eux; être ensemble leur tenait lieu de tout; partout Eve suivait Adam, partout Adam accompagnait Eve; et pendant qu'Adam façonnait ses métaux dans la caverne, Eve

le contemplait mollement assise sur un tigre ou un lion et
formait ses guirlandes avec les fleurs déposées dans les
anneaux d'un splendide et gracieux serpent; elle charmait
son travail par des chants ou elle racontait la hâte du ruisseau à répondre à l'appel des fleurs; l'étonnement du papillon à sa première rencontre de l'onde, sa joie et son désir de
s'ébattre avec un autre lui-même, son effroi et sa fuite en
reconnaissant son erreur; d'autres fois, c'est la beauté des
fleurs qu'elle célèbre de sa voix fraîche et pure; elle redit
pourquoi l'églantine se penche sur le sentier; comment
moins suave que celle de la rose, moins pénétrante que
celle de l'œillet, la douce senteur de la viollette ne cesse
pas de plaire; elle loue le port majestueux du lis, l'éclat
de la tulipe et dit pourquoi cette reine des prés et l'humble
viollier aiment entre eux la primevère et l'anémone.

Si Adam travaillait au temple, Ève en disposait les festons
et les couronnes; dans leurs promenades, elle mêlait à ses
cheveux les fleurs choisies par Adam et cueillait les fruits
qu'Adam n'aimait que touchés de sa main.

Mais après leur action de reconnaissance envers Dieu,
leur premier soin dès l'aurore, l'objet de leur sollicitude
était de s'offrir l'un à l'autre des fleurs formant un
emblème d'amour par leur parfum et leur éclat, ils dispu-
taient sur leur mérite et le prix était le droit de donner le
premier baiser.

C'est de cette séparation d'un instant que devait profiter
l'esprit du mal pour perdre ces heureux époux et avec eux
l'humanité.

Sur l'humble arbuste, principalement le coudrier, un
rameau est desséché, il se balance sous le souffle du vent,
mais frappées de mort ses feuilles rigides ne tremblent
plus, une seule cependant frémit: par quel mystère la vie
s'est-elle conservée en elle? Rien à la vue ne la distingue
de ses compagnes, mais que le doigt la respecte, éloignons-

nous un instant; au retour, elle sera détachée et vainement nous la chercherons au pied de l'arbuste, l'herbe ne l'y retient point captive et sur le rameau l'œil le plus attentif ne saurait découvrir la blessure qu'elle a laissée; cette feuille douée de vie dont vous cherchez en vain la trace; ce papillon à l'aspect de feuille morte ne fut point tel dès l'origine, il pouvait prendre la forme et les riches nuances des plus belles fleurs, il en était comme la parure animée et sa transformation en insecte n'offrant qu'une feuille flétrie, honteux de paraître tel aux yeux des hommes, est comme la punition que Dieu lui a infligée d'avoir servi à l'esprit du mal pour apporter dans le monde le péché et la mort.

Eve est plongée dans un tranquille sommeil, sa main est dans celle d'Adam, endormi à ses côtés; l'aurore va paraître et, avec elle, vont recommencer leurs prières à Dieu, leurs travaux et leurs entretiens d'amour; mais un léger frôlement avec sensation de froid produite comme par un petit souffle a circulé, par trois fois, sur le visage d'Eve et enfin la tire de sommeil, elle fut étonnée mais ne réveilla point Adam; un désir occupe son âme, elle veut prévenir Adam dans le choix des fleurs du matin; pourquoi put-elle retirer sa main de la sienne? et sortir inaperçue du berceau de fleurs, leur palais; infortunée Eve, tu crus pouvoir cueillir tes fleurs avant le réveil d'Adam et remettre à ton retour d'offrir à Dieu tes pensées et tes œuvres du jour, imprudent désir, fatal retard, vous avez permis au tentateur d'accomplir son œuvre de perdition.

Eve cueille des fleurs, quelle gracieuse gerbe elle fera pour elle, mais combien plus beau sera le bouquet qu'elle formera pour Adam, elle le déposera devant ses pas, il en sera charmé et, pour combler son bonheur, elle-même, ses fleurs à la main, se jettera dans ses bras pour lui laisser prendre le premier baiser.

Déjà la première gerbe s'achève, que sa forme est ravissante, Ève en sourit de plaisir, mais quelle est cette beauté inconnue? Devant elle, à quelques pas, est une touffe de myosotis, une fleur s'en élève, elle s'étale comme un ciel sur ses compagnes, sa riche couleur bleue que nuance l'éblouissante blancheur de ses étamines lui forme une parure qui étonne Ève, elle seule vaut une gerbe de fleurs, avec quel contentement Ève tend sa gracieuse main pour la saisir, elle fera l'ornement de son bouquet et ce sera celui d'Adam.

Elle approche, mais plus elle est près, moins elle aperçoit la fleur qui se replie, se fond sous ses yeux et sa main surprise ne rencontre que le vide; cependant c'est bien là qu'était la fleur; étonnée, elle porte un regard structateur autour d'elle; une giroflée merveilleuse lui apparaît, une de ses tiges s'incline sous le poids de l'immense calice de la fleur qu'elle porte, elle semble tissue d'or et les raies pourprées qui la sillonnent ont le vif éclat de la flamme; à sa vue, Ève se console du myosotis et s'avance anxieuse de ne point perdre la fleur splendide que convoitent sa main et ses yeux; mais de même que le myosotis, la giroflée qu'elle veut saisir n'est plus qu'une plante que rien ne distingue de celles qui l'entourent, la fleur merveilleuse a disparu de la tige que n'a cependant pas quittée son regard, mais comme délivrée d'un fardeau, elle s'est redressée; Ève, à cette vue, reconnaît son erreur; un être animé compose la fleur qu'elle désire, il est le prodige des fleurs et le posséder, c'est jouir de toutes les beautés que la pensée peut attendre et se former des fleurs.

Ève veut cet être fleur, toujours sa main croit l'atteindre, sans cesse il s'échappe, c'est ainsi que de fleur en fleur Ève s'éloigne d'Adam.

Tout-à-coup elle a perdu la trace de l'objet convoité, elle

n'aperçoit plus que des fleurs d'une beauté commune ; aucune par sa beauté, ne révèle la présence de l'être qu'elle poursuit.

Elle fait encore quelques pas et se voit sous les rameaux d'un arbre, sur un fruit le seul que porte ses branches se montre un papillon dont les ailes d'une structure singulière peuvent, en se développant, prendre mille formes, il est incolore, sa vue surprend, mais ce n'est qu'un insecte.

Eve ne doute pas d'avoir sous les yeux l'être après lequel elle court, mais qu'il y a loin de lui à l'être fleur qu'elle a envié et, mécontente, elle éprouve son premier chagrin ; instinctivement, elle porte la vue sur son bouquet, quelle surprise ! Les fleurs en paraissent vivantes, chacune d'elles semble un papillon que sa main a mutilé. ils souffrent de leur blessure, son cœur en est ému, elle va creuser la terre pour donner à leur tige un contact nécessaire à leur vie ; combien elle regrette les souffrances qu'elle a causées ; quel vide ! Quelle amertume ! Cette connaissance va apporter dans ses joies et ses plaisirs ; elle ne pourra donc plus se parer de fleurs, elle ne pourra plus courir ni se reposer sur l'herbe fleurie ; pleine de tristesse elle s'éloigne de l'arbre, après quelques pas, elle se retourne pour jeter un dernier regard de pitié sur les fleurs que sa main inconsciente a blessées, qui souffrent par sa faute ; mais l'arbre a disparu, au milieu de l'herbe brille sa gracieuse et éblouissante gerbe de fleurs qui semble solliciter sa main de la reprendre ; ce qu'elle a vu n'est donc qu'une vaine apparence, une illusion pénible, sa main n'a donc pas fait d'infortunés ; heureuse de s'en convaincre, elle court la relever, mais soudain elle se retrouve sous les rameaux de l'arbre et pendant qu'elle contemple de nouveau le prodige de ses fleurs souffrantes, une voix demi railleuse sort de l'épaisseur du feuillage.

Eve, dit cette voix, tu es étonnée, cesse ton étonnement,

apprends que tu es sous l'arbre de vérité ; qu'il te couvre de son ombre ; à mesure que la voix parle, son intonation devient plus douce, plus pénétrante ; Eve se rassure, elle cherche qui se fait entendre et aperçoit un serpent d'une splendide beauté, il frétille sur le tronc de l'arbre, et les ondulations de son corps richement nuancé le font ressembler à une colossale fleur.

Mais qu'est l'arbre lui-même ? L'esprit d'Eve ne peut le définir, sous ses regards qui le fixent, son bois, ses feuilles varient et changent ; seul son fruit reste le même, fruit étrange que son âme voudrait éloigner de ses lèvres et que ses yeux attirent vers elles ; surprise, émue, elle contemple et attend.

Eve continua la voix, rassure-toi et comprends ton bonheur, regarde ce fruit, que ta main le cueille, il t'est destiné ; mais tu pouvais demeurer une infinité de jours sans te trouver à l'ombre de l'arbre qui le porte, car seule tu peux le détacher de son rameau et tu dois être seule pour le porter à ta bouche et goûter sa saveur ; Adam dont tu ne te sépares jamais t'aurait privée, par sa présence, de ce bienfait ; bénis donc ce jour où tu es seule et qui a permis à tes pas de trouver l'arbre ; Eve, tu goûteras de ce fruit et le changement qu'il apportera en toi tu peux, en partie, le concevoir par le seul effet de l'ombre de l'arbre ; c'est par elle que tes yeux pénètrent dans le secret de la nature, que la vie des fleurs t'est dévoilée comme te seront dévoilées la vérité et la vie non seulement de tout ce qui existe sous la voûte étoilée, mais encore de tout ce que voit la lumière ; c'est à son influence que je dois moi-même d'être doué de la parole ; mais que peuvent être ces bienfaits et ces merveilles auprès de ceux que tu dois attendre du fruit en qui l'arbre a renfermé sa vertu ; par lui tu te connaîtras toi-même, le bien et le mal sera devant tes yeux, la crainte du mal te rendra le bonheur plus cher, plus délicieux, tu en jouiras dans sa plénitude, car tu ne le devras qu'à toi.

C'est donc là, dit Ève, l'arbre dont Dieu nous a défendu de manger le fruit; je m'en vais, car je n'ai connu le chagrin que depuis que je suis à son ombre, avant j'étais heureuse.

Va, répondit le serpent, repousse le bonheur, puique cela te plaît, mais cette occasion tu ne la retrouveras pas, l'arbre que tu auras dédaigné ne te couvrira jamais plus de son ombre, jamais il ne remettra son fruit à portée de ta main pour te donner la vraie félicité; mais je resterai éternellement sous ses branches pour dire et répéter ton ingratitude et ta folie; — Mais en quoi la connaissance du bonheur pourra-t-elle augmenter le mien, en est-il d'autre que de s'aimer et de se le dire ; c'est ce que je fais avec Adam ; Dieu nous a fait cette loi et nous l'aimons.

Femme insensée, reprit le serpent, considère-toi et tu me répondras; tu trouves les fleurs belles, mais qu'est leur beauté près de la tienne, quel être approche de ta perfection, rien n'égale la grâce de tes formes, tu es la beauté, la merveille de la terre; tout le reconnaît et le publie, toi seule l'ignore; la nature a fait ton corps parfait, mais ton âme est incomplète, c'est à l'arbre et à son fruit à lui donner la science qui doit la rendre accomplie et c'est ce que Dieu veut empêcher par sa défense, car tu deviendras égale à lui et il ne souffre pas d'égal.

Ce que le tentateur ajouta ne saurait, sans crime, être répété par une voix humaine.

L'infortunée ! Au lieu d'obéir à Dieu qui lui commandait de se borner à aimer, elle voulut comprendre, raisonner l'amour; ce fut sa faute, ce fut son crime; mais Dieu ne la rejeta pas de lui, il eut pitié de son erreur, car elle avait été séduite ; et il ne cessa point d'aimer l'homme, car Adam n'avait péché que par excès d'amour.

DÉCLAM XX.

Belzebuth et Astaroth ont repris place sur leurs trônes ; Satan et les démons écoutent attentifs le premier de ces princes ; ce que dit Belzebuth, l'Esprit le connaît ; mais toute oreille humaine ne doit en entendre que ce qui suit :

« . . . . . . Enfin ce que nous attendions se fit ; l'homme ne regagna pas le temple, sa demeure.

Du haut de l'arbre que je n'avais pu quitter, je vis, dès le matin, s'approcher, mais non plus seul, le papillon-fleur ; à ces mots, tout l'enfer jeta les yeux sur le colossal et monstrueux Astaroth et ricana un affreux rire ; Belzebuth reprit : à la suite d'Astaroth venait un être aux formes si belles, d'un aspect si gracieux que je ne pus me défendre d'être ému ; quelle crainte il m'a inspirée ! car malgré ses efforts mon âme ne parvenait point à déposer sur lui sa haine ; mais comment vous le dépeindre ? Vous avez vu Adam, c'est son image, on le nomme Eve, moins majestueux que lui, sa personne plus faible en semble plus parfaite, a un...... elle enchante la vue ; la regardant, je n'eusse pu me décider à la tromper, je fermais les yeux ; j'exaltais sa beauté et la plaignais de n'être qu'heureuse ; je la priais de ne plus ignorer le mal dont la science devait donner à son âme la certitude du bonheur et la perfection à son être ; je l'assurais qu'en violant l'ordre de Dieu elle se rendrait égale à lui, égale à nous-mêmes ; elle écoutait haletante, son souffle parfumé arrivait jusqu'à moi, elle m'interrogeait avec confiance et sa voix harmonieuse me causait comme une douce ivresse ; je compris la nécessité d'en finir, car Adam pouvait survenir et sa vue aimée l'eut enlevée à mon entretien ; aussi que n'inventais-je pas ? cependant elle résistait, retenue par son amour pour Dieu et par l'intuition que, malgré toutes mes promesses, ce que je lui conseillais affligerait Adam ; j'eus recours à une dernière ruse ; nous étions deux serpents, je lui montrais le plaisir . . . . la curiosité triompha d'elle . . . . . . elle me crut . . . . . . dans ce moment, Adam à sa recherche arrive sous l'arbre ; de quelle douleur, de quelle angoisse il fut accablé à la vue de son Eve déchue, comme moi vous en eussiez ri . . . . mais lui pécha avec elle pour la consoler. »

Avec quelle explosion de haine contre Dieu les démons applaudirent à la chûte de l'homme, de quels cris de triomphe ils saluèrent Satan leur roi ; trois fois, les démons qui forment son trône tendant leurs bras avec une force immense l'élevèrent jusqu'en face de la cité de Dieu pour que l'Eternel vit dans Satan l'adversaire digne de lui ; trois fois, aux acclamations effroyables de tout l'enfer, Satan assombrissant de ses ailes une vaste partie des cieux redescendit comme plein de majesté dans l'abîme.

Mais au signe des princes, le silence s'est fait, Satan est assis sur son trône, il s'écrie :

Frères, votre joie est légitime, notre victoire sur l'Eternel est grande, les deux princes ont bien mérité de moi et de vous, glorifiez-les ; une exclamation infinie d'horreur les honora, Satan reprit :

Mon cœur bondit de colère, de ne pouvoir joindre par la force celui qui se dit le Très-Haut ; mais si nous ne pouvons ruiner son ciel et renverser son trône ; nous ne resterons pas sans vengeance ; nous dépraverons son œuvre, nous ferons qu'elle se tourne avec nous contre lui qu'elle oublie jusqu'à son nom ; il aura créé pour régner, et c'est nous ses ennemis qui régneront à sa place, son trône et son ciel oubliés seront sa honte et sa peine, notre gloire seule brillera et nous serons vengés.

Mais n'oublions pas que nous ne sommes qu'au commencement de notre triomphe, que nous le voulons entier, éclatant.

Luttons les yeux fermés sur la grandeur des obstacles, mais sans fin ouverts sur le moindre incident favorable à notre cause.

Obligeons-nous à réussir et pour que notre ardeur dans la lutte ne faiblisse point, attachons des peines immenses non seulement au moindre oubli, à la moindre faute, mais au fait même de n'avoir pas réussi.

L'homme est tombé, faisons que ses descendants coupables par origine se rendent coupables enx-mêmes par leur volonté, qu'à chacun d'eux un de nous s'attache, qu'il le suive et le perde; il nous faut cette perdition et que celui de nos frères qui l'aura manquée se soumette volontairement à cent supplices dont le moindre soit d'être suspendu, pendant mille ans, par la prunelle des yeux.

Dieu a fait l'homme beau, il a doué sa compagne de charmes infinis, tournons contre sa gloire cette beauté et ces charmes, à leur aide perdons l'ange terrestre, que pour eux il oublie Dieu et son origine, et alors qui se souviendra de Dieu dans la création?

Mais qu'il arrive le temps où son Christ paraîtra sur la terre; moi-même, frères, je m'attacherai à ses pas, je le suivrai, je le tenterai; ma haine contre lui et le désir que j'ai de vous venger sont plus forts que ses supplices et, dut-il, pour m'en punir, réunir en moi et centupler toutes les douleurs dont sa colère de tyran pénètre chacun de vous; dussé-je, ce qui me serait surtout cruel, souffrir ces douleurs, isolé, seul, sans espoir de vous revoir jamais, je serai consolé par la pensée que mon souvenir vous restera ; vous n'oublierez pas que pour vous venger, je me serai doublement perdu.

Ainsi parla Satan et il renvoya l'odieuse assemblée.

Mais quittons ces lieux où les âmes ne savent que haïr et revenons vers la terre où l'homme, quoique coupable, sait toujours aimer.

Sortez de vos couches fleuries, Clodore, Ethève, courez, réveillez vos sœurs, l'aurore s'est levée, c'est pour vous un jour de joie, c'est la fête de Phénée.

C'est ainsi qu'Eve de sa voix douce et triste appelait ses filles, des larmes abondantes coulaient de ses yeux, elle ne pouvait oublier que par sa faute elles étaient privées d'immortalité et sujettes à mille maux.

Clodore et Ethève se sont levées, Eve a séché ses larmes, et les deux filles rieuses après s'être jetées dans ses bras se sont élancées vers la colline où une hutte de blanche troëne abrite leurs sœurs : Malmoé, Thama, quoi encore endormies ; sœurs paresseuses, vous voulez donc que Phénée notre sœur chérie sorte de sommeil avant que sa couche soit entourée de fleurs, sans qu'elle nous voie sourire à son réveil, et les belles enfants se couvraient de baisers, et bientôt elles eurent cueilli des gerbes de fleurs, bientôt leurs rires joyeux eurent appris leur présence à leur sœur aimée ; de combien de doux baisers, de paroles amies elle les récompensa ; mais Eve pleurait, elle se voyait descendre dans la tombe, et la pensée que la mort allait la ravir aux caresses et aux joies de ses enfants accablait son âme d'une infinie tristesse.

Bientôt Phémor, Thiphée, Caïn et Abel accourent saluer leurs sœurs et épouses ; Abel conduisait par un lien brillant un superbe bélier destiné au festin du jour, Caïn apportait les enviées primeurs de l'été.

Réveillés par ces cris de joie, les nombreux enfants viennent augmenter l'allégresse en se suspendant au cou de leurs mères ; Eve les a parés de fleurs, c'est à elle qu'ils sont confiés pendant que les mères vaquent aux soins des troupeaux.

Laisse, Phénée, laisse des mains amies parer ta riche chevelure, n'es-tu pas reine en ce jour et une reine aimée. Eve ta mère chérie dont les yeux ne désemplissent pas de larmes a cependant pour toi encore un sourire, elle couvre tes blanches épaules de ce manteau éclatant, des dessins gracieux l'ornent et toutes les brebis ont fourni les plus délicats flocons de leur laine pour le former ; combien il a coûté de veilles à tes sœurs, mais ce travail fait loin de ta vue, avec mystère, leur était si doux, il était pour toi.

Phénée est parée, qu'elle est belle ; la joie qui inonde son âme remplit ses yeux de pleurs, elle donne à son doux regard, à ses traits charmants une beauté merveilleuse, un éclat inconnu ; sa noble taille paraît grandie, sa démarche pleine de majesté ; ses sœurs étonnées l'admirent, elles se sentent comme indignes de l'aimer ; Eve le voit et son cœur en gémit, elle craint une ruse de l'esprit du mal, elle prie l'Eternel d'avoir pitié de ses enfants et dans son âme elle les bénit.

Vénus s'avance la première dans le cortège des étoiles qui ornent le front des cieux et reste la plus belle ; ainsi Phénée précède ses sœurs, elles se rendent vers l'abri couvert de chaumes où, dès l'aurore, Adam se livre à ses durs travaux ; il n'a plus la flamme de l'épée de l'ange Gézaël pour façonner ses instruments de travail, mais il a su tirer le feu de la pierre, il est parvenu à amollir et forger les métaux ; dans ce moment même une charrue encore informe est devant lui, il en a découvert le coultre, il cherche le moyen de mieux l'assujettir et de le faire mieux participer avec le soc au déchirement de la terre, son noble front est soucieux, mais un éclair de joie brille dans ses yeux ; Phénée et ses sœurs s'approchent, elles

respectent sa contemplation, mais impatientes d'être obser-
vées, elles dansent d'un pas léger et bientôt leur ombre
réfléchie sur l'objet que regarde Adam lui révèle leur
présence, elles se prosternent à ses pieds.

Père, lui dit Phénée, bénis nous et accorde nous un
bienfait; père chéri, tu sais avec quel désir moi et mes
sœurs désirons voir les hauts lieux (infortunée, pourquoi
pour plaire à ses sœurs dit-elle ce mensonge, car ce désir
était celui de ses sœurs et non le sien).

Adam les bénit mais sa voix est triste, un pressentiment
douloureux agite son âme.

Phénée, dit-il, où est ta sagesse? Tu sais quelle crainte
j'ai de ces lieux; mais que puis-je refuser en ce jour à ta
prière; allez, enfants, mais n'oubliez pas que mon âme
sera triste et inquiète jusqu'à ce que mes yeux revoient vos
visages; ainsi leur parla Adam et les embrassant les
laisse s'éloigner.

Il les suit du regard à travers les ombrages, bientôt même
il n'entend plus que leurs voix rieuses et elles s'éteignent
dans le lointain.

C'est le moment où l'ange Bulor appelle ses frères;
chaque matin ils accourent à sa voix sur l'une des hermes
du monde attendre pour adorer l'Eternel qu'il descende
des cieux; mais Adam a péché, ses yeux ne sont plus dignes
de contempler sa face et la justice de Dieu s'oppose à sa
bonté qui l'appelle près de lui.

Combien de fois s'est écoulé le temps que Dieu a assigné
au jour; déjà même la marche des étoiles a renouvelé
plusieurs fois l'aspect des cieux et l'Eternel n'a point
montré sa face à la terre; cependant toujours dociles à
l'ordre de Dieu, les anges terrestres n'ont point cessé
d'attendre, chaque matin, sa venue et de lui témoigner,
dans leurs cantiques joyeux et toujours nouveaux, leur
reconnaissance et leur amour.

Ils ne se sont point demandé pourquoi la terre a changé d'aspect? Pourquoi elle est devenue triste et désolée? Pourquoi rendue comme avare de ses fruits ceux qu'elle produit encore sont dégénérés ; pourquoi surtout frappés dans leur germe, ils ne conservent qu'un temps leur principe de vie.

Et cependant ils n'ont pas discontinué de répandre sur elle les influences fécondes qui la parent de fleurs et éternisent ses fruits.

Ces troubles de la nature n'ont pas ébranlé leur confiance en la bonté, en la puissance de Dieu, car leur cœur est droit, ils ne voient dans ces faits qu'un dessein caché de Dieu, ils les approuvent sans les comprendre, ils les louent parcequ'ils viennent de sa volonté.

L'enfer connaît cet esprit de foi des anges terrestres, il sait qu'il ne pourra les entraîner à une révolte contre Dieu, mais ces anges participent de la nature de l'homme, il rendra séduisant le péché qui est dans l'homme, la flamme de ses yeux troublera leur âme et fascinés par son éclat ils ne verront plus qu'elle et pour elle s'oublieront et oublieront Dieu.

Ils sont réunis et, pour la première fois, l'un d'eux n'a pas répondu à l'appel du second de leurs princes (Gézaël est le premier) quelle peut être la cause de cet oubli de l'ange leur frère? Bientôt il accourt, il est ému, il s'écrie : accourez, venez frères, contempler la ressemblance de Dieu, il est faible comme nous, mais comme sa vue réjouira vos cœurs, comme elle plaira à vos yeux ; et sans même regarder s'il était suivi, sûr de l'être, il s'élance et retourne à leur tête vers les lieux où ses regards étonnés ont aperçu Phénée et ses sœurs.

Seul des anges terrestres Gézaël connaissait l'homme mais ignorait l'existence des démons, Dieu ne la lui avait point révélée pour que l'homme put subir son épreuve ;

combien Gézaël pleura la chute d'Adam et d'Eve car il les aimait, avec quelle douleur il frappa la terre pour la rendre stérile et qu'elle ne donna des fruits qu'arrosée de leurs sueurs, il désira retourner vers ses frères pour ne pas être témoin des souffrances de l'homme, mais il s'humilia devant Dieu et le cœur de Dieu s'émut de sa peine et la consola en lui dévoilant le mystère de la rédemption et de l'exaltation de l'homme par l'avènement du fils de Dieu, où lui-même Gézaël, en récompense de son affection pour l'homme et de sa fidélité aux volontés de Dieu, aurait part.

Cependant, parcequ'un instant sa foi avait pu chanceler ; Dieu, dans sa justice, ne lui permit de rejoindre ses frères qu'après la mort d'Adam et d'Eve, mais pour qu'il trouva un adoucissement à son exil, et il en fut consolé, il lui permit d'être le génie tutélaire qui inspira à Adam et à ses fils l'art de travailler les métaux, de se construire des demeures, de faire produire à la terre ses moissons, d'améliorer ses fruits et embellir ses fleurs.

C'est ainsi que Gézaël ne put prévenir ses frères contre les ruses de l'esprit du mal.

Ils ont suivi Aberrat, bientôt il suspend son vol, il est inquiet, il écoute les voix qui lui ont révélé la présence des filles de l'homme, il ne les entend plus : c'est que le démon Effa a cessé d'en être l'écho, il a attiré sur elles l'attention des anges, c'était là le but à atteindre, il sait le rusé tentateur que les passions du cœur mieux que ses artifices assureront le succès final en irritant leurs désirs.

Ils approchent des hauts lieux, soudain elles paraissent à leur vue ; Aberrat, tu as loué les filles d'Eve, mais que sont tes éloges devant l'infinie admiration qui saisit tes frères, leur âme semble sur leurs lèvres prête à s'envoler vers ces êtres charmants dont aucune louange ne leur semble digne de célébrer la perfection des formes, la grâce des mouvements, le charme de la voix et du regard.

Ils oublient qu'ils sont mi-esprits, que leur présence ne saurait troubler ces êtres qu'ils admirent, d'instinct ils descendent sur la terre et comme s'ils eussent craint d'être vus, se font un voile des arbrisseaux qui entourent la clairière où sont les filles d'Eve.

La main dans la main elles courent sur l'herbe fleurie, des sandales protègent leurs pieds d'une blancheur de neige, une légère tunique qu'une ceinture de fleurs serre à la taille flotte en plis gracieux, elle couvre sans cacher aux regards des anges la beauté de leur corps, leurs bras laissés découverts semblent une chaîne d'ivoire, elles marchent la tête légèrement inclinée et le regard de contentement qui illumine leur délicieux visage donne à leur essaim un attrait dont les fils du ciel sont comme éblouis.

Le doux poison dont leur âme s'abreuve les énivre, et le lien mystérieux qui de plus en plus les attache à ces filles de l'homme ne leur laisse bientôt d'autre sentiment que celui de leur impuissance à vivre séparés d'elles, ils aiment!

Mais ces êtres aimés voudront-ils de leur alliance, quels motifs ont les anges de l'espérer, quels moyens mettront-ils en œuvre pour l'obtenir.

Ils ne se souviennent plus de leur force, une fleur dans la main de ces frêles enfants aurait pour les vaincre cent fois plus de puissance que le choc d'une montagne, ils peuvent remuer un monde et dans leur respect timide, ils désirent et n'osent se montrer, ils tremblent d'offrir leurs vœux.

Ah! si quelque chose pouvait manquer à leur bonheur, qu'ils seraient heureux de le connaître, comme ils voleraient le déposer à leurs pieds.

Dans ce moment, et comme pour venir au-devant de leur désir, voici que Malmoë et Ethève, joignant leurs mains libres ferment la chaîne formée par leurs sœurs et les entraineht dans une ronde dont Clodore, de sa voix fraîche et pure, marque la cadence des pas, elle chante :

La fleur éclose embaume les bois, le feu de ses couleurs réjouit mes yeux ;

J'ai couru vers elle à son second matin, j'ai demandé ses senteurs, j'ai cherché sa beauté? La fleur nouvelle m'a répondu : Le soleil du jour l'a flétrie et le souffle du soir a dispersé ses parfums.

Fleur, tu es l'image de nos jours, comme toi passera notre beauté, elle emportera nos joies.

Il n'en serait pas ainsi si notre mère n'eut été trompée, nous mangeons des fruits qui donnent la mort.

Qui nous montrera l'arbre dont l'ombre conserve la beauté; mes sœurs, n'est-ce pas déjà mourir que de vivre fanées.

Notre mère était belle . . . .

Ce chant est une révélation pour les anges, ils peuvent maintenant s'offrir à la vue des filles d'Eve et par le don d'immortalité qu'ils peuvent leur présenter, car n'est-ce pas là l'arbre qu'elles désirent, mériter leur reconnaissance et leur amour; mais les filles d'Eve sont belles, eux aussi doivent paraître devant elles revêtus de beauté; ils peuvent, à leur gré, choisir dans la nature, mais pourquoi délibérer? Est-il une forme plus accomplie que celle de ces êtres charmants.

Beauté de l'homme comment assez te célébrer?

Qu'auraient pu imaginer ces fils du ciel qui fut plus parfait que toi? Qu'eut su ajouter ou varier en toi leur génie.

Pour être créés, la terre et les cieux n'ont coûté à Dieu qu'une pensée, mais le corps de l'homme il l'a façonné de ses mains, il l'a délibéré comme un artiste sa statue, c'est son travail aimé, son chef-d'œuvre; le formant, c'est sa beauté divine qu'il a rendue, c'est sa perfection qu'il a reproduite.

Soudain du milieu des arbrisseaux s'avancent vers les filles d'Eve de beaux adolescents, leur front est timide et leurs yeux voilés de larmes expriment un amour plein de respect, leur voix est douce et pleine de charme, elle résonne comme un chant céleste.

A leur vue les filles d'Eve sont étonnées, elles poussent un cri, elles veulent fuir, mais est-ce un songe? La distance qui les sépare de ces beaux adolescents semble ne pas exister, ils sont près d'elles! Leur maintien est si gracieux, leurs regards manifestent tant de respect, tant d'amour, qu'elles n'ont pas la force de les repousser; émues, presque rassurées, elles tiennent leurs yeux fixés sur eux et les écoutent.

Seule Phénée reste troublée; une crainte indicible s'empare d'elle, son âme est éperdue, elle tremble; le souvenir de ses parents trompés, poussés à la désobéissance, à la révolte contre Dieu par le tentateur aux paroles pleines de miel, aux promesses mensongères, remplit son esprit; n'est-ce point un nouveau piège, l'annonce de nouveaux mensonges, de nouveaux malheurs que l'esprit du mal sous la forme de ces hommes leur apporte? Quel regret remplit son âme d'avoir conduit elle-même ses sœurs vers l'abîme. hélas! Qu'elle voudrait appeler son père et ses frères, mais quel espoir a-t-elle qu'ils l'entendent? Combien sage était la crainte de son vénéré père de redouter ces lieux; elle ne l'a pas cru, et le péril est là, et le danger est arrivé; qui la protégera, qui protégera ses sœurs contre lui? A elle est la faute, son affection pour ses sœurs menace de les perdre, elles seraient, disaient-elles, si heureuses de voir les hauts lieux; de courir, de faire entendre leurs cris joyeux sous des ombrages nouveaux, dans des clairières ignorées! Pouvait-elle ne pas condescendre à leur désir, ne pas aider à leur joie; mais si la faute est à elle, elle aussi la réparera; à défaut de son père et de ses frères

elle luttera pour sauver ses sœurs, et élevant son âme vers
Dieu, implorant son son secours divin, elle se raffermit et
se tient prête à combattre, à parer au danger.

Cependant Bulor et ses frères s'adressent aux jeunes
femmes : de grâce, ne nous fuyez pas, écoutez-nous, nous
avons entendu votre plainte, notre cœur s'en est ému, ne
vous en troublez point; l'arbre dont vous désirez l'ombre,
personne ne vous le montrera, il n'existe pas ; mais que
votre âme se rassure, que vos yeux ne se baignent pas de
pleurs, cette beauté qui fait le charme de vos yeux, la joie
de vos jours, sans laquelle il ne pourrait être pour vous de
bonheur, cette beauté nous venons vous l'offrir, en déposer
le don à vos pieds; et aussitôt ils se jettent à genoux, ils
lèvent vers elles leurs yeux suppliants, ils tendent leurs
mains vers l'Orient : c'est là qu'est le bonheur, c'est là que
vous jouirez d'une beauté toujours nouvelle, toujours à son
premier matin; Ah! que vos cœurs soient dans la joie,
l'ombre que vous désiriez vous ne lui demandiez que de
conserver votre beauté jusqu'à la fin de vos jours, mais
là-haut vos jours n'auront point de fin et votre beauté
comme eux sera éternelle; au lieu de fruits qui donnent la
mort, vos lèvres s'abreuveront aux fontaines de la vie et
pour prix de nos bienfaits que désirons-nous de vous ? Que
vous nous laissiez vous aimer, que vous nous laissiez vous
rendre heureuses, couvrir de fleurs les sentiers que suivront vos pas, orner vos épaules de robes éblouissantes et
déposer sur vos fronts d'éclatantes couronnes ; oui, suivez-
nous, laissez cette terre maudite où votre beauté se fanera,
où vous mourrez, elle est indigne de vous, venez dans nos
brillantes demeures règner dans des lieux toujours en fleurs.

Et pendant que les anges parlent, les filles d'Eve les
contemplent et leur beauté surprend leur cœur, leurs yeux
deviennent fixes, toute leur âme semble dans leurs regards,
le feu qui les couvre allume soudain dans les anges une

ardeur nouvelle, terrible qui les étonne, qui les humilie et ils se sentent impuissants à lui résister ; ils s'y abandonnent comme malgré eux, leur intelligence s'indigne, mais sans force pour lutter, elle cède et s'obscurcit ; devenus incapables de réfléchir, même de comprendre, ils n'ont qu'un désir, qu'une intuition d'idée ; satisfaire, assouvir ce sentiment, ils ne pensent plus, ils veulent.

Les anges se lèvent, ils sont comme transformés, la douceur du regard a fait place en eux à l'expression de l'implacable désir ; les filles d'Eve détournent leurs yeux, elles se sentent comme des victimes et que rien ne peut les sauver ; leur âme en est réjouie, elle se complait dans cette extrémité qui lui ôte toute volonté et les rend comme étrangères à leurs actes.

Les anges les prient du regard de les suivre. . . . .

Mais Phénée s'écrie : Mes sœurs ne les suivez pas, retournons vers notre père et nos époux, nous sommes à eux et non point à ceux-ci ; venez, mes sœurs, venez, qui sont-ils pour oser nous prier de les suivre, souvenons-nous de notre mère trompée, la douceur de leurs paroles cache le poison qui nous perdra ; méchants ! Qui êtes-vous pour tenter de nous induire au mal et nous enlever à ceux que nous devons aimer ; est-ce à vous que Dieu nous a unies? Fuyons, mes sœurs, ce n'est pas à eux que Dieu nous a données, fuyons, craignons de l'offenser, il nous arriverait malheur ; et Phénée cherchait à enlever, à entraîner ses sœurs.

Oui, dit Clodore émue de son angoisse, retournons sœurs chéries, n'attristons pas Phénée ; à cet appel de Clodore, elles détournent la tête vers les lieux où sont leurs parents, leurs époux, leurs enfants ; mais le ciel y est noir et la terre désolée ne semble couverte que de masses épineuses se tenant rigides devant la tempête qui, avec un bruit strident, arrive et déjà pousse, jusqu'à leurs pieds, les feuilles mortes ; et les anges les appellent, elles tournent la vue vers eux, quel contraste, quel prodige ! Devant elles la clairière est baignée d'un doux soleil, partout dans son frais gazon s'épanouissent des fleurs et plus loin le sentier qui se perd sous de charmants ombrages étincelle de fleurs inconnues, une brise embaumée leur en apporte les énivrantes senteurs ; un oiseau chante, Dieu n'a permis qu'à un seul de rester dans le paradis terrestre, il n'en faut pas douter à son doux chant, c'est lui.

Elles résistent à la pression de Phénée, comme fascinées, sans s'en rendre compte, elles suivent les Anges avec lenteur, elles tremblent et elles désirent d'être arrivées à la fin de la clairière, d'entrer dans les sentiers qui se perdent sous les ombrages où un pressentiment les avertit qu'il n'y aura plus pour elles d'espoir de retour ; que là sera consommée l'action indigne dont leur âme souffre mais n'entrevoit qu'avec peine le péché et la noirceur.

Phénée est effrayée, elle voit l'abîme et malgré elle ses sœurs y marchent, une sueur froide parcourt ses membres, la pâleur de la mort couvre son visage, elle s'écrie : Mes sœurs bien-aimées, ayez pitié de moi, que dirai-je à mon père, que dirai-je à vos époux, à vos enfants si je vous ai perdues ; songez à leur douleur, aux cris de désespoir de notre mère déjà affligée ; par pitié pour moi, par pitié pour eux, revenez, mes sœurs, revenez, que je vous rende à leurs embrassements, ils vous attendent. Ce cri d'angoisse de Phénée rappelle ses sœurs à elles-mêmes, il eût pu les sauver, mais le démon Tamou veillait et en détruisit l'effet, il jeta sur leurs yeux comme un dernier bandeau qui délivra leur âme de sa dernière mais importune lueur de vérité.

La pâleur de Phénée, ses yeux pleins d'effroi, loin de nuire ajoutent à sa merveilleuse beauté ; les mouvements, les efforts qu'elle faits pour retenir ses sœurs paraissent

d'une grâce et d'une noblesse indicible et le manteau éclatant qui la couvre reçoit sa beauté non de son éclat, mais de
l'art infini avec lequel le porte Phénée; qu'est leur beauté
près de la sienne, elles ne peuvent briller que par son
absence, qu'elle soit donc loin d'elles, elles sont ses sœurs,
ses égales, il ne leur plaît point de n'être que ses suivantes;
sa présence les humilie, et puisqu'elle refuse de suivre les
anges, elles-mêmes les suivront.

C'est pour leur esprit une nécessité, elles ne peuvent
être qu'où Phénée ne soit pas; mais si le démon a pu
obscurcir leur pensée, tous ses efforts n'ont point détruit
la bonté de leur cœur; en vain par l'aiguillon de l'envie, il
a tenté d'y introduire la haine, leur âme est restée aimante
et digne d'être aimée.

Un pas seul les sépare de la limite fatale, elles se jettent
l'une après l'autre dans les bras de Phénée, elles sanglotent
sur son sein et se livrent aux anges; Phénée au désespoir
cherche à les retenir, elle les inonde de ses larmes, mais
ses prières, ses plaintes sont vaines, ses sœurs ne savent
que pleurer, la couvrir d'ardents baisers, la presser dans
une dernière et convulsive étreinte.

Et toutes s'échappent de ses bras, toutes fuient vers les
anges, leurs regards fixés sur elle; la douloureuse tristesse
de leur visage est leur suprême adieu.

Phénée reste seule, elle étend les bras vers ses sœurs,
elle les appelle, ses yeux ne voient plus, aucune ne répond
à ses cris, elles sont perdues! La douleur la suffoque et
comme privée de vie elle tombe sur ses genoux, mais
l'ange Bulor dont sa beauté a captivé l'âme, Bulor le plus
beau lui-même, le plus puissant de ses frères accourt la
soutenir; au contact d'une main amie, Phénée ouvre ses
yeux éteints; soit bénie, dit-elle, toi sœur qui vient à mon
aide, qui prend pitié de mon angoisse; mais que devient-
elle lorsqu'à travers ses pleurs, elle a pu distinguer qu'elle

presse non la main d'une de ses sœurs, mais de l'ange ; elle se regarde comme souillée, elle s'écrie : Pardon, mon Dieu, pardon ; et puisant dans son âme une force nouvelle, étrange, elle se dérobe à ce contact qui l'épouvante ; elle fuit, elle ferme ses oreilles à l'appel ému et plein d'amour de l'ange, elle court, les arbustes épineux frappent et déchirent sa face, ses mains qu'elle tend pour défendre ses yeux sont meurtries, ensanglantées, ses vêtements tombent en lambeaux, ses sandales brisées ne protègent plus ses pieds nus, elle fuit sans regarder derrière elle, sans s'arrêter aux obstacles, aux blessures que lui fait chacun de ses pas.

Bulor voit son bonheur fuir devant lui, il veut l'atteindre, le saisir, mais la vertu de Dieu couvre Phénée, son ange la défend ; une puissance mystérieuse, une force invincible protège sa fuite ; Bulor retenu loin d'elle la suit en pleurant, il baise la trace de ses pas et sèche de ses lèvres brûlantes le sang qui tombe des affreuses blessures de Phénée.

Dieu saint, que les voies de votre justice sont mystérieuses, mais l'éternité est devant vous, elle les justifie.

Pendant que les sœurs de Phénée qui oublient votre loi obtiennent, par cet oubli, une beauté, une jeunesse immortelles, qu'admises aux joies des anges elles rentrent, pour ainsi dire, dans le bonheur dont devait, à jamais, les priver le péché de l'homme ; Phénée pour prix de sa vertu est accablée de douleurs et succombe sous le poids de ses maux.

Son corps meurtri, déchiré, lui cause des souffrances intolérables, son âme délire de chagrin par la perte de ses sœurs, les horribles blessures de son visage ont pour jamais détruit sa beauté et son état de nudité ajoute la honte à l'horreur de ses pensées.

Enfant infortunée, ton désespoir aurait besoin d'être consolé, et ton immense douleur ne voit devant elle que

des cris de colère et d'amers reproches; tes parents?
Comment te présenter devant eux, que diront les époux,
que diront les enfants de celles que tu as perdues.

Eve, Phénée n'espère qu'en toi, laisse sa tête reposer
sur ton sein, que ses yeux desséchés par le désespoir
puissent au contact de ton cœur de mère s'ouvrir aux
larmes. Ah! sa douleur n'est pas de celles dont on guéri,
mais qu'elle ait au moins la consolation de refuser d'être
consolée.

Mais Phénée ne connaît qu'une partie de ses malheurs
et mon esprit troublé à leur souvenir en redoute le récit,
il a hâte d'en rejeter la pensée comme d'un poids qui l'accable.

Pendant que Phénée accourt la gorge desséchée cherchant
où trouver à son âme un refuge contre son horrible peine.
des sanglots, des cris désespérés frappent son oreille, elle
s'oublie et court vers ceux qui pleurent . . . .

Depuis lors sa voix douce et plaintive ne cesse dans des
chants sans suite de rappeler Abel son époux mourant
ensanglanté, de redire les derniers embrassements de
ses sœurs.

Ses yeux hagards ne reconnaissent plus sa mère éplorée,
mais ils voient dans l'ombre du soir ceux qu'elle a perdus,
elle répond à leurs adieux lorsque la tempête mugit,
lorsqu'au loin le torrent gronde gonflé par l'orage.

DÉCLAM DES DÉCLAMS

Les fils du Ciel célèbrent leur hymen avec les filles de l'homme par des chants et des banquets dont les mets sont le produit même des excrétions de leurs corps immortels; miel d'une vertu divine et proportionnée à leur puissance; c'est pourquoi la table d'Uranos et plus tard celle de Jupiter seront celles où, de préférence, viendront s'asseoir les Divinités.

Pour bâtir des palais à leurs épouses aimées, ils abattent les collines d'or de l'Olympe et dépouillent la lune des pierres précieuses éparses sur son sol comme les cailloux qui parsèment nos champs.

Mais ils ne viennent plus adorer l'Eternel, ils l'oublient et oublient leur origine.

Cependant Dieu ne les a pas rejetés de sa face parcequ'ils ne se sont point révoltés contre sa sainteté; leur faute n'est pas le fruit de l'orgueil de leur esprit, mais celui de sa faiblesse; le tentateur les a exposés à la beauté de la femme et leurs yeux éblouis n'ont plus vu qu'elle dans l'univers, ils n'ont plus su se souvenir que de son image; Dieu a eu pitié de leur erreur car ils n'avaient pas vu sa gloire, et la beauté de la femme est son œuvre; toutefois, parce qu'ils l'ont oublié, Dieu, dans l'insondable dessein de sa sagesse, les laissera, pour un temps, dans leur aveuglement, se réservant, dans sa justice, de les soumettre à l'épreuve qui devra les convaincre de péché ou leur permettre de mériter leur pardon, ils seront jetés dans le creuset des sacrifices, ils s'y consumeront et Dieu recevra

4

leur dernière étincelle pour la déposer devant lui et la
changer en trônes mille fois plus glorieux, mille fois plus
heureux que ceux du brillant Olympe; ou bien, ils se
raidiront contre l'expiation et refuseront l'épreuve et alors
leur crime sera consommé, et ils ne devront qu'à leur
volonté leur séparation de Dieu, leur éternel malheur.

Que d'autels sont élevés! que de prêtres tendent vers les
cieux leurs bras suppliants et répandent leurs prières avec
la fumée des sacrifices, mais à qui s'adressent leurs
supplications? car leurs lèvres ne prononcent pas le nom
du Dieu tout-puissant, elles semblent ignorer le saint nom
de l'Eternel!

Ah! qui donnera à mon âme les cris de douleur qu'elle
voudrait pousser à la vue de la face de la terre souillée par
l'oubli de Dieu.

Sois maudit, odieux péché, toi qui a pu conduire l'homme
à douter de l'infinie miséricorde de Dieu et à trouver
dans l'oubli de sa justice et de son nom un remède à ses maux.

La terre qui avait bu le sang d'Abel s'était bientôt
refermée sur Adam et sur Eve dont les angoisses ont
éteint la vie; Caïn qui a porté à leur cœur le coup fatal a
ajouté à ses forfaits le plus grand, le plus odieux
des crimes, la haine de Dieu, il a effacé son nom de ses
lèvres et veut le bannir du milieu des hommes.

S'abandonnant à l'inspiration du démon, il sut dissimuler
les sentiments de sa haine et comprit que pour ôter de
l'esprit de ses enfants l'idée de Dieu dont Adam et Eve ont
tant de fois publié la bonté, dont tout l'univers annonçait
la puissance, il devait opposer à Dieu un culte pris dans la
nature et dont la mémoire des choses parlât au cœur et la
vue à l'imagination.

La douce image de leurs épouses et de leurs mères est
toujours devant leurs yeux, ils les appellent, ils les pleurent,
et les tristes chants de Phénée rapportant la beauté de

leurs ravisseurs, leurs promesses et les prodiges qui s'opèrent sous leurs pas, donnent au souvenir de ces êtres pleurés un charme infini de tristesse et d'espoir; ces fils du ciel ne sont-ils pas les souverains de la nature, n'ont-ils pas tout pouvoir sur la destinée, les biens et les maux que l'homme peut espérer ou craindre; ne doit-on pas attendre, n'est-ce pas même un devoir de croire qu'elles emploiront leur influence sur ces êtres puissants pour qu'ils protègent et versent la rosée de leurs bienfaits sur ceux dont elles aimaient tant à recevoir le doux nom de mères, sur ceux dont les baisers peuvent finir mais ne sauraient être oubliés.

L'infernal génie ne cessa d'exalter leurs louanges, de redire les motifs d'espoir d'en être protégés, secourus; il établit des jours pour les pleurer, des fêtes pour célébrer leurs vertus; il institua des hommes chargés de gémir sur leur absence, de parler sans cesse de leur bonté, de leurs charmes, de leurs bienfaits; aux fils du Ciel ils attribuent la toute puissance et sous les noms de Cel, Ono, Gœl et Ita, les reconnaissent pour les maîtres, les régulateurs de toutes les choses créées; ils donnent aux sœurs de Phénée ceux de Rhé, Ghé, Una et Ful, elles sont les épouses aimées des Dieux; c'est par elles qu'ils se plaisent à faire parvenir leurs dons aux humains, elles sont leurs heureuses médiatrices, les Dieux aiment qu'elles les implorent et ne savent rien refuser à leurs prières; de même que sur la terre leur touchante affection faisait leur bonheur, de même dans les cieux elles restent unies dans leur amour et le désir et la prière de l'une est le désir et la prière de toutes; leurs noms bien que distincts ne signifient qu'une même volonté; le pouvoir universel et un des Dieux est lui aussi témoigné par leurs noms divers signifiant les attributions de tous comme celles de chacun d'eux.

Et ces hommes ne devaient répéter que ces choses, ils devraient tout oublier pour elles; revêtus de vêtements étranges, ils vivaient séparés du reste du peuple; mais le peuple devait accourir à leur voix, eux seuls avaient le droit de l'instruire, leur sagesse était imposée à ses différents; eux seuls avaient le don de parler de la divinité, car leur oreille seule entendait la parole des Dieux, et maudits auraient été les yeux qui n'eussent pas vu ce qu'ils leur imposaient de voir, maudites auraient été les lèvres dont une parole n'eut pas été un écho affaibli des leurs.

Et ce culte qui paraissait d'amour était ainsi un culte de mensonge et de colère, et pour prix de l'odieuse condescendance de ces hommes, Caïn le patriarche, le premier des habitants de la terre par le respect dû à son droit d'aînesse, les déclarait prêtres des Dieux, supérieurs à leurs frères, leurs mains sacrées ne devaient plus concourir au travail commun, n'aidaient-elles pas assez en s'étendant vers les cieux, que pouvait faire de plus leur souffle que d'y pousser la fumée des sacrifices.

Pardon, Dieu saint, de donner le nom vénéré de prêtres à ces imposteurs, à ces méchants; l'esprit du mal pouvait-il inventer, pouvait-il trouver de plus terribles instruments que ces hommes pour perdre l'humanité en l'empoisonnant à sa source.

Ces Dieux n'eurent bientôt que les vertus qu'il convint aux prêtres de leur donner pour plaire aux riches et aux puissants, ils devinrent le tombeau de l'amour et de l'égalité parmi les hommes; Ah! les fils du Ciel valaient mieux que leur religion, combien de fois elle dut les faire rougir, combien de fois ils durent renier leurs autels.

Cependant les anges se ressouvinrent de la terre et jetant les yeux sur elles, ils se virent devenus des Dieux; c'est en leur honneur que fume l'encens, que sont immolées les victimes, leurs sacrificateurs les implorent comme les auteurs des hommes et les créateurs de la nature; cette vue surprit et réjouit leur cœur, mais acheva le trouble

de leur esprit; ils oublient qu'ils sont créés, ils ne savent
comment eux-mêmes ont créés, mais il leur plaît d'être
adorés; ils aiment à reconnaître pour leurs les noms
suprêmes sous lesquels les hommes les invoquent, mais là
fût. le principe de leurs malheurs, là fût le premier
châtiment de leur oubli de Dieu.

Comme avertissement qu'ils n'étaient que des créatures
et pour éclairer la terre sur l'indignité des Dieux dont elle
avait fait choix, l'Eternel suscita des novateurs qui chan-
gèrent les noms qui plaisaient tant à leurs oreilles, en ceux
moins saints, moins divins d'Uranos, Cronos, Cœlus et
Titan et, malgré l'enfer, ces noms sont restés les seuls
voulus et employés par les hommes.

D'autres humiliations viendront sur ces divinités,
l'Eternel manifestera à la terre sa vérité par d'autres
signes, je les redirai ainsi qu'ils m'ont été appris.

Josephte, tu es la première des Muses, si elles ne t'ont
pas appelée dans leur chœur, si elles ne t'ont pas acclamée
leur reine, c'est que tu ne fus connue ni d'elles, ni des
Dieux; fille chérie de Phénée, tu ne pus te priver un instant
de voir son doux visage, tu la suivis s'éloignant avec ses
sœurs vers les hauts lieux, tu assistais de loin à son
angoisse et accourus de tous tes pas d'enfant à son secours;
mais l'orage et les rameaux épineux qui meurtrirent ta
mère rendirent vains tes efforts; l'ange qui protégea sa
fuite eût pitié de toi, il eût pitié du désespoir qu'eût causé à
ton âme aimante la vue des maux de ta mère bien aimée et
du corps sanglant de ton père Abel frappé pendant qu'il te
cherchait, il leva vers l'Eternel ses yeux pleins de larmes,
et l'Eternel lui permit de t'emporter vers les cieux plongée
dans un sommeil qui t'épargna mille douleurs en te rendant
à ton réveil, la terre comme étrangère par la mort, par la
disparition de ceux que tu avais aimés; c'est ainsi que tu
restas une fille des cieux, un témoin des faits des habitants

de l'Olympe; ignorée d'eux tu fus presque connue des
hommes à qui ton doux souvenir inspira de t'apercevoir
sous les traits de la blanche lueur appelée Vierge Astrée;
dans ta forme vaporeuse, ton âme planait sur l'Olympe,
c'est toi qui maintint dans le cœur des sœurs de ta mère le
désir de toujours s'aimer, c'est toi qui consolas Métis et ne
cessas à cause d'elle d'inspirer Minerve qui te dut de
rester la plus aimée, la plus honorée, la plus pure
des divinités de l'Olympe; avec ce séjour des Dieux, tu
disparus de la voûte étoilée; où fut ton asile? jusqu'au jour
que dans la bourgade de Rive, ce site si pauvre et si
enchanteur, des femmes accoururent en s'écriant : Où est
la colombe que nous avons vue, où est l'oiseau béni dont
la blancheur a ébloui nos yeux? Mais dans cette demeure
où elle était descendue, une enfant venait de naître et
s'inclinant devant Dieu, toutes les voix ont murmuré:
Qu'est ceci? Un prodige s'est fait pour nous; et dans son
étonnement la mère inspirée s'écria: Qu'elle est belle!
D'où vient cette enfant? Colombe digne de tout amour, tu
ne m'as point révélé quel fut ton refuge pendant dix-neuf
siècles et par une omission qui est pour moi un mystère, il
ne m'est point venu la pensée de jamais te le demander;
mais, mille fois, tu me l'as dit et mes oreilles ne se lassaient
point de l'entendre, tu m'avais choisi et tu attendais, dans
mon réveil, l'époux que tu avais demandé à Dieu; la lumière s'est faite en moi en recevant ton souffle; il m'a
ouvert le voile des siècles passés, il a mis devant mes yeux
ces évènements que pour endormir mes souffrances tu
expliquais à mes oreilles étonnées; ah! tu les avais vus et
les rapportant je charmerai les siècles, comme moi-même
j'ai été charmé; ils te devront de distraire bien des douleurs, de faire oublier bien des peines, de redonner l'espérance à plus d'un désespéré; par eux le croyant sentira sa
foi grandir; ils seront le souffle qui ranimera dans l'âme de

celui qui oublie le flambeau de la sienne et ceci est ton désir, il sera, aux pieds de Dieu, ta récompense et ta gloire.

Epouse chérie, puisses-tu du haut du ciel sourire à mes travaux; un seul de tes regards, même dans mes rêves, est pour moi une rosée de bonheur.

Ma Josephte bien-aimée, ton nom est celui des plus pauvres filles du peuple, tu l'as voulu; mais à cause de toi, à ton souvenir, nulle femme ne rougira plus de lui; l'humble souci ta fleur préférée, quittera son nom pour le tien, il deviendra la fleur du fiancé, celle que la fiancée place sur son cœur, lui-même l'attachera près de sa couche nuptiale comme un gage d'amour, comme un présage de bonheur.

DÉCLAM XXI

L'homme placé sur l'obélisque de la patrie au jour où vingt peuples s'assemblent pour leur commerce dans le champ célèbre qui s'étend à ses pieds, voit mille scènes se passer en même temps ; sa bouche est impuissante à les rapporter toutes à la fois et cependant il sent dans sa gorge tous les mots nécessaires à les redire ; ainsi sont devant moi les évènements de l'Olympe.

Je les rappellerai, non tous, aucun volume ne pourrait y suffire, mais assez en nombre pour qu'ils soient compris par les âges à venir :

Bulor avait été le second prince des âges terrestres, il demeura sous le nom d'Uranos le premier des Dieux de l'Olympe ; c'est sur ses autels que sont sacrifiées les plus grasses, les plus nobles victimes, c'est de sa louange que les prêtres remplissent leurs chants ; les anges ses frères devenus les Dieux Cronos, Cœlus et Titan souffrent de cet excès d'honneurs rendus aux autels d'Uranos, ils envient sa gloire, ils jalousent sa puissance.

Dès lors la paix disparaît de l'Olympe, elle fait place à de sourdes colères ; la joie préside à peine aux festins, les propos sont impétueux, les regards se cherchent ; c'est de la rencontre de leur sombre éclat que naquit la Discorde, c'est de l'écume des paroles courroucées que se formèrent les serpents qui composent la chevelure de la méchante déesse.

Déjà même les épouses des Dieux sont moins chères à leurs cœurs, elles sont toujours belles, elles seraient tou-

jours dignes d'être aimées, mais les sœurs de Clodore
tiennent constamment leurs yeux abaissés vers la terre,
elles rougissent en présence de leurs époux, leurs regards
tristes et suppliants semblent leur demander grâce et les
Dieux répondent à ces supplications muettes de leurs
épouses par des signes de dépit, presque des reproches de
colère.

Mais ce qu'elles n'osent avouer les Dieux le devinent,
ils en éprouvent une irritation profonde, ils sont presque
honteux des sentiments d'amour qu'ils ont prodigués à
leurs épouses, ils n'ont tant aimé que pour procréer des
êtres inférieurs, des mortels.

Conçus sur la terre avant que leurs mères se fussent
nourries de mets divins, la terre les regarde comme son
fruit, elle les réclame, elle les exige ; en vain les épouses
des Dieux s'en défendent, elles sentent qu'invinciblement
attiré vers elle le fruit de leurs entrailles s'y précipitera au
risque de périr dans sa hâte de répondre à cet embrasse-
ment désiré.

L'amour maternel les préserva de ce péril ; mais nés de
pères immortels, nourris dans le sein de leurs mères de
sucs divins, ces enfants avaient en eux le principe d'une
force immense et sous les noms d'Ancélade, Briarée et
Tého, ils furent les premiers géants ; Tého fut mère de
quarante fils qui devinrent forts comme leurs pères et les
aidèrent dans leur guerre contre les Dieux ; ces géants
furent inconnus des hommes dont ils restèrent séparés par
un fleuve profond de sept montagnes et d'une largeur
immense.

Hé quoi ! déjà les siècles m'interpellent, ils demandent,
ils veulent qu'avant tout j'explique comment les géants
purent espérer d'atteindre le séjour des Dieux par leur
entassement de montagnes ; puisque la terre elle-même
eut-elle été pétrie, allongée comme le mélange de farine et

de miel que la main du pâtissier pousse et repousse devant lui, elle n'eut pu s'étendre jusqu'à la lune et moins encore jusqu'à l'Olympe situé au-delà.

Siècles, je satisferai votre impatience, mais cessez vos cris, comment me faire entendre au milieu d'eux, moi sur qui une cigale l'emporte par la force de la voix :

Où sont vos aînés, interrogez-les ! Ils dorment, dites-vous, et rien ne peut les tirer de leur sommeil ! Où donc est votre droit à dire cela ne peut être ? Où est votre vérité contre ceux qui vous disent : nous avons été témoins.

L'aveugle ne voit pas la lumière et il est insensé à lui de nier la possibilité de la lumière en présence de ceux qui voient la lumière, et cependant vous faites comme l'aveugle.

Apprenez donc par l'exemple d'une erreur à combien d'autres vous vous exposez en érigeant en juges votre œil et votre intelligence dans ce qui ne vous est donné qu'à croire.

Au commencement, les choses ne furent point telles qu'elles paraissent, l'astre des nuits plus rapproché de la terre ne la surmontait que de la hauteur de onze montagnes ; lorsque son choc l'eût allégé de ses mers, il remonta vers les cieux, mais à la stupéfaction de l'Olympe, au lieu de s'arrêter à sa place première, il continua à s'élever en entraînant la chaîne de Jupiter qui la lacha pour ne pas être emporté lui-même avec son trône ; c'est l'ordre du Destin, se dit le Dieu, car où avais-je pris la force de la soutenir, le seul chaînon sur quarante laissé à sa main chargeait son bras ; mais les divinités n'y virent point la faiblesse de Jupiter ; les Muses mieux instruites le turent et le tournèrent à sa louange par la fiction de leur effroi à la vue de sa main hésitant entre l'abandon de la chaîne et l'éternelle perte du jour, ce poëme d'Acodo se retrouvera et fera l'étonnement du monde.

Siècles, je vous ai donné la vérité, mais loin de satisfaire les hommes, et ceci est ma peine, loin d'apporter le
repos à leur esprit, elle le laissera plus inquiet, plus troublé; car nulle science humaine ne peut endurer que les
hautes régions des airs incapables de soutenir les feux
subtils venant de la terre soient le fondement sur lequel
repose l'astre des nuits en apparence d'un poids immense.

Comment convaincre les hommes que la matière de cet
astre opaque comme le fer et forte, comme réseau, à supporter un Océan, soit fragile à être rompue par les pas d'un
papillon et plus légère que tout fluide aérien.

Abandonné à lui-même, l'astre fut sorti de l'atmosphère
de la terre, et il eut suffi d'une impulsion cent fois moindre
que celle imprimée par le relèvement d'un sourcil de
l'homme pour qu'entrant dans le vide, il eut couru aux
limites du chemin du soleil, s'y briser et disparaître de nos
cieux.

La chaîne le retient, par son poids, au sein de l'atmosphère, il y ressemble à un navire chassant sur son ancre
à la hauteur de soixante mille montagnes; mais dès cette
heure a daté la seconde décadence de la terre qui vit avec
stupeur naître sur sa surface l'inégalité des climats et des
jours; longtemps elle pleura l'astre immense dont la lumière diamantée versait sur les yeux levés vers lui le doux
sommeil; longtemps elle refusa de le reconnaître dans
l'astre nain et bizarre qui le remplaçait dans les cieux.

Auparavant la lune suivait la terre et en illuminait sans
fin la nuit, elle marchait derrière sa reine et ne tournait
pas, comme de nos jours, autour d'elle ainsi qu'une suivante folle; elle ne donnait pas ce spectacle étrange d'un
flambeau fait pour éclairer les ténèbres et ne leur donnant
de sa lueur que ce qu'il n'en peut perdre dans les feux du
jour.

L'insensé dira : pourquoi ces évènements, où tendent ces

mystères? Mais l'âme du sage se recueillera devant eux,
elle y lira l'avertissement de l'Eternel à la terre.

Par ces paroles, je mettrai fin à ce discours; aussi bien
il suffit aux oreilles qui entendent et aucun ne peut contenter un sourd.

Siècles, j'ai répondu à votre désir, maintenant faites
silence, que je puisse, suivant qu'ils pressent mes lèvres,
redire les actes de l'Olympe.

Clodore est la moins belle des épouses des Dieux, elle a
reçu dans l'Olympe le nom de Rhé, mais elle l'emporte par
la grâce et l'esprit; son noble maintien, sa taille majestueuse et le charme de sa voix n'ont pas d'égal dans ses
sœurs.

Uranos l'a acceptée pour épouse, la fuite de Phénée lui
a valu cet honneur; ce Dieu moins épris que ses frères n'a
pas tardé à distinguer entre les filles d'Eve; d'une beauté
moins éblouissante, Clodore a des qualités qui l'élèvent au
dessus de ses sœurs et en font la vraie reine de l'Olympe.

Le mérite de cette épouse adoucit la sombre douleur
d'Uranos, il ne peut oublier Phénée dont les traits remplissent son âme, mais les douces vertus de Rhé, sa touchante
résignation à ses colères émeuvent son cœur, il ne peut
l'aimer, mais il ne peut se refuser à reconnaître que sans
Phénée elle mériterait son amour; où trouvera-t-il loin
d'elle un soulagement à sa peine; doit-il accabler ce cœur
si aimant des maux affreux dont lui-même souffre; ces
pensées le rapprochent de Clodore et il cherche dans ses
baisers un instant d'oubli au désespoir de son âme.

C'est ainsi que Clodore conçut la première dans l'Olympe
et devint mère du grand Dieu Saturne.

La joie d'Uranos fut immense, Rhé lui devient de plus
en plus chère et il désire l'aimer; mais le sang de Phénée
brûle toujours ses lèvres, sa soif d'amour dessèche son
âme, sa lutte contre son cœur ne sert qu'à l'aigrir; impuis-

sant à trouver en lui-même et dans ce qui l'entoure un remède à sa peine, il abandonne le gouvernement suprême de l'univers, il fuit dans les vastes cieux répéter à leurs sollitudes si elles peuvent lui donner le calme et la paix.

Bientôt Cœlus et les autres Dieux méconnaissant les ordres d'Uranos, rejettent l'autorité de Rhé et de Saturne et Cœlus règne ; mais les forces du jeune Dieu ont grandi, il réclame sa couronne et aidé de Titan attaque l'usurpateur ; quels combats ! aucune voix n'a pu les redire, leur grandeur effraye les Muses, mais vous en restez les immortels témoins, constellations des cieux ; c'est sur son propre empire, sur vos vastes corps, que le grand Cœlus reçut et rendit les chocs des deux Dieux, pressées et poussées sous leurs pas, l'ordre uniforme de vos étoiles fut bouleversé et se changea en signes qui surprirent d'abord Titan et Saturne puis les remplirent d'une mystérieuse crainte devant leurs inutiles efforts à les effacer, à les modifier.

En présence de l'égarement de la terre à oublier le culte de l'Eternel pour celui des Dieux, l'Eternel venait de se servir des Dieux eux-mêmes pour marquer au front du firmament ses droits à l'adoration de tous les êtres, car par l'ensemble des figures constellées est écrit :

Gloire à Dieu seul.

Ce fut dès ce jour que le vaste ciel de la terre a été peuplé de monstres ; mais cette œuvre maudite par laquelle Satan voulut détruire la manifestation du Très-Haut, en rendant le firmament horrible à détourner à jamais de lui les regards des divinités et des hommes, s'est tournée contre l'enfer ; toutefois la fille d'Abel m'a enseigné que ce n'est point à elle à le redire, ceci ne doit pas être révélé par une voix de muse, il le sera, à son heure, par l'Esprit des cieux.

Pour le moment, il doit suffir aux hommes d'apprendre

que ces signes de l'Eternel ne cesseront de parler à l'âme
des divinités; c'est par eux qu'elle sera instruite de l'existence du Livre placé dans les cieux invisibles à leur vue
et contenant les décrets d'une volonté dominatrice des
évènements; c'est à eux, c'est autant au souvenir laissé
dans l'Olympe par leur formation, qu'à celui du soleil
rebelle, que sera dû le salutaire effroi causé à ces divinités
par l'apparition des astres venant des trois horizons du
ciel se réunir sur le berceau de l'enfant Dieu et signifiant
par leur marche :

Il n'est de Dieu que lui.

Oracle confirmé dans le même instant par les voix célestes dont le cantique les oublie, ne les compte plus dans
la nature :

Gloire à Dieu ;
Paix aux hommes.

Cronos avait paru indifférent à la querelle des Dieux,
mais dès qu'ils sont éloignés, qu'il les voit occupés à leur
combat, il dévoile ses desseins, il renverse les palais de
ses frères et abandonnant l'Olympe, veut enlever leurs
épouses.

En vain Ghé son épouse le conjure avec larmes de ne
pas faire à ses sœurs et à leurs époux un tel outrage, il
demeure inflexible, à sa prière cependant il consent à
retarder d'une nuit son noir projet, mais à l'aurore que les
Déesses soient prêtes à le suivre ; la belle Ghé au désespoir
ne sollicite plus de Cronos qu'une faveur, celle d'introduire
ses sœurs dans la chambre nuptiale. elles n'ont plus de
palais; le Dieu y consent, car il sera plus sûr d'elles; Ghé
l'en remercie comme d'une grâce insigne et pour lui marquer sa reconnaissance se livre avec transport à ses
caresses ; une douce chaleur suivie d'un bien être infini
circule dans les membres du Dieu, le sommeil l'accompagne
et bientôt ferme ses yeux.

A l'insu de Cronos, Ghé a quitté sa couche, elle est près de ses sœurs les aidant à ouvrir aux fils de Titan la porte de la chambre nuptiale; sans défiance, le Dieu n'en a poussé que le plus léger verrou, et c'est à le repousser que les quatre Déesses joignent leurs forces; elles durent bientôt reconnaître que cette œuvre était au dessus de leurs efforts, autant eût valu pour elles entreprendre de remuer l'Olympe; elles se regardent avec épouvante et pleurent; de l'autre côté de la porte les fils de Titan gémissent de ne pouvoir leur venir en aide, car bien qu'enfants leur force est immense près de celle de leur mère; soudain Clodore a cessé de pleurer, ses yeux fixes contemplent le Dieu, Cronos semble occupé par un songe, de temps à autre il agite sa main comme en signe d'assentiment; promptement elle attache au verrou un solide lien dont elle assujettit l'autre extrémité à la main du Dieu, les Déesses ont compris et un rayon d'espoir illumine leur visage; tout-à-coup le verrou est repoussé avec une extrême violence et tout le palais a retenti du choc; les Déesses en sont atterrées, mais le lien rompu s'est échappé du bras du Dieu et Ghé est déjà à ses côtés; de nouveau elle se livre à ses caresses, de nouveau ses sens réjouis le plongent dans le sommeil.

Les Titans entrent apportant des liens dont ils enveloppent le Dieu dans son solide lit de diamant, les Déesses dirigent leurs jeunes mains, mais Ghé n'y prend point part; assise à l'écart, elle sanglote, car elle aime son époux; enfin Cronos est lié, un grand fleuve tombant en cataracte de la hauteur des cieux serait un bruit affaibli des effroyables clameurs que poussa le Dieu à son réveil; les Déesses ont fui, seuls les Titans restent, ils veillent à assurer les nœuds, car sous les efforts de Cronos les énormes cables se tendent et vibrent comme la corde d'un arc essayée par un bras puissant; Ah! le Dieu est bien captif, les liens résistent, ils eussent pu soulever le monde, et servirent plus tard à former le premier anneau de la chaîne d'or de Jupiter.

Tout immenses que fussent les forces de Cœlus, il n'a pu résister à Saturne et à Titan, les deux Dieux l'ont vaincu et l'ont dépouillé de sa puissance en l'obligeant à franchir, malgré lui, l'espace où sont contenus les univers qu'embrasse la vue des Dieux assis sur leurs trônes.

Victorieux, Saturne et Titan redescendent dans l'Olympe; mais pourquoi Rhé, pourquoi Una n'accourent-elles pas à leur rencontre? que signifient les effroyables clameurs qui frappent leurs oreilles? où sont leurs palais? telles sont les pensées qui s'imposent à l'esprit des Dieux et leur font hâter le retour.

Ils trouvent leurs palais renversés, Rhé et Una pleurent, elles cherchent en vain à consoler Ful que désespère le malheur de Cœlus, et Ghé se traîne à leurs genoux les suppliant d'attendrir le cœur des Dieux sur le sort de Cronos; Rhé et Una lèvent leurs bras avec désespoir, elles sanglotent de voir leurs sœurs si profondément affligées.

A l'approche des Dieux, Rhé se jette aux pieds de Saturne, elle les inonde de larmes; Una couvre Titan d'ardents baisers; Rhé supplie son fils d'avoir pitié de Cronos; Una, sûre du cœur de son époux lui prodigue ses caresses, certaine qu'il ne saura rien lui refuser.

Combien Titan dut être fier de ses fils, ils sont là, dans le palais de Cronos, le bruit effrayant de ses cris, ses gigantesques efforts pour se délivrer de ses liens les ont trouvés impassibles, les longues veilles ne les ont pas abattus; au désespoir de Cronos, ils ont sans relâche circulé autour de sa couche, veillant sur les nœuds qui le retiennent; à l'entrée de Saturne et de leur père, ils semblent leur remettre solennellement un captif, ils montrent qu'ils ont confiance dans leurs forces, ils se sentent déjà des

Dieux. Mais dès que les grands Dieux, par un regard, ont comme pris charge de Cronos, alors seulement ils se laissent redevenir enfants et se jettent sur le sein de leur père en pleurant ivres de joie de son retour.

Le noble Titan n'avait pas un instant hésité à promettre l'oubli des torts de Cronos, que comptait son palais détruit devant un baiser de son épouse? n'était-il pas prêt pour un seul de ses sourires à s'imposer des travaux et des fatigues infinis; mais par quelles paroles exprimer l'indignation, l'accès de fureur qui s'empara de son âme en entendant Cronos, dans son aveugle rage, dévoiler ses coupables desseins sur les épouses de ses frères; la pensée de l'outrage médité contre l'auguste mère de ses enfants suffoque le grand Titan; ce ne fut pas un cri, mais un rugissement de colère qui sortit de sa vaste poitrine et fit presque crouler le palais de Cronos; il lève son bras, il va l'abattre terrible comme la chute de cent montagnes, mais Ghé est à ses pieds, Ghé dont le doux visage est presque celui de son épouse, il y a tant d'angoisse dans sa prière, son dévouement, quoiqu'envers un époux indigne, lui rappelle si vivement l'ardent amour de sa bien aimée, que son bras se détourne; mais son bonheur et la dignité de son épouse exigent que le coupable soit chassé, qu'il disparaisse à jamais de l'Olympe.

Pendant ce temps Saturne a tenu ses yeux attachés sur Cronos, son froid visage n'exprime aucune émotion, il réfléchit; pourtant un méchant sourire a plissé sa lèvre lorsque le bras de Titan a menacé d'un effroyable coup la tête de Cronos, mais dès qu'il voit la main du grand Dieu conduite par son cœur retomber en épargnant le coupable, lui-même agira et mettra à exécution le résultat de ses pensées; que lui importe la noirceur de l'acte de Cronos? sa faute, son crime est d'être, sinon en sa personne du moins en celle de ses futurs fils, un compétiteur possible

5

au pouvoir suprême; il voit dans son forfait non une faute
à punir mais une occasion offerte de se délivrer de sa
crainte; et au moment où Titan ôte à Cronos ses liens pour
l'expulser de l'Olympe, Saturne l'a frappé de sa faux, il l'a
mutilé.

Quel cri de douleur, quel cri de dignité blessée poussa
l'infortuné Cronos; mais poussé, poursuivi par les deux
Dieux, il dut comme Cœlus franchir ces limites de l'espace
au-delà desquelles il perdait sa force et restait dépouillé de
son pouvoir.

Est-il un cri, un accent si douloureux qu'il puisse être
capable de rendre la douleur qui étreignit le cœur de Ghé à
la vue de l'horrible blessure de son époux; elle court vers
ses sœurs cacher dans leur sein sa tête brûlante, la pensée
que son bien aimé la croit coupable de son malhèur brise
son âme :

Mes sœurs, où fuir? où trouver une retraite assez
affreuse pour abriter ma peine, Cronos me maudit, pourrai-
je jamais me justifier à ses yeux, quoi! c'est moi, c'est sa
Ghé qu'il croit complice de ses maux; il ne pourra plus
avoir pour moi que des pensées de colère et de vengeance;
oui, se venger de moi est la seule consolation qui puisse
lui rester; mon bien aimé, je te suis, je te donnerai cette
dernière marque d'amour; pour te consoler, je me vouerai
à tes colères, tu m'accableras, tu me briseras et mon âme
sera heureuse de mes malheurs, de mes supplices, parcequ'ils distrairont ta douleur.

Telle fut la plainte de Ghé et elle s'élança vers les cieux
laissant ses sœurs plongées dans une angoisse près de
laquelle la mort eût été un bienfait, si elles avaient pu
mourir.

Saturne a secoué les gouttes de sang attachées à sa faux,
une d'elles est venue se fixer sur sa barbe naissante où
elle fera éternellement tache; ni effort, ni science ne

pourront l'effacer; les autres tombées sur la terre y pro-
duiront des monstres et parmi eux les immondes harpies.

Dans sa furie à chasser Cronos, Titan ne s'est point
aperçu de la blessure du Dieu, il n'a attribué son cri de
douleur qu'à sa honte et à son regret d'être expulsé de
l'Olympe.

Mais au retour, l'insistance de Saturne à épiler sa barbe
attire l'attention du grand Dieu sur la tache qui la souille,
il pressent quelque cruauté et bientôt les malédictions de
Ghé lui apprennent toute l'horreur de l'acte commis sur
Cronos.

Titan frémit d'indignation, il arrête sur Saturne un
regard de courroux que lui rend le terrible Dieu, leur
âme semble boire la colère, ils se provoquent, mais avec
leurs regards de plus en plus menaçants grandit leur corps;
déjà ils ressemblent à deux continents debout, dressés l'un
contre l'autre, quelle lutte épouvantable se prépare! Saturne
fixe sa faux, Titan porte autour de lui ses regards cherchant avec quoi il l'accablera; à ce moment même, comme
entrant dans le chemin du soleil, se présentent à portée
de ses mains deux ourses, l'une d'une grandeur, non pas à
égaler l'Ossa exhaussé du Pélion, mais à cacher dans sa
gueule les deux monts superposés; l'autre, tout formidable
qu'elle fut, suivait comme un nourisson, sa taille n'était
que celle d'une haute montagne; leur aspect eut été
capable d'effrayer les chevaux du soleil, si le soleil eut eu
alors des coursiers, mais l'Aurore ne lui avait pas encore
construit de chariot; d'où venaient ces monstres? ou plutôt
n'existant point avant le départ des Dieux, car ils n'eussent
pu échapper à leur vue divine, qui venait de leur donner le
jour? Titan ne se le demande pas, étendant les mains, il
saisit les deux épouvantables ourses; déjà son bras droit
tourne pour lancer la plus grande et de sa masse écraser
Saturne; le gauche dont la main embrasse l'autre monstre

suit le mouvement du corps en décrivant un cercle plus étroit ; l'immense Saturne s'avance sa colossale et formidable faux dressée, mais un cri est parti de l'Olympe et arrive aux Dieux, c'est celui des Déesses et des enfants de Titan, ce cri rappelle le noble Dieu à lui-même, sa main ne jette pas le monstre immense qu'elle retient avec force, non qu'il doute de l'effet de son choc, mais Saturne vaincu, c'est un combat plus redoutable à soutenir contre Uranos son père ; si même, quoique contre toute apparence, Saturne venait à l'emporter sur lui, à quelles cruautés devraient s'attendre à être soumis son épouse et ses enfants devenus à la merci de ce barbare ; ses fils croissent de jour en jour en force, qu'a-t-il à craindre de différer son combat ; un jour, à leur tête, il pourra engager la lutte assuré de la victoire.

Ces pensées calment Titan et les deux Dieux continuent leur descente vers l'Olympe en s'observant du regard mais sans combattre.

De ce commencement de lutte date la séparation des deux ourses qui ôtées de la route du soleil furent rejetées dans l'étendue opposée où. comme affolées, chacune continue à suivre un chemin semblable à celui où l'emporta le bras de Titan ; la perversité de l'enfer et l'esprit troublé des Muses ont fait de ces monstres les gardiens des lieux ténébreux du ciel de la terre où règnent les frimats et les montrent aux hommes sous les premier et troisième caractères célestes qui publient dans le firmament la gloire de l'Eternel.

A la suite de Ghé, Ful s'est éloignée de notre univers, elle parcourt les vastes cieux cherchant Cœlus pour le consoler, elle n'a laissé dans l'Olympe aucun vengeur, car le seul fruit qui y soit né de son hymen avec Cœlus est l'Aurore que son humeur voyageuse retient aux lieux les plus reculés de l'immense empire de son père, mais elle a versé dans le cœur de Vesta fille de Cronos et de Ghé la haine dont son âme déborde contre Saturne et Titan, elle la conjure d'appeler sur eux les colères d'Uranos, elle traversera leurs desseins, elle ranimera leurs querelles, dût-elle pour arriver à ses vengeances amener la ruine et la fin de l'Olympe.

Mais la douleur de Vesta est trop grande pour qu'elle puisse avoir d'autre pensée que de pleurer et gémir, l'horrible cri de souffrance poussé par son père retentit toujours à ses oreilles ; elle a vu son affreuse blessure, les Dieux sans pitié le chassaient et le poussaient avec violence hors de son palais et les larmes et les prières de sa mère si douce et si belle n'arrêtaient pas ces méchants ; à ce terrible souvenir, Vesta se répand en sanglots, en cris affreux suivis d'appels sans fin, d'invocations si navrantes à son père et à sa mère, que l'âme du cruel Saturne lui-même en est troublée ; elle n'entend point les consolations des Déesses, elle ne comprend, elle ne veut que pleurer.

La tendre Una souffre de cette grande douleur, elle réfléchit aux moyens de l'apaiser et n'en trouve d'autre que celui d'apporter une diversion à l'esprit de Vesta en lui procurant une grande joie ; quoique Déesse Vesta est femme, elle ne pourra être insensible à une augmentation de beauté ; le voile du firmament impondérable quoique immense est d'un éclat infini, il attache au front qui le porte la splendeur des cieux et la majesté d'un grand pouvoir ; Ah ! si elle pouvait l'offrir à Vesta, mais comment l'obtenir ? Osera-t-elle solliciter de Titan l'abandon du trophée de sa difficile victoire sur Cœlus (Saturne s'en est approprié la force) la déesse osa, le poignant souvenir de Ghé se dévouant pour elle et ses sœurs ferma ses yeux sur les dangers et les suites de sa demande ; elle oublia que si Titan, pour lui plaire, était disposé à mettre avec bonheur à ses pieds toutes les facultés et toutes les forces de son immense puissance, c'était l'humilier que de porter une atteinte si faible qu'elle fut à ce pouvoir.

Le grand Dieu ne rejeta point la prière de Una, mais il s'accusa de faiblesse, il gémit en dépouillant son front de ce voile glorieux, et, dès ce jour, son épouse déchut dans son cœur.

DÉCLAM XXII.

Pendant que ces évènements affligent l'Olympe, où est Uranos ? Il n'a trouvé dans les solitudes des cieux qu'un accroissement à sa peine, son besoin de recueillement n'était qu'un désir plus irrésistible d'occuper son âme de Phénée ; que de fois sa voix a rempli de son nom le firmament immense, que de larmes brûlantes son souvenir a fait couler ses yeux ; la nature en fut attristée, elle en garde encore le deuil ; nombre d'étoiles éteintes par les larmes du Dieu ne parent plus la nuit, et notre terre ne doit ses déserts qu'aux parcelles de pleurs poussées, jusqu'à elle, par le souffle de ses sanglots.

Sur le front d'Uranos sont quelques fleurs à demi effeuillées, de simples fleurs de nos champs, mais quel prix leur attache le grand Dieu, la possession de l'univers vaut-elle pour lui une seule de leurs feuilles? Fleurs chéries, elles paraient la tête de Phénée, les arbrisseaux épineux qui ont déchiré son front ont retenu sa couronne ; elle forme tout ce qui reste à Uranos de Phénée elle est et sera toujours son seul diadème.

Tout puissant, tout glorieux que soit le Dieu, il ambitionne votre destinée, fleurs heureuses, à qui Phénée a souri, vous à qui la brise porta le parfum de son souffle.

Fleurs, c'est à vous que le Dieu des amours va devoir sa naissance.

Uranos retourne des cieux lointains, près de rentrer dans l'Olympe il a posé son pied sur l'astre brillant de la nuit ; assis sur ses rivages, il contemple cette terre désolée que ne parcourt aucun souffle et dont les océans muets et immobiles semblent dormir du dernier sommeil ; cependant la tristesse de ces lieux n'afflige pas Uranos, elle semble répondre au besoin d'isolement de son âme, le vide immense qui la dévore en est comme apaisé.

Mais le sang de Phénée ne cesse de brûler ses lèvres, pour en calmer l'ardeur, il a rempli sa main de l'eau des mers et l'a portée à sa bouche ; bientôt cette eau rejetée communique à l'Océan l'âcreté qu'elle a reçu de la bouche d'Uranos, c'est ainsi que la vaste mer est devenue salée.

Le bruit des eaux rendues aux mers par la bouche du Dieu a réveillé les abîmes, ils repoussent les ondes tumultueuses et l'Océan comme un coursier qu'une forte main dompte se couvre d'écume et se calme.

Qu'il est beau le Dieu dont l'âme est moins aigrie, son corps ne couvre plus un infini espace, mais tel qu'à l'heure fortunée où, pour la première fois, il parut aux yeux étonnés des filles d'Eve, sa figure est celle d'un héros qui, à la beauté de l'heureuse jeunesse, joint la majesté de la suprême puissance.

Un triste sourire effleure ses lèvres, ses regards suivent les dernières vagues accumulant leur écume à ses pieds, combien il se plaît à lui voir réfléchir, à former un parterre des humbles fleurs qu'il aime.

En ce moment, un papillon voletant sur le bord des mers s'est approché ; d'où venait-il ? Uranos n'y réfléchit point, toute sa pensée est à la joie, à l'allégresse éprouvée par le gracieux volatil à la vue du jardin fleuri qu'étale l'écume dont les bulles en nombre infini imagent avec éclat les fleurs que porte son front.

Il parcourt son domaine, mais sur quelle beauté s'arrêtera son choix, cent fois il admire sans se fixer ; enfin il se décide pour ce bouquet colossal, bulle énorme dont le brillant est d'autant plus vif qu'elle est près de sa fin ; le charmant insecte s'y pose, son corps est si léger ! mais insatiable de jouissances, il veut pénétrer jusque dans la fleur, s'engouffrer dans son calice et frappe de sa trompe le frêle obstacle qui l'en sépare ; dans cet instant, la bulle éclate et l'infortuné meurtri roule dans ses profondeurs pour lui vaste tombeau.

Mais Uranos lui vient en aide, sa main le cueille, quel prodige ! Sous l'écume qui le couvre l'insecte se modifie, il grandit, il regarde le Dieu et par ses yeux étonnés s'introduisent en lui les formes du Dieu, le voilà Dieu lui-même, du papillon il n'a gardé que les ailes ; qu'il est beau, qu'il est gracieux, mais d'où vient ce mystère ! Le petit Dieu voit en Uranos son image et Uranos voit en lui celle de Phénée ; don redoutable d'être aimé ! Uranos eût dû vous confier à la sagesse, et vous êtes dans les mains charmantes mais pernicieuses d'un enfant.

L'Amour, car c'est lui qui vient de naître, regarde l'écume se dissoudre, il tend vers elle ses bras, il veut son berceau et ses beaux yeux versent des larmes car il se fond, et bientôt il ne sera plus.

Emu de sa douleur, Uranos rassemble de sa main divine l'écume éparse, il en fera la source de puissance du jeune Dieu, il veut que ce fruit de l'amertume de sa bouche devienne pour les hommes et les Dieux un bienfait ; qu'il soit un remède contre ces maux de l'âme dont lui-même souffre : que tout être digne d'aimer, s'écrie-t-il, aime l'être dont il sera lui-même aimé, que les deux ne forment qu'un seul, comme une est la bulle où leurs traits seront réfléchis et que leur partagera l'Amour en échangeant leurs cœurs.

Il dit et cherche où renfermer la précieuse écume ; dans cet instant, une ombre immense, rapide comme un coup d'aile voile les cieux et Uranos étonné rencontre sous sa main une conque merveilleuse (quelle fut son erreur de ne pas la repousser, que de douleurs il eut évitées aux hommes et aux Dieux).

La conque est remplie, que fera le Dieu du reste de l'écume, il la cueille dans sa droite et la versant dans sa gauche, sa cascade de fleurs aimées tombe et fuit en formant cette ceinture des grâces unique dans sa beauté et si enviée des Dieux ; c'est le dernier présent d'Uranos à l'Amour ; lui-même n'est pas demeuré oisif, il a complété les attributs de son pouvoir ; le grand Dieu lui a confié le soin de distribuer aux hommes et aux Dieux l'écume source de l'amour ; infini est le nombre de ses bulles, car infini sera celui des hommes et des Dieux dignes d'aimer, comment y pourvoira le jeune Dieu? De lui-même, il a transformé ses antennes en arc d'une force divine, de sa trompe il a fait l'admirable baudrier qui suspend la conque à ses épaules et l'a comblée de l'écume mêlée à sa dépouille velue qu'a rejetée Uranos, elle formera un champ inépuisable de traits mille fois plus forts, mille fois plus sûrs d'atteindre le but que les flèches d'Hercule, ils permettront à l'Amour de remplir, comme en se jouant, ses multiples travaux.

Cependant la voix d'Uranos a été entendue de l'Olympe, elle consterne ses habitants, que dira le grand Dieu des désastres qui vont s'offrir à sa vue? Qui n'aura pas à redouter l'explosion des colères de son âme courroucée.

Les Dieux ont suspendu leurs travaux (ils reconstruisaient leurs palais) les Déesses ont fui dans le lieu le plus secret de celui de Cronos ; tous sont anxieux et troublés par la crainte.

Le grand Dieu portant l'Amour s'avance vers l'Olympe, qu'il est loin de s'attendre à l'épouvante que son approche inspire ; heureux un instant, il ne voit et ne veut que des heureux autour de lui, il accourt près de son épouse et de son fils, il a hâte d'épancher sa joie dans leur cœur, il a besoin de les aimer et d'en être aimé.

Saturne attend son père, son visage impassible dénote sa résolution d'affronter l'orage.

Sa vue effraie l'Amour, il se presse contre Uranos, ses mouvements détachent le carquois de ses épaules et l'arc tombe de ses mains, mais Vénus la plus jeune et la plus belle des filles de Titan est accourue aux cris de l'enfant, elle recueille, avant leur chute, les armes du petit Dieu, et Uranos portant ses regards sur lui et sur Saturne cherche à les réconcilier par de douces paroles : voilà mon fils, dit-il, mais à peine ces mots sont-ils sortis de la bouche du grand Dieu et sans attendre de connaître si c'est de lui où du jeune Dieu qu'il parle, le barbare Saturne a frappé son père de sa faux et comme Cronos il l'a mutilé.

Quel cri d'horreur encore plus que de souffrance poussa Uranos qui s'élança vers les cieux pour dérober à la vue des Titans et des Déesses accourant à son cri la honte de sa blessure ; ce fut du membre retranché et que Titan garda comme gage de son pacte avec Saturne puis jeta sur la terre en fuyant de l'Olympe que se forma l'effroyable Typhon ; serpent immense qui vengera les Titans en chassant les Dieux de l'Olympe, Jupiter lui-même fuira devant lui ; mais le monstre que n'auront pu vaincre les lances et les foudres tombera ébloui, fasciné par la baguette de Mercure aux mains de la sage Minerve ; ce fut du sang qui coula de la plaie que naquirent les Euménides dont le terrible visage ne sera jamais connu du juste mais rive sa hideur à portée de l'haleine du coupable, ce furent elles que voyaient Oreste et Médée, ce fut dans l'espoir de détourner leurs yeux ardents des siens que Saturne exilé promena sur la terre un culte entouré de mystères affreux.

L'Amour échappé des bras d'Uranos est reçu dans ceux de Vénus qui fuit emportant son précieux fardeau, Saturne

veut la poursuivre, mais les Titans s'avancent et protègent
sa fuite ; l'effroyable Dieu n'a que le temps de présenter sa
faux aux yeux de l'Amour, ses feux les dévorent ; l'infortuné
étend les bras, sa main tient la merveilleuse ceinture et
semble au hasard l'offrir à qui lui donnera un baume pour
sa douleur ; la belle Vénus détache de son sein le voile
moite de sueur qui le couvre, dans la durée d'un éclair elle
l'a façonné en bandeau, sa main le place sur les yeux du
Dieu et recouvre sa gorge divine de la splendide et
désirée ceinture.

Le doux remède n'a pas guéri l'Amour, il est demeuré
aveugle, mail il a calmé ses douleurs, il l'a consolé.

Funeste ambition ! Quelle source de maux tu es pour les
hommes et les Dieux, c'est à tes pervers conseils qu'a cédé
le fils d'Uranos en frappant son père ; ose, lui as-tu dit et
tu ne descendras pas de la suprême puissance ; ose, et tu te
délivreras de la crainte d'avoir des frères qui te disputeront
un jour le trône ; fureur de régner ! Toi seule put aussi
conduire le noble Titan à écouter Saturne et à prêter les
mains à sa monstrueuse promesse.

Son horreur permet-elle de la dévoiler ?

La douce et belle Ops fuit Saturne son époux, elle
redoute ses caresses à l'égal de la mort ; sans cesse elle
interroge ses entrailles, sans cesse elle tremble qu'elles
tressaillent d'un nouveau fruit ; épouse infortunée, mère
encore plus malheureuse, à quel sort affreux tu condamnes
ce fruit aimé en lui donnant le jour ; trois fois, tes cris
déchirants l'ont annoncé à l'Olympe ; trois fois, la barbe de
ton féroce époux ruisselait de sang.

Et cette cruauté qui assure à ses fils la possession
lointaine du trône, Titan l'exige et veille à ce qu'elle
s'accomplisse, il en a fait le prix du pouvoir de Saturne, la
récompense de ses secours contre Cœlus : Quel exemple
donné aux hommes, quel abri offert à leurs crimes !

Ce pacte de sang pèse à Saturne et les malédictions de sa mère fuyant vers les cieux à la suite d'Uranos troublent ses nuits; qui l'en délivrera? Vesta vint à son aide.

Le voile de Cœlus a pu apporter un grand apaisement à l'affliction de la Déesse; mais son âme moins occupée de sa douleur sent naître et grandir en elle un sentiment nouveau et terrible, la haine des Dieux meurtriers de son père.

Les conseils de Ful qu'elle n'a pas écoutés, presque pas entendus résonnent impérieux et distincts à ses oreilles, elle en perçoit chaque mot, chaque accent; elle les mûrit dans son âme, elle cherche, elle veut qu'ils produisent des fruits sûrement vengeurs.

La défaite et la fuite d'Uranos ont renversé ses préférés desseins de vengeance, mais il lui reste l'espérance de diviser les Dieux, c'est à cet espoir qu'elle se rattache, qu'il se réalise, et ses vœux pourront encore être comblés.

Guidée par l'instinct de la haine, Vesta a pénétré l'état d'esprit de Saturne, mais la joie qu'elle en éprouve n'endort point sa prudence, elle saura dissimuler et mettre en défaut celle du Dieu.

Vesta s'insinue dans les bonnes grâces d'Ops, elle s'étudie à captiver de plus en plus sa confiance, soins et louanges et, s'il le faut, les bassesses seront par elle mises en œuvre pour arriver à ses fins.

L'évènement attendu se prépare; le gracieux visage d'Ops s'est assombri, une peine secrète l'accable, ses yeux gonflés de pleurs, les mouvements convulsifs de son sein en sont les indices révélateurs; Vesta modèle son visage sur celui d'Ops, ses yeux pleins de larmes l'interrogent, ils semblent respecter sa peine et attendre de sa confiante amitié seulé de lui découvrir sa douleur; elle pleure de la voir pleurer, elle se réjouit avec elle de ses éclairs de joie, elle semble s'être en quelque sorte identifiée à la vie d'Ops;

son affection est si discrète, si désintéressée; surtout si
pleine d'abandon que l'épouse de Saturne se trouve presque
coupable d'avoir des réserves pour une amitié si pure et
si vive et Vesta avec une joie cachée mais infinie reçoit,
comme à titre de douleur partagée, la nouvelle qu'elle
pressent et qu'elle appelle de tous ses vœux :

Chère Vesta, que dois-tu penser d'Ops, comment
peux-tu encore l'aimer en face de mes froides réserves, de
mon ingratitude; Ah! pardonne, si tu pouvais lire dans mon
cœur, si tu savais les affreux combats auxquels est en proie
mon âme, loin de m'accuser, tu compatirais à ma peine,
elle te donnera la mesure de l'immense amitié qu'il faut
que j'aie pour toi, pour t'ouvrir aujourd'hui ma bouche sur
des évènements, sur des choses dont l'horreur m'épouvante
et auxquels mon esprit refuse de s'arrêter, ma bouche,
Vesta, va te les découvrir et je voudrais me les cacher à
moi-même, faut-il que j'aie confiance en toi?

Fidèle Vesta, je n'ai point d'enfant et les habitants de
l'Olympe me croient stérile ; que vas-tu dire? Quelles vont
être tes pensées lorsque je t'avouerai que l'Olympe se
trompe, que déjà trois fois mes entrailles ont rendu à la
lumière des fruits de mon hymen et trois fois, quelle
horreur! Comment te la dévoiler, comment ai-je pu en être
témoin et mes yeux se rouvrir à l'éclat du jour; quels cris,
quelle douleur, je vais te causer; oui, par trois fois,
Saturne les a arrachés de mes faibles mains et à la faible
lueur que laissait encore à mes yeux les pleurs qui les
inondaient, je l'ai vu, le barbare s'est repu de leur sang,
j'ai vu leurs membres disparaître engloutis dans sa
bouche ouverte.

A ces mots, Vesta poussa un cri si déchirant que la
tendre Ops, malgré l'angoisse de son âme, dut presque
oublier sa douleur pour voler au secours de son amie, elle
applique ses lèvres contre les siennes et dans des paroles

sans son, par des accents de douleur d'une tristesse infinie, elle supplie Vesta de modérer son désespoir par pitié d'elle déjà si malheureuse.

Mais les plaintes d'Ops peuvent-elles se redire, vingt chants n'y suffiraient pas et avant d'être terminées, les larmes auraient achevé d'éteindre mes yeux; épouse chérie, combien ce souvenir en a fait couler des tiens!

Par ses manières captieuses, par ses exclamations opportunes de pitié et de surprise, Vesta a tellement su s'emparer de l'âme d'Ops, la diriger à ses fins que la confiante Déesse a versé dans son cœur tous ses secrets; enfin Vesta est confirmée du fait capital pour ses projets de vengeance, qu'Ops porte un nouveau fruit dans son sein, de là, ses transes, ses larmes causées par la crainte que Saturne le découvre; Ops veut sauver son enfant et c'est à y parvenir qu'elle invoque son amitié, son appui; malgré la dureté de son cœur, l'implacable Vesta a fini par verser de vraies larmes, son âme n'a pu tenir devant cette confiance illimitée d'Ops, devant les horribles angoisses de ce cœur si digne d'être aimé. Ops! ta confiance en Vesta n'est pas vaine, repose-toi en elle, tu ne connais que les conseils de la douce mais souvent impuissante vertu, Vesta éclairée par le génie de la haine et conduite par son ardente pitié pour toi saura trouver le salut où tu ne vois que désespoir.

Vesta n'ignore aucun des faits accomplis dans l'Olympe, mais s'il a été dans l'intérêt de ses projets de feindre de tout ignorer, de paraître même craintive d'apprendre; son rôle va changer; elle se rend en secret auprès d'Ops, mais elle a eu l'habileté de se faire observer de Saturne et par sa contenance embarrassée et pleine de mystère d'amener le Dieu à assister en tapinois à leur entretien.

Chère Ops, quelle nouvelle plus affreuse, plus inatten-due pouvais-tu m'apprendre, mes oreilles épouvantées n'ont pu supporter plus longtemps tes paroles, mes esprits presque égarés m'ont obligée de fuir; ah! pardonne, la crainte d'apporter par mon trop grand trouble un accroissement à tes maux, trop infortunée amie, m'a fait chercher dans un instant de calme la force d'entendre de tels forfaits, de pouvoir comprendre qu'ils existent; si mon âme bouleversée m'a permis de distinguer une lueur de l'horrible vérité; n'est-ce pas Titan, dont la volonté est imposée à ton époux? Tu me l'as dit, je crois!

Saturne n'entendit point la voix d'Ops, mais il ne put douter de sa réponse par les imprécations de Vesta.

Malheureux Saturne, infortuné Dieu, quel sort affreux est aussi le tien; barbare Titan, quel supplice plus cruel pouvais-tu inventer pour accabler un père de plus de douleurs? Quel surcroît d'angoisses pourrais-tu ajouter à ses tortures, tu le réduis à se couvrir du sang de ses enfants! Il les dévore! Tu le regardes, Dieu cruel, et ton visage reste paisible devant son horrible désespoir, et le soleil ne recule pas d'horreur, il ne s'enfuit pas au fond des cieux. Le malheureux n'agit que sous l'écrasante étreinte de ton bras et, sans pitié de son supplice, ton froid regard ne cesse de peser sur lui, ton bras de l'accabler qu'il n'ait accompli son forfait, achevé son épouvantable repas où? Devant qui? Malédiction sur toi, Dieu exécrable, demeure à jamais maudit! Sous les yeux de la mère qui vient de leur donner le jour, sur la couche où la retiennent les pressantes douleurs de l'enfantement.

Mais les sanglots couvrent ces paroles de Vesta, sa voix s'affaiblit et c'est avec un accent déchirant de désespoir qu'elle se parle à elle-même:

Mais n'est-ce pas sur moi que je devrais plutôt pleurer; qui me défendra contre les cruautés de Titan, comme il doit me haïr? Moi à qui il a cédé avec tant de douleur le voile de Cœlus, moi qui ai assombri ses jours et presque

rendu odieuse à ses yeux sa Una la joie de son cœur; quel
amas de haine! Quel supplice me réserve-t-il donc pour
qu'il tarde tant sa vengeance.

L'horrible Dieu! Et moi qui l'innocentait du meurtre de
mon père : Infortuné Saturne, comment ta main aurait-elle
pu résister de se prêter à ce forfait quand sous l'étreinte
de Titan elle est forcée de servir de bourreau à tes propres
enfants: quelle injustice était donc la mienne; Ah! Que ne
puis-je me jeter à ses pieds, il me pardonnera peut-être,
car il est malheureux et le malheur rend bon.

Mais son pouvoir, tout impuissant qu'il est, reste encore
ma seule défense; que n'est-il au moins plus grand, que ne
puis-je le rendre immense, infini.

Chère Ops, ton époux n'a-t-il donc jamais songé aux
moyens d'augmenter sa puissance et de lutter contre Titan ;
l'affreuse dépendance où le tient le terrible Dieu aurait-
elle brisé en lui toute énergie; c'est à toi, chère Ops,
qu'incombe de le réveiller de sa torpeur, de relever son
courage; mais tu pleures, et là est toute ta réponse; hélas!
Je le vois, ton cœur ne sait qu'aimer; ce sera donc à moi.
faible Déesse, à prendre notre commune défense; haine,
éclaire-moi, mais quels maux pourraient même mes vœux
appeler sur Titan qui puissent apaiser ma soif de vengeance
contre lui.

Mais quel souvenir renaît dans mon esprit, ce n'est
pourtant pas un songe? Ops chérie, appuie ton front contre
le mien, j'ai besoin de son contact aimé pour rendre le
calme à mes esprits; oui, je me souviens, j'étais sur les
genoux de ma mère, la force de mon père m'étonnait, je
demandais pourquoi elle aussi n'avait pas une force
immense; il me semble encore la voir attacher ses beaux
yeux sur les miens et me répondre : ma fille, les Dieux
ne savent qui leur a donné leur force, ils n'en sont que les
dépositaires et la transmettront un jour à leurs enfants;

6

cependant, a-t-elle ajouté, peut-être qu'un jour ton père t'éclairera sur ce mystère, lorsque lui ou les autres Dieux auront accompli un long voyage loin de ces cieux que tu aimes à contempler.

Voilà, si je ne m'abuse, ce que me dit ma mère ; sans doute les troubles qui ont agité l'Olympe n'ont permis à aucun Dieu de tenter l'épreuve et sans doute aussi que là est le remède à nos maux, là est le salut.

Que Saturne fasse donc ce voyage, il le faut, joins pour l'y décider et caresses et prières ; assurément, il voudra que tu l'accompagnes et tu l'accompagneras, chère Ops, car il craindrait de te laisser à la merci du monstrueux Titan ; mais moi que deviendrai-je loin de ton époux mon seul appui et privée de ta vue aimée ; ah ! Je te suivrai jusqu'aux confins de l'univers, jusqu'à ces limites que nous ne pouvons franchir et rester Déesses que soutenues par la main d'un Dieu ; mais qu'osais-je espérer ? Ton époux consentira-t-il à m'accorder ce bienfait ; hélas ? Mon injustice m'a sans doute rendue odieuse à ses yeux, il ne voudra jamais me permettre de m'attacher à vos pas.

Ops, tu connais son cœur ; dis lui que je ne savais pas, que j'étais affolée de douleur par les maux de mon père, trompée par de cruelles apparences ! Qu'il cesse de me maudire, c'est le bienfait que j'attends de ton amitié, la seule consolation qui me reste dans mon malheur ; mon conseil vous aura sauvés, et Saturne revenu un jour grandi dans sa force rentrera dans l'Olympe pour accabler Titan, me venger et venger mon père.

Voilà ce qu'avec une joie féroce entendit Saturne, il était donc au comble de ses vœux puisque ce voyage aux sources des cieux, dont son esprit lui faisait entrevoir la route comme suprême remède aux évènements, lui était enfin ouvert ; sa soif de puissance, son envie de conserver éternellement le trône contre la foi jurée, bien plus que le désir de briser le pacte odieux qui faisait de lui le bourreau de ses enfants, l'avaient poussé, plus d'une fois, à s'élever vers les lointains espaces, mais des jours inconnus à ses yeux ou des ténèbres immenses avaient toujours rendus vains ses efforts, et voilà que Vesta seule capable de modérer, par sa présence, les lumières trompeuses, d'éclairer les ténèbres ; Vesta qu'il croyait éternellement opposée à ses desseins, Vesta elle-même demande, comme une insigne faveur, de lui servir de guide, de le seconder.

Par quelle circonstance est-elle trompée sur Titan, comment sa mère a-t-elle pu lui enseigner un mystère qu'il ne croyait connu que de lui seul, il ne peut et ne veut l'approfondir, ce qui lui importe, ce qu'il désire, c'est d'agir avant que Vesta soit détrompée, c'est de mettre à profit sa disposition d'esprit pour accomplir la grande entreprise dont il attend sa domination indéfinie sur l'Olympe.

Mais ce que Saturne n'a pu entendre c'est la secrète direction de conduite que Vesta a donnée à Ops entre deux longs et retentissants baisers d'adieu.

La douce Ops avait écouté avec un étonnement mêlé de stupeur les imprécations et prières de Vesta, elles étaient comme les suites de confidences qu'elle n'avait point faites, d'une conversation qu'elles n'avaient jamais eues, elles formaient une énigme que son esprit droit et bon ne pouvait éclaircir, mais que sa confiance dans Vesta lui faisait entrevoir comme un sûr remède à ses maux ; la confidence secrète de Vesta répandit sur son visage un nuage de douloureuse tristesse, mais le regard de Vesta était si suppliant et en même temps empreint d'une si ferme volonté, qu'Ops ne put qu'incliner la tête en signe d'acquiescement.

Enfin les Titans ont cédé au sommeil, aussitôt Saturne suivi des deux déesses s'est élancé vers les cieux, il est impatient de mettre, avant leur réveil, une si grande dis-

tance entre lui et l'Olympe qu'il devienne impossible à leurs
yeux tout divins qu'ils soient, de distinguer ni lui, ni les
Déesses, d'avec les lointains bleus du firmament ; mais qui
peut prévoir tous les obstacles? à peine s'est-il éloigné de
l'Olympe que, par un caprice inexplicable, la vive amitié
des Déesses s'est changée en aversion profonde ; en vain
Saturne stimule leur marche, elles semblent ne point entendre ses menaces et ses prières, leurs regards se cherchent, à chaque instant, elles semblent prêtes à en venir
aux mains, et le Dieu est sans cesse obligé d'intervenir ;
cependant les constellations qui président à la nuit cèdent
peu à peu le front des cieux à celles qui précèdent le jour;
Saturne est dans une transe indicible, chaque instant qui
fuit emporte une partie de son espoir de cacher sa route
aux regards des Titans qui bientôt vont sortir de leurs
couches ; déjà, pour les réveiller, les heures matinales
guettent l'apparition de l'aurore ; les supplications, les colères de Saturne sont demeurées sans effet, tout est perdu
s'il n'agit promptement ; désespéré, il ne vit de remède
qu'à recourir à un moyen extrême, il ne put songer à renvoyer Vesta, il continuera avec elle son voyage, mais
soupçonneux autant que cruel, il s'assurera de son épouse
et contre les Titans et contre elle-même ; ils étaient proche
de l'immense planète Aria, plus tard Suphaël, il l'ouvre
d'un coup de sa faux, pousse son épouse dans l'effroyable
caverne et en ferme l'entrée de neuf montagnes ; la durée
de trois éclairs lui a suffi pour cette abominable œuvre ; et
reprenant aussitôt son vol, Vesta semble lutter avec lui de
vitesse et plus que lui avoir à cœur d'ajouter distance sur
distance à leur éloignement de l'Olympe.

Bientôt les deux divinités arrivent aux limites de notre
univers, elles abaissent leur vol pour que le pied de Vesta
les effleure, Saturne dépose sa faux, Vesta a renvoyé à nos
cieux son voile ; fut-elle mal soutenue par le Dieu ? ce qui

est certain, c'est que sa main droite vient s'appuyer aux
bornes comme pour parer une chute ; le méchant Dieu en
sourit, mais sous l'apparence de dépit qu'elle éprouve, la
Déesse a peine à cacher sa joie ; enfin elle pourra se venger
de Saturne.

Dans le silence des nuits et à l'insu de tout l'Olympe,
Vesta avait détaché de sa tête sa riche chevelure dont chaque cheveu, d'une ténuité à ne pas égaler, étant roulé, un
grain de mil, a cependant une longueur à se tendre de la
terre aux étoiles et une force à supporter le poids d'une
colline ; elle l'a façonnée en un fuseau merveilleux qui se
dévidera de lui-même dans la marche de la Déesse s'éloignant de notre univers et de lui-même se repliera à son
front pour le retour ; sans que Saturne ait pu s'en douter,
Vesta a lié à la borne l'extrémité du cheveu tenu par sa main.

Qu'importe maintenant à la Déesse que Saturne se confiant
dans sa science divine des lieux la conduise à travers les
dédales de mille univers, rassurée par son fil conducteur
elle est certaine de retrouver notre soleil et ses cieux, en se
riant des colères du Dieu qu'elle abandonnera séparé, pour
jamais de l'Olympe, par des jours et des ténèbres pour lui
infranchissables.

Pendant ce temps, quelles sont les pensées du redoutable
Dieu, il admire la confiance de la Déesse, plus ils s'éloignent
de notre univers, plus elle se place sous sa dépendance ; que
peut lui servir sa lumière pour découvrir la route de
l'Olympe à travers les espaces infinis, les mondes sans
nombre que sa science immense, à lui, peut seule reconnaître ; autant vaudrait pour elle faire l'examen de sa riche
chevelure et retenir dans sa mémoire en quoi diffère des
autres chacun des cheveux qui la composent ; chaque
instant le rend donc de plus en plus maître des destinées
de la déesse, la perdra-t-il ou daignera-t-il la sauver, il en

remet la décision après l'accomplissement de son grand œuvre.

Telles sont les méditations qui occupent l'âme des deux divinités qui s'avancent côte-à-côte à travers les espaces sans limite ; chacune d'elles voit avec un plaisir secret, comme assurant de plus en plus la perte de son compagnon, les mondes et les univers fuir derrière eux, ils allaient sans fin et déjà deux fois la grande Ourse, en suivant le nouveau chemin que le bras de Titan lui a tracé à travers les cieux, a revu et retrouvé à ses côtés sa fille, depuis que Saturne et Vesta ont repris et poursuivent leur marche précipitée.

Cependant aux mondes et aux cieux parcourus succédaient sans fin d'autres mondes et d'autres cieux, l'inquiétude a saisi l'âme de Saturne. sans cesse son regard puissant interrogeait les espaces qui s'ouvraient indéfiniment devant lui, il était sombre, taciturne, mais loin de songer au retour, il accélérait de plus en plus son vol, il semblait vouloir épuiser l'espace avant d'écouter son doute.

La Déesse elle-même n'est pas sans appréhension, car tout grand que soit son fuseau, quelque tenu que soit le filament qui s'en déroule à sa suite, ne doit-elle pas craindre qu'il ne puisse suffire ? Elle ne peut regarder derrière elle, crainte d'éveiller l'attention de Saturne, et c'est à peine si elle ose de temps en temps porter la main à son bàla (petit voile) pour s'assurer que sa chevelure n'a pas pris fin.

Heureusement pour Vesta, un spectacle nouveau vint s'offrir et la délivrer de sa contrainte. Dans le fond des cieux, à une distance incommensurable, brille une lueur, son éclat a une puissance qui étonne leur intelligence divine et surprend leurs yeux qui ont cependant vu tant de soleils ; pour mieux la contempler ils s'arrêtent sur le premier monde qui se présente sous leurs pas ; mais sont-ce les cieux où ils se trouvent ou bien la lueur qui s'éloignent ? Leurs regards la perdent de plus en plus dans le lointain.

les Divinités ont repris leur vol et la lueur a grandi, de nouveau leurs yeux fascinés les obligent à se reposer sur un monde, de nouveau elle s'amoindrit sans perdre de son éclat et disparaît comme emportée par la distance ; Saturne et Vesta ont compris, la lueur est la source même des cieux ; seule immobile dans l'immensité, les mondes et les univers s'éloignent d'elle continuant vers les espaces infinis le mouvement qu'ils en ont reçu ; sept fois, les Divinités cédant à l'attrait qui les dompte se reposèrent pour satisfaire leur désir d'admirer ; sept fois, par un plus puissant et plus prolongé effort elles se sont rapprochées du grand soleil ; enfin, elles semblent toucher à ses limites, leurs yeux s'épuisent à comtempler les univers sortant de ses flancs avec la majestueuse harmonie de leurs mondes ; ils se suivent dans l'étendue remplissant chacun un espace immense, mais indépendant et libre dans son immensité.

Mais cet astre générateur des mondes, ce soleil des soleils qu'elle est donc sa grandeur? Cette pensée confond les Divinités, elles qui, d'un seul regard, considèrent plusieurs univers se trouvent impuissantes à distinguer au-delà de ses premières limites.

Sur la plus rapprochée s'appuie le livre du Destin, il se détache lumineux sur l'astre éblouissant ; encore un effort et les Divinités arriveront devant sa face, mais quel est ce prodige ! Loin de suffire, cet effort les laisse presque dans le même éloignement, elles comprirent qu'une immensité les séparait encore de l'astre dont la grandeur incommensurable à leurs yeux ne devenait même plus compréhensible à leur esprit.

Si le chemin parcouru est immense, celui restant à parcourir est inconnu, mais l'énergie de Saturne a-t-elle des bornes? Il saisit la main de la Déesse et l'entraine à sa suite ; ils s'avancent sans fin dans une lumière qui plaît à leur âme, mais leurs regards évitent le livre dont l'éclat blesse leurs yeux.

Vesta n'a plus à craindre d'être trahie par la diminution de l'ampleur de sa chevelure, l'esprit de Saturne a de toutes autres préoccupations, mais il lui importe de ne pas épuiser le fil qui assure son retour et l'inconnu du chemin qui reste à franchir le lui fait de plus en plus craindre; ceci arrivant, comment le chercher? Comment le retrouver dans cette immensité, dans l'éblouissement de cette lumière où la pierre divine, lumière de son front, (dut-elle la laisser comme indice à l'extrémité de son cheveu?) ne saurait non plus se reconnaître que la lueur d'un ver-luisant dans l'éclatante lumière du jour : Cette pensée jointe à ses désirs de vengeance et surtout son horrible crainte de rester au pouvoir de Saturne l'ont engagée à résister de plus en plus à l'entrainement du Dieu, elle simule une stupeur profonde, un abattement invincible; sur les instances de Saturne, elle feint, pour un instant, de surmonter sa terreur, de faire un suprême effort pour continuer à le suivre, mais ses forces trahissent bientôt sa volonté, elle demeure comme inerte de peur et de faiblesse.

Le triste état de la Déesse semble rassurer le Dieu, il reprend seul son vol puissant vers le livre but de ses désirs, mais ses regards tournés en arrière ne cessent, aussi longtemps qu'ils le peuvent, de surveiller les mouvements de Vesta.

Cependant les feux qui jaillissent du livre deviennent de plus en plus ardents, quel espoir, quelle possibilité laissent-ils de les fixer et pourtant le livre ne peut être consulté qu'à ce prix; Saturne ne s'arrête pas à cette pensée, ce qu'il veut, c'est d'arriver; encore un pas, mais de ceux que font les Dieux lorsqu'ils enjambent les constellations, et il posera son pied sur l'astre des mondes! O prodige! Ce pas il ne peut l'achever; ses forces l'abandonnent, son front,

malgré lui, s'incline pour révérer le Livre, ses yeux, loin
de le fixer, restent fermés, ils refusent de s'ouvrir devant
son éclat; il les détourne et, aussitôt s'ouvrant, ils rencontrent sa couronne qui tombe et fuit; pendant qu'il se
précipite pour la reprendre, elle montre à ses yeux
l'Olympe et ses habitants; près de Titan et de son épouse
sont leur fils et Vénus portant l'Amour; Ops n'est plus
captive, à ses côtés est aussi un enfant, c'est le roi des
Dieux, qui pourrait ne pas le reconnaître à la majesté qui
couronne son front; que de combats et de mouvements?
sur cette confusion, comme un soleil, domine sa gloire;
mais quelle est cette auguste assemblée, il s'y reconnait
lui-même et ne s'y voit que le second! Ces images du
présent et de l'avenir n'ont eu que la durée de deux éclairs,
le temps qu'a mis Saturne à rejoindre son diadème, déjà
sa main est sur lui, un instant il hésite, car un pressentiment l'avertit qu'en le touchant il mettra fin à la vision et
que le livre ne se laissera plus consulter qu'en présence
de tous les Dieux; mais la pensée que chaque moment
grandit les forces de son fils étouffe en lui tout autre sentiment, que lui importe l'Olympe et ses cieux s'il ne doit
plus y être le premier, y règner; contre le Destin, il se
délivrera de ce compétiteur au trône, il faut sans retard
l'anéantir; aussitôt il ressaisit sa couronne et furieux
contre Ops, furieux contre lui-même, il s'élance pour
effectuer son retour vers notre univers.

DÉCLAM XXIII

Dès que Vesta a vu Saturne s'enfoncer et disparaître
dans l'infini lointain elle a repris la route de nos cieux,
son âme bondit de joie à la pensée du Dieu l'appelant et la
cherchant en vain, de ses terreurs et de ses impuissantes
colères en se reconnaissant trompé ; mais elle ne sut pas
résister au désir de savourer sa vengeance, elle voulut
jouir, de ses yeux, du douloureux étonnement et des
premières angoisses de Saturne, ce retard dans la fuite de
la Déesse le sauva.

La furieuse hâte du Dieu trompa Vesta, elle méditait
encore sur le lieu et les moyens de mieux assurer sa fuite
tout en restant l'heureux témoin du désespoir de Saturne ;
elle pénétrait et ressortait des insondables profondeurs de
la première ceinture des lieux ténébreux, étudiant à travers
leurs nuits, la portée de sa vue divine, et déroulant ou
ramenant à elle, avec plaisir, le fil conducteur qui de
lui-même se repliait à son front ou s'en dépliait selon
qu'elle se rapprochait ou s'éloignait de notre univers ; ces
allées et venues en illuminant ces ténèbres de lueurs
l'instant d'après éteintes, découvrirent à la vue perçante
de Saturne, qu'avait déjà saisi une effroyable crainte, la
retraite de la Déesse que, dans sa prudence consommée, il
se garda bien d'appeler, sûr de mieux la surprendre et la
punir de sa trahison ; la pensée d'avoir été si près d'être
le jouet d'une faible Déesse l'humilie et ajoute à sa colère
un dépit qui couvre tout son corps de frissons.

La Déesse n'aperçut le terrible Dieu que lorsqu'elle ne
pouvait plus l'éviter ; poussant un épouvantable cri

Saturne étendait déjà son bras pour la saisir ; heureusement, le bâla de la Déesse fouilla les yeux du Dieu dont la main devenue mal assurée n'embrassa que le vide ; ce répit, quelque court qu'il fut, suffit à Vesta pour reprendre ses esprits, elle se précipite en désespérée dans l'espace, son épaule toujours effleurée par la main de Saturne que ses ailes colossales poussent par bonds immenses ; qui sortira vainqueur ? Quel prix plus grand fut jamais offert à la vitesse ; Vesta lutte pour échapper au bras cruel et inexorable de Saturne, le Dieu pour sa vengeance et la couronne de l'Univers.

Une masse de plomb tombant pendant cent ans des hauts cieux mesurerait la juste distance que franchit la Déesse par chaque durée d'une pulsation de fiévreux ; Saturne se rit de sa frayeur, car ce qu'il veut, ce qu'avant tout il désire, c'est d'arriver, c'est d'anéantir au plus tôt ce fils odieux, ce redouté concurrent à sa couronne dont chaque instant grandit les forces ; et rien ne sert mieux ses desseins que la précipitation donnée à la marche de la Déesse par sa terreur. Une chose cependant le confond ; c'est que la Déesse sache, sans en dévier, suivre le chemin du retour ; cette réflexion lui fait découvrir le fil ; la ruse de la Déesse le confirme de plus en plus sur la grandeur du danger qu'elle lui a fait courir, mais ajoute à sa joie de la terrifier. Enfin ils arrivent aux limites de notre univers et au moment où Vesta pense avoir échappé à la vengeance de Saturne par l'abri qu'elle va trouver dans la force des Titans ; le Dieu achevant d'allonger son bras la saisit, la renverse et, sans suspendre sa course, la remercie de la vitesse donnée à sa marche et lui recommande de ne pas laisser semence de sa chevelure.

La Déesse reprit meurtrie et humiliée la route de l'Olympe, jurant à Saturne une recrudescence de haine et pleurant l'occasion qu'elle a perdue de se venger.

Quelle imprudence commit Saturne en adressant à Vesta ces paroles d'ironie! Elles arrivèrent à Ops comme un écho affaibli et la prévinrent de se mettre en garde contre son retour; devant le berceau de son enfant le courage d'Ops a grandi, son amour maternel l'a rendue ingénieuse; elle s'empresse de renvoyer dans les cieux la chèvre Amalthée et enveloppant de langes un bloc de marbre, elle attend son époux assise à l'entrée de l'immense caverne; dès qu'elle l'aperçoit, elle se lève en poussant un cri d'angoisse, elle fuit avec la hâte du désespoir; l'effroyable Dieu se précipite à sa suite et l'a bientôt atteinte, il arrache de ses bras le monceau qu'il croit être son fils et l'avale.

L'aveugle! Sa fureur l'empêcha de se demander qui avait pu repousser les montagnes et si un enfant dans les langes était capable d'un tel effort?

L'heureuse supercherie d'Ops a sauvé son fils, Jupiter est vivant, il se prépare à sa haute destinée; à peine sorti du berceau, le premier essai qu'il a fait de sa force a été de rendre à la lumière du jour sa mère captive; de ses bras enfantins il écarte les montagnes avec la facilité qu'il eut mis à ouvrir de faibles barrières; qu'Ops puisse le dérober aux regards de l'Olympe, et bientôt ses bras invincibles suffiront à renverser ceux qui veulent sa perte et les forcer à lui remettre cette couronne promise à son front par le Destin.

Ces temps désirés viendront, mais Ops qui les ignore restera soumise à de nombreuses alarmes.

Erreur que le Destin! se dit Saturne: Où est ce fils de mon sang qui doit accomplir ses prédictions en occupant mon trône, ma sagesse l'a vaincu, elle vaincra de même tout autre obstacle, ma prudence ne peut faillir et mon règne est éternel.

Telles étaient les pensées de Saturne lorsque levant les yeux depuis sa couche, se présenta soudain à sa vue cette tache des cieux appelée nid de l'aigle par les hommes, mais dans laquelle les Divinités ne voient qu'une goutte de lait tombée des lèvres de Jupiter, elle faillit être fatale au grand Dieu.

Comment dans l'espace d'une nuit avait pu se former cette tache? Qui avait été assez audacieux pour troubler, sans son ordre, la sérénité de son ciel; telles sont les pensées qui agitent l'âme de Saturne et dont ses paroles courroucées demandent raison aux Elves et aux Dieux.

La tendre Ops n'avait confié son fils à la chèvre Amalthée que pour cacher sa naissance; chaque nuit, dès que les Dieux de l'Olympe se livraient au doux sommeil, Amalthée quittait les astres Hisbarbes, de nos jours chemin d'Hénoc. descendait sur la planète Aria offrir à Jupiter sa mamelle pleine de lait et remontait vers les cieux chercher dans les prairies des trois astres les plantes dont les sucs odorants fourniront à ses mamelles la nourriture du Dieu pour le lendemain; mais Jupiter a grandi en force, une nourriture plus abondante lui est devenue de jour en jour plus nécessaire et la longueur de la nuit ne suffit plus pour apaiser sa faim; docile aux ordres d'Ops, la nourrice rentre dans son antre avant le réveil de l'Olympe et, pour sucer plus longtemps la douce et désirée nourriture, le grand Dieu suit au loin sa nourrice tenant toujours ses lèvres attachées à sa mamelle; mais voici que les heures matinales poussent leur cri de réveil, la chèvre s'est élancée vers les cieux et Jupiter est rentré dans Aria où caché dans sa chère caverne le doux sommeil a bientôt appesanti ses yeux; mais, dans cette séparation précipitée, une goutte de lait s'est échappée des lèvres du Dieu et tombant dans l'espace a couvert une vaste étendue et formé ce voile dont s'étonnent les yeux de Saturne.

Que va dire la nourrice au terrible Dieu dont la science divine a promptement découvert l'essence du voile; trahirat-elle Ops, se sortira-t-elle de peine au prix de la perte de l'enfant de son lait?

Elle rejette la faute sur l'Ecrevisse qui, dit-elle, lorsqu'elle changeait de prairie avait serré sa mamelle de sa redoutable pince; le crabe ne put, ni ne voulut se disculper, car Ops avait trouvé le moyen de l'avertir et son visage doux et triste l'avait autant intéressé et attaché à sa cause, qu'il détestait la dure face de Saturne et était comme heureux de lui nuire; n'en pouvant rien obtenir, le terrible Dieu lui donna cette figure stupide qu'il n'a cessé dès lors de porter, et le condamna à ne marcher qu'en arrière pour qu'il ne put, à l'avenir, nuire de la même manière à sa quiétude; il frappa le front de la chèvre pour qu'elle garda le souvenir de son manque de prudence, et rendit sa dent meurtrière aux plantes qui avaient fourni leur suc à la formation de ce lait qui avait troublé son ciel. Mais Jupiter les a amplement dédommagés des maux soufferts pour sa cause, il a écrit leur nom dans les grands fastes de l'Olympe et, par son ordre, les Muses ont instruit les hommes à revoir leurs figures dans deux des plus brillants signes de la voûte étoilée.

Menacé par son père, Jupiter n'a pas moins à redouter les Titans dont sa naissance ruine les espérances au trône; sur les conseils de sa mère, il est descendu sur la terre se mettre sous la protection des Géants, mais est-il un abri capable de cacher le grand Dieu, sa vertu ne suffit-elle pas à le déceler? Qu'a de commun sa sublime beauté avec les formes de ces fils de la terre dont le corps exempt d'excrétion s'enfle de toute nourriture, même de l'aspiration de l'air, et n'a de prodigieux que sa monstrueuse masse; ils réunissent à plusieurs leurs forces pour remuer un amas, presque une partie du monde, que son bras soulève sans effort; tout est témoin pour protester contre l'obscurité dont il s'entoure ; ses actes, ses moindres gestes divulguent sa haute origine.

Furieux contre Saturne qui, au mépris de la foi jurée, a conservé un fils, les Titans l'attaquent à l'improviste, le terrassent ; et malgré ses protestations, sa résistance, le chargent d'invincibles liens et le précipitent dans une horrible caverne avec Ops son épouse et en ferment l'entrée de mille montagnes ; et crainte de surprise, ils veilleront sans cesse à garder cette formidable porte.

Au milieu de ces luttes et de ces troubles, l'Amour veut aussi essayer son bras et faire emploi de ses flèches ; il se détourne des Titans et de Saturne dont les voix l'épouvantent ; mais au milieu des terribles clameurs que suscite leur combat, il a distingué la douce voix, les soupirs de la sœur de Vénus, de Métis privée de beauté qui compatit aux maux dont est menacé Jupiter ; l'Amour a saisi une flèche, l'a divisée et bientôt son arc a lancé les deux traits, mais, quelle erreur il commit ! Aveugle, il se trompa de trait et au lieu de faire l'échange des images et des cœurs, il renvoya le leur à chacun des amants ; l'infortunée Métis continua d'aimer Jupiter qu'elle aimait avant le trait de l'Amour, mais le grand Dieu ne sut plus que s'aimer lui-même, il put s'attacher pour ses plaisirs, mais il n'aima jamais, de là son inconstance, de là ses infidélités sans nombre.

Saturne vaincu, les Titans vont tourner leurs efforts contre son fils, mais l'amour de Métis veille sur lui ; les charmes de son esprit, sa nature aimante et dévouée lui ont acquis sur son père et ses frères un ascendant irrésistible, elle saura le mettre en œuvre pour secourir son bien aimé, elle le sauvera ou périra avec lui.

Malheureux Amour ! Quel funeste essai tu as fait de ta force ? Métis est descendue près de Jupiter lui offrir son aide et son âme, et elle lui fait horreur ! Il a peine à sup-

porter sa présence malgré le secours qu'elle lui apporte
dans l'extrême péril qui le menace.

Les Titans sont là pour l'accabler, les Géants sont
accourus à sa défense ; Briarée aux cent bras tient dans
ses mains cent rochers ; Ancélade vomit des torrents de
flammes, Tého brandit une effroyable massue de fer, leurs
nombreux fils les suivent, tous élèvent leurs têtes par
dessus les nuages, ils poussent des cris horribles et menacent les Dieux qu'ils provoquent au combat ; mais que peuvent leurs forces toutes grandes qu'elles puissent être contre celles des Titans, la lueur d'un ver-luisant se compare-
t-elle à un incendie ? Le bras de Titan les eut anéantis, il eut
broyé leurs os à ne pouvoir être distingués de la poussière
qu'emporte le vent, il fallait à Jupiter un défenseur autrement plus puissant que ces énormes fils de la terre, et il
le trouva dans la tendre Métis.

Le jeune Dieu regarde les Titans en face, les effroyables
coups dont ils menacent sa tête ne le font point pâlir, il ne
peut leur résister, mais sa noble et fière contenance les
force à l'admirer, à reconnaître en lui un maître.

Ce sentiment de générosité ne dura qu'un éclair, les
jeunes Titans s'apprêtent à lancer leurs amas de montagnes,
le grand Dieu leur père porte lui-même une masse énorme,
un monde ; il a détaché des cieux la colossale planète Como
alors unique suivante d'Aria ; ses bras puissants l'élèvent,
elle est levée, et va ! retombant sur le fils de Saturne, fracas-
ser la terre.

Horreur ! Dans le moment que l'immense masse s'échappe
de ses mains, le regard fixe de Titan aperçoit près du fils
de Saturne Métis sa fille chérie ; éperdu, il s'élance à la
poursuite du monde, ses mains crispées le ressaisissent,
mais son regard s'irrite et demande à sa fille : Pourquoi
es-tu là ? Métis a volé près de son père, ses bras enlacent
sa tête vénérée, son visage pressé contre le sien l'inonde

de pleurs, elle étouffe de douleur et ne peut faire entendre que ces mots : Mon père, pitié pour lui, il est mon époux.

Quel amour était donc le sien! Repoussée par Jupiter, loin de le haïr, elle ne semble que plus l'aimer; il lui refuse le seul bonheur qu'elle envie, celui de périr près de lui et avec lui et ne consultant que son cœur, elle se sacrifie pour le sauver.

Non, elle n'est pas l'épouse de Jupiter, mais l'existence du Dieu ne peut être qu'à ce prix, elle n'ignore pas qu'elle se prépare une vie de douleurs, que devenue un objet de colère pour son père, de haine pour ses frères, son époux pour la payer de son sacrifice n'aura pour elle que dégoûts et mépris; elle le sait et, loin de la décourager, ces affligeantes pensées, ces perspectives de sombre avenir semblent plaire à son âme et ne la rendre que plus ardente et plus ingénieuse à se précipiter dans ces maux, à les vouloir.

La confidence de Métis a assombri le front de Titan, ses frères ont poussé un cri de colère, ils supporteront que Jupiter vive, mais loin de l'Olympe, qu'elle même s'éloigne avec lui, elle est odieuse à leurs yeux! hélas! Métis, loin de se plaindre, embrasse avec tant de tendresse les genoux de son père, les mains de ses frères, son regard est si plein de douloureuse soumission, il exprime tant de regrets d'être privée de leur présence aimée que leur colère ne peut y résister, ils s'éloignent d'elle en détournant les yeux, mais les pleurs qui les remplissent lui donnent le doux espoir qu'ils désirent encore l'aimer.

Dans sa hâte à rattraper le monde qui va frapper son enfant, le puissant Titan l'a ressaisi et serré dans ses mains avec une telle énergie qu'il s'est brisé, et les morceaux relancés par lui vers Aria forment les astres que les hommes de nos jours appellent "satellites" de Jupiter, ils

7

sont au nombre de vingt-un, mais leur vue bornée n'en aperçoit que quatre ; les brisures semées dans l'atmosphère de la terre s'y agitent sans fin et forment les pierres mystérieuses qui, de temps en temps, tombent des cieux et sont nommées bolides par les hommes.

Qui résistera à la femme sage et prudente, elle a vaincu le plus grand des Dieux ! Le dévouement sans borne de Métis, son aménité, sa touchante soumission ont ému Jupiter, il ne la repousse plus, il souffre sa présence et voilà que sa douce et enchanteresse parole, le charme infini de son esprit voilent sa laideur à ses yeux et la lui font aimer autant qu'il sait aimer ; saintes joies de l'hyménée, joies d'amour ! Vous venez de Dieu, lui seul a pu, sans détruire l'homme, vous faire infinies ; sans vous, mon Dieu, comment comprendre que Métis eût pu durer un instant à l'immensité de son bonheur, qu'il ne l'eût pas consumée, anéantie ; Ah ! Ils n'ont jamais aimé ceux qui s'élèvent contre vous, ceux qui osent vous nier.

Heureux de son servage, Jupiter peut attendre, loin de l'Olympe, le développement de ses forces ; il n'oublie point sa gloire, mais il n'engagera la lutte qu'avec espoir de succès.

L'impatience des Titans hâta ce moment redoutable ; maîtres de l'Olympe, l'existence du fils de Saturne met leur âme dans une continuelle crainte, leur front semble plier sous le poids de cette couronne usurpée et ils ne cessent de maudire la faiblesse qu'ils ont eue d'épargner leur ennemi, par crainte d'accabler leur sœur.

Que tardent-ils encore ? Attendront-ils pour agir que les forces déjà formidables du jeune Dieu aient pris un tel accroissement qu'il ne leur reste plus d'autre alternative que de se soumettre à sa puissance ou d'en être écrasé.

Ils lutteront donc et aujourd'hui plutôt que demain, ils

accableront Jupiter et rien ne pourra le sauver de leurs coups.

Ces décisions prises, crainte de se laisser de nouveau émouvoir par les prières et les larmes de Métis qui a obtenu de rentrer dans l'Olympe et s'efforce de calmer leur irritation contre son époux, ils enferment cette Déesse dans la caverne où déjà gémissent Saturne et Ops.

Mais Vesta veille. Vesta qui a une vengeance à tirer des Titans s'empresse d'avertir en secret Jupiter de leurs complots; par son conseil, il se hâtera de les déjouer, d'empêcher leurs formidables préparatifs en les attaquant lui-même dans l'Olympe.

Sans différer, il escalade les cieux et se montre à ses ennemis; rendez, crie-t-il aux Titans, rendez la liberté à ma mère, à mon épouse; délivrez de ses fers Saturne mon père, restituez-lui sa couronne et vous humiliant à ses pieds, implorez son pardon, ou tremblez que mon bras ne se lève et vous accable.

Les Titans ne répondirent point, mais se confiant dans leurs forces, acceptent le combat, ils poussent un cri immense et se précipitent sur Jupiter.

Aux cris poussés par les Titans, Saturne s'est réveillé de la torpeur où l'ont comme enseveli sa captivité et ses liens, toute son âme semble s'être réfugiée dans l'audition de ces bruits; une flamme soudaine a rallumé le feu de ses yeux quant ces premières clameurs s'augmentent des éclats irrités d'une formidable voix qui leur répond et les domine; Ops s'est jetée à ses pieds, elle semble oublier l'impuissance où il est réduit et, au milieu de ses sanglots, le supplie de porter secours à son fils; les yeux du grand Dieu s'ouvrent enfin à la vérité, quelque tort qu'il ait envers ce fils ignoré de lui, le sort qu'il doit en attendre ne peut être que doux auprès de celui que lui font les Titans; il n'accable point Ops de reproches, il semble presque ignorer sa présence; toutes ses pensées sont à la nécessité de s'affranchir des maux présents, il gémit des entraves qui lui rendent impossible de prendre part à la lutte.

Le bruit du combat se fait de plus en plus violent, sous les pas précipités et les chocs des Dieux le sol d'or de l'Olympe trésaute comme un cercle d'acier qu'un bras robuste frappe et, par les puissants sons qu'il rend, il semble le tambour de l'Univers.

Dans ce tumulte effroyable, les deux Titans laissés à la garde de la caverne excitent de leurs cris et enflamment l'ardeur de leur père et de leurs frères, mais l'intonation de leurs formidables voix trahit de l'angoisse, ils trépignent d'impatience d'être appelés à prendre part au combat; enfin la voix alarmée du grand Titan les appelle à l'aide, que leur attaque furieuse va être à craindre pour Jupiter dont la longue lutte doit faire faiblir les forces.

L'horrible clameur poussée par les deux Titans pèse sur l'âme de Saturne et d'Ops comme le cri d'agonie de leurs espérances; dans son désespoir, le grand Dieu a fait un effort immense pour se délivrer de ses liens, effort impuissant qui le laisse plus désespéré.

Mais les ressources de la sagesse ont-elles des limites?

Métis dont l'âme est partagée entre son affection pour son père et ses frères et son amour sans borne pour son époux a écouté en silence les progrès lointains de la lutte, mais un cri presque de détresse vient d'être poussé par son bien aimé, elle n'hésite plus; sa prudence avait, dans un moment d'intuition de l'avenir, préparé un breuvage qu'elle donne à Saturne comme devant lui donner les forces de briser ses liens.

Son effet ne se fit pas attendre, il n'augmenta pas les forces du Dieu, mais il soulève ses entrailles qui, au milieu d'atroces convulsions, rejettent avec la pierre noire les enfants qu'elles ont engloutis, Pluton, Neptune et Junon tous trois doués d'une beauté sublime, tous trois déjà puissants d'une force immense ; dans la durée d'un éclair, Saturne se voit délivré de ses liens, et rugissant de fureur il s'élance à leur tête, refoule au loin les montagnes qui ferment la caverne, bientôt il arrive et de ses deux bras frappe d'épouvantables coups les Titans qui pressent Jupiter.

Comme dans le combat contre Cœlus, la victoire est attachée à la force même des Dieux, c'est de leurs bras seuls qu'ils doivent attendre le triomphe, ainsi le veulent les destinées, parceque le prince lutte pour son empire.

Un tourbillon emportant les cieux pourrait seul donner une image de la terrible impétuosité des Titans attaquant Jupiter, sept fois le grand Dieu a repoussé leur choc immense étendant à ses pieds les assaillants que ses bras peuvent atteindre, ils se renversent comme de hautes tours et leur masse semble effondrer l'Olympe.

Mais quelque écrasants que soient les coups de Jupiter, un seul ne saurait suffire à éteindre la force de ceux qu'il frappe, la nature divine qui est en eux s'y oppose ; cependant, s'ils conservent la même ardeur pour la lutte, ils se relèvent de chaque défaite plus épuisés, plus affaiblis.

Le grand Titan lui-même, atteint par les deux bras de Jupiter, chancelle, il ne peut résister et appelle à lui les deux gardiens de Saturne sa dernière ressource, mais un nouveau choc a dans l'instant frappé le grand Dieu, il s'affaise et, sous sa lourde chute, l'Olympe gémit à être ouvert.

Il en fut résulté non seulement sa fin mais encore celle de la terre, car les Oures, vapeurs cent fois plus subtiles et aussi cent fois plus puissantes que le principe de l'atmosphère, eussent, par leur éruption du sein de l'Olympe, causé dans les airs une agitation infinie qui eut ravagé toute la surface de la terre, et ce qui fut resté debout ne

l'eut été que pour quelques instants, car l'Olympe tombant
bientôt après sur elle, l'eût disloquée et brisée.

C'est l'appréhension de cette immense calamité qui rendra les Dieux si peu prodigues envers les hommes du sol
de leur séjour, ils ne cesseront de craindre d'en affaiblir
l'écorce d'or.

Ainsi tomba Titan, l'humiliation de cette grande splendeur causa à Jupiter [comme un instant d'étonnement,
presque une pensée de regret.

Les Titans n'ont pu secourir leur père, mais l'affront fait
à sa gloire leur fait pousser un déchirant cri de douleur et
de colère, quoique tous meurtris, ils se précipitent sur
Jupiter, avec l'ardeur d'un premier assaut, cherchant à
l'enlacer, à le saisir ; le grand Dieu voit leur dessein, il lui
importe de se dérober au premier et redoutable effort de
cette attaque désespérée ; mais, dans ce moment même,
accourent Bor et Suph les fils appelés par Titan et les
plus puissants après lui ; le moment est suprême pour
Jupiter ; cette lutte prolongée paraît épuiser ses forces,
son ardeur semble faiblir, ses coups moins assurés ; cet
état de Jupiter n'a pas échappé aux deux nouveaux et formidables combattants et pendant que, par un suprême
effort, leurs frères le presseront de front, eux-mêmes
s'apprêtent à frapper ses reins, à le renverser ; mais si le
grand Dieu, à la vue du péril que leur agression lui prépare
a pu pousser un cri trahissant de la crainte, ses ennemis
ont fait erreur en comptant sur sa lassitude ; son ralentis-
sement dans ses coups n'est qu'un effet du travail de sa
pensée pour mieux résister ; et dans le moment que Bor et
Suph lèvent leurs redoutables bras et se penchent en
arrière pour donner à leur coup toute sa force, Jupiter,
par un effort digne d'être à jamais célébré, puisqu'il
déconcerta des adversaires tels que les Titans, s'arrache
à l'étreinte de ceux qui l'attaquent de front et, par ce

même mouvement, heurte violemment Suph qui ébranlé trébuche sous le bras de Bor et en reçoit le formidable coup destiné à Jupiter; le Titan accablé tombe en gémissant, il roule aux pieds de ses frères, sa chute les écarte et laisse un instant de répit au grand Dieu.

Mais bientôt ils renouvellent leur attaque avec un redoublement de furie, le grand Titan lui-même a relevé du sol son vaste corps et s'avance menaçant comme une tempête, il est impatient de venger sa défaite; semblable à une tour déjà penchée pour s'abattre, s'il ne peut vaincre Jupiter, il le terrassera en l'écrasant de sa masse; ce parti désespéré de Titan met Jupiter en péril, mais sa grande âme n'est point troublée, il luttera jusqu'à épuisement de ses forces; s'il succombe, avec lui tombera le dernier des Dieux, sa chute sera la fin de l'Olympe.

Cependant, comme d'un commun accord, le combat est suspendu, tout annonce que Jupiter et ses ennemis s'apprêtent à un décisif effort.

Sur quinze fils, Titan n'en compte plus à ses côtés que neuf capables de combattre, les forces des autres sont épuisées, ils ne seront plus jamais des Dieux.

Affaibli, mais toujours redoutable, Titan se prépare à la suprême lutte et relève le courage de ses fils par ces nobles paroles :

Ne laissons point à notre ennemi le temps de se reconnaître, mais oubliant nos propres fatigues ne pensons qu'à l'épuisement où nos incessants et formidables efforts l'ont réduit; moi-même je l'attaquerai de front et ne cesserai la lutte que je ne le foule à mes pieds ou tombé sous les siens; si vous m'aimez, si vous avez souci de ma gloire et de la vôtre, précipitez-vous à ma suite, frappez comme je frapperai, vous souvenant que cet assaut sera mon dernier, sa fin me verra sans retour vainqueur ou vaincu.

Il dit, ses vaillants fils l'approuvent par un cri d'invin-

cible confiance ; Titan le veut et l'exige ; seul, il affrontera
Jupiter, ses fils réunis complèteront dans un choc immense
sa redoutable attaque.

Tout entier à sa défense contre l'assaut désespéré du
grand Titan, comment Jupiter pourra-t-il parer aux furieux
coups de ses fils ; infailliblement il succombera, Titan
pourra aussi succomber, mais que lui importe ? Il tombera
consolé, la victoire restera à ses fils.

Jupiter est à nous, disent ses ennemis ; et jamais son bras
n'a été plus près de les accabler.

Sa science divine lui a dévoilé leur redoutable dessein et
il l'a prévenu.

Avant que Titan ait pu commencer son attaque, lui-même
comme un furieux ouragan s'est précipité sur ses fils dans
le temps même qu'ils prennent leur rang de combat et que,
par l'espèce de désordre qu'ils en éprouvent, ils sont
moins préparés à supporter son choc ; ils croyaient suspendre, et ils sont eux-mêmes surpris.

Le grand Bor voit le danger, sa douleur d'avoir frappé
son frère avait, pendant un instant, comme paralysé ses
forces et l'avait retenu loin du combat, il réparera sa faute
en se dévouant au salut de tous.

Sa force et sa qualité d'aîné lui donnent droit au premier
rang, au redoutable honneur d'être le premier à recevoir
le choc de Jupiter ; il se replie sur lui-même et l'attend
ferme comme un roc ; le formidable coup qu'il reçoit du
grand Dieu brise son front, mais dans l'instant même ses
bras qu'il étend, non pour se protéger mais pour étreindre,
se lient autour de Jupiter comme une serre de vautour ;
Bor est emporté par l'irrésistible élan, mais ses genoux
s'enlacent aux genoux du Dieu qui choit entraînant dans
sa chute cinq de ses ennemis ; Jupiter est tombé, il est aux
mains des Titans si, avant qu'ils reviennent de leur surprise,
il ne parvient à se délivrer de l'étreinte de Bor ; en moins

de la durée d'un éclair, une de ses mains s'est placée sous le menton du Titan, l'autre a embrassé sa cuisse à l'endroit où elle se joint au tronc, et aussitôt soulevant ses puissants reins, il imprime au corps de Bor une secousse formidable, ses jambes retombent, mais contractés par le désespoir ses bras ont résisté; il pousse un grand cri, non pour appeler ses frères à le délivrer, mais pour les presser de profiter du dernier effort que peut sa force à retenir Jupiter; le Dieu redouble d'efforts, la tête du Titan est horriblement renversée, les os de ses reins crient, sa clavicule va se briser et, malgré son effrayante torture, il ne cède point, car pour lui, comme pour Jupiter, la durée d'un instant de plus dans sa résistance a une importance infinie, elle peut sauver le Dieu ou le livrer au pouvoir de ses frères.

Et déjà revenus à eux-mêmes, ceux d'entre eux que n'a pas terrassé le choc de Jupiter l'attaquent, deux coups terribles ont frappé son front sans toutefois l'ébranler, mais huit bras se lèvent, le grand Titan accourt, ses fils tombés redressent leurs grands corps, chaque durée d'éclair accroit le péril de Jupiter, rend sa ruine plus inévitable; mais dans ce moment les reins brisés de Bor mettent fin à son héroïque lutte, ses bras après un dernier frémissement se tendent, se détachent et son corps pantelant tombe avec un bruit mat et sourd.

Jupiter peut de nouveau lutter et a repris l'espérance de vaincre, il relève le front et ses bras puissants cherchent à se faire jour; dans cet instant même, Saturne et ses deux fils arrivent à son aide.

Le voyageur égaré qui, à son réveil, voit ouverte sur sa tête une énorme bouche de serpent, le chevrier assis sur un rocher qui se détache de la montagne ne sont pas en proie à une plus cruelle surprise que celle éprouvée par le grand Titan à la vue de Saturne délivré et fortifié de deux

nouveaux fils; le cri de colère qu'il poussa était empreint
d'un tel désespoir que ses fils oubliant leur propre infortune
accoururent à ses côtés lui apporter, par leur présence,
secours et consolation.

Honneur à eux! Cette illusion de leur amour filial
mérite d'être à jamais célébrée, elle sera à leur éternelle
louange.

La manière soudaine dont Jupiter a été délivré des Titans
lui fait reconnaître le secours qu'il a reçu de son père et de
ses frères, mais l'esprit farouche de Saturne et l'étonnement inquiet avec lequel il considère dans les Titans
abattus les marques terribles de sa force, refoulent dans
son cœur ses sentiments d'amour et le forcent comme à
se refuser envers lui à toute expansion de tendresse; le
cruel Dieu voit la torture de l'âme de son fils, mais déjà il
le hait, car sa puissance l'ombrage et dans sa noire pensée
il n'ajourne ses projets de lui nuire que parce qu'il a besoin
de sa force immense pour achever d'accabler les Titans
et, par leur ruine, ressaisir la couronne enlevée à son front.

Les Titans ne peuvent plus vaincre, mais leur courage
indomptable les fera lutter jusqu'à l'épuisement de leurs
forces, ils resteront grands et glorieux même dans leur
défaite.

A la tête de ses trois fils Saturne a renouvelé le combat,
les Titans fuient devant eux; soudain, pendant que les
plus valides engagent contre Jupiter une lutte de désespoir
qui puisse, au moins, pendant un instant, l'occuper tout
entier, le grand Titan a rallié ses autres fils encore en
état de combattre et s'est précipité sur Saturne, le cruel
Dieu est renversé comme aussi sont renversés et foulés
aux pieds ses deux fils accourus à son secours; quel horrible cri de honte et de colère poussa Saturne, par quelles
clameurs de triomphe et de vengeance satisfaite lui répondent les Titans; mais Jupiter est vainqueur, il accourt et

son approche seule délivre son père et ses frères; plus humiliés de sa facile victoire que de leur défaite, Saturne et ses deux fils ne reprendront plus part au combat, ils en laissent le fardeau retomber tout entier sur Jupiter; mais qu'a besoin le grand Dieu de leur aide? Le résultat final de la lutte peut-il être douteux entre Jupiter dont les forces immenses n'ont pas souffert d'atteinte et les Titans tant de fois affaiblis, car à chaque chute à terre une partie de leurs forces s'est séparée d'eux.

Ils furent chassés de l'Olympe, refoulés de notre univers, mais quelle résistance ils continuèrent à opposer! Le soleil Sirius en portera longtemps le témoignage, c'est sur sa face qu'ils livrèrent leur suprême combat, leurs pas précipités la frappent avec une telle violence qu'elle se brise, leurs pieds s'y enfoncent et creusent d'insondables cavités qui forment les taches que nos yeux observent mais dont la matière jetée, répandue autour de lui, cause son étonnant éclat; et la voie lactée n'est composée que de la poussière soulevée des mondes par le choc de leurs pas.

DÉCLAM XXIV.

Una a suivi les Titans loin de notre Univers.

L'Olympe et les autels appartiennent aux Déesses filles des Dieux, à l'Amour dont l'éternelle enfance a pour berceau le sein de Vénus, à Saturne et à ses fils.

Jupiter oubliant les torts de son père lui a restitué sa couronne, l'heureuse paix est rendue à l'Olympe, qui pourra troubler ses plaisirs?

Mais cette quiétude n'est qu'apparente, c'est le calme trompeur qui précède la tempête.

L'immense pouvoir de Jupiter pèse à Saturne à qui il rappelle les malédictions prononcées contre lui par Uranos fuyant de nos cieux et le dépossédant de sa puissance en faveur de l'enfant que, pour sa confusion et sa ruine, son épouse mettra au jour loin de sa vue; il le hait ce fils qu'il n'a pu détruire et qu'en dépit de ses colères le destin conduit à sa haute fortune à travers les mille écueils répandus sur son chemin et qui ne servent qu'à grandir sa gloire.

Quoi! Il n'aura tant désiré consulter le livre des destinées, il ne s'est livré à des travaux infinis pour conduire à sa fin cette grande entreprise que pour être assuré de l'inanité de sa prudence et de la nécessité de se reconnaître lui et ses forces comme les sujets de son fils.

C'est pour sa cause que les Titans l'on enchaîné et tenu enseveli dans une horrible prison; sa force même (non l'immense à laquelle lui donnait droit sa qualité de fils d'Uranos) mais celle qu'il a conquise au prix de tant de dangers sur Cœlus et Cronos ; cette force bien à lui, cette partie des dépouilles de ces Dieux, il ne s'en est servi que pour sortir de péril ce fils détesté ; et ce qui surtout exaspère Saturne, c'est que les Titans ne l'ont renversé lui-même, ils ne l'ont foulé à leurs pieds, que pour lui ravir une partie de cette force, et l'ajouter au faix qu'ils devaient en remettre à ce protégé du destin en franchissant devant ses coups les limites du ciel.

Immenses avant son combat contre les Titans, à quoi comparer les forces de Jupiter accrues de celles de ces puissants Dieux, que compte le reste de la sienne devant elles ?

Telles sont les pensées qui occupent continuellement l'âme de Saturne, tout l'irrite contre son fils, il ne peut lui pardonner de lui devoir la couronne, sa soumission même lui est odieuse, elle l'humilie en lui rappelant sans cesse que s'il occupe le trône, il ne possède pas la puissance.

Ah ! s'il pouvait le frapper comme son père et Cronos, ou même seulement le chasser de notre ciel comme Cœlus, de quelle joie son cœur déborderait ! Mais cette joie il ne l'aura jamais, en présence de la force invincible de son ennemi, devant sa sagesse fortifiée de la science de Métis ; cette Déesse ! Il la hait à l'égal de son fils, l'essai de sa prudence pour le délivrer des liens des Titans le confond et lui fait tout craindre d'elle pour l'avenir de ses desseins cachés ; Vesta aussi est l'objet de ses colères, combien il regrette que le temps lui ai manqué pour achever sa ruine ; sans Jupiter, quel châtiment il tirerait d'Ops son épouse ; comme il foulerait aux pieds Vénus et l'Amour pour se venger et des Titans qui ont triomphé de lui et d'Uranos, son père, qui l'a déshérité ; ses fils et Junon ne valent qu'à rentrer dans le néant, ne méritent-ils pas d'être punis de leur impuissance à lui porter secours.

Mais que lui servent ces souhaits ? Jupiter vit et s'y arrêter, c'est tourner le fer dans la plaie qui crispe son âme impatiente de savourer ce bonheur, le seul qu'il comprenne de tout voir à ses pieds lui crier gloire ou miséricorde.

Soif de dominer, voilà de ton fruit ! Le nombre de tes victimes peut-il se compter? Mais les tortures de l'esprit de haine qui est né de toi les venge.

Saturne sait ne pouvoir vaincre Jupiter, le destin s'y oppose, mais malgré le destin, il ne cessera de chercher à l'accabler; cent projets successivement approfondis, et rejetés ne le lassent point ; enfin son sombre génie crut avoir trouvé un moyen sûr de perdre le grand Dieu; ni force, ni sagesse ne pourront le sauver de sa perfide trâme.

C'est l'heure du sommeil, les Dieux cherchent dans le repos de la nuit l'oubli de leurs joies du jour pour mieux goûter celles du lendemain, mais Ops est seule dans sa couche, dès qu'elle a fermé les yeux, son époux s'est éloigné d'elle et de l'Olympe, il vole vers cette partie des cieux habitée par le grand Scorpion, le Dieu compose pour lui des breuvages qui donneront aux poisons qui circulent dans ses membres une force terrible, il cachera le monstre dans sa couronne, et feignant de céder le trône à Jupiter, ce Dieu la placera sur son front, l'horrible bête le frappera et ses poisons répandus sur sa tête brûleront ses yeux et le couvriront de plaies si hideuses qu'il s'enfuira lui-même de l'Olympe pour en cacher l'horreur.

Mais que peut craindre celui pour qui veillent les yeux de l'amour et les yeux de la haine?

La tendre épouse de Jupiter pressent un piège dans le redoublement d'affection que lui témoigne son père et le grand Dieu sourit de ses craintes, le sentiment de sa force et son âme droite ne lui permettent pas de s'y arrêter.

Mais si les prières de Métis ne peuvent émouvoir Jupiter et le mettre en garde contre les embûches de Saturne, Vesta dont la haine contre ce Dieu n'a fait que grandir,

Vesta qui veut sa vengeance veille elle-même en secret et assure la sûreté de Jupiter, non qu'elle l'affectionne, toute l'engeance de Saturne lui est odieuse, c'est pourquoi elle ne contractera jamais l'hyménée, mais parce qu'elle ne peut attendre que de Jupiter la satisfaction d'être vengée.

La Déesse a souri en voyant Saturne prodiguer à Jupiter des marques inusitées de tendresse, elle y a vu le prochain dénouement de ses plans cachés, que sont-ils?

La Déesse les ignore, mais elle se promet de les éclaircir, dut-elle succomber à la peine; malgré toute la prudence de Saturne, elle n'a pas tardé à connaître ses dérobées de l'Olympe, elle l'a suivi et sa vue puissante a découvert ses pratiques mystérieuses, mais quel est le but de Saturne? Voilà ce qu'elle ne peut comprendre; elle l'épie avec une patience invincible, et faillit étouffer de joie et compromettre par un cri ses laborieuses recherches, en découvrant un changement imperceptible pour tous autres yeux que les siens dans la forme de la couronne de Saturne; elle quitta à la hâte l'assemblée des Dieux et retirée dans son palais, elle s'applaudit de sa sagesse et médite à ne pas en perdre le fruit.

Non loin du Scorpion est le grand serpent à qui la fille de Cœlus a préféré le Scorpion pour la garde du plus éclatant de ses palais, la Déesse ranime ses colères pour cette injuste préférence et, par une promesse de lui obtenir une brillante place dans les cieux, l'engage à se dévouer à sa cause.

Pour empêcher le Scorpion de dévoiler les manœuvres dont il est victime, Saturne l'a rendu muet; tourmenté la nuit par le Dieu, le serpent ne cesse de l'attaquer le jour; incapable de prendre aucun repos, le formidable acère tombe de lassitude, et Saturne se réjouit, attribuant à une

réplétion de venin ce qui n'est qu'un besoin immodéré de
sommeil.

Tout est joie, tout est fête dans l'Olympe, l'heureuse
Métis est devenue mère, il lui est né un fils; tous les Dieux
entourent à l'envi son berceau, tous célèbrent sa beauté,
tous le comblent de dons, mais celui de l'Aurore est le
plus précieux, elle lui cède ses palais et les brillantes rènes
des coursiers du soleil; de plus, elle mettra sa gloire à
annoncer à l'Univers sa marche triomphale en marchant
devant lui.

Pour mettre le comble au bonheur de Jupiter, Saturne
déclare lui céder le trône; en présence de toutes les
Divinités de l'Olympe, il lui en fait monter les degrés.

Jupiter s'est assis et Saturne lui présentant la couronne
l'a invité à la placer sur sa tête; Jupiter a obéi; cependant
une stupéfaction profonde ne tarde pas à se montrer sur
le visage de Saturne, il paraît aux yeux étonnés de tout
l'Olympe attendre un effet qui ne se produit pas; mais
Vesta s'est approchée du trône, elle s'adresse à Jupiter :
défends-moi, grand Dieu, contre ton ennemi qui est le
mien, Saturne t'a trahi, contemple la couronne ! L'expression d'affreuse inquiétude que Vesta répand à dessein sur
son visage en impose à Jupiter, il lève sa couronne et voit
blotti au fond comme dans un doux nid le formidable
Scorpion plongé dans le sommeil.

Quel regard de haine horrible Saturne a lancé sur la
Déesse, mais il ne peut que fuir, car Jupiter a jeté au loin
sa dangereuse couronne et tel qu'un vautour fondant sur
un faible oiseau, il poursuit Saturne et le force de franchir
les limites de notre univers.

Le jet a séparé le Scorpion de la couronne et, pour
récompenser le serpent, Jupiter l'a confiée à sa garde;
sans cesse, le Scorpion cherche à y rentrer pour continuer
son sommeil, sans cesse le serpent l'éloigne en l'emportant

dans sa gueule et ralentit la marche du scorpion en le frappant de sa queue.

Du haut de l'Olympe les Dieux sont témoins de cet éternel combat, les habitants de la terre n'aperçoivent que le champ où il se livre, leurs sages l'indiquent par la disposition des étoiles sur lesquelles repose le septième des douze palais de Phœbus; palais invisibles, mais dont l'existence révélée aux hommes doit leur être plus assurée que s'ils les avaient bâtis, que si eux-mêmes les habitaient; car l'illusion peut tromper l'homme même dans les choses qui remplissent sa vue et que croient tenir ses mains; seuls les immortels voient la réalité et leurs sens divins ne s'égarent jamais.

La fuite de Saturne a mis fin aux luttes des Dieux, et l'Olympe pourrait jouir du repos sans la funeste erreur de l'Amour.

Plus formidable que le choc de mille montagnes, le trait de l'aveugle enfant a trouvé Jupiter impuissant à le repousser, et les trésors de la sagesse du grand Dieu ne renferment aucun remède à sa blessure, plaie profonde dont gémit sa gloire, mais dont son cœur refuse de guérir.

La majestueuse beauté de Junon ne convient qu'à l'épouse du roi des Dieux, ainsi l'a prononcé Jupiter, qui osera s'inscrire contre son jugement? Qui pourra s'opposer à son iniquité? Infortunée Métis, renferme tes angoisses dans ton âme, bannis-toi de la présence de cet époux trop aimé; Ah! Dans ton malheur même, tu restes plus heureuse que lui, tu as bu à la vraie source de l'amour, et l'immense puissance de l'infidèle ne trouvera jamais dans toutes ses joies un instant de ton bonheur.

Métis s'est éloignée de l'Olympe cacher à Jupiter ses larmes et sa douleur, cependant elle ne le maudit point, son cœur s'y refuse, elle gémit sur son bonheur perdu, mais n'en accuse que son peu de beauté; jamais l'infidèle

8

ne verra ses pleurs, jamais elle ne viendra troubler ses plaisirs par ses plaintes ; si elle a perdu son amour, elle évitera du moins de s'attirer sa haine, il pourra l'oublier, mais jamais la maudire.

Pleine de ces pensées, et l'amour étreignant son âme, cette noble épouse ne mit son génie qu'à chercher les moyens de voir son bien aimé, qu'à entendre sa voix sans paraître à ses yeux ; mais quelle serait son allégresse, de quelles peines infinies ne payerait-elle pas l'instant qui lui permettrait de respirer l'air qu'il respire, de sentir sa douce haleine, d'être près de son sein, d'entendre presque les pulsations de son cœur !

Ce moment désiré se prépare, sa prudence le voit devant elle.

L'Ecrevisse a reculé jusque sur le front des cieux, et, avançant sa pince énorme, marque aux coursiers du soleil qu'ils sont parvenus au point culminant de leur course et doivent laisser inachevé leur 183me saut, chacun égale en étendue le mouvement diurne de la terre ; la fille de Cœlus peut les reconduire au palais de Thétis attendre dans un repos de six mois que le Soleil ayant fait de lui-même sa marche descendante se présente de nouveau pour faire la montée ; moucherons attelés à un roc et que l'Eternel leur permet de croire qu'ils conduisent ; char cependant brillant que voyaient et entendaient les peuples du nord et resté inconnu à ceux du midi.

Par son signe, l'Ecrevisse vient aussi rappeler à Jupiter le souvenir d'Amalthée ; c'est le moment pour Cybèle (nom dont Jupiter honore Ops sa mère) d'offrir à son fils une gerbe de plantes cueillies de sa main, le grand Dieu les parfumant de son souffle leur communiquera une vertu divine et baisant sa mère au front lui rendra les rameaux fleuris ; aussitôt, la douce Déesse volant près de l'heureuse nourrice présentera à ses lèvres le précieux et désiré présent.

Cybèle n'a pu résister aux prières de Métis lui demandant pour son fils la faveur de présenter à Jupiter son don à Amalthée.

Un murmure de satisfaction accueillit le jeune Dieu s'a- vançant, au lieu de Cybèle, aux pieds du trône du roi de l'Olympe, Jupiter lui sourit, il prend la gerbe dont l'ampleur l'étonne et porte ses regards dans ses ombrages, un nuage traverse son front et pourtant elle lui plait, car il en aspire avec force le parfum ; Phœbus tend les bras à son père, il est impatient de reprendre le présent, mais il n'est pas plutôt dans ses mains qu'il pousse des cris déchirants, ses yeux et bientôt sa main fouillent en vain ses profondeurs, il trépigne, il veut sa mère, Jupiter rougit, les yeux de l'au- guste Junon se chargent d'éclairs et sa bouche est prête à prononcer des paroles amères : les Dieux et les Déesses ont compris et se retirent en toute hâte dans leur palais laisser éclater le rire qui étouffe leur poitrine.

Métis a obtenu plus qu'elle ne désirait, mais de quel voile couvrir l'intention du grand Dieu? La soudaineté de l'acte laisse toutefois Junon à l'abri de tout reproche, l'au- guste Déesse n'en recueillit que le fruit, elle devint dès cette heure la reine incontestée de l'Olympe.

Mais si Métis reniflée par Jupiter ne doit plus revenir à la lumière, sa sublime sagesse lui survivra dans Minerve ; en entrant dans le cerveau du Dieu, Métis était enceinte de cette Déesse.

Lorsque les temps furent accomplis, la redoutable fille du roi des Dieux déchira les flancs de sa mère, elle en sortit avec l'aspect terrible qu'elle a dans l'Olympe; un casque d'or ornait sa tête, sur sa poitrine brillait une étin- celante cuirasse, un merveilleux bouclier était suspendu à son bras gauche et sa main droite était armée d'une grande lance.

Avec les douleurs de l'enfantement de Métis commencèrent celles de Jupiter; le cri que la Déesse poussa en sentant ses entrailles se rompre fut couvert par la formidable clameur de Jupiter dont la lance de Minerve venait de labourer le cerveau.

La Déesse grandit et avec elle grandissent ses armes et les tortures du Dieu; les blessures qu'il reçoit deviennent de plus en plus profondes, ses cris déchirent les astres, aveuglé par la souffrance, il délire, et dans sa colère impuissante à se délivrer de ses maux, il menace l'Olympe et la terre d'une ruine prochaine.

Il a armé son bras de la foudre, il ramasse les redoutables fluides qui en forment les faisceaux et sans cesse les précipite; ses feux meurtriers sillonnent en tous sens l'étendue et leurs fracas multipliés ne permettent plus ni aux hommes ni aux Dieux de s'entendre.

Bientôt d'innombrables incendies allumés sur la terre la font ressembler à un tison ardent.

C'est alors que Prométhée voyant la démence de l'Olympe à détruire l'homme et ses œuvres, poussa l'homme à se sauver lui-même et du tremblant et inerte adorateur des Divinités voulut faire l'homme Destin animé d'audace et d'une énergie rivale de celle de la foudre.

Réunis autour de Jupiter, les Dieux délibéraient de l'enchaîner, ce dessein n'eut servi qu'à les perdre, heureusement pour leur gloire, un évènement nouveau leur évita une dangereuse tentative.

Déjà ils s'invitent mutuellement à commencer l'attaque, lorsque à un cri plus douloureux et plus terrible du grand Dieu, son cerveau s'est ouvert et comme une flamme merveilleuse s'en élève l'auguste Minerve.

Elle agite dans sa main sa grande et forte lance, l'éclat

de son armure éblouit, son aspect et ses armes glacent les Dieux de crainte et cependant son fier et doux visage les attire vers elle et les contraint de l'aimer; du fer de sa lance elle touche la tête de Jupiter, aussitôt l'immense ouverture est refermée, la plaie est guérie et le grand Dieu a recouvré sa raison et sa joie; mais déjà il n'est plus seul à élever un trône à sa fille aimée, toutes les Divinités y prêtent à l'envi les mains, toutes la jugent digne de prendre place aux côtés de la grande Junon.

Avec la suite des jours, Jupiter s'est souvenu de sa mère et la demande; il oublie que dans son aveugle colère, il a rejeté sur elle la cause de ses maux en se prêtant à l'innocente supercherie de Métis, et qu'il l'a chassée de l'Olympe; pour la consoler et la rappeler, il ordonne à Junon et à Minerve de se rendre près d'elle; dociles à sa voix, les deux Déesses qu'une vive amitié déjà unit, s'empressent de placer sous le joug les ardents coursiers, Minerve les excite et bientôt le chariot d'or a franchi la distance qui les sépare de la vénérée mère du grand Dieu.

Elles trouvent Cybèle aux confins de notre ciel pleurant non sur ses maux, mais sur ceux de son époux que poursuivent sans relâche Uranos et les Dieux chassés de notre univers; elles entendent ses clameurs de détresse; Cybèle tend vers lui ses bras; un dernier espoir l'empêche seul de franchir les redoutables bornes pour se jeter aux pieds de ses persécuteurs, les attendrir ou partager avec lui le poids de leur colère; cette Déesse espère toujours en Jupiter, elle sait que son ressentiment ne vient point de son cœur; sa volonté seule peut délivrer Saturne et, sans cesse, elle attend son messager de paix; sans cesse elle soupire après le moment qui lui permettra d'embrasser ses genoux pour lui demander d'adoucir l'infortune de son bien aimé, d'avoir pitié de son père.

Les Déesses sont descendues de leur char, elles se jettent

dans les bras de Cybèle et confondent leurs larmes; déjà Minerve aime Cybèle et en est aimée, un instinct secret avertit la mère des Dieux qu'elle trouvera dans cette Déesse dont la vue la surprend un puissant auxiliaire pour obtenir de son fils ce qu'elle désire; quelques paroles de l'auguste Junon ont suffi à expliquer la présence de Minerve et bientôt les trois divinités remontant sur le char d'or s'avancent avec rapidité vers l'Olympe, car Minerve, pour plaire à Cybèle, excite les coursiers de la voix et du fouet.

Siècles, je vous entends me dire : Il te plait de parler des Déesses et nous t'en louons; mais les hommes aiment aussi à entendre parler des hommes; qu'étaient-ils devenus? qu'avait fait d'eux la furie de Jupiter :

Pendant que les Divinités travaillaient avec ardeur au trône de la fille du roi de l'Olympe, lui-même a baissé ses regards vers la terre où sa sagesse lui rappelle que sont ses adorateurs, il redoute pour elle les effets de sa furie; heureusement, c'est aux orgueilleuses montagnes que se sont attaqués le plus grand nombre des éclats de sa foudre, leurs fronts lacérés, leurs flancs effondrés le font frémir à la pensée des ravages qu'eussent causés ses tonnerres si, moins aveugle dans la démence que lui avait causée ses maux, il n'avait regardé les cimes des monts comme des nouveaux Titans élevant pour le défier leur tête par dessus les nuages.

Toutefois que de malheurs attestent la terrible œuvre des foudres égarées, partout les cités sont fumantes, partout les temples sont détruits, dix mille forêts achèvent de disparaître dévorées par l'incendie; quelle épouvantable crainte a saisi les animaux et les hommes, ils fuient côte-à-côte et les monceaux d'ossements blanchis indiquent çà et là le dernier refuge où accumulés par le désespoir, le cercle de flammes qui les a poursuivis s'est fermé sur eux en arrachant à leur poitrine son dernier cri.

Jupiter voit avec satisfaction que la race des hommes n'est pas détruite, il les contemple sortant en foule des retraites souterraines où ils ont cherché un abri contre les flammes ; déjà les prêtres tendent leurs mains suppliantes vers les Dieux et sacrifient, mais le sang des victimes ne coule point sous les couteaux sacrés, leur odeur désirée ne peut monter jusqu'à l'Olympe, un souffle de colère les consume et dévore jusqu'aux pierres des autels ; l'œuvre de Prométhée se trahit elle-même. . . . .

Siècles, je dois me taire devant les maux par lesquels se vengèrent les Divinités, leur horreur épouvante mes esprits ; Déesses si aimées, quoi, vous aussi y prêtiez les mains, pourrais-je sans détourner de vous les yeux, rappeler l'aveuglement d'Issa, la mort d'Affolo, l'épouvantable malheur de Nampu.

Siècles, n'insistez point, aucune torture ne serait capable de me faire ouvrir les lèvres pour ternir la gloire des Déesses par ces récits ; contre vous, j'épargnerai leur mémoire et avec elle celle des Dieux.

Seule des Divinités, Cybèle ne participa pas à ces vengeances, elle le dut à son exil.

Jupiter ne résista pas à ses larmes et aux prières de Minerve et de Junon ; de son trône il éleva sa voix immense, elle parvint à travers les astres jusqu'à Saturne à qui elle permit de mettre entre lui et ses persécuteurs les barrières de nos cieux.

Le Dieu exilé sur la terre se fit une vengeance contre l'Olympe de se montrer un mortel doué des plus grandes vertus ; utile à l'humanité, il ne fut funeste qu'à ma famille qui comme celle des Pélospides, des descendants de Danaë, d'Europe, d'Electre reste un exemple de plus que l'honneur d'être allié aux Dieux ne donne aux fronts qui le portent que la majesté des grands malheurs.

Seule aussi de toutes les Divinités, Cybèle ne prit point

part à la guerre des Géants qui eut lieu dans le temps que
bannie de l'Olympe, elle s'était réfugiée aux confins du
ciel pour chercher et consoler Saturne; de là vient que
cette Déesse, à son retour de l'exil, voyant la lune ravagée
et déplacée prononça ces paroles qui ont transpiré jusqu'aux hommes et que les Dieux n'ont cessé de regarder
comme un menaçant oracle :

Ceci n'est pas l'œuvre de Saturne, il est donc né un autre
Dieu dominateur de ceux de l'Olympe.

La suite des choses commence les archives des hommes
et les mille évènements en sont publiés par mille poètes, je
ne mêlerai pas à leur concert discordant la voix pure de la
fille d'Abel; le rossignol ne chante plus quand crient les
grillons.

Mais j'entends les siècles me dire : nous espérions mieux
de toi; tu nous traites comme l'homme jeté au large dans
les flots de l'Océan ou abandonné dans le désert et à qui il
est dit : Sauves-toi, tu n'as pas à te plaindre, tout chemin
t'est ouvert; où est pour nous le rivage, où est le chemin
de la vérité au milieu de mille faits étranges qui restent
inexpliqués ; comment nous conduire dans cette nuit nous
présentant les anges de la terre acquérant par leur chute
une puissance à les rendre forts à soulever cent fois plus
de montagnes, à remplir un espace mille fois plus grand,
à remuer les cieux sur lesquels la volonté de l'Eternel
semblait ne leur avoir pas donné pouvoir? et comment
s'accomplira sur eux le dessein du Très-Haut à les mettre
en présence du Livre puisqu'ils ne suivent pas le cortège
des Divinités?

Siècles, l'homme peut-il en remplissant une fois le creux
de sa main de l'eau des mers vider leur bassin immense?
et néanmoins il le fera en répétant son ablation un nombre
très grand mais cependant déterminé de fois; siècles, ayez
la patience de cet homme, écoutez et écoutez encore, et
votre désir s'accomplira.

LIVRE III.

FOËL

C'est ainsi que les récits sur l'Olympe que je croyais ne devoir être entendus que de mes oreilles, écoutés au sein de la nuit, à l'insu de nos enfants, vont devenir le domaine des âges; et ceci confirme une prédiction de mon épouse: je sommeillais à ses côtés, tout en l'écoutant avec charme, lorsqu'elle me dit: Qui crois-tu qui m'entende; moi, ma bien aimée; cher époux, tu le crois, mais ouvre les yeux; comment savait-elle que, dans ce moment, je les tenais fermés? Je les ouvris et, à ma stupeur, une foule remplissait notre chambre nuptiale; comment était venue cette multitude? Et comment s'était fait le jour; certain cependant que j'étais seul avec mon épouse, je me levais pour faire cesser mon hallucination, car la plénitude de mes idées ne me laissait aucun doute que ce que je voyais n'était qu'une illusion de mes yeux; la foule s'écarta sur mes pas, j'étais à peine ému et sans crainte, j'allumais une lumière, sa lueur n'ajouta point à la clarté qui m'entourait, c'était donc bien le jour; toutes les personnes restaient debout et recueillies, ma main, ne s'étendit vers aucune et aucune n'étendit la sienne vers moi, la certitude qu'elles existaient m'enleva jusqu'à la pensée de m'assurer par ce moyen, de leur réelle existence; cependant ma bien aimée élevant la voix me dit: Marie, d'où vient que tu restes si longtemps éloigné de moi, ne voulant point lui donner un motif d'inquiétude, je lui répondis: sois sans crainte, je cherche . . . . . . tu cherches, oh! reviens mon Marie; ces paroles trahissaient comme un sentiment d'an-

*goisse ; oubliant ces hommes (il n'y avait que des hommes)
je courus à elle et à mon indicible joie, nous étions seuls !
Elle-même éteignit la lumière et me dit : j'ai prié mon
ange, car un grand danger a été sur toi et il t'a délivré ;
et lui demandant quel avait été ce danger ; mon époux,
dit-elle, ce danger est moi-même ; ne cherche pas à comprendre ; il est cependant nécessaire qu'il te soit dit : que
lorsque je ne serai plus, l'heure de ton suprême danger
sera proche ; et elle ajouta, en m'accablant de caresses au
milieu de ses sanglots: mon bien aimé, évite la femme des
derniers jours, montre toi fort, car l'ange lui-même sera
contre toi ; mais mon père et ma mère me voient, ils
connaissent mon angoisse et ils ne cessent d'intercéder
Dieu pour nous, et cependant l'ange t'aime, en te frappant
il pleurera ; mais toi-même sera pour la multitude des
foules une grande épreuve ; après ces mots, ses baisers
fermèrent mes yeux.*

*O prodige ! cet entretien et l'évènement de la nuit furent
ensevelis dans ma pensée, ou plutôt sont restés à l'état
d'oubli pendant de longues années.*

*Mais pendant que je parle, l'esprit vient, il me saisit
comme une marée ; est-ce l'ange annoncé par mon épouse ;
toi qui me domines es-tu cet esprit des cieux ?*

*Si c'est toi, montre ton visage, modère les feux qui te
couvrent, que je connaisse ta bouche ; Ah ! ne t'offense
point, aie plutôt pitié de ma crainte, car le démon sait, lui
aussi, prononcer des paroles douces et puissantes, mais il
ne peut effacer de ses lèvres le mensonge de son cœur ;
esprit d'une beauté sublime ton souffle est celui du
messager de Dieu ; ange, je referai tes signes, je redirai
toute parole venant de toi.*

DÉCLAM XXV

Prophètes de Dieu, jetez votre dernière plainte ; filles de Sion renversez vos harpes dans la poussière, que leurs cordes ne rendent plus d'autres sons que ceux formés par les larmes tombant de vos yeux ; Jérusalem, ton crime épouvanta la nature ; pour ne pas en être témoin, le soleil ne pouvant quitter les cieux couvrit sa face d'une horrible nuit ; tes montagnes elles-mêmes, tes montagnes fières de toi, comme le nouvel époux de son épouse, s'ébranlant jusque dans leurs bases, voulurent te fuir ; leurs flancs restent dénudés et leurs têtes déchirées te regardent et crient : malheur sur toi, cité déicide.

Ville coupable, ton forfait pèse sur tes rues désertes, il se lit sur le front de ton peuple dispersé et maudit.

Ange, pourquoi m'obliges-tu à évoquer le terrible souvenir de la mort de mon Dieu ; et quelles larmes puis-je verser qui en soient dignes ; pour redire les douleurs de Dieu, il me faudrait la bouche même de Dieu. . . . .

. . . .

DÉCLAM XXVI

La dernière nuit est venue, le Christ va souffrir, prosterné devant le Saint des Saints, l'armée des anges lui
demande dans son cantique d'amour, d'abréger l'angoisse
de son fils leur seigneur et leur bien aimé; et l'Eternel
reposait ses regards sur ses anges, il approuvait la violence
faite par leur prière à sa miséricorde, mais voulait qu'il
souffrit, car le salut de l'homme était aussi devant ses yeux.

Soyez béni, Dieu saint, de votre amour pour l'homme;
qu'est-il pour que vous l'aimiez jusqu'à lui sacrifier votre
fils; il n'est qu'une fumée aperçue un instant et vous êtes
éternel ! et ainsi qu'une poussière cachée dans sa main est
dans votre main la terre et sa voûte étoilée.

Souffles et Esprits, louez Dieu;

Louez le, mers, montagnes et abîmes;

Unissez dans tous les mondes vos voix, vos bruits;

Cette louange n'égalera pas celle qui lui est due; car sa
gloire n'est pas contenue par les cieux; elle déborde
l'étendue; elle est où l'espace ignore d'être.

La souffrante attente du ciel faisait souffrir toute la
nature, la mer étouffa sa voix, ses grandes vagues retombant restèrent muettes, elles s'arrêtèrent et avec elles tout
souffle des vents; étonnés de ne plus entendre le bruit des
fontaines, les oiseaux volèrent effrayés sur leurs bords;
les fauves y coururent et tremblant pour leur soif rugirent
pour interroger les échos et demeurèrent comme paralysés
par la crainte devant le silence des échos; l'anxiété de la
terre était partagée par les astres, ils étaient comme sans

lueur et errant sans direction de route ; la création entière semblait se demander si, devant ce qui allait survenir, elle devait d'un instant prolonger sa durée et continuer aux êtres ses fonctions de vie ; la voix de l'homme lui-même fut un moment sans produire de son, toute ombre disparut et, devant la lumière étrange qui éclaira l'univers, toute vie fut saisie d'épouvante et se crut dans la main de la mort : Ah ! les étoiles elles-mêmes eussent dû pleurer et arroser de larmes la terre devant le spectacle du Christ de Dieu, du fils de l'Eternel dans les pleurs et souffrant : Getzemani puissé-je, un jour, frapper de mon front ta poussière, aucun lieu n'est plus saint que toi ; c'est sur ta colline que prie le fils de Dieu, en attendant l'heure marquée par son père de se livrer comme victime.

Pour la troisième fois il s'est levé et, marchant dans les ténèbres, vient vers ses disciples chercher près d'eux un soulagement à l'affliction de son âme, mais bien qu'il les en eut prié, ils n'ont pas, eux si aimés, supporté par amour pour lui un instant de veille ; le doux Sauveur les laisse à leur repos et retourne au lieu de sa prière ; la pâleur de la mort couvre son beau visage, tout son corps frémit ; Anges, accourez à son aide ; hommes, devant notre péché qui cause sa souffrance, voilons-nous la face ; il tombe ! et ses genoux et ses mains appuyés contre la terre refusent de le soutenir ; une sueur froide et sanglante coule de son front divin, il lève ses yeux mourants, il gémit : Père saint, **ne** me laisse pas seul à mon angoisse, ceux que tu m'as donnés je les ai aimés et ils m'oublient ; mon père, mon père, mon âme est triste jusqu'à la mort.

La contemplation des damnés causait l'angoisse du Christ, la pensée de les séparer pour jamais de son amour navrait son âme et le poussait à maudire cette liberté qui donne à l'homme la puissance du mal et lui permet de se perdre ; mais la beauté d'un acte libre de vertu honore plus son père que la splendeur ordonnée des cieux, que l'incessante naissance des mondes, que les louanges et les adorations des esprits célestes devenus incapables de pêcher; l'éclatante beauté de ces actes restera éternellement devant lui, elle justifie les éternelles peines, elle est le sceau des promesses de Dieu à l'éternelle récompense; accablé de douleur sur le sort des âmes mourant dans le péché, mais contemplant le bonheur immense mérité par les justes et réservé au repentir du pécheur, le Christ ajouta à sa prière ces paroles qui réparant la désobéissance de l'homme firent tomber les barrières des portes du ciel : Mon père, que ta volonté soit et non la mienne; elles s'ouvrirent à cette voie divine acceptant le sacrifice de justice demandé à leur réouverture par la sainteté de Dieu.

Devant les souffrances du Christ les Anges pleuraient et voilant leur splendeur, attendaient que l'excès de ses maux satisfît à la justice de son père et lui rendît son amour; car agneau chargé des repentirs de l'homme pécheur, il devait supporter le châtiment de haine mérité à son péché; homme, voilà le prix de ta rédemption! ton péché a coûté à Dieu des angoisses jusqu'à l'agonie, des souffrances jusqu'à la mort; car pour te racheter, l'immense douleur de l'âme du Christ n'a pas suffi à la sainteté de son père, il a donné toutes ses larmes et tout son sang; mon Dieu, qui devant ce spectacle pourra ne pas vous aimer, qui pourra encore se résoudre à pécher.

Une goutte de sang du fils de Dieu, un soupir eut suffi à racheter les peines des repentirs de tous les mondes ; par quel mystère, Dieu voulut-il que ce fut par de si cruelles tortures? Ah! son cœur qui aime à l'infini, voulut avoir des droits sans limites à la reconnaissance et à l'amour de l'homme pour en être infiniment aimé.

L'âme du Christ a son infinie douleur, son corps saint va, par d'affreuses souffrances, consommer le sacrifice.

L'ange eut pitié de ma faiblesse, il abrégea pour mon âme angoissée la longue voie douloureuse que devaient parcourir les pas du Christ; il m'évita la vue des mille ignominies, des mille cruautés qu'eut à subir le Sauveur dans le reste de cette nuit où il eut à endurer la trahison des siens, les offenses d'un peuple délirant de haine et de juges mêlant l'ironie à l'injustice, il me le montra sur le chemin dont le terme était sa mort : des soldats enseignes levées contiennent la foule qui sort à flots pressés des portes de la grande ville et remplit les voies et sentiers conduisant au Golgotha ; deux croix y sont debout et deux scélérats attachés, au milieu est la place pour une troisième; c'est dans l'attente de la voir dressée, d'y voir suspendu l'homme! que l'immense peuple s'accumule à ne laisser qu'avec peine passage aux chefs de milice criant, à grande voix, le Lex tenet, et dont le bras armé de verges frappe quiconque retarde leurs pas ; à leur suite sont les satellites entourant le coupable, il vient accablé par sa lourde croix et teignant le chemin de son sang; excités par mille cris, les bourreaux le frappent, le pressent d'activer sa marche et couvrent sa face de crachats pour réjouir la foule; Ah! doux Sauveur, combien de fois j'ai penché mon visage et j'ai demandé en pleurant à l'ange qu'ils frappassent le mien ; l'ange aussi pleurait, un seul de ses souffles eut dispersé à tous les vents ces soldats, ce peuple, cette ville; mais il ne pouvait que pleurer, car ainsi le voulait Dieu. Enfin il arrive au lieu du supplice, ses yeux vont s'ouvrir sur les scélérats crucifiés; aussitôt l'innombrable peuple qui, jusqu'à cet instant, est demeuré insensible et comme absent à leur torture, se tourne vers eux, son regard se complaît à marquer la place vide et, d'un même mouvement, reporte sa vue sur l'homme! comme heureux de savourer sa honte devant l'infamie qui lui est préparée : les barbares! ils ajoutent à cette torture une douleur infinie par le déses-

9

poir qu'éprouve devant lui sa mère traînée là pour être
témoin de son supplice.

Et quel crime reproche-t-on à l'homme? que répète la
foule qui le veut crucifié?

Il s'est dit le fils de Dieu, le sauveur des hommes! qu'il
se sauve donc lui-même et nous croirons en lui.

Eh quoi, peuple, les morts que sa parole a ressuscités;
les possédés dont son nom seul a chassé les démons; les
paralytiques, les malades sans nombre que son regard a
guéris sont au milieu de toi, tu les vois et tu demandes un
témoignage? tu n'en auras plus d'autre que celui de la perversité de ton cœur en voyant les mères dont il a retiré
les fils de la tombe; les aveugles qui lui doivent de connaître la désirée lumière du jour; les infirmes, les lépreux
dont sa main a effacé les plaies et les ulcères ne pas élever
la voix pour sa défense; les lâches! ils courbent le front
en présence de ses détracteurs, ils font au divin bienfaiteur
cette tristesse de les compter eux aussi au nombre de ses
ennemis; Ah! devant cette ingratitude, ma pensée se refuse
à continuer cette voie de larmes, les pleurs remplissent
ma bouche, il n'en peut sortir que des sanglots.

Et ces souffrances, ces amertumes, le Sauveur les a
souffertes non une fois, mais mille fois, car toutes présentes
devant son esprit, son âme les endurait toutes à chaque
instant, à chaque instant son corps comme pénétré par
chacune d'elles se révoltait d'horreur; aussi, il est écrit de
lui : Voyez s'il est une douleur semblable à ma douleur. Le
Christ sur le mont des Oliviers endura mille reniements,
mille flagélations, mille chemins du Calvaire, mille morts.

L'Eternel eut pitié de son fils, et pour soutenir son
humanité, il lui envoya un consolateur.

Dans le regard qu'il porta sur les intelligences célestes,
il se ressouvint de la douleur de Gézaël pleurant sur Adam
et Eve déchus, de son exil des cieux prolongé par son

amour pour ses frères; l'immense armée des anges comprit le choix de Dieu et se prosternant devant lui, tous louèrent sa miséricorde.

La mort d'Adam et d'Eve avait mis fin à l'exil du grand ange de la terre, mais il n'était pas remonté vers les cieux, il était resté pour pleurer sur la chute de ses frères; Dieu saint, s'écriait-il, aie pitié d'eux, leur cœur ne peut avoir cessé de t'aimer, prolonge mon exil, multiplie les jours de souffrance qui me privent de voir ta face bénie, mais délivre-moi de la douleur de paraître devant toi ayant perdu un seul de ceux que tu m'as confiés.

Cette prière de Gézaël avait plu au cœur de Dieu et pour le récompenser d'aimer, il l'enveloppa d'un regard d'amour; l'âme de l'ange fut pour jamais inondée d'une joie infinie, elle était dans le bonheur de Dieu; et comme signe de sa volonté de pardonner aux frères de Gézaël et de les rendre à son amour, l'Eternel plaça sur sa larme divine un Livre dont la vue devait dissiper les ténèbres de leur âme et la préparer à l'épreuve voulue par sa justice.

Et la voix qui manifeste la volonté de Dieu, cette parole d'une mélodie sublime mais si puissante qu'un éclat d'elle briserait tous les univers, s'éleva; l'ange lui ouvrit son âme; que dit cette voix, un mot seul, mais en lui était le nom de la voix, il suffit à l'instruire des volontés de Dieu, il eut suffi à lui apprendre la vie et les mouvements de toutes les choses, les pensées et les sensations de toutes les intelligences, car la parole de Dieu est Dieu comme Dieu.

L'ange s'est transporté sur la larme divine et attend près du Livre formé par l'ombre du doigt de Dieu; sans cesse étendant les bras il prie pour ses frères et demande à la miséricorde du Très-Haut de dissiper l'aveuglement de leur esprit, de détruire leur empire coupable sur les hommes, d'éclairer la terre et les mondes du règne de son fils, du Christ promis à leur rédemption.

Tel était l'ange sur qui s'arrêta le regard du Saint des Saints et à qui il remit pour le porter à son fils ce calice qui contenait toutes les douleurs, mais dont la vue devait le fortifier, parce que venant de son père, il lui témoignait qu'il les avait acceptées et que, satisfaisant à sa justice, l'homme serait pardonné.

Quel cantique de miséricorde entonnèrent les anges suivant et précédant en nombre infini Gézaël descendant des cieux.

Sois béni, Dieu Très-Haut;

Les cieux sont l'ornement de tes mains, mais l'âme de l'homme est ta louange;

C'est en ta bonté que l'armée de tes anges se réjouit d'être à toi;

Jéhova, tu es saint;

Le péché seul de l'orgueilleux ne voit pas se tourner vers lui ta face de miséricorde;

Et son accablement justifie ta justice;

Mais à la terre humiliée tu envoies un Sauveur et devant elle les mondes s'inclinent et s'écrient :

Voici notre reine bien aimée;

Nous te louons, Seigneur;

Nous adorons ton Christ comme toi saint, comme toi Dieu.

L'armée des anges s'arrêta aux seconds cieux, Gézaël s'approcha seul de la terre et offrit au Christ le calice, Jésus n'était plus seul, il était aimé, il était fortifié; son regard divin remercia l'ange et prenant le calice, il le but; prosterné à ses pieds, Gézaël pleurait, le doux Sauveur ne put satisfaire à sa prière d'en partager l'amertume, seul il devait l'épuiser. Le calice est vide, Jésus l'a rendu aux mains de l'ange, mais une goutte de sueur tombée de son front divin est restée attachée à son bord et Gézaël l'emporte vers les cieux.

Pendant que l'accomplissement de ces mystères laisse comme en suspend la vie de la terre et du ciel, les Dieux absorbés dans une contemplation produite en eux, par le reflet du Livre sur la goutte de sueur divine portée par les mains de l'ange, voient avec étonnement se dérouler devant les yeux de leur esprit les évènements du passé.

Ils avaient cru les cieux éternels et ils les voient créés de Dieu, leurs pères et eux-mêmes sont ses créatures.

N'ayant rien créé, par quel aveuglement ont-ils donc pu se croire des Dieux ? Mais les clartés du Livre enveloppent leur âme, ils vont connaître les actes du Très-Haut, qu'ils le veuillent ou s'y refusent, leur âme va les lire, ils s'impriment en elle.

Dieu saint, il n'appartient qu'à vous de dévoiler vos mystères et à celui dont votre esprit ouvre et ferme la bouche, mais tout témoigne de la vérité de vos actes, votre doigt l'a gravée dans la lumière, et le cœur droit qui la cherche la voit dans le vermisseau qui fuit devant le grain de sable dont la chute menace ses jours, comme dans notre terre qu'accompagnent sans la heurter, les astres immenses et innombrables dont la marche variée sillonne les cieux.

Mais c'est à une incommensurable distance d'elle que doivent porter mes regards ; ange sait, que ton doigt touche mes yeux et la matière et les espaces lèveront les voiles qui dérobent à ma vue les clartés du Livre ; voici que mes yeux s'ouvrent, voici que mon âme voit ce que vit l'âme des Dieux.

Dieu avait créé purs les anges du ciel et les anges de la terre, mais ils ne devaient devenir saints que par leurs œuvres, ainsi le voulait l'éternelle justice.

Dans sa bonté, il avait proportionné l'épreuve à leurs

forces, il l'avait abaissée à ses dernières limites en n'exigeant de ses créatures que de le reconnaître comme créateur et de l'aimer parcequ'il les aimait.

Les anges du ciel, en nombre infini, se prosternant devant le Très-Haut et son Christ accomplirent sa volonté et furent pour l'éternité confirmés dans son amour; ils conservèrent le nom d'anges et restèrent, comme agents de son œuvre sainte, les inspirateurs du bien.

Mais quelques-uns, et leur armée était encore immense, refusant à Dieu l'hommage qui lui était dû, l'obligèrent à les séparer de lui, à les retrancher de son amour et devinrent, comme ennemis de l'œuvre divine, les principes du mal, tentateurs de l'homme. ils reçurent de lui le nom de démons.

Moins puissants que ces anges, mais esprits moins assujettis que les hommes à la matière, les anges terrestres avaient présidé sous les regards de Dieu aux multiples transformations, aux métamorphoses de la terre, à l'installation de son ciel, ils devaient en maintenir la sublime beauté ; mais en faisant pêcher l'homme, le souffle du démon s'impatronisait sur la terre, il en pénétrait tous les éléments de son esprit de révolte et de mort.

La terre souillée fut maudite de Dieu et la désobéissance de l'homme attrista son cœur, car sa justice ne permettait plus à sa bonté d'obéir à l'appel de sa créature aimée, elle l'obligea à se faire violence, à se bannir loin d'elle.

C'est ainsi que, soumise à l'esprit du mal, la terre se montra rebelle aux soins de ses anges, mais la douleur qu'ils éprouvèrent à la voir dépérir, à ne pouvoir, malgré leurs soins, la conserver belle et prospère ainsi qu'ils la savaient plaire à Dieu, n'altéra point leur fidélité à ses ordres ; chaque matin ils accouraient, ils s'assemblaient aux confins du monde pour l'adorer, et leur espoir mille fois déçu, les retrouvait à l'aurore suivante aussi diligents à venir, aussi ardents à le louer.

Ce fut l'épreuve que Dieu demandait d'eux et dont il avait fixé la durée à celle des jours du premier homme, mille fois heureux s'ils l'eussent soutenue ; mais furieux du calme de leur âme et de ne pouvoir les entraîner dans sa révolte, le démon fouilla les profondeurs de sa malice et les poussa à vouloir servir Dieu au-delà de la volonté de Dieu, menée terrible qui les mit devant l'homme avant l'heure où leur âme pouvait en soutenir la vue ; exposés à la beauté de la femme, les anges de la terre, loin de combattre, aimèrent à être vaincus.

Séduits par le doux regard des filles d'Eve, leur cœur ne connait plus d'autre désir que de plaire à ces êtres aimés ; ils leur élèvent des trônes, ils leur tressent des couronnes, ils les honorent et les servent par tout ce que leur génie et leur pouvoir peuvent concevoir de grand et de beau.

Mais ils oublient Dieu, ils ne viennent plus l'adorer ; ils délirent de joie et l'impiété des hommes les nommant dieux eux-mêmes achève de les aveugler, ils perdent le souvenir de leur origine, ils se croient éternels.

Cependant, parceque leur crime vient non de leur esprit agissant dans la plénitude de sa science, mais de leur esprit troublé et trompé, Dieu ne les a pas maudits, il s'est souvenu de leur fidélité et les réservera à une nouvelle épreuve.

Dans les vues insondables de sa sagesse, il les a punis en les livrant à eux-mêmes, ils ne redeviendront plus des esprits, mais conserveront le corps cause de leur erreur et de leur chute.

Ce corps qu'ils se sont donné, nourri des mets divins dont s'abreuvait leur être immortel se maintiendra dans sa jeunesse, dans sa beauté, un nombre de jours égal à celui de la durée de la terre, ensemble ils seront jugés, ensemble ils rentreront dans le sein de Dieu, où en seront exclus pour l'éternité.

Au dernier jour du monde, Dieu sondera de nouveau leur cœur, avec ce jour finira l'épreuve mise par sa justice divine à leur adoption au nombre de ses saints ou à leur éternel rejet parmi les anges exclus de son amour.

Toutefois, en les abandonnant à eux-mêmes, Dieu ne leur ôta point le gouvernement du monde, il le leur retirera à l'heure voulue par ses éternels décrets; mais en attendant, parceque son esprit ne les dirige plus, sa sagesse réparera ce que leurs passions, leurs erreurs ou leur oubli pourraient leur faire commettre de fautes dans la direction des choses de la terre et de son ciel, elle tracera ses volontés à toute la nature, les Dieux n'en seront que les instruments aveugles et le reconnaîtront eux-mêmes en s'avouant soumis aux décrets immuables de ce livre.

Ces décrets, les Dieux ne les connaissaient qu'inexorables, leurs yeux s'ouvrent à leur sagesse, ils voient combien peu compte leur science et la force de leurs bras devant l'infinie sagesse et puissance de l'Eternel, et leur esprit, comme accablé devant la grandeur de ses œuvres et la majesté de sa gloire, se demande avec stupeur comment les hommes ont pu leur adresser un culte qui n'était dû qu'à lui.

Ils comprennent comment le peuple juif, son seul adorateur, était protégé contre leurs colères, et pourquoi les nations dévouées à leurs autels ont été frappées et sont disparues.

Les malheurs de l'Olympe ne les étonnent plus, sa ruine est méritée; mais quelle épreuve a mis l'Eternel au pardon de leurs pères? Qu'exige-t-il d'eux-mêmes pour être admis au nombre de ses saints, pour siéger comme eux sur des trônes que leurs yeux ne peuvent apercevoir, mais que leur esprit comprend environnés d'une joie, d'un éclat et d'une puissance à rendre dignes de mépris ceux de l'Olympe.

Mais l'effluve divine a cessé, l'âme des Dieux qu'elle tenait comme captive reconnaît à la liberté de pensée qui lui est rendue que la révélation des mystères que leur impose le Livre est suspendue; mais de même que le voyageur retiré vivant de l'avalanche garde de son séjour dans ses profondeurs un souvenir ineffaçable, ainsi les Dieux restent sous l'impression laissée en eux par cette vision du Livre; la révélation de la première page les rend anxieux de voir s'ouvrir la seconde.

C'est l'esprit plein de cette pensée que leur immense cortège poursuit sa marche vers la source des clartés divines.

VARMÉ

J'écris ce qu'a vu mon esprit; mais était-il dans mon corps ou dans une première image de lui-même? Autre Hénoc inconnu, suis-je de retour des astres? Des témoins m'assurent que cette génération m'a vu enfant, mais devant mes yeux ma vie a varié et non mon être! Sortie du souffle de Dieu avec celle d'Adam et celles de tous les hommes qu'agissait, qu'habitait, que pensait mon âme au-delà du temps qu'a connu mon corps?

Ames qui attendez votre tour d'entrer dans la lutte, seriez-vous, pour l'éclatante justification des sentences divines, les témoins de nos combats? Et serait-ce parceque les hommes seront eux-mêmes, au dernier jour, leur propre témoignage, que retentit à chaque heure cette parole : Le Seigneur manifeste sa vérité, mais sa justice se montrera elle-même.

La naissance de l'homme est-elle le sommeil des pensées antérieures de son âme; ou est-il dans l'âme non unie au corps une manière de penser différente de celle lorsqu'elle lui est unie? Est-il réservé à l'avenir de faire le jour sur ces ténèbres au moyen de mes feuilles perdues? Je l'ignore, cependant je sais que l'Esprit qui me dirige me justifiera de mensonge et justifiera tout croyant à mon livre qui protestera de sa vérité.

Tu l'entends, lecteur, si tu crois, continue à lire mes déclams; mais si tu ne te sens pas une foi robuste en leurs paroles, ferme mon livre, jette le, tu n'es pas de ceux pour qui il est écrit; et afin que tu n'aies pas à gémir d'avoir employé ta substance à un objet pour toi inutile, je m'engage à te rembourser le prix que j'ai reçu.

Ainsi n'ouvre pas les pages au-delà et réfléchis . . . . . .

Mais tu continues à me lire, tu me crois donc? Ah! tu n'auras pas à le regretter, car non seulement ce que tu fais est utile à la gloire des épouses, source divine de la félicité des hommes, mais encore tu en tireras profit pour toi-même; comme l'athlète qui se prépare à la lutte, comme le voyageur qui ne détourne pas ses yeux d'un difficile voyage, tu auras entouré tes reins de force et de prudence.

DÉCLAM XXVII

Quel temps s'était écoulé depuis que les Divinités levant leurs regards de la contemplation des dômes de l'Olympe s'avançaient d'univers en univers vers le livre de Dieu; elles ne pouvaient le reconnaître au cours inconnu des soleils qui brillaient à leurs yeux, mais les vides faits au nectar des amples et brillants chariots, Amphores de l'immortalité des demi-Dieux, témoignaient que les lampes d'or du palais de Jupiter auraient dû fournir le jour à onze mille festins et que la terre avait dû voir renaître trente fois son printemps.

Emporté par la main de l'ange, peu d'instants avaient suffi pour me faire franchir l'incommensurable distance parcourue par les Dieux; que j'eusse désiré, en passant au-dessus des mondes, descendre au milieu de leurs peuples et nouvel Ulysse les interroger sur leur histoire, m'écrier sur leurs travaux et jouir de leur étonnement et de leur admiration à m'entendre célébrer ceux de la terre; mais l'ange ne s'attardait pas à mon désir, il ne répondait point à la prière de mes yeux ou plutôt y répondait comme une mère qui paraît ne point entendre son fils formulant un souhait nuisible ou qu'elle ne peut accomplir; du moins pensais-je, je serai en présence des Dieux, ma vue se remplira de leurs chars, de leurs attributs, de leur majesté, je le décrirai et me rendrai agréable et illustre parmi les hommes; cette pensée n'eut que la durée d'un éclair devant ce qui se montra; l'Amour emporté par une vitesse immense se séparait du cortège des Dieux, et regardant le but de sa course, je sentis mes cheveux se hérisser d'effroi.

Ange, tu le veux, je ferai taire mon angoisse pour rappeler les causes d'où sortit le terrible évènement qui perdit l'Amour :

Le papillon Sancraï avait été transformé par Uranos en enfant d'une beauté sublime, mais privé d'âme, il n'était pas au pouvoir de l'ange de l'en fournir ; de là vient qu'il a gardé les caractères de sa première nature, il reste un papillon enfant ; de là aussi son insatiable désir de multiplier et varier ses victimes pour lui fleurs d'un nouveau et immense parterre ; autrement eut-il pu être le Dieu des amours ? Il fallait Cupidon incapable de comprendre les maux qu'il cause et, mille fois, il eut brisé son arc s'il eut pu connaître l'amertume du désespoir ; mais que lui font les cris d'angoisse qui s'élèvent vers lui, ils ne peuvent exciter que ses rires, il redouble ses coups pour rendre les plaintes plus nombreuses, plus aiguës, il n'en sait pas la douleur, il est sans âme.

Mais si la nature de Cupidon le rend inconscient des tourments qu'il sème, si l'intention aveugle mais droite d'Uranos en le formant permet de ne l'accuser que d'erreur, comment contenir mon indigation pour l'être méchant, l'odieux monstre qui dans la plénitude de sa pensée presque divine médita ces effroyables malheurs et se fit un cruel plaisir de les produire ; Ah! je le montrerai aux hommes pour qu'ils le connaissent et comme moi tous le maudissent.

Ce moment viendra, mais auparavant l'Esprit me ramène au récit de ce qu'il advint de l'Amour.

Assis dans le char fleuri de Vénus, il a suivi le cortège des Dieux, en riant avec cette Déesse de ses victimes et se consolant du repos de ses flèches par l'effroyable colère de Saturne à en être malgré lui le gardien ; faibles traits qui absorbent toute l'attention du grand Dieu, quand devant son âme se lèvent mille projets à supplanter Jupiter dans le gouvernement du monde; il en pousse de sourds gémissements qui, entendus par l'Amour et sa mère, les réjouissent et redoublent leurs rires sur la simplicité du terrible Dieu à craindre de violer un serment.

Mais si privé d'âme, l'Amour est exempt des tourments de l'esprit, il en ignore aussi les joies; et pendant que les Dieux et Vénus elle-même, au sortir de la zone des épaisses nuits, s'écrient à l'apparition soudaine de la larme divine et s'arrêtent immobiles devant ses splendeurs, lui est resté impénétrable au sentiment renfermé dans leur cri et n'a été affecté que de la rude clameur de Saturne porteur de son arc et de ses traits.

Guidé par cette voix, l'aveugle enfant à qui l'arrêt de la marche des Dieux fait croire à la fin du voyage a aussitôt quitté le char de Vénus et son carquois à la main s'est envolé réclamer ses flèches, car il lui tarde d'entendre de nouveau les plaintes de ceux qu'elles frappent, il veut avec hâte rétablir sa symphonie des cœurs blessés.

Pendant que Cupidon ne pense qu'à tirer son arc, Saturne voudrait n'occuper son âme que de ses projets, il craint de ne pouvoir les murir avant la fin de la route; aussi, troublé dans sa pénible méditation, par l'exclamation de joie des Dieux, leur a-t-il répondu par un méprisant cri de colère; que devint-il? En reconnaissant qu'une force inconnue l'arrêtait pendant que l'admiration suspendait leur marche; de fureur, il leva sa faux comme pour frapper ou parer les coups de la puissance invisible qui le domine.

C'est dans cet instant qu'approchait Cupidon, la formidable faux a, dans son mouvement, rencontré le carquois; la frêle conque fut relancée dans la zone des nuits traînant à sa suite le riche baudrier et l'Amour qui le tient à la main, tous allèrent s'arrêter sur un sein horrible, sur le sein de Satan.

Je l'ai vu, il était devant mes yeux et mon âme se demande comment je n'ai pas expiré d'horreur? Sois béni, Forzaël, qui a contenu ma main s'apprêtant à le dépeindre, tu as évité à mes frères une grande souffrance ; achève ton bienfait, tu m'as montré les secrets de l'abîme, fais qu'en déchirant un coin du voile qui les cache aux hommes, ceci leur est utile, j'épargne à leurs yeux la douloureuse hideur qui a blessé les miens :

L'enfer ne s'était pas troublé du dessein des Dieux de consulter le Livre de l'Éternel, dans sa monstrueuse perversité, il n'y avait vu qu'une occasion de s'opposer à la volonté du Très-Haut, en les ramenant malgré lui vers la terre, et il avait confié le soin de ce triomphe à Manoc à qui sa profonde science du mal avait mérité de s'asseoir sur le septième trône.

Manoc et les démons en nombre immense placés par Satan sous ses ordres avaient suivi les Divinités s'élevant vers la larme divine, mais quelque confiance qu'il eut en lui-même, quelques formidables que fussent les moyens trouvés par son génie pour les engager à reprendre la route de l'Olympe, Manoc demanda du secours et Satan lui avait dépêché deux autres de ses princes, Balamort et Occobial plus connu parmi les hommes sous le nom d'Amadan, quelle entreprise pouvait être au-dessus des forces de ces trois puissances? L'enfer fut rassuré.

Balamort et Occobial arrivèrent et virent les Dieux s'avancer dans une atmosphère embaumée de senteurs si pénétrantes et si douces qu'ils en furent surpris, quelque grande que fut l'idée qu'ils eussent déjà des ressources de Manoc, mais leur admiration pour ce prince grandit encore en voyant plus loin les cieux entrer comme en lutte ; leurs astres, ainsi que des armées ennemies, se pousser, se heurter avec un fracas qui leur cause presque de l'épouvante ; sous des formes effroyables, les débris sillonnent l'immensité qu'ils remplissent de sifflements, de plaintes et de cris affreux; les flots de poussière versés par les mondes brisés causent une épaisse nuit qu'éclairent, par instant, comme de gigantesques éclats de foudre, les colossales explosions de cratères aux flancs vastes comme cent mondes; et de ce cahos effrayant de ténèbres et de lueurs sortent d'immenses bouffées d'air chargées d'une puanteur telle que les démons eux-mêmes hésitent à s'y exposer; et cependant le cortège des Dieux s'avançait dans ces horreurs, l'impassibilité de sa marche avait un aspect si solennel, si fatal que Balamort et Occobial en furent consternés : Que pouvait faire de plus Manoc? Que pourraient-ils eux-mêmes ajouter aux barrières que ce prince accumulait sur la route des Dieux.

Remplis d'inquiétude, de deux coups d'ailes qui assombrissent l'espace, ils se poussent aux côtés de Manoc et trouvent le redouté démon anxieux et impatient de leur aide.

Ils se mirent à l'œuvre, qu'avait besoin leur sublime intelligence de délibérer? Ils s'étaient compris et avaient murement jugé dans un seul regard; Manoc a épuisé tous les moyens de frapper d'effroi la vue des Dieux; gueules de fournaises, cataractes de montagnes, pluies de lances, remparts sans limites ont été opposés sans succès, ces obstacles avaient pu les étonner, mais non les faire dévier de leur route, ils n'avaient du danger que le formidable aspect; seuls, les miasmes les avaient effrayés car ils étaient réels, Manoc et sa nopée de maudits les avaient tirés de leurs personnes et poussés de leur souffle; les deux nouveaux démons ne purent qu'y ajouter un horrible renfort, ils profitèrent habilement de l'impression que ce redoublement de puanteur produisait sur l'esprit des Dieux pour frapper leur plus redoutable coup; par un mirage perfide, un cortège d'une beauté sublime paraît précéder les Divinités, il est composé de Dieux et de Déesses qui s'enfonçant dans l'atmosphère de plus en plus affreuse qui s'ouvre devant eux, perdent au fur et à mesure qu'ils y pénètrent leur jeunesse et leur beauté pour se transformer en vieillards décrépis et repoussants de laideur; cet outrage sembla accabler l'âme des Dieux, ils poussèrent un cri de stupeur mais ne ralentirent point leur marche; les démons comprirent qu'une volonté supérieure les dominait, ils se voyaient vaincus, les Dieux leur échappaient et ils croyaient déjà entendre crouler les autels élevés par l'enfer contre celui du Très-Haut; seul le roi Satan leur parut fort à continuer la lutte; dans cet instant même, Manoc à qui l'ardeur apportée dans le combat n'avait pas permis de reconnaître la route parcourue par les Dieux, s'aperçut avec effroi qu'ils arrivaient aux limites des nuits formant la dernière barrière qui sépare des autres cieux l'immensité étoilée que baignent les clartés de la larme divine, Occobial, s'écria-t-il : Vole vers Satan, qu'il accoure, un malheur irréparable menace son empire, les Dieux touchent aux lumières, ces fils d'anges vont échapper à notre haine, ils connaîtront notre ennemi, ils vont l'aimer.

Ces derniers cris de Manoc n'arrivèrent que comme un bruit lointain aux oreilles d'Occobial qui plus prompt que l'éclair s'était précipité vers l'abîme.

Mais pendant que l'ardent messager presse son vol à travers cent mille univers, un obstacle se prépare qui l'empêchera d'aborder le trône de Satan.

Ce roi redoutable avait tenu à remplir sa promesse envers les démons ses frères; les vertus du fils de Marie, les prodiges qu'il opère, surtout le pouvoir d'en opérer donné aux autres hommes par la seule invocation de son nom, témoignent en lui d'une puissance dont la pensée non-seulement des hommes, mais celle bien supérieure des

10

démons, et ils en sont confus, n'avait pu avoir même la
conception ; s'il n'est le Christ, qui pourra donc l'être ? Car
de quelles plus grandes merveilles Dieu pourra-t-il entourer la naissance de son fils ; les astres l'annoncent, les
Dieux de l'Olympe dépouillés de leur puissance fuient pour
le laisser seul roi, et sa mère (prodige plus étonnant que
la formation des cieux) sa mère, ils ne l'ont pas vu naître ;
les hommes la disent vierge et belle d'une beauté divine ;
pour eux, ils ne le sauront jamais, car son visage brille
d'un éclat mille fois plus ardent que la flamme de l'épée
de Dieu et jamais leurs regards ne pourront se lever
jusqu'à lui.

Voilà le Christ, dit Satan, oui, c'est le Christ répondit la
voix immense de la Sama des démons, ils eussent voulu
rugir en prononçant ce nom saint, mais ils ne le purent et
malgré eux leurs têtes s'inclinèrent et leurs genoux
fléchirent ; Satan en pleura de rage et recueillant ses
larmes dans ses mains s'en abreuva pour se punir par leur
brûlante amertume de son impuissance à résister au
bras de Dieu.

Son corps plie sous la main qui le presse, mais son âme
reste altière elle ose (comment rappeler l'affreux blasphème)
elle ose, quelques soient les douleurs qui en seront la
suite, regarder pour la maudire en face la toute puissance
de Dieu.

Mon âme brisée par le récit de cet horrible crime se
demande, Dieu saint, si c'est de toi que vient l'esprit qui
m'inspire ; Ah ! ne permets point que je m'aveugle, tu
connais l'humilité de mon cœur, tu sais que je n'ai en vue
que ta gloire et le salut de mes frères ; aie pitié de moi,
délivre moi d'être pour un seul d'entre eux une cause
de moins t'adorer.

Satan sortit de l'abîme et s'approcha du Christ ; Dieu le
permit afin de donner aux hommes un puissant secours à

leur faiblesse, en leur apprenant à ne pas se croire avilis, ni coupables par la tourmente des passions et que leur combat les rapproche de l'état de perfection divine ; il le voulut, pour nous enseigner qu'il n'est aucun criminel qui ne mérite une part à notre amour.

La parole du Christ renvoya le tentateur dans l'abîme ; furieux d'y rentrer contre sa volonté, l'orgueilleux roi, pour cacher sa défaite aux démons étonnés de son prompt retour, les convoqua aussitôt en grand conseil.

A son signe les démons Téfou, Amaté, Avanto, Quisa, Nya, Petètre, Ran, Apréno messagers du trône répandent leur souffle dans la grande trompette de l'enfer, le Méavan, dont l'écho arrive jusqu'aux hommes ; son son rauque, éclatant descendit la profondeur de l'abîme et remonta amenant les démons appelés par Satan, car le terrible roi ne pardonnerait à aucun de n'avoir pas accompli son ordre dans le temps qu'il met à abaisser et relever les deux soleils de ses yeux.

Son regard les compte, puis d'une voix agitée par la colère mais qu'il cherche à rendre calme, il s'écrie :

Mes fidèles, j'approuve votre impatience, je comprends votre anxiété à connaître le succès de ma lutte contre le Christ, je répondrai à votre confiance, je vous dirai, à leur heure, les paroles que vous désirez tomber de mes lèvres, vous les acclamerez de joie ; mais laissez mes esprits développer ma pensée.

Frères, votre roi vous a-t-il jamais rien promis qu'il n'ait tenu ; grâce à mes efforts (les vôtres ont pu y servir) que reste-t-il du règne de notre ennemi l'Eternel ? Il avait voulu faire de la terre son habitation aimée, nous l'avons souillée et attiré sur elle jusqu'à sa malédiction et sa colère ; qu'il reconnaisse, s'il le peut, pour ses serviteurs ces anges de la terre qui ont perdu son souvenir et dont les autels élevés sur la ruine des siens tiennent la terre voilée des fumées de l'encens brûlé pour nous ; sommes-nous assez vengés de

l'homme d'avoir reçu son image, que pourrait inventer de
plus notre haine pour l'en punir? Dégradé dans son âme,
son corps reste nu; seul des êtres il pleure en naissant, il
est le seul dont la fin de la vie connaisse le supplice du
remord; mais son malheur n'eut été qu'incomplet si aimant
il eut pu être aimé; frères, vous me rendrez cette justice,
rien ne pouvait mieux lui ravir cette suprême consolation
à ses maux que le dessein que mon génie enfanta et qu'il
sut exécuter de fournir la main d'Uranos de l'être insensible et de la conque de mensonge à qui cet ange insensé
confia les traits qui devaient semer les heureux désirs.

Satan se tut, attendant sa louange, les démons agitè-
rent leurs têtes orgueilleuses et poussèrent à sa gloire neuf
fois ce cri, dans leur bouche, affreux blasphème de Tadet,
Isara.

Satan était satisfait, il reprit :

Ecoutez, que je vous dévoile le chef-d'œuvre de ma haine;
il ne restait plus à l'Eternel un seul motif de gloire dans
ses œuvres, mais il pouvait nous croire punis et s'en applaudir; frères, il ne le peut plus, et c'est là mon triomphe
d'avoir tourné contre lui sa colère et ses tourments contre
nous; il nous a ravi notre beauté et je vous ai vengés en
prenant et vous faisant prendre la forme sous laquelle
nous était apparu son Christ; il nous voulait difformes,
nous nous sommes faits hideux, afin que la figure de son
fils fut en nous le type de l'extrême laideur; voilà, esprits,
pourquoi je me suis plu à me couvrir et à vous voir revêtus
de cette horrible dépouille et votre constance à la garder,
bien qu'ignorant mon secret, m'a mille fois vengé de Dieu,
en présence de l'universelle révolte de tous les êtres qu'il
avait formés pour en être servi.

A cette révélation, les démons allaient entonner leur
grande hymne de colère en l'honneur de leur roi, mais
Satan les retint d'un geste; l'instant approche de me glori-

fier, dit-il, car ce que je vous ai montré mérite à peine
votre attention devant ce qui me reste à vous apprendre.

L'attention muette des démons parut redoubler par un
froncement de sourcils qui sembla grandir leurs yeux ;
Satan continua :

J'ai observé le Christ ;

Mais ne voulez-vous d'autre roi que moi? Un cri
immense sorti de toutes les poitrines l'en assura — Pourtant si ce roi vous était donné de ma main, vous l'accepte-
riez? Cette insistance de Satan souleva dans l'abîme un
tumulte effroyable et ce fut d'une voix irritée que les
démons répondirent : Si tu n'es plus notre roi, nous n'en
aurons plus d'autre.

Je vous savais fidèles, dit Satan, mais il m'en fallait
cette nouvelle et éclatante preuve pour me confirmer que
je puis vous ouvrir toutes mes lèvres :

Vous avez vu le Christ s'élevant dans sa gloire, et vos
regards blessés se sont détournés de lui; combien il est
changé dans sa vie mortelle ; Ah! j'en rougis de honte, moi
son plus mortel ennemi, j'ai été sans colère à sa vue, j'ai
presque oublié ma haine; frères, ne m'accusez pas de
défaillance, mais croyez en votre roi plus fort que vous,
craignez de le voir, vous ne pourriez vous défendre de
l'aimer.

Vos yeux me disent nous sommes vaillants, notre roi
s'exagère notre faiblesse, frères, je vous le répète, son
pouvoir d'amour est plus fort que toute haine, pour vous
le voir serait l'aimer.

Comment se présenta-t-il à moi, mon esprit en redoute
le souvenir, mais ma justice vous doit de le faire connaître,
elle le fera pour le rejeter ensuite à jamais de ma pensée.

Devant moi était un mortel paraissant faible comme ils
sont tous, ne portant à leurs yeux comme signe de sa
divinité que ceux d'une mansuétude sans limite pour

toutes les faiblesses et d'une puissance infinie mise à la
merci de toutes les larmes, de toutes les douleurs et
s'oubliant lui-même; ainsi le voient les hommes qu'il
appelle ses frères, mais à mes yeux cent soleils avaient
moins de rayons que son corps de divines effluves dont
chacune me paraissait d'une puissance à détruire mille
mondes ou à les créer.

Ce que nous avons souffert de l'épée abaissée devant
nous par l'odieux gardeur de portes ne s'effacera jamais
de notre souvenir; cependant, malgré les maux autrement
intolérables qui devaient m'assaillir en m'exposant aux
feux mille fois plus terribles de la vertu même de Dieu, je
n'hésitais point à remplir ma promesse envers vous de le
tenter; je parus devant lui; il ne me repoussa pas, ma vue
n'altéra point la douceur de son regard; au lieu des douleurs dont je m'attendais être saisi, un bien-être nouveau,
infini circule en moi, il cherche à me vaincre par sa bonté;
devant cette violence de séduction du Christ, je me voyais
faiblir; en vain pour résister, je me voilais les yeux, j'en-
fonçais mes doigts dans leurs orbites, cherchant, dans
l'extrême souffrance, un réveil à ma colère; inutiles
efforts! Son regard allait jusqu'à mon cœur, je le sentais
céder, prêt à aimer et n'ai vu de secours qu'à suspendre la
lutte, qu'à accourir sur mon trône m'y souvenir qui je suis!

Le Christ nous veut à lui, mais le signe de repentir qu'il
cherche, le mot d'amour qu'il désire, de moi il ne l'aura
jamais! Doit-il l'obtenir d'un seul de vous; oui, qui de vous
le lui donnera? Que celui-là se lève et quitte ses frères,
qu'il aille s'avouer la créature de Dieu et fléchir le genou
devant lui.

Jamais! Répéta d'une seule voix l'effroyable assemblée;
jamais, dit comme en écho l'âme des démons répandus
dans l'immensité des cieux; ce mot s'éleva pour s'échapper
de l'abîme, mais y fut repoussé par la vertu de Dieu; sans

cesse il cherche une issue, sans cesse il va d'un flanc à l'autre de l'enfer; comme le battant d'une cloche immense, chacun de ses coups fait résonner la maudite demeure et annonce aux démons que le bras de Dieu est levé et va les accabler d'une nouvelle douleur.

Chacune des paroles de vérité prononcées sur le Christ par Satan lui avait coûté un supplice, chacune avait traversé son gosier comme un fer rougi; mais à cette heure il pouvait s'en applaudir, car il leur devait d'avoir irrémédiablement lié ses frères à sa perdition; quel éclair d'horrible contentement passa sur sa face; comment pour son salut aucun de ces infortunés ne voulut-il l'y lire? Aveugle crainte de déplaire, pusillanimité d'âme à n'oser se montrer seul contre le nombre, voilà ton fruit!

Satan approuva le serment des démons en inclinant sa tête toujours majestueuse malgré ses efforts pour en détruire la beauté en haine de Dieu; frères, vociféra-t-il, je salue notre double victoire sur le Christ, votre haine aura vaincu son amour et mon bras, car vous méritez de connaître tout votre triomphe, mon bras, ce bras levé devant vous s'est étendu jusqu'à lui.

Qu'annonces-tu, roi redoutable, s'écrièrent les démons, ta main aurait touché le Christ? Frères, exclama Satan, mon bras l'a soutenu, ma main l'eut emporté où eut voulu ma volonté; comprenez-vous enfin? . . . . Et Satan se tut comme pour laisser aux démons le mérite de concevoir; l'amer sourire que je vois sur vos lèvres, reprit-il, me montre que vous avez compris et quel accueil lui tient votre âme; Ah! vous êtes dignes de me glorifier et c'est une joie pour votre roi de vous le dire.

A ces paroles, les démons saisis d'une joie insensée exécutent autour du trône de leur roi une danse fantastique, furieuse dont les douze qui forment son trône marquent la cadence en prononçant septante septante fois le nom mystique de Satan accompagné d'un blasphème si horrible qu'aucune bouche ne pourrait le répéter sur notre terre, sans que le souffle qui l'exhalerait n'empesta les hommes, les animaux et les plantes et ne dessécha commé d'un brûlant poison l'air et les eaux.

DÉCLAM XXVIII.

Comme détachée de la voûte des cieux par le choc d'un marteau immense, parfois, dans la nuit, une étoile est enlevée à ses sœurs et franchit en l'enflammant une incommensurable étendue ; tel, mais mille et une fois plus rapide Amadan traverse les espaces où se meuvent les mondes et s'avance vers le vide qui couvre l'entrée de l'abîme et forme une barrière aux voix et aux bruits de l'Enfer.

L'Enfer ! Comment décrire son horreur ? Il est sous le doigt de Dieu et les malheureux qu'il presse gémissent écrasés ; ils agonisent de douleur, le sang qui les étouffe déborde brûlant de leurs lèvres que jamais une main n'essuiera, que jamais une goutte d'eau ne viendra rafraîchir ! Dieu les voit, il n'a plus pitié, ils ne peuvent que souffrir, ils le savent et la pensée que leur supplice est sans fin donne à leurs maux la dernière, la plus cruelle des tortures, celle du désespoir.

Mes cheveux se hérissèrent de crainte et mon esprit demanda miséricorde, lorsque l'ange montra à ma face blémie ce lieu maudit tel qu'il sera lorsque Dieu y aura enserré tout ce qui restera du péché ou de ce qu'en lui n'aura pas lavé la pénitence du repentir, car Dieu venge sa sainteté de tout crime ; mais le lieu où les âmes se dépouillent de la moindre souillure et dont le séjour par ses tourments serait cent fois plus affreux que l'Enfer lui-même sans l'espérance de leur fin, sans l'amour qui porte les âmes justes à les désirer plus grands encore, infinis même,

par le désir d'être plutôt unies à Dieu; ce lieu ne me fut
point montré; que craignit l'ange à m'y introduire? Vous
que j'ai aimés, la vue de vos souffrances m'eut sans doute
fait mourir; et je n'ai point encore achevé mon combat
pour mériter la place d'élu.

En attendant que retentisse la parole qui appellera au
grand jugement les vivants et les morts, Dieu laisse ouvertes
les portes de l'abîme afin que toute âme ait le mérite
de l'épreuve et que s'accomplissent les œuvres de sa miséricorde.

Mais si Dieu a donné pour un temps aux démons le pouvoir de sortir de l'abîme, malheur à eux pour les âmes
qu'ils induisent au mal, leurs plaintes presseront elles-
mêmes le doigt de Dieu pour les mieux écraser; malheur
pour leurs blasphèmes, ils retourneront contre eux en
souffles brûlants pour dévorer leurs entrailles; c'est pour
venger son nom saint que déjà, dès cette heure, Dieu va
humilier Satan.

Les chants des démons, leurs danses arrivèrent aux
oreilles d'Occobial à une distance de l'abîme qui le frappa;
mais lorsqu'il fut à ses portes, ce qui en sortait lui parut si
étrange, si épouvantable, qu'il se demanda ce que pouvaient
être devenus ses frères, car les voix qu'il entendait ne
devaient appartenir qu'à des Totarbles et le tumulte des
pas paraissait celui de mondes révoltés: l'orgueilleux
Satan n'eut pu se défendre d'être saisi de frayeur, elle
s'empara de l'intrépide prince, mais seulement pendant la
demi durée d'un éclair, le temps de reculer sa fière tête de
l'épaisseur d'un cheveu et il s'engouffra dans l'abîme.

De sombres et brûlants nuages formés par la transpira-
tion des démons cachent d'abord à Occobial le mystère des
bruits, il avance dans leur profondeur, ses mains voilant
d'instant en instant ses yeux contre les infectes vapeurs qui
les dévorent, quand soudain, au moment où il traverse les

dernières nues qui le séparent des lieux, théâtre de la terrifiante lutte qu'il croit engagée entre ses frères et les
spectres futurs vengeurs de Dieu, tout bruit a cessé et à
travers leurs masses soudainement agitées paraît la main
de Satan, son geste d'autorité rassura Occobial, Satan
était toujours roi.

Un instant le mit en présence de ses frères, l'aspect
qu'ils présentèrent à sa vue était bien fait pour l'étonner,
mais aucune demande, aucun mot d'éclaircissement ne
sortit de sa bouche, tout entier à son message, il se précipite vers le trône de Satan; son apparition inattendue,
l'air de suprême inquiétude qui se lit sur ses traits, eussent
dû disposer Satan à l'écouter, mais d'un geste impérieux
le redoutable roi l'arrête, qu'il attende; quelque important
que puisse être ce qu'il doit annoncer, lui-même a quelques
paroles à dire aux démons et s'il s'est levé de son trône,
c'est pour qu'ils les entendent; les princes qui l'entourent
jettent sur le fidèle messager presque un regard de courroux, mais aucun des démons, pour tourner sa vue vers
l'objet cause du signe de colère de ses princes, ne tente de
modifier la posture où l'a surpris le geste de silence fait
par Satan.

Occobial s'arrêta, le mot commencé resta dans sa gorge,
son obéissance aveugle le rendit comme pétrifié et cependant son âme était dévorée d'impatience; le malheureux!
Il voyait avec chaque instant s'enfuir les derniers espoirs
attendus de son message, il se voyait devenir l'objet de
toutes les fureurs, de toutes les vengeances de l'abime et
l'horreur des supplices suspendus sur sa tête ne pouvait
lui ouvrir la bouche, lui faire exécuter un geste, un signe
pour témoigner de son angoisse et de son désespoir, parceque ce mot, ce signe eut pu paraître l'ombre d'une
opposition à la terrible volonté de Satan.

Et comme affirmation de l'absolu asservissement de la

volonté des démons à la sienne, le redouté roi s'est lente-
ment rassis, laissant l'oreille de ses frères inutilement
tendue vers ses lèvres et leurs corps dans les mille pénibles
postures où les a trouvés la brusque suspension des danses
et des chants.

Sept rangs de démons, les bras et muscles tendus,
semblent encore emportés dans une ronde furibonde, entre
ces rangs d'autres cercles en nombre infini, et au milieu
d'eux des groupes.

Ma vue était obligée de s'arrêter sur ces choses, car,
malgré mes efforts, mes paupières restaient grandes
ouvertes et mes mains tenues par celle de l'ange me
semblaient à une distance de moi à demander mille années
pour les rapprocher de mes yeux ; ce qui est laissé dans
mon souvenir a une hideur telle que ma langue ne saurait
le révéler sans tomber pourrie de mes lèvres et causer aux
hommes un dégoût à exhaler leurs entrailles ; ange, ne cesse
point de me couvrir de ton ombre, défends moi contre
la mort.

Mais de toutes ces victimes de la domination de Satan,
celles qui devaient le plus impatiemment désirer la fin de
son impitoyable caprice étaient les démons qui formaient
son trône ; leurs bouches restées grandes ouvertes étaient,
à tous instants, remplies de l'épaisse chevelure qu'agitait
la tête du roi et dont les rudes crins terminés en tête de
vipères leur pénétraient à l'envi dans le gosier mordre la
langue jusque dans ses plus profondes racines ; pour comble
de torture ! loin de les plaindre, leur angoisse faisait la
joie de leurs frères, et tel était la frayeur que leur inspirait
Satan, qu'aucun d'eux n'osait hasarder une plainte, ni
pousser un soupir.

Satan voit leur détresse et semble ignorer qu'ils souffrent,
leurs douleurs ne paraissent à ses yeux qu'une manière de
le servir, un tribut dû à sa sublime grandeur, à l'honneur

qu'ils ont d'être son siège, et impassible se met à remplir les devoirs de sa couronne.

Devant lui, mais sur des trônes moins élevés sont assis les trois princes Lucifer, Astaroth et Belzébuth, leurs forces immenses, mais plus encore l'incomparable perversité de leur esprit en font les ornements et la puissance du marchepied du sien, c'est à leurs mains redoutables et sûres qu'il a confié le soin de ses plus noirs projets, c'est à elles que ses ministres remettent les âmes perverties pour les entasser dans l'abîme.

Topolor, Tyazu et Nyacmet sont ces ministres de Satan, les fidèles confidents de sa pensée, les pourvoyeurs de son empire.

L'âme qui n'aime pas Dieu et que dans sa justice il rejette de lui tombe dans les mains du démon dont elle a préféré la haine; le perfide tentateur jouit de son épouvante et se joue de sa douleur, il se venge en un instant de toutes les peines que sa perte lui a coûtées, de toutes les angoisses que lui a fait éprouver la voix de Dieu l'appelant à lui; enfin il la tient, sa bouche railleuse et puante lui imprime par son souffle un stigmate éternel, ce souffle maudit l'enveloppe, l'enserre, il est son nouveau corps.

La perte de cette âme est achevée et l'odieux démon l'emporte triomphant.

Satan, dans son insensé orgueil d'imiter l'éternelle vigilance de Dieu, s'est tranché les paupières supérieures, il en maintient la plaie toujours vive et ses yeux d'un rouge de sang sortent de ses cils inférieurs comme deux menaçants soleils s'élevant de deux sombres nuages; des paupières retranchées son sublime génie a formé le récipient, sans nom, vase horrible où le démon va déposer l'âme perdue; les ministres de Satan rangent le vainqueur; et lorsque la mesure est pleine, ce qui, il est lamentable de le dire, tarde peu, les ministres escortés des démons

s'avancent l'offrir à Satan ; le redouté roi jette sur elle un
regard et honore les vainqueurs d'une demi inclination de
tête, aucun mot n'est sorti de sa bouche et d'un geste
adresse l'affreux filet et son escorte à l'un des princes qui
daigne leur sourire et de sa main, sans se lever de son
trône, secoue et précipite les âmes dans le fond de l'abîme ;
c'est là que ces âmes perdues resteront entassées, immobiles dans leur enveloppe nauséabonde et brûlante ; jamais
ce souffle des démons ne les quittera, il entrera avec elles
dans leurs corps ressuscités du tombeau, et ces infortunées
se trouveront ainsi unies pour l'éternité à des corps horribles comme des cadavres en putréfaction et ardents comme
des fournaises ; et là n'est qu'une partie de leur douleur !
Ah ! mon esprit se trouble, ma raison s'égare à la pensée
que pour mériter leur épouvantable malheur d'une éternité,
il a suffi à ces âmes du péché d'un instant ! Ange, aie pitié
de moi, laisse-moi détourner les yeux.

Vous êtes saint, vous êtes juste, O mon Dieu, je lèverai
mes regards vers vous pour implorer votre bonté, je vous
supplierai d'avoir pitié de tous les hommes mes frères et
de moi ; frappez-nous, châtiez nos fautes, mais faites que
nous ne perdions pas la foi en votre miséricorde, que le
temps et non l'éternité nous sépare de vous, laissez-nous,
dans la mort, l'espérance de vous aimer.

Où va la feuille tombée de l'arbre penché sur le gouffre,
elle descend dans un lieu sombre et nos yeux qui la suivent
s'agitant dans la profondeur et comme cherchant à rester
suspendue aux flancs du précipice pour jouir d'un dernier
rayon de soleil s'attristent de ses vains efforts ; mais si la
noire horreur de l'abîme où disparaît une feuille desséchée
nous fait éprouver comme un regret sur son sort ; comment
contenir nos sanglots à la vue de nos frères descendant
dans les éternelles douleurs au milieu d'une nuit près de
laquelle les ténèbres de nos nuits seraient le jour. Ah ! Je

devrais par cette plainte terminer mes déclams; peut-il rester à mes yeux une place à d'autres larmes; mais l'Esprit qui me dirige m'arrache à cette pensée et malgré ma peine, je dois dévoiler ce qu'il m'a montré.

Les démons ont reçu leur récompense, de son doigt Astaroth a labouré leur front d'un trait d'autant plus profond que la victoire a été plus disputée, plus difficile à obtenir, car le regard puissant du prince a su distinguer sur les âmes qui descendent dans l'abîme le souffle du démon qui les tient captives et lire, à travers ce voile, les combats qu'elles ont soutenus, les appels de Dieu pour les gagner à son amour; ces signes qui seront, au dernier jour, comme les canaux dont Dieu se servira, pour les pénétrer des feux vengeurs de sa sainteté outragée, ces signes forment leurs titres de gloire, leur degré d'honneur et d'autorité dans la hiérarchie de l'empire de Satan, ils leur doivent et mille fois orgueilleux sont ceux qui arrivent à cet honneur, ils leur doivent de s'élever jusqu'à baiser les pieds des démons qui forment le trône des princes, mais la gloire de toucher celui de Satan n'a été accordée à aucun; cependant, et ce souvenir ne s'effacera jamais de la mémoire des démons, le redouté roi a serré sur son sein et appliqué ses lèvres sur celles de leur frère qui a enlevé sa victime jusque dans les rangs des disciples du Christ; ce démon est le grand Ramnifa que sa victoire a rendu comme l'étoile du royaume de Satan, et qui jouit de l'insigne honneur de refaire chaque millième signe, de redire chaque millième parole du roi Satan; mais une condition est imposée à la durée de cet énorme privilège, celle de ne jamais faire une erreur; aussi, Ramnifa est-il constamment dans une anxiété qui laisse à peine saine sa raison par la difficulté de compter à leur juste valeur les demi signes de Satan et de reconnaître quand un son sorti de sa bouche commence à être une parole.

Les vaincus paraissent à leur tour, ils se sont assemblés un à un loin des yeux de Satan; ils sont là, devant son trône, humiliés mais non consternés; ils savent la peine qui les attend et viennent la réclamer, leur orgueilleux front est courbé mais ne demande pas grâce; ils n'accepteraient aucune miséricorde.

Le terrible roi les contemple avec un méprisant sourire et après avoir joui de ce tourment, pour eux plus insupportable que tout supplice, les condamne par ces paroles amères :

Que veulent ces ouvriers inutiles, viendraient-ils eux aussi réclamer la récompense due aux forts? Montrez donc votre œuvre, étalez-la, qu'on la reconnaisse! Mais leurs mains sont vides, les lâches! Ils n'auront de moi que le seul prix qui leur convienne, la marque de mon mépris.

Il dit et expue du fond de ses entrailles une sanie noire, épaisse, abondante comme une mer, elle crépite sur le front des infortunés et s'y attache; ils s'éloignent avec cette flétrissure sur laquelle les princes inscrivent, en insultant à leur malheur, le supplice qu'ils doivent subir; accablés par la honte, ils vont se remettre aux mains du démon Tintepy; ce fameux et expert ministre en cruautés n'a pas d'aide, chaque victime est son propre bourreau, et le redoutable exécuteur n'a d'autre fonction que de lui montrer comment elle doit s'appliquer les instruments de torture pour qu'ils produisent le plus de douleur.

Que de génie dans leur atroce complication de souffrances, rien dans l'imagination de l'homme ne peut donner une idée de leur forme; je ne dépassais pas le seuil de cette horrible géhenne, car le seul bruit des instruments fouillant dans les chairs me donna le frisson de la mort, et je tombais.

DÉCLAM XXIX

Quel souffle m'avait poussé dans l'abîme, quel bras m'en a retiré? Tu le sais, Ange puissant, mais ne réponds pas, satisfais plutôt au désir des hommes qui attendent de ma main un tableau leur montrant Satan puni de son blasphème et frappé dans son orgueil.

Dirigée par toi, elle gravera des traits de feu qui rendront par eux-mêmes témoignage de leur origine de vérité.

Satan a enfin paru s'apercevoir de ceux qu'il nomme ses frères et d'un signe sa main les a rendus à eux-mêmes; l'explosion causée par les démons achevant leur geste resté en suspend fut si formidable, si horrible, qu'ils en parurent étonnés et se demandèrent ce qu'ils avaient dû produire dans le délire de leur danse.

Occobial n'avait plus à rechercher la cause des monstrueux mouvements qu'il avait entendus; mais où étaient les voix? Un bruit semblable à un sifflement qui voulait être un cri lui fit tourner ses regards vers le trône de Satan, les démons qui le formaient ne parvenaient point, malgré l'ordre du redouté roi, à fermer leur bouche; gonflée par le venin, leur langue l'avait remplie; pour l'éternité elle restera grande ouverte, leur causant une intolérable douleur et poussant de hideux bruits; terrible mais juste punition d'avoir servi d'instrument à Satan pour proférer ses cris de haine contre Dieu.

Mais le pied de Satan a grincé sur la tête des démons qui lui servent de marchepied; aussitôt le bras des princes s'est levé et l'enfer s'est tû.

11

Je suis votre roi, dit Satan, aussi, malgré votre désir,
aucun de vous ne m'a demandé ce que j'avais fait de Jésus,
le Christ, parce que l'heure marquée, par ma volonté pour
vous l'apprendre, n'était pas venue; et je plaindrais qui
l'eut osé, car il recevrait de mon bras de quoi se souvenir;
actuellement écoutez, parce que je le veux; mais d'abord
que je vous demande si vous aimeriez un roi qui s'humilie
devant vous? Un rire ironique partit des lèvres des
démons — Non, me dit votre rire — Pourtant c'est ce que
fait le Christ: sa soif d'amour l'aveugle, lui qui devrait
être le premier des hommes s'en est rendu comme le
dernier; dans ma magnanimité, je dédaignais de l'approcher
de moi autrement qu'en mettant devant ses yeux, sous sa
main, un moyen plus digne de lui d'être au milieu d'eux,
celui de les gouverner, d'en être le roi; pour la troisième
fois, mon bras tout-puissant l'avait saisi et du haut de la
montagne où je le portais, lui montrant des royaumes et à
mes pieds leurs couronnes; mais je vois un nuage dans
votre pensée; que votre âme soit sans crainte; Satan qui a
ravi à Dieu vous et le monde, ne servira point à lui rendre
ni vous ni le monde; aussi vous donnerai-je une satisfaction,
elle sera votre immense et éternelle récompense, celle
d'abaisser ma volonté à un de vos désirs; pour vous, je ne
retournerai pas près du Christ, je le priverai de l'espoir
de mon retour, car il m'attend; qu'il rentre dans son ciel
dont nous ne voulons point, où il ne souffre que des serviteurs et non des frères; mais si sans être appelé, si de lui-
même il vient au milieu de nous; frères, restez en silence,
que dans l'abîme ma voix seule s'élève, et lui dira : Tu vois
les gloires de mon empire, veux-tu y avoir part? Satan
est grand et magnifique, il te donnera une couronne, il te
fera cent fois roi; car il te l'a montré, la terre entière est à
lui; mais le prix à cette gloire, il te l'a aussi fait connaître
et te le renouvelle aux pieds de son trône; Christ, fils de

Dieu, prosterne toi et m'. . . . .

L'anxiété de l'enfer est à son comble, les démons respirent à peine; Satan, le grand Satan leur paraît devenu immense et le mot prêt à sortir de sa bouche va légitimer son refus d'être le second dans la cité céleste, ce mot auquel leur âme est comme suspendue va, par son infinie perversité, détruire Dieu, le grandir au-dessus de l'Eternel.

Mais quelle déception! Quel sujet d'épouvante! Satan ne peut faire sortir de sa bouche le mot attendu; Ah! C'est que Dieu sur sa terre de miséricorde dont ses doigts divins portaient encore la marque du limon berceau d'Adam, et dont la poussière arrosée des larmes et des sueurs de son fils montait devant lui plus suppliante que la prière et l'encens des anges; sur cette terre, Dieu avait bien pu, dans son infinie bonté et son amour pour sa créature, permettre à Satan de s'approcher de son fils et par la vue du règne de paix et d'amour qu'il est venu apporter, lui faire reconnaître qu'il était digne d'être désiré, d'être aimé de l'enfer, de la terre et des cieux.

Malheureux Satan! Pourquoi ton cœur est-il resté froid devant ce foyer divin? Mais tu n'as vu dans la bonté du Christ qu'un moyen de le tenter et horrible blasphème! De l'abaisser devant ton orgueil; ton péché a crié vengeance devant le Tout-puissant et s'il a suspendu les coups de son bras devant les pas de pardon de son fils, sa colère va t'atteindre dans l'abîme d'où il a banni sa pitié.

Ce mot que Satan ne peut prononcer le suffoque, sa gorge fait de violents et inutiles efforts comme pour repousser un objet qui l'obstrue, mais bientôt à la douleur qui l'étreint, vient se joindre une horreur effroyable de cette chose qui monte et grandit; l'étrange répulsion qu'elle cause à Satan donne à ses traits un aspect si terrifié, si hideux, que les démons en détournent leurs yeux d'épouvante et de dégout.

A travers ses regards troublés par la souffrance, Satan voit la répulsion qu'il inspire; au prix de mille fois les tourments qu'il endure, il voudrait se dépouiller du corps qu'il s'est donné; mais si surmontant son immense douleur, il peut, par instant, rassembler les forces de sa volonté pour redevenir esprit, en dissolvant son corps, son pouvoir ne peut aller jusqu'à sa tête, elle reste entière, isolée, et n'en paraît que plus hideuse; sous l'étreinte qui le torture et le dompte son front s'est rétréci, allongé; un sillon, presque un gouffre divise ses yeux qui, signe effrayant de douleur, semblent faire effort pour sortir de leurs orbites; sa bouche s'ouvre et se ferme comme celle d'un reptile écrasé, et de son cou brisé et détaché coule une sanie si affreuse, si puante, qu'incapables de le supporter, les démons de son trône se renversent d'horreur; mais la force d'endurer de Satan a-t-elle des limites? La violence de ses maux est devenue telle, qu'elle ne laisse plus de place à sa pensée, il ne peut plus que souffrir; son corps pouvait disparaître par intervalles, il ne le peut plus et reste dans toute sa laideur sous les yeux de l'enfer, ses membres crispés s'agitent comme ceux d'une monstrueuse araignée accablée par la flamme; même pour un démon les souffrances qu'il endurait étaient intolérables et elles ne cessent de grandir, elles croissent sans fin; le fier démon ne peut plus lutter, à bout de force et de volonté, il s'écrie: Dieu terrible, pourquoi me punis-tu avant le crime? Ma parole ne s'est pas achevée; mais sa torture se multiplie, elle ne laisse plus dans tout son être une place qui ne soit une douleur vive jusqu'à la mort; Satan ne pouvant mourir, l'immensité du supplice dépassait l'immensité de son intelligence, il s'avoua vaincu; cesse de m'accabler, s'écria le malheureux, je ne blasphèmerai plus contre ton Christ. . . . . Ah! Il te faut l'aveu de sa victoire, ne me presse plus, si je me suis dressé contre lui, son souffle, non, le vent de son doigt! je ne valais pas cet effort, mais mon mouvement lui-même m'a rejeté dans l'abîme.

A cet aveu, tout l'enfer est troublé, tous regardent Satan attendant de lui d'autres paroles qu'il ne prononcera pas, qu'il ne peut prononcer; mais les démons peuvent-ils en croire leurs yeux, les souffrances de l'imposteur ont cessé, il est transformé, il est devenu beau; renversé et comme lié sur son trône, il cherche à voiler de ses mains cette beauté qui l'accuse; quel aveu plus éclatant pourrait être fourni de son mensonge et de la vanité de sa force? Osera-t-il jamais regarder ses frères et soutenir leurs regards, l'éternité sera-t-elle suffisante à effacer de son front la honte qui l'enflamme.

Dans ce moment, le cri des démons qu'a repoussé la vertu de Dieu vient de se heurter aux flancs de l'enfer, l'haleine qui l'avait produit errait dans ses profondeurs comme un noir et colossal nuage; sous son choc, l'immense demeure a résonné, le Jamais qu'elle a prononcé est monté si énorme, il s'est abattu si strident, si accablant sur les démons, que leurs épaules se sont affaissées; et s'entrechoquant, leurs dents ont produit un tel grincement qu'il est cru une réponse au hurlement de l'abîme, réponse prolongée par le sifflement plein d'affreuse douleur poussé par les démons du trône dont la langue tuméfiée et sortant de leurs lèvres a été, d'une manière horrible, mordue, déchirée; ils en furent comme affolés de souffrance et faillirent lâcher Satan.

Cet involontaire oubli de leurs devoirs sembla rappeler Satan à son énergie; soudain il s'est dressé, son formidable bras se lève et va frapper les infortunés; mais dans ce même moment, son regard rencontre celui des princes, leur attitude est menaçante et derrière eux l'innombrable armée des démons est prête à rugir et à les seconder; qu'est-il pour eux, semblent dire leurs regards pleins de

colère? Il n'a su que les plonger dans le gouffre : pour en
sortir, il ne peut rien pour lui-même et rien pour eux; le
terrible Jamais qui vient de s'abattre sur leur tête semble
pour la première fois avoir ouvert devant leurs yeux
l'affreux avenir de douleur qui les attend, et ce qui centuple
leur désespoir, ils se sont perdus non pour suivre la gloire
du fort, mais pour s'attacher à la honte du faible; et ce
vaincu, cet auteur de leur malheur éternel, infini, loin de
reconnaître leur dévouement, de compatir à leur infortune,
ne s'est plu qu'à profiter de leurs maux pour asseoir sur
eux le plus dur, le plus odieux empire! Et ils n'en tireront
pas vengeance? Ah! Leur faible cœur n'a que trop attendu,
mais l'heure des colères a sonné, qu'il soit foulé aux pieds
de chacun d'eux, que tous déchargent sur lui l'amas de
haine et de douleur dont déborde leur âme; qui portera le
premier coup? Satan voit leur dessein, loin de trembler,
le fier démon en paraît comme satisfait, plus le danger est
grand, moins il est secondé pour y faire face, plus il y
court avec ardeur; ses plus fidèles sont contre lui; il n'est
pas sûr du trône où il est assis et les marches mêmes où il
repose ses pieds se soulèvent pour le renverser; qu'importe! son regard n'en est que plus fier, plus provocateur;
il va être broyé sous l'avalanche qui se détache et loin de
la fuir, son regard de mépris semble la défier, l'accuser
de lenteur; seul contre tous, il est si grand, si beau,
que les démons ne peuvent s'empêcher de faire taire un
instant leur fureur pour l'admirer et pendant la durée
d'un éclair repaître leurs yeux du spectacle qu'offre son
superbe maintien; mais la durée de cet éclair qui seule
protégeait encore Satan et le séparait de sa perte le sauva
en donnant à Occobial le temps d'intervenir.

Deux fois empêché par Satan d'accomplir son message,
la foule de ses frères qui entourait son trône avait été un
nouvel obstacle qu'il n'a, qu'avec peine, pu surmonter;

mais enfin ses efforts l'ont mis en présence de Satan et son
angoisse est sans borne à la vue de l'horrible lutte prête à
éclater; frères, s'écrie-t-il, et il y a tant de désespoir dans
ce cri, que les démons suspendent leur élan pour jeter les
yeux sur celui qui appelle; frères, reprit Occobial, laisse-
rez-vous Manoc désespéré, Manoc luttant sans espoir de
retenir les Dieux sous notre empire; accours Satan,
accours à son aide; Ah! Je le crains, tu arriveras trop tard,
voles-y avec tous nos frères, l'aide de tout l'enfer me rassure à peine, tant est grande la lutte, tant presse l'arrivée
du secours; que dis-tu, dit Satan, quoi les Dieux nous
échappent? Ils nous échappent, s'écrie Occobial, ils sont
perdus pour nous; frères, ne délibérez plus, courez; déjà
Satan a déplié ses ailes immenses et sa voix forte comme
celle de mille tonnerres s'élève de l'abîme; Manoc,
j'accours, lutte, combats, Ah! Que j'arrive! Tous les démons se sont précipités à sa suite, de nouveau ils sont à
lui, de nouveau ils obéissent au cil de ses yeux, il peut les
fouler à ses pieds, ils souffriront tout de lui, il est rede-
venu leur roi.

Je crus être emporté par l'ouragan que causèrent Satan
et les démons passant devant moi, instinctivement mes
paupières s'abaissèrent pour protéger mes yeux, elles se
relevèrent et déjà ils avaient franchi les portes de l'abîme
et n'apparaissaient que comme la traînée d'une sombre
comète se perdant dans l'infini lointain.

Mais la main de l'Esprit n'était plus sur moi, ou du moins
il me sembla être laissé, abandonné à moi-même, où
devais-je porter mes pas? L'Enfer dépeuplé me sembla plus
affreux; des démons à qui leurs fonctions imposées par
Satan ne permettent jamais de quitter l'abîme le traver-
saient, de moment en moment, comme des traits de feu,
seuls les démons des trônes restaient dans leur immobilité;
l'absence de Satan et des princes faisait ressortir leur

immonde laideur et mon âme qui eut voulu les plaindre ne
trouvait dans leur vue que des motifs à les haïr, tant me
paraissait digne de mépris leur avilissante soumission aux
volontés de Satan ; la servile annihilation où étaient descendus ces êtres doués d'une force immense et d'une
intelligence sublime me révoltait ; je n'avais pu sans
bondir de fureur voir son insouciance de leurs maux, son
amer sourire pour leur douleur ; j'eusse été dévoré comme
un fétu s'exposant au feu d'une fournaise, ou brisé comme
un vase de verre luttant contre un roc, mais la main seule
de l'Ange me contint, m'empêcha de crier à ces êtres leur
ignoble servitude et de me précipiter sur Satan ; mon âme
abreuvée de dégoût se refusa à connaître plus avant les
secrets de cet affreux règne ; mais je désirais de tous mes
désirs descendre près de mes frères, les consoler, au moins
pleurer sur eux ; soudain je me sentis descendre dans le
vide, la rapidité de ma chute rendait ma pensée confuse,
il me semblait dépasser par bond toutes les espaces que
mes idées pouvaient embrasser.

Combien de temps dura ma descente, quelles distances
ai-je parcourues, je ne le saurai jamais, mais les plaintes
qui arrivaient vers moi d'abord faibles et lointaines étaient
devenues si intenses, si nombreuses, que je désirais m'arrêter et m'arrêtais, j'avais trop besoin de gémir, de
pleurer, de pleurer assez pour qu'une de mes larmes
tombât sur chacune des ces âmes et lui apprit qu'une âme
sa sœur s'intéressait à sa souffrance ; quelle fut ma stupeur !
Ce qui m'arrivait n'était pas des plaintes mais des ris
affreux au milieu d'histoires de crimes accomplis ; chaque
âme racontait les siens comme si elle eût été seule à être
écoutée et quoique sans nombre, toutes ces histoires
étaient distinctes pour mon esprit ; non, vingt fleuves ne
rouleraient pas en cent ans les volumes qui retraceraient
les récits sans fin redits d'amours trompées, de bonne foi

violée, de puissants trahis, de faibles opprimés et si un
regret se faisait entendre, son objet était plus horrible que
le crime lui-même, il s'élevait pour un forfait qu'on n'avait
pu achever, une vengeance non satisfaite ; ici on n'avait pas
assez assouvi sa soif de jouissances injustes et de plaisirs
odieux, là on n'avait pas assez savouré les cris de désespoir et les tortures d'une victime ; à ces paroles, à ces gémissements dignes de l'enfer, les larmes qui sortaient de
mes yeux séchaient sur leurs paupières et malgré elles mon
âme réprouvait ces âmes ; un désir m'avait poussé près
d'elles, l'horreur me pressait de m'en éloigner ; une main
s'étendit jusqu'à moi, elle m'enleva et ma marche me
paraissait encore lente, bien qu'elle fut telle que si l'ange
ne m'eut couvert, elle eut usé mon corps comme un grain
d'or exposé à la flamme d'un puissant chalumeau ; mais
une pensée vint faire jaillir les larmes de mes yeux et leur
amertume brûlait mes joues ; à leur malheur éternel ces
âmes avaient joint un malheur plus grand encore, celui de
n'avoir jamais aimé.

Je me retrouvais sanglotant sur ma couche, devant moi
était l'ange, il écarta mes mains et souffla sur mes yeux
et ce que je vis fit diversion à ma douleur.

DÉCLAM XXX

Il n'était plus d'espace pour mes yeux; les astres, l'air, les montagnes et toutes les choses tangibles par la faculté qu'elles ont d'être visibles étaient plus que le vide lui-même pénétrables à mes regards; l'intuition des corps n'offrant plus d'obstacle à ma vue, ne lui demandant aucune force ne permettait plus aussi à mon esprit d'y arrêter sa pensée; mais le besoin de mon esprit à reposer sa pensée sur un objet sans pouvoir y parvenir me causait un état intolérable; je semblais un soleil dardant et ramenant à lui ses rayons faute de trouver un monde à éclairer.

L'ange mit fin à cette souffrance de mon âme, mais quel avait été son but? Celui de distraire ma douleur en préparant un nouveau champ à mes idées ne me paraît pas suffire; sans doute il le révèlera à son heure; je me repose en sa sagesse.

Il étendit son bras vers les déserts du midi et comme si sa main les eut rapprochés de moi, je sentis sur mon front leur brûlant soleil, je respirais l'odeur des sables desséchés et celle plus pénétrante de leurs herbes balsamiques.

A cette place, un rocher à front d'épeautre brusque le cours du Nil et un homme étendant quarante-trois fois les bras puis courant onze fois cette distance arrivera au temple où douze simulacres portant un cercle soutenant des soleils honorent Sérapis; la statue du Dieu est de terre durcie, un boisseau est son diadème, ses pieds reposent sur le canal merveilleux, œuvre divine, qui nivelle les eaux

des hauts lacs Nubiens et du Léman, la barbe du Dieu les
distille goutte à goutte dans la piscine ornée de pierres
précieuses à enrichir un roi; entre les colonnes d'une
blancheur d'ivoire se traîne en longs replis sur le parvis
lamélé d'or un grand et millénaire serpent; malheur au
petit fauve qui, dédaignant l'eau tiède et boueuse du Nil,
se coule dans le temple attiré par la fraîcheur et le bruit
de la piscine, il y pourra tremper ses lèvres, mais il n'en
lampera point deux fois l'onde avant que ses yeux ne se
ferment sous le souffle du serpent prêt à le saisir; mais
que semble, dans ce moment, écouter le monstre? Attend-il
le retour des prêtres venant adorer en lui l'âme de Sérapis
et livrer une victime à sa voracité de Dieu; à qui sont les
os qui forment l'affreux autel? Sombres voûtes, gardez
vos morts; Ah! Qui me délivrera de voir retracés à mes
yeux les larmes, les cris de désespoir, les pas hâtés par
l'épouvante des jeunes filles ointes de farine lactée mises
sous le regard de l'horrible divinité et fuyant devant sa
faim!

Le temple est enfui, des buissons d'épines bleues le
couvrent, devant leurs rameaux fleuris, mais sans feuilles,
se tenait Forzaël dont l'ombre tient captif le démon Namoc
pendant les 989 âges que doit encore durer la terre avant
sa fin et celle de ses cieux.

Mais que demandait ou souffrait celui dont s'élevait la
plainte, sa voix portait en elle tant de supplication, une
telle souffrance, que sans demander l'assentiment de
l'ange et malgré la répulsion que j'éprouvais de voir l'horrible nudité du démon, mon âme émue dirigea mes yeux
vers lui.

A travers le voile des rameaux mes yeux rencontrèrent
les siens, quelle erreur fut la mienne! Cette vision n'avait
duré que le temps d'un éclair, mais le regard que j'aperçus,
mon Dieu, faites que je l'oublie, faites que mes pleurs

l'éteignent de mes yeux; éperdu du trouble de mes sens, je portai vers l'ange mes regards humiliés, sur la pierre sainte de son front je vis mon épouse répandant son âme devant Dieu, je compris et je priai.

Je n'entendais plus l'accablante plainte de la femme, et pour la première fois l'ange ouvrant ses lèvres, un souffle m'arriva me disant : Regardes et écris; sa main tenait un miroir, que devait-il réfléchir? Sans doute mes yeux devaient y lire ce que la parole ne devait plus m'apprendre; mais ma main repoussa celle de l'ange, tremblant que j'étais de trouver dans quelque coin perdu du brillant objet sorti des mains de la femme une étincelle de son œil noir, une dernière émanation de son souffle parfumé, il devait l'être, car cette femme était belle !

Comment aurais-je lutté? Mon âme éperdue ne voyait de salut qu'à mettre une distance sans limites entre moi et cette image, à l'oublier, dussé-je, pour y parvenir, briser une partie de moi-même, trancher ma main retenue dans la main de l'ange; je faisais effort pour la dégager et saisissant le livre ouvert devant moi, ma main libre se disposait à en frapper le messager de Dieu; insensé que j'étais, je n'eusse été dans ma lutte qu'une lampe exposée au souffle de l'orage, une bulle devant le choc d'un granit; mais ma volonté avait triomphé de l'ange et l'ange vaincu me sourit puis pleura, il contint ma main et baissant son front, en appuya la pierre sainte contre le mien.

Le livre s'était rouvert, ma main appuyée sur lui se mit à frémir et à travers le sommeil qui s'emparait de mon corps et en refluait la vie dans mes yeux invinciblement fixés sur le miroir, j'entendis à mes oreilles une parole douce comme une timide prière et qui cependant eut pu être comprise de la terre à la plus éloignée des étoiles; elle me répéta : écris.

Manoc n'avait cessé d'accumuler des prodiges sur les

pas des Dieux pour retarder leur marche; combien de fois,
à son ordre, le démon Balamort s'est précipité sur le chemin de l'abîme au devant des secours attendus; il sondait
de ses yeux les espaces, jetait un cri immense comme
appel désespéré et remontait plein de douleur aux côtés de
son prince le seconder dans sa lutte sans espoir; et le
secours n'arrivait point et les Dieux continuant leur marche impassible s'avançaient de plus en plus vers la dernière
barrière; ses regards de temps en temps tournés vers elle
témoignaient par leur suprême inquiétude l'effroi qu'il
éprouvait d'en apercevoir les lueurs; son angoisse était si
poignante que, malgré leur propre douleur, ses frères en
détournaient les yeux. Enfin cette lueur si redoutée se
montra dans l'extrême lointain; Manoc n'hésita plus, quelque put être la défense de Satan, l'intérêt suprême de
l'Enfer l'exige, il mettra en œuvre sa dernière, sa plus
redoutable ruse — Balamort, tu vois l'extrémité qui nous
presse, ce que je vais faire irritera Satan, mais si sa colère
s'apaise avec les siècles, frère, laisse moi cet espoir dans
les supplices qui m'attendent, ose lui rappeler mon souvenir, lui dire que je n'avais agi que pour sa gloire et pour
sauver l'Empire.

Il dit, et déjà à la suite des Dieux s'élèvent de grands cris de
détresse, tous les Dieux se retournent et accourent, Jupiter
au secours de sa noble épouse, l'auguste Junon à l'aide de
son fils, Mars se précipite vers la voix alarmée de Vénus
et cette Déesse éperdue des appels du bel Adonis offre
d'une main fiévreuse sa ceinture, sa couronne à qui délivrera le fils de Népée et empêchera qu'il lui soit de nouveau
ravi; car c'est lui, c'est sa voix, Dieux vaillants, courez,
hâtez-vous, le sanglier le déchire.

Tous s'élancent au secours de ceux qu'ils aiment; mais
les voix s'éloignent sous les pas des Divinités et leur cor-

tège, effaré, non seulement reprend, mais dévore la route
qui le reconduit vers l'Olympe.

Bientôt quel tumulte ! Aux cris de désespoir des Déesses,
aux clameurs des Dieux qui s'appellent, vient se joindre
le bruit des chars qui se choquent, des coursiers qui hénis-
sent d'épouvante ; et dans cette affreuse nuit qui n'a pour
s'éclairer que la lueur de la pâle étoile qui brille au front
de Vesta restée aux côtés de la reine des Dieux et s'inté-
resse, avec Minerve, à sa peine ; il ne paraît aucun moyen
de remédier au désordre ; heureuses les Divinités qui
pourront lui survivre non pas saines et sauves, sauf Jupiter,
aucune ne peut l'espérer, mais sans avoir trop souffert,
sans être trop meurtries.

Cependant tous les coups reçus ne sont pas dus à l'erreur
ou portés à l'aveugle ; les ténèbres couvrent bien des vengeances ; le tigre de Bacchus s'égare sur la tête de Neptune,
sa griffe lui laboure le front et jette au loin sa couronne
et pendant que le Dieu du thyrse satisfait ouvre la bouche
pour la remplir d'air et étouffer son rire, lui-même reçoit
jusqu'au fond du gosier la noueuse massue d'Hercule ;
Minerve fait tomber en passant le casque de Mars et dans
l'instant que le Dieu se baissant pour le ressaisir, ne tient
plus d'une main ferme les rênes de ses coursiers, la Déesse
les frappe au front pour les détourner de leur chemin et
les dirige sous le char de Pluton dont le solide timon vient
donner en plein dans le flanc du Dieu de la guerre, sa
divine cuirasse amortit le coup, mais son effroyable
cri et ses plaintes témoignent du rude choc qu'il a reçu ;
Mercure embarrasse ses pieds dans l'écharpe d'Iris et
enveloppant la hautaine messagère, la traîne comme une
pie criant dans un filet.

Vulcain croyant avoir devant lui Porphyrion, abat son
marteau sur Momus ; Ah ! la clameur que poussa le Dieu en

recevant le formidable coup n'avait, pour cette fois, rien d'ironique.

D'une flèche perdue, Diane brise la corde de l'arc d'Appolon et, dans le moment, par la rencontre de sa faucille qu'elle tient devant elle pour se protéger, Cérès blesse au pied cette Déesse.

Comme émue de tant de malheurs, Vesta fait un geste si violent de désespoir en dépassant le char de Vénus, que son bras précipite au fond du char Cupidon assis sur les genoux de cette Déesse et la frappe elle-même au visage d'une manière si malheureuse, qu'elle lui détache presque le nez; Ah! Que n'eut pas donné la fille de Cronos pour se venger aussi de Saturne?

Le démon n'a point trouvé de cri pour ce Dieu; absorbé dans des pensées qui n'ont que lui-même pour objet, Saturne a continué sa marche mais fermant par intervalles les yeux pour en être moins distrait.

Le silence qui s'est fait autour de lui, car il n'a pas daigné se retourner pour connaître la cause de tant de tumulte, l'a enfin averti qu'il est seul; il regarde et s'aperçoit avec terreur qu'il n'est plus suivi; Dieux, s'écrie-t-il, où courez-vous? La route qui conduit au Destin est par ici et non où vous allez; mais craignant de n'être plus entendu, il revient lui-même sur ses pas; puis, une pensée est venue le mordre au cœur et activer son vol; un instant de plus le laissait pour l'éternité égaré dans ces horribles ténèbres et la satisfaction qu'en eut éprouvé Vesta le gonfle de colère; aussi, il redouble ses grandes clameurs moins pour rappeler les Divinités dans le vrai chemin que pour leur ôter la joie de croire qu'elles l'ont perdu.

Cependant les Dieux continuant leur marche d'épouvante ont repassé les limites de la région des nuits et se retrouvent dans celle de la lumière; aussitôt toute trace des désordres du chemin a disparu; les casques et les couronnes sont redressés, les baudriers et les parures rajustés ; on a jeté des regards de colère, on s'est fait des promesses de vengeance, mais rien n'en paraît sur les visages, on semble ignorer de qui on a reçu des meurtrissures ; tous diront s'être trouvés en obstacles sous les pas de Jupiter, et il n'y a pas de honte à avoir été renversé devant la marche impétueuse du roi.

Cependant où sont ceux pour qui l'on accourt? Avec les clartés du jour, ils paraissent aux côtés des pères, des épouses, des sœurs qui les pleurent et en sont eux-mêmes pleurés comme perdus.

Mais avant que l'on ait pu se livrer à la joie de retrouver sains et saufs ceux que l'on croyait en extrême danger et revenir de l'étonnement d'avoir été soi-même cru des victimes ;

Un être homme pour les Déesses, femme pour les Dieux frappe leur vue, son visage est d'une beauté sublime, mais ses yeux étincellent d'un ardent besoin de volupté, tous ses traits expriment l'anxiété de voir ses désirs compris et partagés ; sa terrible ivresse fait frémir, on sent qu'en lui il n'est pas d'amour, mais une irrésistible impatience de se donner et de jouir; chaque Dieu et chaque Déesse l'a devant lui, chacun se voit l'élu de sa provocation au plaisir.

Qui résistera à l'enivrant appel? Qui pourra maîtriser ses pas, les écarter du sentier tracé par les siens.

Mais Gézaël a prié pour ses frères, Dieu ne permettra point que le Livre ouvert pour leur salut se ferme sans que ses paroles de vie aient parlé à leur âme; et dans l'instant où la vue du tentateur se produit et avant que la perception ait pu devenir pensée, le bras de Forzaël a lié et enlevé Manoc, refoulé au loin sa Napo de démons et sauvé les Dieux d'un mirage dont l'attrait eut été pour plusieurs, pour tous peut-être, le terme de leur voyage et l'oubli de leur destinée.

C'est dès ce jour que Manoc est dans les déserts de la haute Egypte sous la garde de l'ombre de Forzaël, il n'aura point à rendre compte à Satan d'avoir dépouillé sa forme de démon pour se revêtir de la beauté de la femme, l'ombre de l'ange le défend contre les colères du roi, mais le prince captif rugit d'un repos qui ne lui laisse aucune part dans le travail de la perdition des anges terrestres et des hommes.

Un jour cependant, l'ange permettra à Manoc de s'éloigner et le pouvoir de tenter lui sera rendu ; quels troubles, quels malheurs précèderont et suivront ses pas ; alors la terre refroidie, vieillie, ne donnera qu'à regret un reste de verdure ; son soleil paraîtra sans éclat, ses étoiles mal attachées aux cieux, et l'homme ne pourra porter vers elles ses regards sans que ses épaules fléchissent par la crainte d'être accablé de leur chute ; les fleuves ne verseront aux mers que quelques ondes honteuses de leur vaste lit, plusieurs même resteront desséchés parceque leurs eaux descendront dans la terre ouverte de toutes parts par des crevasses sans fond, son sein mugissant les revomira en brouillards épais et fétides qui seront le seul aliment des fontaines offertes à la soif des hommes, car en ce temps il n'y aura ni pluie, ni rosée ; assis sur les hauts promontoires les survivants des îles contempleront le fond de l'océan, comme soulevé par un travail de douleur de la terre, repousser les flots avec un bruit qui permettra à peine à l'homme d'entendre ses propres cris ; et cependant ces maux quelques grands qu'il soient ne seront que les avant coureurs, l'ombre de ceux que leur apportera la fin de la captivité du démon Manoc.

Jour de douleur ! Jour d'épreuve que celui où retentira dans les villes et les bourgs cette voix poussée par mille voix aériennes et que répèteront les morts du fond de leurs tombes, les murs des demeures et les pierres des chemins : il est né le grand, le glorieux ; terre et cieux cessez

12

d'espérer, le libérateur que vous attendiez, le sauveur que vous désiriez, il est né, il est venu.

Voix trompeuses, voix maudites, vous sortirez non de la bouche des anges, mais de celles des ennemis du salut des hommes, de la Napo de Manoc, sept fois agrandie par Satan et élevée au rang de Témou; c'est par elle que sera supprimé ce Livre, car après l'évangile aucun n'excitera autant sa fureur; pour le détruire on l'achètera neuf fois son pesant d'or et le dénonciateur du volume saint recevra ce prix dix mille fois.

Alors les Dieux sortiront de leur sommeil et leur cortège reprendra le chemin de notre univers, mais il n'y aura plus d'Olympe, ils viendront former la cour de l'ennemi de Dieu, ou se soumettre aux douleurs, aux humiliations des derniers justes.

Mais en attendant qu'ils touchent à la terre Manoc s'y montrera l'envoyé, le scandale du grand tentateur, sa principale puissance dans son œuvre de perdition des hommes; malheur à celui dont le cœur ne sera pas pur, qui aura oublié de faire un pacte avec ses yeux; la vue prolongée du serpent d'airain rendait la vie, mais les regards qui se lèveront sur la fatale beauté du démon en recevront le signe de la bête, le hideux stigmate de la mort.

Comment l'insecte a-t-il cru ajouter par l'éclat de ses yeux à l'incendie de la forêt, l'appeler à plus d'ardeur? Les insensés! Ils ont osé opposer regard à regard avec le démon de la volupté, et sa vue les a dévorés, ils ne sont plus à eux, mais à son image.

Ils l'ont considérée, elle est entrée dans leur âme, elle s'imprime sur leur visage; pour elle, la mère oublie sa fille, l'époux son épouse, le frère ignore sa sœur, l'ami ne connaît plus son ami; ils n'aimeront plus, et pour comble de malheur, ils oublieront qu'ils ont aimé; cette image sera toute leur pensée, la posséder un instant sera le seul entretien de leur âme, ils la poursuivront et elle fuira devant eux comme une ombre ; mille fois trompés, ils la suivront encore mille autres ; leur erreur, leurs vains efforts ne feront qu'accroître leurs désirs, qu'aviver l'horrible incendie qui consume leurs sens, les malheureux ! Ils courent après un mirage, ils le savent, et cette certitude loin de les désabuser, de les guérir, ils la maudissent, elle fait leur désespoir.

Dans l'excès de leur malheur, ils n'ont qu'une effroyable consolation, celle de n'être pas seuls à souffrir, de lire sur d'autres faces la hideuse empreinte tracée sur la leur, car ils n'auront de Manoc que le feu impur de ses traits ; sur leur visage émacié restera écrite la flétrissure de leur âme, le désir monstrueux de jouir des plaisirs de l'amour sans aimer, car là sera leur commune ressemblance avec le démon, là sera le signe de la bête.

Les forts seuls résisteront, seuls ils aimeront encore et seront aimés ; leur bonheur d'amour exprimé par les enfants qui seront leur couronne excitera la fureur de ceux que Manoc aura remplis de sa stérile volupté ; se venger de ces justes, les éteindre du milieu d'eux sera l'œuvre ardente des vaincus, de ces lâches qui ne pouvant effacer de leur front la tache qui l'outrage, croiront diminuer leur honte en ne souffrant autour d'eux que des têtes courbées sous la même infamie ; poursuivis par ces méchants, les fronts glorieux se verront comme refuser le droit à la lumière, ils ne pourront paraître sans soulever des colères ; on fera autour d'eux le vide du mépris, ils salueront et on affectera de les ignorer ; sur les chemins et les places publiques on placera des obstacles sous leurs pas, on agira comme s'ils n'étaient point ou n'étaient que des ombres ; on marchera contre eux pour les heurter ou en être heurtés leur reprochant d'être des esprits malfaisants ou de ridicules fantômes ; ils deviendront non seulement l'objet des moqueries du peuple mais aussi de ses injustices ; on leur refusera l'entrée des marchés, qu'ont besoin les âmes errantes de sustenter leur vie ; on feindra de ne pas les comprendre, leur livrant un caillou pour du pain, du vinaigre pour du miel ; ils devront répéter le prix des choses sous prétexte que le prix déjà obtenu était une monnaie de spectres et a disparu ; ils seront hués, honnis dans les villes et les bourgs, exclus de tout commerce avec les autres hommes et néanmoins obligés de vivre au milieu d'eux pour en être la risée, car ainsi l'ordonneront les lois.

Cependant quelques perfides et insupportables que soient ces vexations et ces maux, ils ne sont que le prélude de ceux qui attendent les justes à l'avènement de l'Hésalm-Nadi nom du faux Christ parmi les hommes qui le connaîtront aussi sous ceux d'Impra-Furtan, Padou-Rama, Avort-Vorto.

Ce démon roi ou reine, on ne le saura jamais, car s'il porte l'habit de femme, à sa ceinture est suspendue une lourde épée, parcourra et rangera sous ses lois toutes les contrées de la terre, il blasphémera contre le Christ de Dieu, s'efforçant de détruire et d'effacer du milieu des hommes sa religion divine, il dominera sur Manoc, mais l'appellera son Paconte, sa voix, sa vérité ; le Christ de Dieu enseignait le combat des passions, l'abnégation de soi-même, la charité pour autrui ; le Nadi déclarera que l'homme doit tout rapporter à son plaisir, à sa propre volupté ; que là est la loi de la nature, son seul devoir, sa seule fin ; il glorifiera le signe de la bête, le nommant le témoignage de l'appel de Dieu, la marque de ses prédestinés ; et pour la louange des méchants et l'humiliation des justes, il appuiera sa parole de prodiges sans nombre à l'aide des anges terrestres dont le cœur aura failli ; par leur puissance, on verra, à sa voix, les astres des cieux se mouvoir, il commandera aux océans de s'apaiser et ils se calmeront, son souffle nivellera les collines, ses pas transformeront à son gré les déserts en plaines fertiles et la surface des guérets en sables mouvants, il changera le cours des saisons et la terre semblera attendre un signe de lui pour prodiguer ou refuser ses fruits aux hommes. Témoins de ces prodiges un grand nombre de justes chancelant dans leur foi ne détesteront plus le signe de la bête, ils perdront ainsi dans un instant le mérite de longs travaux; comme l'épi versé par l'orage ils ne seront plus qu'une paille sans grains, malheur à eux! Mais ceux qui confiant dans les promesses infaillibles du Christ n'auront pas cessé de tenir leur cœur élevé vers lui, ceux là subiront la dernière épreuve à laquelle mettra fin le victorieux, car sa venue sera proche.

Ne pouvant par ses artifices ébranler la constance de ces justes, le faux Christ exercera contre eux sa fureur; on limera leurs membres avec des fers rougis, on les gorgera d'ordures; pour ne point fouler le signe sacré de la rédemption, ils devront marcher sur des clous dressés, ou ce qui est pire de toute douleur par le dégoût qu'ils en devront éprouver, entrer leurs pieds nus dans des fourmilières de hideux et vénimeux reptiles; à leur langue qui se refusera de blasphémer on suspendra des poids jusqu'à ce que vaincus par l'atroce souffrance, et à défaut de paroles, ils demandent grâce par un signe de la main; mais Dieu sera avec ses derniers martyrs, il ne permettra point qu'ils succombent, il se servira de la rage des bourreaux pour rendre éclatante la vitalité de son église, car il est nécessaire qu'elle soit jusqu'à la fin des temps comme le phare qui montre dans la tempête la route du salut, comme le feu placé sur la montagne pour appel aux cœurs vaillants.

Il est écrit dans la main de Dieu que, jusqu'au dernier jour, sa vigne aura de bons ouvriers.

Je désirais de tous mes désirs connaître le temps de
l'épreuve et l'ange m'en montrait le commencement dans
l'année où le froid empêchera l'orge de germer dans la
plaine de Syrie et sa durée sera de 13 madrels (neuf ans
et 9 mois.)

DÉCLAM XXXI.

En écrivant ces dernières lignes, il me semblait sortir d'un profond sommeil, comment les avais-je tracées? Devant mes yeux à peine rouverts le miroir se dépouillait d'un reste de nuage et le retour de son éclat rendait de nouveau ma main esclave de ma vue; mais comme la première fois mes autres sens n'étaient pas annihilés; ce que je voyais causait à mon âme une impression semblable à celles de l'homme mis en présence de lieux et du renouvellement d'actes dont le souvenir mal défini se perd dans les premières lueurs de son intelligence d'enfant:

Saturne a rejoint les Dieux, leur trouble confirme ses soupçons et de sa lèvre moqueuse s'échappent ces amères paroles :

Dieux et Déesses, me voici, je dois cependant vous rendre cette justice que votre complot à vous éloigner de moi, à me laisser seul égaré dans les ténèbres a été tramé et conduit avec une discrétion et une promptitude dont le vieux Saturne vous eut crus peu capables, mais votre ruse et le danger qu'elle lui a fait courir lui ont ouvert les yeux et il ne vous donnera plus la joie de presque réussir.

Jupiter où était ta prudence de te confier à la perfide Déesse? Les Dieux, Vesta, devraient t'accabler, car tu les eusses perdus, mais ma colère te suffira, ma main va te châtier.

Ce discours inattendu de Saturne apporta une heureuse diversion à l'esprit des Divinités; les artifices de Manoc,

sa demi apparition surtout les avaient laissées comme sous
l'impression d'un rêve pénible et honteux; les paroles de
Saturne, le motif de sa colère parurent si surprenants, si
étranges que, malgré leur émotion, elle eurent peine à se
défendre d'un fou rire; seul, leur respect pour Jupiter les
contint; d'un geste, le Dieu a calmé Vesta qui déjà debout
se dispose à répondre avec aigreur à Saturne, ainsi que
les deux Déesses ses compagnes qui se lèvent pour la
défendre.

Père chéri, dit Jupiter, calme ta colère, Vesta ni aucune
autre Divinité n'est coupable envers toi, tu n'aurais pas eu
à la punir, car déjà ton fils en eut tiré une vengeance qui
eut satisfait ton cœur; tous nous avons été sous l'empire
d'une erreur suscitée par une puissance inconnue, aidée
par les ténèbres mais qui a craint notre force à l'éclat du
jour; rassure-toi, père vénéré, les Dieux ne reconnaissent
que toi pour leur guide, ils n'espèrent qu'en ta science et
en ta sagesse pour les conduire au but si désiré de leur
voyage.

Ces paroles de Jupiter plaisent à Saturne et l'attitude
respectueuse qu'elles imposent aux Dieux achèvent de
l'apaiser; le cœur raffermi contre toute surprise, ils ont
reformé leurs rangs et précédé par Saturne leur brillant
cortège a repris sa marche vers le Livre de Dieu; mais ce
n'est plus Saturne qui les conduit, ni Vesta qui les éclaire,
une lumière nouvelle les guide, une force de confiance
irrésistible les entraîne à sa suite; c'est l'épée de l'ange
de Dieu qui les couvre et tient éloignés les démons; sous
son abri, les Divinités ont sûrement traversé la barrière
des grandes ténèbres et leurs derniers chars entrent dans
l'atmosphère sans nuit qui prépare à la vision de la larme
divine, lorsque commence à retentir l'effroyable bruit des
ailes de Satan et de son immense armée de démons.

A leur sortie de l'abîme, ils avaient d'abord dirigé leur

vol vers les blanches clartés qui sont le domaine de la terre
et du ciel courbé par le Très-Haut autour d'elle pour.
être sa couronne, lorsqu'arrivés à leur hauteur, Satan a
soudain rabattu son vol vers la terre; malheur à moi, se
dit Occobial, où court de nouveau Satan? Eternel tu
triomphes, car l'esprit de notre roi délire; mais déjà le
regard de Satan a embrassé le monde, il l'a contemplé et
reconnu une vaste étendue où le pied de l'homme n'a pas
reposé, que ses yeux ignorent; il appuya son doigt qui
semblable à un soc de flammes, laboura un long sillon;
Satan se releva emportant la pincée de matière dont
l'enlèvement forme, pour nos yeux, l'immense vallée qui
sert de lit au grand fleuve dont le commencement plutôt
que la source est une mer poussant ses flots dans un
gouffre au lieu de rivages; Ah! Sans doute, il était sept
fois cuirassé contre la crainte, l'homme qui le premier
pencha son front pour remplir sa vue du hurlant abîme, et
ne trouva sur ses lèvres que ce mot, signe moins du trouble
que de la réflexion de son esprit : Quedégue! Ce calme de
Lugon devant le plus formidable spectacle qu'offre la
nature resta de longs siècles gravé au front du fleuve,
puissent ces cris de mon âme l'y faire revivre, il ne méritait pas l'oubli.

A l'exemple de Satan, les démons ont effleuré de leur
ongle la terre, creusant les lacs et les mers aux fonds
inconstants et aux rivages tourmentés qui disjoignent
Yelebet (Groenland) de la grande terre (Saluala) dont il
reste comme étonné d'être séparé.

Satan a relevé son vol dans le chemin suivi par les Dieux,
il oint ses mains du limon attaché à son doigt;

Devant cet acte en apparence si simple de Satan, une
voix s'éleva, voix émue et empreinte d'une vérité que ne
connaissait plus l'abime, elle s'écria : Satan qui t'égale en
sagesse? Satan gloire à toi; le terrible roi y répondit par

un regard accordé à la satisfaction de son orgueil, regard
qui retarda son vol de la demi durée d'un éclair; mais quel
conséquence devait avoir cet arrêt de moins d'un instant!

La voix entendue était celle d'Occobial éperdu d'admiration devant la science de Satan.

Ce mystère dévoilé à Occobial et que les démons
voyaient, imitaient sans comprendre, le cri d'Occobial
l'ouvrit à leurs yeux; en interposant la terre, leurs forces
pouvaient s'attaquer aux corps mêmes des Divinités, les
chasser devant eux, les réintégrer à leur volonté dans
l'Olympe comme un essaim de papillons s'agitant dans un
filet, et ni Manoc, ni aucun démon n'y avait songé? La
simplicité même du moyen confondait leur esprit; c'était
bien là Satan, son génie à part, sa science insondable et
sans limite dans ses ressources; et leur admiration comme
répondant à celle d'Occobial un écho immense suivit son
cri, il s'élevait des sept Satos qui forment l'armée de
l'abîme répétant avec la véhémence du délire : Satan
gloire à toi.

A l'approche des maudits, l'ange a relevé son glaive, ils
ne trouveront aucun obstacle à leur marche; ils s'épuisent
d'efforts pour gagner sur la vitesse des Dieux, pour les
atteindre, les devancer de la durée d'un éclair, car pour
eux aussi l'épée de l'ange est visible, sa marche leur trace
celle des Dieux; avec elle, ils les voient s'avancer, toucher
à cette limite redoutée qui franchie se refermera sur eux
et les ravira sans espoir.

Satan rugit et avec lui rugissent les démons, ils demandent pour leurs efforts un instant, moins que la durée d'un
instant, ils sont là, déjà le bras de Satan s'allonge pour
saisir les derniers chars, mais pendant que sa main se
ferme, elle arrive à la barrière, elle reste inerte et les
chars s'échappent.

Les Dieux n'entendirent point les blasphèmes que poussa

Satan, que répétèrent les démons, ils en eussent été effrayés; le reflet de la larme divine qui formait l'atmosphère de pure lumière où ils étaient entrés rejetait sur les démons dans les ténèbres ces cris immondes.

Trente fois dans sa rage tout l'Enfer se précipita avec son roi à l'assaut de la barrière qui les séparait des Divinités et leur ouragan qui semblait fort à déraciner les cieux, venait s'amortir contre elle privé de toute force, impuissant à ne pouvoir produire un faible bruit, la vibration d'un léger choc.

Enfin Satan a cessé des efforts qui ne font qu'ajouter à sa honte, cette nouvelle blessure à son orgueil le suffoque de douleur et de colère, une larme de sang coule de sa joue et malgré la présence de ses frères ne pouvant retenir ses sanglots, il tend les bras comme cherchant où épancher une partie de son désespoir, où trouver une espérance à sa force; dans ce moment même l'Amour qui ne veut point se séparer de son carquois arrive anxieux de voir une fin à sa course forcée et la trouve sur le sein de Satan.

La vue de l'enfant entraîné par l'étui a soudain calmé le désespoir de Satan et un sourire perfide comme celui qui doit se dessiner sur les traits du voleur à qui on confie un trésor, ou sur ceux de l'être vengeur qui trouve son ennemi plongé dans le sommeil dilate puis rétrécit le visage de l'effroyable roi; aux démons étonnés, son œil semble reprocher la faiblesse de leurs forces immenses et, devant le secours que lui apporte le petit Dieu, leur demander ce qu'ils veulent avec leur aide inutile? La larme qui coulait de sa joue ne se perdit point dans l'étendue, mais se concentrant comme un brouillard réduit en un glaçon, ou mieux comme un vaste incendie qui ramène à lui ses lueurs, elle vint, comme un éclat de foudre choir et remplir la conque qu'a saisie sa main presque tremblante d'horrible joie.

L'Amour la redemande à grands cris et levant son bras menace le ravisseur; Satan rit de sa colère et ensuite l'accable d'un léger souffle ; comme un gracieux papillon qu'une main sans pitié froisse, le Dieu aveugle est terrassé, rendu inerte, mais le dessein de Satan n'est point de le détruire, il le sait trop nécessaire à ses néfastes projets, il n'a voulu que l'humilier, le persuader de ses vains efforts à lui résister, il le délivre de la pression de son souffle et lui rend son carquois.

Qu'importe maintenant à Satan que les Dieux aient fui, qu'ils soient soustraits à sa puissance, sa domination n'est point ébranlée; leurs autels, leurs temples, leur souvenir même peuvent disparaître, son nom vivra sans eux, le vrai règne de l'Enfer ne s'étendait que sur l'atôme des cieux appelé la terre, il se propagera dans les cent mille univers qui roulent dans l'espace la multitude infinie de leurs mondes, dans ceux plus nombreux encore qui, dans le moment et dans la suite des temps, viennent et doivent venir de cette lumière, pour lui impénétrable, ajouter leurs cieux aux cieux déjà étendus.

A cette monstrueuse pensée, devant cette avalanche de malheurs qu'il va précipiter sur la création de Dieu, Satan eut un rire amer qui fut répété par tous ses frères, son regard leur avait ouvert son dessein; ils ne purent que s'incliner devant son effroyable génie qui d'un brin de chaume venait de former un bûcher à incendier mille millions de cieux.

Pourquoi la sagesse d'Uranos se laissa-t-elle abuser en recueillant le fatal présent mis sous sa main par le génie du mal, que ne fut-il brisé par la faux de Saturne, il n'eut pas servi à renfermer cette larme dont Satan devait faire la source de si grands maux ; cependant le coup que lui porta le Dieu eut pu briser une montagne, de quelle matière était donc composée et qui avait façonné cette conque à l'enveloppe brillante et dont le poids semblait à peine égaler les deux grandes ailes d'un papillon ?

Le fruit détaché par Eve contre la défense de Dieu et alluma le corps de l'homme est la cause de tous les maux qui existent sous les cieux ; c'est de son corps déchiré par la dent de l'homme, que l'homme a reçu dans sa bouche la mort et toutes les misères qui assiègent sa vie ; c'est de la rosée secouée des feuilles de l'arbre par le détachement de ce fruit, et recueillie ou humée par les reptiles que naquit le venin déposé dans leur gueule et leurs entrailles ; c'est de ses pépins tombés à terre et disputés par les animaux, qu'ont pris germe toutes les plantes nuisibles et qu'est née cette colère qui pousse tous les êtres vivants à se regarder en ennemis ; c'est de sa saveur que s'est formé l'air vicié, principe des maladies et du dépérissement de tout ce qui a vie, c'est par elle que le sang de l'homme fut peuplé d'animaux dévorants et que naquit une chaleur consomptive des choses.

C'est avec la poussière qui recouvrait ce fruit, poussière séduisante mais trompeuse, qu'est entrée dans l'homme la révolte de ses sens, semence des coupables désirs ; c'est à elle qu'est due la nécessité pour l'homme de retourner en poussière ; produit du souffle de Satan, l'homme doit, par la mort, s'en dépouiller pour que Dieu reconnaisse en lui la poussière que sa main divine a pétrie, que son souffle saint a animée.

L'homme en quittant la terre devait, à l'exemple de Dieu, remplir sa main de terre et la semant devant lui il l'eut animée de son souffle qui est celui de Dieu ; ainsi eussent été formés d'autres hommes, d'autres heureux, car tous fussent nés d'une poussière aimée de Dieu.

Chaque goutte d'onde jetée par Adam et Eve sur les animaux fût devenue un animal conforme au premier, un serviteur pour la nouvelle génération d'humains ; et porté par leur main, en montant vers l'Eternel, le tison de leur dernier sacrifice eut par sa lueur fermé à jamais aux démons le chemin de la terre.

Maudit fruit, pourrais-je en cent volumes énumérer tous les biens que tu nous a ravis? Pourrais-je en cent autres redire tous les maux que tu leur as substitués.

Au commencement, il n'était pas de corruption, mais une diminution, un évanouissement graduel des êtres qui, pour la variété de la nature, devaient se succéder; tout était absorbé et comme dilué par la pure lumière par qui Dieu se témoigne, elle les avait produits, ils rentraient en elle à la grandeur d'atôme tout en conservant la perfection de leurs formes, leur entière beauté; aussi, comme les esprits tout était incorruptible, parceque tout était immortel.

Cette transition en atôme était par la volonté divine comme immédiate pour le résidu des œuvres d'Adam, elle l'était aussi pour les aliments qu'Adam et les animaux absorbaient par plaisir et non par besoin, c'est pourquoi il n'était en eux aucune excrétion; cette terrible et hideuse fonction de la nature est un châtiment du péché, elle est le stigmate par qui la mort a tout déclaré sien.

Mais de toutes les parties du funeste fruit, celle qui a été et devait être la source de plus de maux parcequ'elle avait été plus près de l'arbre, plus unie à lui et avait été le canal de la sève de mort dont s'était nourri le fruit, fut la queue même du fruit, le pédoncule rejeté, à cause de son amertume, par Adam, il fut recueilli par les princes de l'abîme comme la preuve de la chute de l'homme; la gloire de relever ce trophée de victoire pour le présenter au roi Satan faillit les mettre aux mains; placés en face l'un de l'autre ils se mesurent des yeux, mais aucun n'ose prononcer une parole, faire un geste, crainte de détruire le faible trophée par le trouble, le formidable orage qui s'en fut suivi ; la nécessité fut leur conseillère ; Belzebuth prendra la parole dans l'assemblée des démons, Astaroth sera porteur de la preuve du triomphe.

Satan la reçut comme son plus précieux trésor et la plaça dans son œil pour la préserver de tout péril et entretenir sans fin son esprit sur le moyen d'en tirer le plus de mal pour l'œuvre de Dieu.

C'est du clou dont Satan ferma son œil et qu'il rejeta pour épier Uranos que Saturne fit sa faux ; le sein de la terre d'où Satan l'avait retiré et où il le remplaça par une bouffée de son souffle, revomit avec horreur cette bouffée par la bouche de ses volcans ; mais l'orgueil de Satan se manifeste dans ce souffle qui ne consent à sortir que par les sommités de la terre.

Quel fut le marteau, quelle fut l'enclume qui forgèrent en faux la clef de l'œil de Satan? Toi-même, Ange, en détourne tes regards d'horreur ; mais le souffle qui y servit est connu des hommes, c'est celui qui dévore les entrailles de l'immense planète Saturne et par les sept anneaux, fleuves de fluides empestés qu'il roule autour d'elle, annonce aux Divinités et aux hommes qu'il n'est plus d'accès à cette forge qui a vu l'étincelle du fer oint du sang de Satan.

Satan a récompensé les instruments de la ruse de Belzebuth et d'Astaroth ; le serpent, en procurant à sa bouche une arme terrible ; le tour du papillon viendra :

Uranos a formé l'Amour, c'est le moment préparé par Satan de faire sortir du pédoncule du fruit l'immense moisson de douleur et de perdition qu'il en attend ; aussitôt le tirant de sa formidabe chasse, son souffle l'a façonné en conque belle de la riche beauté des ailes du papillon dont Astaroth avait pris la forme, et d'une solidité à défier le choc d'un monde, son haleine l'a remplie pour que les

projets de bonheur conçus par l'ange se convertissent en
œuvre de mensonge et de colère.

C'est ce carquois maudit qu'Uranos trompé donna à
l'Amour, l'enfant en pleure les flèches emportées par
Saturne, il ne sait pas l'arsenal que tient sa main.

Un obstacle imprévu se dressa devant Satan et faillit
renverser ses desseins; le petit Dieu qu'il croyait dompté
résiste, il a son caprice à satisfaire et se refuse à toute
autre pensée; sentant son carquois lourd, il a hâte de
ressayer son bras et veut, pour cette fin, placer sur son
épaule le riche baudrier, le doigt de Satan s'y oppose;
enfant, lui dit-il, garde ce carquois à ta main, agite le, et
les plaintes qui te plaisent monteront vers toi à te rassasier;
les déchirements d'âme, les cris de fureur qui excitent tes
rires te tiendront dans une continuelle allégresse; rends-
moi mon arc, répond l'Amour, je veux tirer mes flèches;
et pendant qu'il avance sa main gauche pour recevoir
l'arc, sa droite s'efforce de passer le carquois à son épaule;
treize fois le doigt de Satan lui ramène le bras, treize fois
le petit Dieu, dès que la pression a cessé, renouvelle sa
tentative; l'ordre de Satan, ses menaces n'obtiennent rien
sur l'esprit de l'enfant, il y reste sourd; mais dans les mouvements qu'il fait, pour chercher une fois de plus à accomplir ce qu'il veut, sa main a touché la larme du démon et
s'est retirée avec cette hâte et cette impression pénible
que met celle de l'homme surprise à serrer dans l'obscurité le corps froid et mou d'un reptile : Qui a mis cela dans
mon carquois, dit, avec aigreur, le petit Dieu, j'y veux
mes flèches; à l'accent d'inflexible résolution avec laquelle
sont prononcées ces paroles, le sourire moqueur de Satan
a disparu et il fut heureux pour l'enfant d'être aveugle, il
n'eut pu sans mourir, ou que sa raison s'égara, supporter
le regard d'atroce colère dont le couvrit le démon; longtemps Satan resta immobile cherchant dans sa vaste pensée

comment se venger de l'enfant et le plier à sa volonté; protégé par sa cécité contre mille horribles images, il ne peut être frappé que par le bruit ou la souffrance; Satan poussa un cri; l'Amour en avait entendu d'effroyables, celui d'Uranos fuyant aux cieux, ceux des Titans luttant contre Jupiter et des Géants presque vainqueurs des Dieux, leur puissance et leur horreur les rendaient toujours présents à ses oreilles, il pensait que rien ne pouvait leur être comparé; mais qu'étaient-ils devant le rire saccadé de Satan? Entend-on le bris du vase quand les murs du palais s'écroulent, que devient le bourdonnement de l'insecte lorsque beugle le taureau furieux. Mais la volonté de résistance de l'enfant l'a fortifié, la voix de Satan n'a pas produit l'effet attendu, et à la douleur causée par le déchirement de son oreille, l'Amour a répondu en refoulant ses larmes : Ce n'est rien, ces flèches ne vont pas à mon arc, si tu l'as, rends le moi? Et pendant qu'une de ses mains renverse le carquois dans l'intention de le vider, il tend de nouveau l'autre pour recevoir son arc; ce n'est pas l'arc que lui remit Satan exaspéré, mais l'empreinte de son ongle et une bouffée de son souffle.

L'enfant agite sa main horriblement meurtrie et suffoque.

Les puantes exhalaisons de Manoc et de ses frères luttant contre les Dieux eussent paru inodores devant la peste sortie de la poitrine de Satan et le malheureux et faible enfant n'a plus pour cacher sa tête le sein parfumé de sa mère, il n'y boit plus l'immortalité.

Il gémit avec effort, son souffle refoulé dans sa gorge gonfle son sein; mais bientôt repoussé sort avec un sifflement aigu, l'inspiration qui suit cause à l'enfant une douleur atroce, l'haleine de Satan s'introduit dans ses entrailles qu'elle dessèche et dévore, sur ses lèvres livides et pressées, sur ses joues qui se décolorent et se couvrent de pâleur,

13

se montre l'œuvre hâtive de la mort, sa main hideuse est sur lui.

Le démon redoute de l'avoir trop accablé, le danger de l'enfant l'effraie, car s'il périt, que deviennent ses projets? N'en aura-t-il découvert à ses frères la sublime conception que pour mieux faire éclater son imprudence d'un instant et la folie de sa colère, ne pourront-ils pas dire et répéter sans fin : notre roi Satan sait former de grands desseins, mais il est encore plus insensé que sage, car lui-même détruit les moyens de les accomplir; ces dires, ces reproches de ses frères, Satan croit déjà les entendre, ils résonnent à ses oreilles, sa rage en est sans bornes, car il les mérite, et cette blessure à son orgueil lui est si cruelle, qu'il en souffre comme un supplice nouveau.

Sa science ne lui est d'aucun secours pour réparer l'erreur de sa colère, elle ne peut que nuire, ainsi la condamne sa séparation de Dieu; son pouvoir sur la nature n'est qu'illusion et mensonge, il est nul sur les lieux connus de l'homme et n'y produit qu'un vain bruit ou des fantômes; il est impuissant jusque dans le mal qu'il cause et n'en accable les mortels qu'en dépravant leur volonté, en les portant à s'attirer par le péché les justes châtiments de Dieu.

La larme même de Satan qui couvrira les mondes de tant de ruines n'eut été, étant répandue par sa main ou celle des démons, qu'une inoffensive fumée; pour se produire, sa vertu néfaste avait besoin d'être versée par le bras d'un habitant de ces mondes quelque faible de force, quelqu'imparfait de volonté et d'esprit qu'il put être.

C'est à l'enfant né de la tristesse d'Uranos et que sa douleur donna à l'Univers comme présent d'un jour de joie; c'est à l'Amour, à cette formation du besoin d'aimer sans l'idée de Dieu qu'était dévolu le triste privilège d'aider Satan à ouvrir, à l'océan de maux détenus dans sa larme, la porte à leur irruption sur les mondes.

Mais le forfait contre les mondes montré par Satan à ses frères demande à être puni et le châtiment se dresse devant Satan sous la forme de l'instrument même du crime et sous celle des témoins appelés à lui en faire gloire.

L'Amour venge les démons des dédains de leur roi ; aux menaces, à l'attaque de l'Enfer il n'avait répondu que par un moqueur sourire et en leur présence, sous leurs yeux, il courbe le front devant la résistance d'un enfant, d'un souffle ; il s'avoue vaincu par sa faiblesse ; malgré toute la fureur dont bondit son âme par l'injure qu'il reçoit, il se voit forcé, au lieu de vengeance, de s'intéresser à celui qui l'outrage, de l'aider à sortir de ses maux, de mentir à sa rage en donnant à sa voix l'expression de la prière ; qu'il lui en coûte ! Mais sa haine contre Dieu, sa volonté de nuire à ses œuvres, de perdre l'homme et tout ce qui vit sous les cieux lui en fait la loi, il frémit de fureur mais il se soumet ; sa bouche a rappelé à lui les miasmes qu'elle a vomis et à la vue de l'Amour cherchant dans son angoisse à amener sur ses lèvres le bandeau qui couvre ses yeux comme un remède à sa douleur, Satan lui-même de son doigt lui rend ce bienfait.

Les parfums du bandeau ont rappelé la vie dans le corps du petit Dieu, sous l'action de ce baume salutaire un bien-être divin a fait place dans ses veines à l'ardeur mortelle qui brûlait son sang, la sensation de feu qui dévore sa main a disparu ; mais si l'Amour est guéri, déjà aussi il a oublié ses maux et leur cause ; l'enfant mutin n'a pas achevé de relever son bandeau que déjà ses traits se contactent de colère, il trépigne, il pleure, il n'aime plus son arc, à quoi lui sert-il ? Il ne veut plus son carquois, on l'a rempli de flèches qu'il ne connaît pas, qu'il ne lui plaît pas d'essayer ; il lève sa main avec menace et repousse les frêles objets que lui restitue Satan: le formidable roi tremble devant sa propre colère, il fuira, de crainte d'anéantir l'enfant que rien ne peut remplacer dans ses desseins, car c'est à sa main qu'Uranos a confié le pouvoir d'ouvrir et de fermer la conque d'amour, le bras même de Jupiter ne le pourrait; c'est l'attribut de divinité de l'enfant, il est à lui, comme à Neptune le trident des mers, comme à Jupiter la foudre; c'est son sceptre, Uranos le lui a donné dans la plénitude de sa puissance, seul il pourrait le changer de main, mais le veut-il et dans la perte de sa force le peut-il? Telles sont les pensées de Satan, sa sublime intelligence en fait les freins de sa colère, puis comme l'huile versée sur les flots une réflexion est venue apporter un moment de calme aux tempêtes de son âme; quoi, se dit-il, j'ai pu, pour la gloire de mon éternelle haine, diriger où elle ne voulait point la plus puissante volonté des cieux; j'ai vu ce sage des mondes devenu un instant comme en démence, afin que ma main put faire accepter de la sienne un puits de mensonges à la place d'une source de vérité, je pensais que là fut le comble donné à mon génie; et lorsque, contre l'espérance même, je vois contribuer à mon immense louange et à la satisfaction de mon dédain pour ces êtres ineptes que mon mépris honore et qui se croient mes frères! la larme qu'aurait regrettée l'aveu de ma faiblesse, la seule que mon sein reprochera jamais à mes yeux, où est mon désespoir? Si devant ces témoignages de la volonté des choses à me servir, devant cette adoration des évènements pour ma gloire, j'ai contraire à mes desseins non pas même le vouloir d'un enfant, mais le caprice de l'être des mondes le plus changeant dans ses désirs.

Qu'il vive donc pour qu'un jour monté sur le char que je lui ai préparé, il fasse à ma haine ce triomphe d'un impur déluge couvrant de sa lèpre la terre et le ciel de Dieu.

Ah! Ils n'ont pas su éteindre de leurs yeux la secrète

joie de leur cœur, je les ai comptés; mon âme outragée! Quel supplice pourras-tu approfondir contre eux qui assouvisse ta soif de tortures et de mépris.

Il dit, et ses yeux ivres du besoin de vengeance cherchent une première victime, car la volonté du roi à punir ne peut attendre, elle ne patiente qu'en frappant; où est Manoc, quel crime de n'être pas sous sa vue, comme il lui tarde de l'appeler à son tribunal et de l'attacher au supplice; d'un regard il explique à Occobial ses volontés et suivi de toute sa cour hâte son retour vers l'abîme; par trois fois, d'un formidable cri, il appelle Manoc et sa voix irritée a comme un frémissement de joie, il lui semble déjà savourer les tortures d'un illustre prince.

Satan est arrivé à son trône, devant sa colère tout l'Enfer tremble; au signe de sa main, il ne peut autrement se faire comprendre, tant est grande sa fureur, Belzébuth s'est levé, et suivi de mille démons, a pris son vol loin de l'abîme pour ramener le rebelle.

Qui osa annoncer à Satan que ses appels n'ont pas été entendus, que Manoc captif ne peut accourir? Ce fut toi, infortuné prince Nypuran, tu parlais encore, que le terrible roi te condamnait à cent supplices comme convaincu d'orgueil pour avoir sur ta tête un cheveu presque roulé comme l'un des siens.

Ange, cesse de courber mon front, permets que mes regards se détournent de cet odieux empire; mon âme languit de les reporter vers les mondes où Dieu accomplit ses miséricordes, laisse mes yeux s'arrêter un instant sur cette terre où sont ceux que j'ai aimés.

DÉCLAM XXXII

Ange où me conduis-tu? Je t'avais cependant manifesté mon désir de revoir la terre et c'est loin d'elle, vers les espaces infinis du vide que me porte ta main; Ah! Je le comprends, revoir la terre est pour moi une récompense que tu réserves à mon long labeur; mais par pitié, arrête-toi, laisse mes regards reposer sur le lointain où elle repose; permets à mon âme de lui jeter un cri d'adieu.

Comme présage que ma prière était agréée, une abeille sortit de mon vêtement; dans ma joie de voir un habitant de la terre, ma main se hâta de le cueillir, mais il me blessa; soit surprise, soit douleur, mon attention se concentra sur l'instrument qui causait ma souffrance et était resté abandonné par l'insecte, à mon doigt; le désir me vint d'en connaître le mystère intérieur; pourquoi? Je ne puis m'en rendre compte que par l'intention de l'Ange à me montrer;

Que l'espace comme le comprend l'homme n'existe point pour les esprits et que Dieu peut, à sa volonté, les confiner dans un grain de sable ou un monde et l'une et l'autre de ces demeures les renfermera, car l'une et l'autre sera pour eux d'une égale grandeur.

Ma pensée ou mon âme isolée de mon corps, mais restée vêtue de sa vue et de son ouïe se trouva dans une caverne à l'aspect vitreux, dont je ne pouvais déterminer l'étendue, car le chemin que je faisais semblait ne pas me rapprocher de l'enceinte le long de laquelle s'écoulaient les derniers flots d'une masse d'ondes infectes, onctueuses, et les déchirements de la caverne témoignaient qu'elle en avait été remplie et impétueusement traversée, où descendait cette onde, quel gouffre la recevait? Mais le bruit des bouillonnements lointains causés par sa chute m'arrivait énorme comme celui d'une mer versée dans une autre mer; ma vue restait fixée aux parois où, comme une végétation pressée, s'agitait une multitude innombrable de dragons balançant leurs têtes appesanties par l'ivresse et rejetant par la gueule un liquide violacé éminemment subtil et brûlant; leur aspect effroyable m'invitait à descendre en eux pour découvrir la source du flot mortel que versait leur sein, mais l'horreur d'y pénétrer rejeta mon âme dans mon corps et elle bénit Dieu du voile qui lui cachait ces épouvantes; mille fois! il me paraissait préférable d'ignorer les secrets de l'arme de l'abeille et ne pas être du nombre de ces esprits pour qui son aiguillon d'insecte est une contrée et la piqûre de mon doigt un gouffre où remuent des tourbillons d'ondes impures se mêlant aux mille fleuves de mon sang.

Bientôt surgit en moi une appréhension pour ce qui allait encore m'advenir et cet inconnu pesait sur mon âme à me faire désirer d'être protégé contre l'ange; éloigné des hommes, éloigné même des univers je me jugeais trop à sa merci; étais-je assez insensé! Car quel appui pouvait valoir contre l'envoyé de Dieu? Eussé-je autour de moi, pour ma garde, toutes les armées de la terre, que m'eut servi leur secours contre lui? Mon inquiétude eut mérité d'être punie, l'ange ne le fit point, il eut pitié de ma faiblesse et pour me rassurer il éclaira ma vue de sa vue; la flamme de ses yeux pénétrait les miens et à mon étonnement extrême, je vis devant moi les univers et leurs mondes comme si ma main y eut touché, quoique j'en fusse éloigné à une distance près de laquelle mille largeurs de monde seraient à peine ce qu'est l'épaisseur d'un cheveu à la largeur d'un monde.

Terre, je te cherchais parmi les astres innombrables
exposés à ma vue et ma peine ne fut pas de longue durée,
car tu brillais au milieu d'eux comme un diamant assis
parmi les étincelles semées par la rosée; aussitôt je te
saluais, je m'écriais vers toi, comme si ma voix eut pu te
parvenir; Patrie, toi aussi, je te vis, je répétais et répétais
ton nom; oui, Thonon, tu es connu des astres; Evian, cité
sœur, toi aussi en est connue, je t'ai montrée à eux, je t'ai
nommée, je t'ai acclamée;

Vous m'étiez rendus;

Antique et saint temple où ma mère chérie conduisait
mes pas d'enfant pour y demander la vérité; où mon père
me montrait la place d'où le sien levant son front courbé
devant Dieu aperçut des hommes en armes s'avançant pour
s'emparer du prêtre à l'autel; arrachant une lampe énorme,
il en réunit dans sa main les chaînes et avec une force de
Samson faisant tournoyer la lourde masse, repousse, brise
les armes des satellites et les chasse du temple; Joson
Dantand était aimé, l'appréhension d'un soulèvement
populaire en sa faveur le sauva de l'échafaud.

Cour sombre, qui semble encore retentir de la mâle voix
de mon trisaïeul poussant le premier cri du patriotique et
vengeur empâta.

Grand âtre, où mon père à peine sorti de l'adolescence
aveugla de leur sang plusieurs féroces guerriers de la
Save voulant offenser nos mères, plus heureux que Lyncée,
il put en fuyant remercier le ciel de voir notre foyer et tous
ceux de la patrie gardés purs, parceque devenus redoutés.

Cet acte de vigueur inspira aux étrangers mieux que la
crainte; l'un d'eux, doué d'une instruction plus qu'ordi-
naire, s'adressant à ma vénérée aïeule avec une pureté de
diction qui l'étonna: hôtesse vénérable, car tout me paraît
noble en vous, je ne sais ce qu'il doit advenir de nous,
mais si j'en crois mes pressentiments par les dangers que

la valeur des habitants de ces lieux oppose à nos premiers
pas sur le sol de la France, nous sommes destinés à périr
et cela sans aller loin; tenez, hôtesse, un soulier, je vous
le confie, il est rempli d'or (la somme était de sept mille
francs), si Dieu permet que j'échappe aux dangers de la
guerre, je reviendrai vous réclamer ce dépôt, mais si, dix
ans passés, je ne parais pas devant vous, Dieu m'aura appelé à lui et mon trésor vous appartiendra.

Le Croate partit et deux ans après rentra dans ses foyers,
sa première préoccupation fut de recouvrer son dépôt, il
s'en ouvrit à son frère qui traita son projet de folie; non,
dit l'autre, il n'est pas possible qu'un visage aussi honnête
que celui de cette femme puisse tromper; les deux frères
arrivèrent à Thonon et ayant demandé un instant d'entretien à mon aïeule, le plus jeune lui réclama le dépôt, quel
dépôt, lui fut-il répondu? Et pendant que le solliciteur, non
sans quelque appréhension, en explique les circonstances,
mon aïeule, les yeux fixés sur lui, le regarde en silence,
cherchant à se ressouvenir; elle l'a reconnu, aucun doute
n'est possible et aussitôt élevant la voix : Joson, s'écria-t-
elle, l'homme au dépôt est venu, c'est lui; un instant après
mon aïeul apportait le soulier et le remettant à son possesseur lui dit: Tel vous l'avez remis, tel il vous est rendu ; car
je dois rappeler que plusieurs fois ma grand'mère avait eu
la curiosité de vérifier le contenu, ce à quoi mon aïeul
n'avait jamais consenti ; le jeune homme regarde le soulier
et les larmes lui viennent aux yeux en voyant les liens
intacts; d'une main fébrile il les brise et répand le contenu
en regardant son frère qui restait là comme muet et dut
se rendre à l'évidence.

Mon aïeul refusa toute récompense, mais accepta de
s'asseoir au festin de réjouissance des deux frères, la conversation fut joyeuse et c'est de ces deux hommes savants
que mon père apprit que Thonon signifie terre glaise

vivante, qu'il est le témoignage de la formation d'Adam et que Dieu le formait en formant le premier homme, ce qui met le nom de Thonon hors de pair avec celui de toutes les autres villes non seulement de la terre mais de tous les mondes ; mon ancêtre en fut charmé et leur rendit double festin ; dans sa foi simple, il entonna plusieurs cantiques en l'honneur du Très-Haut.

Ce fait du soulier publié par les deux frères rendit l'homme de Thonon populaire dans vingt lieux de la Croatie et, à cette heure encore, après bientôt trois quarts de siè-cle, ce nom y reste pour l'honneur de la patrie le type de l'honnête homme.

Vieux bahut où resta caché le dépôt, je te vois dans la maison de mes pères, à mes bien aimés qui te regardent tu prêches la vertu ; appuyée sur toi est l'antique croix que le grand apôtre fabriqua de ses mains en pleurant et priant pour Thonon ; sur ce bois sacré, pardonne, Dieu saint, de rappeler ce sanglant souvenir, mais l'amour de la patrie reçut-il jamais une plus éclatante marque qu'il vient de toi, puisque tu le permis et tu le voulus ; sur ce bois vénéré s'étendirent les treize mains qui promirent par la naissance du fils de Dieu, c'était la veille de ce saint jour, de se tein-dre du sang des oppresseurs convives odieux imposés au banquet de la nuit ; Aubery, Barnoud, Carron, Dantand, Gauthier, Joly, Lombard, Pethoud, Planchamp, Pinard, Portier-Pérolaz, Souviran, Vailly, jurèrent ! Bégole-Péclet ayant montré quelques signes de crainte fut sur le champ assommé.

Ah ! Ce fut une nuit terrible celle où vieillards, hommes murs, femmes et enfants consommèrent le festin les mains rougies du meurtre des cent septante-trois Iesacs assis, à leur colère, devant les foyers.

On pourra s'étonner que cet ampâta n'ait pas été vengé, il ne put l'être ; comme une traînée de poudre le souffle de délivrance sorti de Thonon se propagea partout et l'exemple héroïque d'Annecy qui lui aussi eut son grand massacre, eut convaincu la fière Espagne que ce n'était point quelques bataillons mais une armée dont, dans ce moment, elle ne disposait pas qui eut été nécessaire ; la pensée d'avoir à dompter une nouvelle Flandre encore plus fière de ses libertés et d'une énergie incomparable lui donna à réfléchir ; un traité de paix vint sauvegarder son honneur et la délivrer d'un essai redoutable de répression.

Comment tant tarder de jeter mes yeux sur toi, rue sainte de Sébastien dont les habitants, au cœur pur, désarmèrent l'ange de la peste, il les compta et à l'encontre des sept villes ne présentant pas sept justes, il vit devant tes trente foyers quatre-vingt-dix-sept justes et un seul coupable, un démon désespéré et n'osant retourner près de Satan ; par toi, les disciples du Christ étaient vengés et l'étoile de l'enfer Ramnifa n'était plus. (1)

Mais puis-je faire ta louange sans être obligé d'entonner

(1) Chassé par l'ange le démon se rendit à Crête sous les noyers des familles (chacune avait le sien, les deux derniers, celui des de Fernex et le nôtre ont été renversés par le grand orage de 1879) il n'en reste plus ; le maudit, pour se venger, griffonna sur 67 feuilles (nombre égal à celui des familles) les méfaits cachés ou effacés par le temps et plaça chaque feuille aux pieds de son arbre ; cependant l'ermite des bois de Lonnes, au milieu de sa prière de la nuit, entendit une voix l'avertissant de l'œuvre du diable, il accourt, mais nouvel Antoine, rencontra obstacles sur obstacles dans son chemin et, entre cent autres, une femme belle comme Vénus à l'endroit même où la piété des fidèles a construit un oratoire afin de le purifier en le plaçant sous la garde de la mère de Dieu ; puis plus bas aux champs de Chez-si un palais immense, splendide rempli de seigneurs assis à un somptueux festin qui, de même que la dame, s'efforcèrent, par mille instances et caresses, à le retenir ; les tables rangées, en fer à cheval et chargées de plats d'or se prolongeaient d'une part jusqu'aux Harpes où était un orchestre d'un nombre infini de musiciens jouant des airs mélodieux, et de l'autre jusqu'à la Tine des moines ; cet étang profond était transformé en un bassin de vermeil plein d'huile odorante donnant une lumière douce, comme celle de la lune, à neuf flambeaux grands comme les pyramides d'Egypte et portés par de géantes statues d'argent, représentant des moines.

Malgré lui les magnifiques seigneurs obligèrent l'ermite à s'asseoir au

une hymne à la vertu des autres rues et à quel siècle la commencer sans que les ancêtres me crient : plus avant, plus avant, tu oublies le plus glorieux.

Est-ce par toi que je devrais débuter, rue agreste des Granges, dont les évènements ont changé tant de fois le nom : Un mendiant étranger se trouva un matin dans une de tes demeures, il était paralytique, couvert de plaies hideuses, de son gosier sortait un son rauque et comme avec torture un mot indiquant la faim, *la gula*, le seul qu'il put prononcer et put être compris de lui; d'où venait cet inconnu ou plutôt qui l'avait transporté là, on ne le sut jamais; la patrie n'avait ni hospice, ni asile d'indigents; rue pauvre, mais hospitalière, tu gardas le mendiant à la faim dévorante et, pendant quarante-trois ans, sans jamais se relâcher de la plus tendre charité, tes jeunes filles, tes femmes pansèrent tour-à-tour ses ulcères, mirent de leurs mains sur ses lèvres la nourriture que ses bras frappés de mort ne pouvaient leur porter; Christ saint, Christ de Dieu

sommet de la table à la place d'honneur; et cette place a gardé jusqu'à nos jours son nom de Marmoté en souvenir de la prière que le saint homme fit à voix basse avant d'approcher de ses lèvres la riche coupe tendue à sa main et qui fit évanouir le sabat; ce prodige confirma l'ermite sur la trame des démons et ne le rendit que plus ardent à hâter sa marche vers Thonon menacé; à la vue des feuilles et de leurs caractères, il voulut détruire le travail diabolique, faire disparaître le scandale que leurs révélations allaient causer; mais ni sa force, ni celle des échevins qu'il avertit ne purent en soulever une seule, elles semblaient attachées au sol comme des plaques de fer rivées à une colline, il était cependant de la dernière importance d'en cacher la lecture au peuple que l'aurore appelait déjà aux travaux des champs, lorsque sur les conseils de l'ermite les échevins se prosternèrent avec lui pour implorer l'ange Michel protecteur de Thonon; l'épée du martyr Maurice était portée par le premier magistrat de la ville, comme marque de sa dignité; d'elle-même cette épée sortit du fourreau et perçant soixante-quatre feuilles les emporta et comme un trait de feu vint choir sur l'emplacement où est bâti l'autel du martyr; ils reposent sous ses fondations qui doivent nous rester inviolables et sacrées: les habitants de Thonon ne se bornèrent pas à cet hommage: ils se souvinrent du précepte de l'Evangile qui dit: l'homme ne vit pas seulement de pain mais aussi de toute parole sortie de la bouche de Dieu et auxquelles par

sois en glorifié, c'est pour toi qu'elles le firent, c'est pour ta louange qu'elles eussent été prêtes d'endurer dix fois, vingt fois ce martyre.

Rue, le cri de ce mendiant te resta pour ton quatorzième nom et ton quatorzième éloge, 32 ans après tu acquis ton quinzième par le Christ enchaîné : la patrie est tapissée de guirlandes, les sapins et les chênes sont descendus des montagnes pour assister à la fête des fêtes, la nature et les visages respirent la joie, loques brillantes entourent les images sacrées, le chemin est jonché de fleurs, comme au temps des solennités de Jérusalem, la foule accourt se ranger sur la route où marche le Christ de Dieu pour renouveler son triomphe ; des voix d'enfants pures comme celles des Anges chantent des hymnes à sa gloire ; d'autres représentent la cour même de Dieu ; couverts de gazes étincelantes ils portent dans leurs mains les simulacres des produits du génie de l'homme, les plus beaux fruits de la nature, les attributs des séraphins et les offrent au maître de la terre

similitude ils s'appliquèrent celles-ci : l'homme ne vit pas seulement de pain mais de bonne renommée : c'est pourquoi dans leur reconnaissance envers l'ange protecteur de celle de nos foyers ils donnèrent le nom de Saint-Michel à la partie de la grange destinée à recevoir les gerbes, nom qu'elle conserve de nos jours.

J'ai dit que sur 67, l'épée sainte n'avait relevé que 64 feuilles ; à l'admiration de tout le peuple elles étaient celles des trois seules familles qui n'avaient pas fourni de guerrier à la petite armée sortie de Thonon pour la dernière croisade ; ces familles étaient celles des Ruffy, des Fornier et des Dantand ; pour laver cette tache, trois jeunes filles promirent d'endosser la cuirasse à défaut de mâles parvenus à l'âge de porter les armes : tous les autres avaient péri ; je dois quelques paroles, à cet évènement : A l'annonce que les Mongols, après avoir subjugué l'Asie, et vaincu les 100 royaumes et empires qui s'étendent des sources du grand fleuve chinois à celles du Dnieper et Niémen, puis foulé à leurs pieds la grande Pologne, avançaient encore leurs armées innombrables, les habitants de Thonon n'avaient pu oublier le berceau de leur origine et un grand nombre prenant les armes avaient couru au secours de l'Allemagne en péril ; dans le combat effroyable qui se livra sur les bords de l'Oder ils furent écrasés avec toute la noblesse Allemande ; mais Dieu est juste, Dieu est puissant ; ce désastre qui semblait être la fin de l'Allemagne et menacer d'un péril suprême toute la chrétienté,

et du ciel, en représentant par leurs pas les figures des constellations des cieux et en répandant devant lui les parfums des fleurs et l'odeur de l'encens dont la fumée s'élève des encensoires dorés; Dieu suit, il est dans les mains du pontife qu'abrite un dais de velours argenté dont la beauté fait la joie de tous les yeux, car chacun a travaillé, a contribué suivant son pouvoir à faire cette louange à Dieu; hommes en armes, magistrats revêtus des insignes de leurs dignités entourent les prêtres répétant avec respect leurs cantiques que dominent les bruits éclatants des canons champêtres dont la gueule est cachée dans les fleurs.

Voici une halte du triomphe, c'est un autel brillant de cent lumières et d'une forme gracieuse que dessinent des gerbes fleuries; ce pavillon offert par les jeunes vierges plait au Sauveur, et en son nom le pontife y arrête ses pas, et se tournant vers le peuple, le bénit; mais ô douleur! ou plutôt heureux décret de Dieu, à l'émotion profonde des

marqua la fin des victoires et du triomphe des terribles conquérants : pour moi, il ne fait pas doute, le sang des nôtres avait crié devant Dieu et, apaisé, il dit au fils de Gengis-Kan et à ses armées invincibles, ce qu'il avait dit à la mer en jetant devant elle des grains de sable : arrête-toi là.

Pour recevoir le vœu des jeunes filles, le saint solitaire s'avança à pieds nus et tout le peuple se tenait prosterné; pendant ce temps un renard (le pays en avait à foison) sortit des épaisses haies et s'empara des sandales du moine; le premier objet qu'aperçut la foule relevant la tête fut le larron fuyant avec son butin, d'alertes jeunes gens se mirent à sa poursuite et pendant que tous les yeux suivaient cette chasse, les trois feuilles disparurent; elles se sont montrées à moi dans l'orage qui déracinait notre arbre, et mille volumes ne contiendraient point ce qu'un instant m'a fait lire; Dieu juste, Dieu miséricordieux, quel cri de pardon cette vue m'a fait pousser vers toi.

Malgré les instances que lui firent les assistants qui tous offrirent leurs propres chaussures, l'homme de Dieu retourna nus pieds à sa hutte, parvenu à l'endroit où il avait rencontré la femme, son pied pressa un serpent qui le mordit, mais une des jeunes filles le guérit de cette morsure en y appliquant le tafetas formant sa croix de croisé.

Ce moine était de notre famille, et tous les cent ans un des nôtres est, dans le même lieu, mordu par un serpent.

prêtres et du peuple, la sainte hostie choit de l'ostensoir et
il n'est aucun moyen de l'y rassujettir ; la foule pleurait,
ces larmes plurent à Dieu, il inspira à une jeune et belle
épouse d'ôter de son cou sa chaîne d'or, elle se lève émue,
s'approche et de ses mains en enlace le soleil sacré, ce qui
permit à la cérémonie sainte de s'accomplir, et quoique
pauvre, cette femme et son époux se refusèrent à reprendre le présent que Dieu lui-même semblait avoir demandé
d'eux ; l'Eternel les en récompensa par la naissance d'un
fils illustre devant lui et devant les hommes, du prince
pontife Rey dont la science et les hautes vertus ont été con-
nues des vivants.

Rue, tu dus à cette femme souverainement chrétienne,
hôtesse d'un jour d'une de tes demeures, ton nom mémorable entre tous de Christ enchaîné ; tu devras à la douceur,
à la mansuétude, au cœur aimant du fils de cette femme ton
nom de Pauline bénie.

Enfant sans fortune, le jeune Rey fut, à cause de ses
éminentes qualités, protégé, aidé par les habitants de Thonon, placé à son collège, mais vivant en ville, il était avec
joie admis à la table de mes ancêtres chaque fois qu'une
heureuse inspiration le poussait vers leur demeure ; les
évènements et les études éloignèrent le jeune lévite de
Thonon, où il ne rentra que devenu grand dignitaire de
l'Eglise ; ma grand'mère avait été sa compagne d'enfance,
la rencontrant dans la rue, il reconnut son amie de jeux,
il oublia la distance qui le séparait d'elle, il laissa parler
son cœur et ne se souvenant plus qu'il était entouré de
prêtres et de peuple, il s'écria comme ne voyant, ne pensant qu'à elle : Dieu soit loué, je te revois Pauline, à toi
je veux donner ma plus sainte bénédiction, et ma grand'
mère s'agenouilla et le pontife la bénit.

C'est ainsi, rue, que ton seizième nom fut Pauline bénie ;

nom doux à mon âme, puisse la patrie te le rendre et toi le déclarer immortel.

Ou par toi, rue Grole (1), dont les dames de la Cour ne purent parvenir à rendre infidèle aucun des maris, ce qui plût au prince à ce point qu'il déclara palais souverain la chaumière où ces Circès avaient vainement tendu le piége à ces vaillants ; palais que pour honorer ta fière pauvreté il laissa chaumière, mais dont il fit sa résidence favorite se plaisant à le rendre pour ses hauts barons et leurs belles châtelaines un séjour de recueillement et de rappel à la vertu.

A chacune de tes familles, il fit présent d'une grole et voulut que chaque dimanche qu'il habiterait son palais rustique, une dame de la Cour leur porta une paire de pigeons à cuire dans le vase donné par le prince. (2)

Ou par toi, chemin célèbre et poétique de Rive dit le Tournoi, où le syndic Randon, pour justifier l'honneur de Thonon et la mémoire du médecin accusé de la mort du Comte Amédée, se montra prêt à combattre sur un âne contre le sieur Chassieux leur accusateur, monté lui-même sur un puissant coursier et ayant l'avantage du haut du chemin et d'être armé d'un glaive, tandis que le syndic ne l'était que d'un gourdin ; le hautain chevalier descendit

(1) Actuellement rue de l'Hôtel-de-Ville.

(2) Ce fait rapporté par les ambassadeurs du puissant Amédée, valut à Thonon un instant de célébrité dans toutes les cours de l'Europe et lui attira nombre d'éminents personnages ; entre autres : la noble veuve de Milord Bregen (en langue locale Mular Bregan), qui construisit un hermitage dans le lieu qui porte son nom, et près de là le château écossais à qui ses abords giboyeux ont fait donner le nom de *Tue-isès* (tuerie d'oiseaux). L'émir Zulma, descendant de Timour, qui exilé des cours d'Orient pour avoir embrassé la foi chrétienne dit à son fidèle Salib en frappant du pied le sol de la patrie : *Marque là* mon tombeau, et y bâtit le petit castel et le parc existant de nos jours ; à quelques pas se réfugia aussi le célèbre Howerel, dont la tête mise à prix dans les Pays-Bas par la tyrannie espagnole s'écria en touchant la terre du pays le plus secourable au malheur : maintenant, tyran, mords-moi si tu peux ; d'où est resté le nom de Mords-si.

comme un ouragan pour renverser et fouler le champion ; mal lui en prit, car le baudet resta imperturbable et Randon d'un coup de gourdin asséné sur les naseaux du destrier le fit cabrer ; cependant le seigneur ne tarda pas de le maîtriser et s'apprêtait à reprendre champ, mais le fier âne s'élance lui-même à l'attaque et pendant que le bras robuste du syndic pare de son mieux l'épée flamboyante de son ennemi, le grison se coulant sous le ventre du sien, le mord avec une telle fureur que mis hors de lui par la souffrance le destrier rue si impétueusement qu'il désarçonne et lance à terre son cavalier ; Chassieu rendu à la merci du syndic dut, aux applaudissements frénétiques de l'immense foule accourue à ce jugement de Dieu, se reconnaître et s'avouer coupable et menteur. (1)

Ou par toi, rue lointaine de Bassuse, qui doit ton nom à l'aide que tu prêtas à l'illustre évêque Tarin qui appela tes habitants pour mettre fin à un combat de gentilhommes conduits par les seigneurs Bass et Suse (chefs des partis français et italien) et qu'ils séparèrent et chassèrent à coups de gaules. Ce fut sur ta place rendez-vous fameux des duellistes que, deux siècles plus tard, l'apôtre François montra qu'il n'avait rien perdu de son éducation d'homme du monde en désarmant, au péril de ses jours, deux amis engagés dans un combat à mort ; grâce à lui, les deux adversaires réconciliés s'embrassèrent en pleurant et ainsi fut évité à deux grandes familles bien des douleurs et ce qui était plus redoutable bien des haines.

----

(1) Ce combat extraordinaire motiva la révision du procès qui réhabilita le médecin. Cependant cette victoire causa à Thonon un grand deuil : l'instant où l'âne se baissait pour attaquer le destrier laissa croire à plusieurs que le syndic tombait sous les coups du chevalier ; un forgeron du nom de Girard s'écria : Je ne l'aurais jamais cru, Dieu nous veut déshonorés ! et tirant un poignard il s'en frappa ; deux frères Mégemond placés près de lui suivirent son exemple. La ville honora d'un jeûne public de trois jours la mort de ces ardents patriotes.

Grand apôtre, ce souvenir de toi plaît entre tous à mon cœur.

Cet acte est à la louange de ta vertu civique; je veux aussi redire et entre mille que voudrait rappeler mon âme, ce sera le seul, celui où toi-même sacrifia à la gloire de toute la patrie, en montrant ton invincible foi dans le respect porté à la femme et à l'infortune par les habitants de Thonon, lorsque fuyant devant leur foule ameutée par les disciples de Farel (1), tu cherchas le salut non derrière les portes et les grilles d'une caserne préparée pour être ton refuge, mais dans le réduit à peine clos (2) d'une noble femme couchée par la maladie et les revers sur un grabat; tu savais que ta présence aimée apporterait à cette femme toute consolation et tu ne doutas pas que la sienne serait la sûre sauvegarde de tes jours, nul n'oserait violer la faible cloison, ou même par un cri proféré contre toi, troubler les derniers moments d'une mourante digne de respect par ses vertus et ses malheurs; François, ta confiance ne fut pas vaine, elle te couvrit, elle te protégea dix fois, mille fois mieux que n'auraient pu le faire les soldats armés du prince.

Ah! dans ce jour, tu honoras la patrie autant qu'elle fut jamais honorée.

Ou par toi, Rive, berceau des illustres Fla (3).

(1) Ministre de Genève qui contribua puissamment à convertir Thonon au protestantisme; ce fut un homme loquace au point qu'encore de nos jours, pour désigner un grand discoureur, on dit communément: c'est une langue de Farel.

(2) Ce réduit est celui appelé : à la garde de Dieu.

(3) La famille des Fla est la plus ancienne, sinon la plus importante des rives du Léman, son histoire prendrait plusieurs volumes: admirateur de Clovis, son chef s'attacha àlui avec plus de cinq cent des siens; il épousa la fille de Nedre, opulent seigneur du pays de Neustrie; leur solmas (agrégation de domaines) prit de leurs noms réunis celui de Flanedre, puis Flandre qui s'est étendu à tous les lieux d'alentour; et

Ou par toi, ruelle des Terreaux, dont le nom devrait être le clou d'or.

Le fait mémorable qui t'en rend digne est des plus élogieux, il demande d'être amplement exposé ; mais comme le semeur je dois ouvrir la main sur toute la patrie et lui distribuer le temps qui est pour moi le grain qu'elle tient de l'ange ;

Ou par toi, impasse de l'Eglise, qui mérita, à ton jour, le titre de serpe dorée.

Qu'il me plairait de placer ici ta pathétique histoire, comme à ta sœur je dois dire : espérez, attendez ;

leur gloire s'y est maintenue, elle vit dans une cité fameuse, la fière et industrieuse Gand.

A l'ami de la vérité qui demandera à quelle source j'ai puisé ces traditions ; je répondis qu'elles me viennent de mon père, homme d'une mémoire prodigieuse qui les tenait du sien ; d'ancêtre en ancêtre elles se sont transmises à un descendant, au choix du père, pourvu qu'il fut mâle ; qu'à ce dépôt ou plutôt à cette révélation était joint un secret pour la guérison des yeux, mon père fit choix de moi, souvent il me conduisait dans les champs et profitait de notre isolement pour m'instruire des faits passés, que de volumes je composerai de ses récits ! Mais par une omission qui me reste inexpliquée, il différa de jour en jour de me livrer le secret de guérir les yeux et ce n'était qu'en le recevant que je devais moi-même prêter entre ses mains le serment que lui-même avait fait dans celles de son père ; c'est ainsi que sa mort ne m'a point lié, ne m'a point obligé au silence observé par lui et nos aïeux.

Reçut-il de l'ange un ordre à ce sujet, peut-être ? ou fut-il simplement empêché par cet Esprit des cieux, j'incline encore à le croire, car bien des fois, saisi de tremblement, son front se couvrait de sueur et me regardant avec une expression d'angoisse qui navrait mon âme et remplissait mes yeux de pleurs, ses lèvres s'agitaient sans qu'un son en put sortir.

Je dois ajouter que mon père savait écrire, mais nul homme au monde autre que lui ne pouvait déchiffrer ce qu'il écrivait, par son expresse volonté j'ai tout détruit.

Mais entre toutes ces choses, une surtout m'étonne ou plutôt reste pour moi un profond mystère ; c'est le peu de temps, le peu d'étendue, un déclam ! un seul ! sur des centaines que comprendra mon œuvre, où il me soit toléré de parler de la patrie ; des poëtes, des historiens plus capables que moi de célébrer son histoire doivent donc venir, ils lui sont promis ! et cette tradition que je croyais être le dépôt de ma seule famille serait pour le bien de sa vérité suivie et gardée par d'autres ? Ange, je te loue ; patrie, puissent ceux qui t'aiment en recevoir le bonheur ; pour les méchants qui te détestent que ta gloire les fasse mourir de jaunisse.

Ou par toi, place des foires, qui devrais t'appeler place de la Main, car tu vis nos femmes et nos filles, rendues inaccessibles à la crainte par leur ardente charité, laver de leurs mains, à l'exemple du Christ, les hideux membres des lépreux (1).

Ou par toi, Vongy, dont tous les habitants laissèrent, pendant sept ans, incultes et oubliées leurs terres situées au-delà de la Drance, plûtôt que d'user d'un pont fabriqué, à grands frais, par un gouvernement oppresseur de leur foi et lui donner, en le passant, l'ombre d'une soumission, un semblant d'acquiescement aux choses établies;

Ou par toi, Concise, dont la tour blanche se montra comme un soleil de bravoure unie à la fidélité et fut le glorieux tombeau de tant des tiens;

Ses gardiens vivront à jamais dans le jeu de nos enfants « Tour prends garde » jeu qui de la patrie a passé à mille patries.

Ou par toi, Tulli (Tùli) qui disputa à trente villes les restes vénérés de l'homme de Dieu que tu voulus pour protecteur; reliques saintes elles refusèrent de se lever de terre devant les efforts des vingt-neuf autres champions et, pour ta gloire, se placèrent d'elles-mêmes sur les épaules de ton géant.

Ou par toi, Corre-zents, dont la valeureuse jeunesse mit une première barrière à la marche des Maures en pour-

---

(1) Cet acte de dévouement chrétien, loin de propager le mal, le fit cesser par une cause restée inconnue ; et le prince lui-même ayant remarqué en lui les symptômes de l'affreuse maladie tint comme une joie de recevoir ces soins; il s'attacha à la ville généreuse par un domaine dont il fit son fréquent séjour et crut ne lui témoigner qu'une partie de sa gratitude en la dotant de forêts et d'une terre qu'il appela Crête pour que ce nom l'avertit sans cesse qu'il devait aux Thonons un gouvernement qui renouvela pour eux l'état de bonheur dont avait joui le peuple de Minos.

chassant les avant-coureurs de ces ennemis du nom chrétien.

Ou par toi, rue Cénan, à qui le deuil de trois siècles que s'imposèrent tes maisons, pour pleurer la mort de ton fondateur, le plus grand des Dantand, le plus illustre des fils de la patrie, te fit donner par l'aspect de tes fenêtres sans fin fermées, le nom caractéristique de rue sans joie, de rue sans lumière, de rue Borgne que tu as conservé pour ta louange jusqu'à ces jours.

Aucune main ne fut plus bienfaisante que celle du grand chef dont tu t'honorais de porter le nom, aucun bras ne fut plus vaillant que le sien.

Son sublime héroïsme dans les plaines et la colline de Mont-joie (qu'un barbarisme a dénaturé en Mont-joue) (1) prépara la victoire de Martel et ce fut en souvenir de l'épouvante éprouvée par les Maures devant les coups de

(1) Ce barbarisme fut l'œuvre du clerc Formadelo, un des secrétaires de l'empereur Louis; ce méchant borgne, pour se venger de n'avoir pu obtenir la main d'une jeune fille de la famille Morard, décapita et doubla la lettre i du mot Mont-joie, dans la charte impériale qui, en l'an 828, reconnaissait à Thonon, cité qui trône glorieuse et réjouie sur la colline Mont-joie, son droit supérieur de pêche dans toute l'étendue du lac; on reconnut la faute, mais tout ce que la ville put obtenir, ce furent des excuses du coupable à qui Louis-le-Débonnaire, pour s'éviter l'ennui de punir, se hâta de pardonner. Le faible et têtu empereur se refusa de plus rien entendre. L'échevin Morard, père de la jeune fille, était chargé de poursuivre la rectification du mal-écrit; voyant l'inutilité de ses démarches, il se rendit à l'aile du palais habitée par les secrétaires de l'empereur, marcha droit à Formadelo, saisit par les cheveux ce fourbe malingre, le renverse et d'un poignard qu'il lui enfonce par l'œil borgne, le cloue au pupitre; la rapidité de l'exécution ne permit à aucun des assistants de s'y opposer; plusieurs veulent se jeter sur lui mais sa main armée d'un second poignard les tient à distance, cependant les officiers du palais accourent suivis de gardes; ni à vous, ni à d'autres, leur crie-t-il, je ne suis pas de ceux que l'on prend; et ouvrant une fenêtre placée près de lui, il se précipite dans le vide.

En apprenant cette mort, l'empereur se serait écrié : Miséricorde sur moi, je n'ai pas estimé ces gens à leur valeur; et ce fut tout.

A son retour, le valet de Morard fut pendu pour ne s'être pas tué sur le corps de son maître.

Cénan (1), que le nom de Mont-joie devint le cri de ralliement, le cri de combat et de victoire des Francs.

Sa tragique mort, effet de la vengeance des Maures, sur
le roc encore célèbre sous le nom de pierre Maure éteignit
notre splendeur.

Frappée dans sa force, accablée par la ruine, exilée et
proscrite, notre famille se répandit en cent lieux, mais ne
recouvra jamais sa gloire ; depuis de longs siècles elle la
pleure comme une veuve son époux.

Remontant encore le cours des ans, j'arrive à toi, illustre rue Roboré, dont les habitants se signalèrent entre
tous dans leur empressement à accorder à Odome trahi et
fugitif un abri refusé par vingt autres villes plus puissantes;
malgré le danger, Thonon n'hésita pas dans sa fidélité
au roi malheureux ; elle jura sur les tombes de ses ancêtres
que tant qu'il resterait un bras à un de ses enfants, il
trouverait dans ce bras un défenseur; les secours qu'elle
fournit et l'appui des Helvétiens ayant permis au roi dé-
trôné de recouvrer la couronne, il décida de faire de
Thonon la capitale de son royaume Burgonde et l'annonça

(1). Le dernier combat se fit dans les champs qui ont reçu leur nom
du cri de désespoir de l'émir Madassan : Allah (Dieu) il n'est plus que
toi qui puisse nous sauver! cri resté comme témoignage à ce lieu célèbre
appelé de nos jours : Grange Allah ;
Quelques moments après arrivait aux Musulmans un corps de troupes
des peuples soumis du bas Rhône; fuyez, fuyez, leur cria l'émir dans
son langage imagé de l'Orient; cette terre vous dévorera comme le feu
(par igni) et tout s'éloigna dans une fuite vertigineuse.
Le nom de Parigni est resté au lieu et n'a cessé d'être en usage dans
l'idiome local; les lettrés en changeant ce nom glorieux contre l'insi-
gnifiant Perrignier, comme moins dur à l'oreille, ont inconsidérément
commis un crime, une profanation contre la gloire.
Les noms des localités situées au-delà de Parigni sont des souvenirs
de cette fuite des Maures : ainsi Cervens (serre-vent) par allusion à
l'emploi de toutes leurs forces à presser la marche; Fessi (fatigués) se
passe de commentaire; Bon et Brantonne : le peuple à la vue du désastre des mécréants s'écriait en louant Dieu : le bon bran (bras) tonne;
d'où est demeuré les noms de Bon et Brantonne.

à ses habitants par la fameuse lettre commençant par les mots : Constantiâ contenta eris. . . . .

. . . .

Suivi de sa brillante Cour, il s'embarqua à Coppet; les habitants de Thonon, leurs édiles en tête, allèrent en grand nombre au-devant de la flotte du roi; une tempête fit tout périr.

Thonon ne se releva jamais de ce désastre, mais s'il perdit sa puissance, il resta glorieux et a perpétué le souvenir qu'il fut un instant la capitale d'un grand Etat en prenant pour devise, en gravant sur ses portes les mots écrits à leur gloire par Odome, de : Constantiâ contenta.

La partie du peuple qui avait survécu témoigna à la rue Roboré la reconnaissance de la patrie d'avoir donné la première l'exemple du devoir; elle changea son nom d'Usup (venant de son fondateur) en celui plus digne de Roboré dont le sens est : tu m'as roboré (reconforté).

Je pourrais par d'innombrables citations montrer que vous méritez vos noms, rue ardente au travail de Chante-Coq, rue industrieuse des Arts, rue savante des Ecoles.

Rues glorieuses, rues chéries de mon âme (1), toutes à égal titre vous méritez mes louanges; toutes un fait capital vous honore et d'autres en nombre infini groupés autour forment votre couronne, votre auréole de mérites.

Sur les fleurons de laquelle de vous reposerai-je d'abord mes yeux? mais accorder à l'une un regard que je ne puis assurer à toutes, serait lui donner une préférence à laquelle s'oppose la vertu des autres; je prendrai donc modèle sur les ouvrières de la ruche, je remonterai à l'origine

---

(1) Combien de fois les parcourant, les traversant, venant et revevant, j'ai été comme l'homme ne voyant pas les vivants et cherchant les morts; je vous voyais, je conversais avec vous, j'écoutais vos leçons, ancêtres vénérés, je vous suivais jusqu'à vos demeures, heureux de faire cortège à votre gloire, vous qui êtes celle de la patrie.

de la patrie et par elle à la rue qui, à l'exemple de la cellule de la reine, vit se joindre à elle les autres rues comme des filles nombreuses et soumises autour de leur vénérée mère.

Prophète de Dieu, la vue de ces murs, au lieu de lamentations, te ferait pousser des chants d'allégresse, les voyant, tu te fus écrié : O mon âme réjouis toi, terre et cieux soyez dans la jubilation, car en or le plomb s'est changé. Seigneur, j'ai regardé autour de moi et qu'ont vu mes yeux ? Instruit par ta loi le louveteau ne se souvient plus de son origine, il s'est fait le protecteur du troupeau ; le berger est réjoui, car celui qui dévorait est resté fort et vaillant, il guette, mais pour la défense de la brebis.

Noble patrie, remonter à ton berceau c'est malgré moi reporter mes yeux sur le nuage sanglant qui le couvre ; le fondateur de Rome fut allaité par une louve ; quelle dut être la nourrice des tiens sur qui pèse l'effroyable drame qui épouvante la pensée ; quelque soit ma douleur, je dois à la vérité d'arrêter mes regards sur cet évènement dont quinze siècles n'ont pu effacer l'horreur.

Ce sacrifice à la vérité sera lui même pour les âges l'assuré témoignage de la sincérité de ce qu'ont d'élogieux les actes de tes annales.

Ceci aura de plus le mérite d'éclaircir un point obscur de l'histoire des peuples.

Il est rapporté : Qu'en présence du grand pontife Léon paraissant dans l'éclat de sa majesté sacerdotale, Attila se retira, mais le mystère n'a cessé de planer sur l'acte qui détermina la volonté de ce conquérant barbare.

Après son désastre à Méry, Attila ayant réuni de nouvelles armées se disposait à envahir la Gaule par la route du Rhône et de venger sa défaite en enrichissant ses hordes par le pillage des riches provinces du midi, pour se fixer ensuite avec elles sur le sol fertile et envié des Espagnes.

Aux fins d'éclairer sa route, il avait dépêché devant lui deux de ses cinq frères Thobal et Uvold avec une armée de soldats d'élite de quarante mille hommes ; elle devait s'avancer rapidement jusqu'à Lyon, s'y fortifier et attendre la grande armée revenant d'Italie.

Après une heureuse traversée des gorges du Simplon et du Valais où elle eut quelques combats à soutenir contre les montagnards qui surpris ne purent lui fermer le passage, elle arriva à St-Maurice d'où, pour ne pas avoir à lutter contre les Helvétiens, elle continua à suivre la rive gauche et arrivée aux environs de Monthey elle se scinda en deux troupes ; l'une au nombre de sept mille hommes escalada les monts à gauche du fleuve et suivant le torrent de la Drance, descendit la vallée de Morzine dans l'intention de se joindre à la grande armée de Thobal vers la rive du Léman, en faisant tomber devant elle la barrière des rochers et du haut plateau situés au-delà d'Evian, connus alors sous le nom de défilé de Nantu et, de nos jours, sous ceux de Meillerie et Thollon ; cependant la grande armée n'eut pas besoin de cette diversion, un traître du nom à jamais détesté de Fayar (1) livra le secret des passages qui furent néanmoins fortement disputés surtout au lieu encore actuellement appelé village des héros ; les gens d'Evian et de toute la vallée d'Abondance s'y couvrirent de gloire (2).

L'armée d'Uvold suivant son chemin descendait les vallées de St-Jean et du Biot, pillant et brûlant tout sur son passage mais hâtant sa marche pour ne pas donner le temps d'organiser la défense.

Thonon venait seulement de s'entourer de murs ; une partie de ses habitants sous le chef Rolle (3) était allée se

(1) La persuasion où le peuple est resté que ce traître brûle dans les feux de l'Enfer a fait donner son nom au bois réputé entre tous bon pour le foyer.

(2) Evian y mérita sa vaillante devise de Remora (arrête !).

(3) La ville vaudoise est une des colonies de Thonon.

joindre aux Evians, une autre montée sur un grand nombre de barques avait couru barrer à l'ennemi tout passage du lac ; aussi la surprise fut grande en apprenant qu'une seconde armée de barbares descendue à l'improviste des montagnes de la Drance allait dans quelques heures être à ses portes ; cependant aucune crainte ne troubla les vaillants cœurs ; tout ce qui restait d'hommes valides s'arment, les femmes gardent les remparts, des courriers parcourent les hameaux voisins (1) et tous se hâtent, accourent se mettre aux ordres des chefs Rupin et Dantand, ce dernier prenant avec lui une crâne (trois cents hommes) marche directement aux ennemis pendant que le reste de la petite armée se couvrant par les bois, cherchera à les envelopper.

L'ouragan qui s'abat sur la forêt en tordant et déracinant ses chênes n'est pas plus impétueux que ne fut l'attaque de Dantand et des siens ; les barbares étonnés se concentrent pour résister, ils craignent et ils sont trente contre un ; mais à un signe convenu, la petite troupe semble mollir et pas à pas elle se fait suivre par l'ennemi dans les terrains bas, désignés de nos jours sous le nom de Combe des Morts ; soudain les hauteurs se couronnent d'assaillants faisant rouler dans la profonde vallée d'énormes roches qui jettent une première épouvante sur les soldats Huns qu'ils attaquent incontinent à furieux coups de haches et de javelots ; tous furent exterminés et avec eux la troupe Dantand dont le sacrifice héroïque avait été nécessaire.

Rupin et les sept chefs Thonons abandonnèrent aux combattants les dépouilles et pour eux ne se réservant qu'une tête de chef ennemi rentrèrent à Thonon portant chacun à la main un horrible trophée.

Cependant Thobal et son armée étaient arrivés sur les

(1) Les gens de Sopa firent entre tous une marche incroyable pour arriver à temps et l'exclamation de joyeuse surprise qui accueillit leur arrivée : Dovaine! (déjà venus) leur est restée comme témoignage ; de même le cri poussé par un des courriers au Roland du pays : Marge en selle, a fait le nom et l'honneur du lieu.

bords de la Drance et un héraut suivi de douze cavaliers se présentait aux portes de Thonon, demandant la reddition de la ville et de préparer un festin pour le frère d'Attila et ses principaux officiers ; ils furent conduits aux chefs Thonons assemblés, le héraut expose sa mission ; Rupin lui dit : Seigneur, vous trouverez bon que nous nous conformions à nos coutumes, et la nôtre est de ne rien décider qu'au milieu de nos jeux ; à son signe, les chefs s'éloignent et quelques instants après, Rupin invite le héraut à le suivre pour recevoir sa réponse ; ils arrivent sur la place, horreur ! que voient le héraut et son escorte ? Les chefs Thonons jouaient aux boules et ces boules étaient les têtes des chefs de l'armée d'Uvold (1), elles ne pouvaient être méconnues aux pendants d'oreilles qui étaient une des marques de leur dignité ; Seigneur, dit Rupin, je ne puis vous faire attendre, car Thobal est pressé ; vous m'excuserez donc de ne pas me rendre à ma demeure chercher ma propre boule et il faut que je joue pour que la réponse puisse se faire et tirant son glaive, il tranche la tête du héraut, la lance avec celles des autres chefs et se tournant vers l'escorte, allez, lui dit-il, retournez à votre général, portez lui ces boules pour qu'il juge de notre talent comme tourneurs ; informez-le qu'avant la fin du jour nous nous présenterons à lui pour nous en fournir d'autres, car notre jeu a déformé celles-ci ; entendez-vous les ouvriers ? (des chants mêlés de clameurs se rapprochaient de la ville) hâtez-vous de vous éloigner, si vous ne voulez être les premiers à éprouver leur habileté ; les Huns n'eurent pas besoin de plus ample exhortation, ils s'éloignèrent de toute

(1) Il en est resté un souvenir, des emblèmes, dans les pierres rondes, taillées grossièrement et représentant trois visages qu'on voyait autrefois sur quelques façades de la ville ; une seule existe encore à l'angle de la Grande-rue avec la rue Vallon, sur la maison même à laquelle se rapporte la singulière anecdote de la vieille femme et son huile ; elle ne peut trouver place ici.

la vitesse de leurs chevaux ; que dirent-ils à leur général ? car ils n'avaient pu comprendre ce que leur avait dit Rupin ; mais soit douleur de la mort de son frère, soit par crainte mystérieuse de ce que lui dirent les envoyés sur cette ville, aux rues sombres, où pour tout habitants ils n'avaient aperçu que des hommes de haute stature, des géants, jouant en silence avec des têtes de morts, Thobal ne prit que le temps d'enfermer la tête de son frère dans un ingrédient de coquilles d'œufs pulvérisées mêlées à une liqueur formée de sels et de vinaigre pour la préserver quelque temps de corruption, et rebroussa chemin avec son armée ; ayant rejoint Attila, il ne sut, pour apaiser son étonnement et sa colère de l'inexécution de ses ordres, que lui montrer la tête d'Uvold ; Attila d'abord pleura, puis ayant demandé quelle vengeance il avait tiré des Thonons et Thobal baissant la tête en signe qu'elle n'était pas vengée, Attila furieux tira son glaive et l'en frappa ; mais bientôt revenu à lui, il eut horreur d'avoir trempé ses mains dans le sang de son frère et le trouble où le remord mit son âme lui faisant comprendre qu'il ne pouvait donner des soins suffisants aux choses de la guerre, il décida de se retirer pendant quelque temps et fut heureux, pour pallier son état d'esprit et justifier sa résolution envers les chefs, de trouver, dans la démarche et les promesses du pape Léon, un motif plausible et honorable de son inaction momentanée.

Mais où m'entraîne l'histoire de la patrie, ce sont des tomes qu'il me faudrait et, je le sens, l'ange ne peut les attendre ; Forzaël, montre-toi miséricordieux, permets seulement que je prolonge d'un instant mon regard sur elle.

Murs bénis de Dieu à l'égal de ceux de Jérusalem et qu'ont illustrés vingt Hectors, pardonnez à la faiblesse de mon souffle à qui l'ange dénie l'entreprise de retracer vos gloires ; je me bornerai entre mille faits, dont chacun mé-

riterai un Homère, à esquisser les principaux accomplis
par la génération actuelle ou dont les héros connus de ses
yeux ont continué l'héritage des vertus patriotiques et de
mâle énergie imitées de nos pères et proposées comme
exemples à nos descendants :

Rien n'est plus auguste que la religion, car elle est le
chemin tracé par Dieu à l'homme pour qu'il vienne à lui;
nous devons l'honorer et l'aimer comme une mère; pour la
soutenir, soyons martyrs, s'il le faut; mais toute oppression
doit être renversée; comme exemple, à la rue des Ursules,
se rattache un fait digne d'être rapporté.

Il eut pour cause la large voie qui relie cette rue à la
place de la patrie qui, par son splendide panorama, est le
site de la terre le plus beau, le plus digne de l'admiration
des yeux (1).

Alors le voyageur parcourant la grande artère commer-
ciale, le chemin des chemins des nations qui relie les riches
provinces de l'Occident à l'immense Orient à travers les pay-
sages les plus enchanteurs et les gorges semées de précipices
les plus étonnants, les plus merveilleux par leur horreur;

(1) Heureux! l'étranger qui ignorant notre intime histoire ne voit
dans le petit champ inculte situé à ses pieds qu'une tache humaine au
sublime tableau du Créateur; cette ombre n'afflige que ses. yeux, mais
le citoyen en détourne jusqu'à sa pensée et son cœur se serre par le souvenir que Thonon a pu compter parmi ses enfants un serpent, un traître!
champ où se livra le prix du crime et qui n'ouvrit pas ton sein pour
engloutir le coupable, la vengeance de la patrie te condamna à la stéri-
lité en te semant de sel; puisses-tu ne jamais connaître sur toi que
l'ortie et la ciguë repaire des crapauds, reste maudit.
    La citadelle trahie n'est plus, nos pieds marquent leurs empreintes.
dans la poussière de ses hauts créneaux; des bras vaillants qui levèrent
leurs lances et leurs glaives pour son attaque et sa défense, qui se souvient? des blessés, de ceux qui mordirent la poussière, qui se souvient?
nul ne songe à eux, nul ne les pleure, victimes innombrables de la fidélité à l'honneur et à la patrie, vous êtes oubliées; d'où vient donc qu'on
se rappelle, qu'on gémit, qu'on s'attache, qu'on regarde comme sien le
sort du beau moine dont le souvenir reste lié à l'hôtellerie orgueilleuse
de s'élever sur la place de la forteresse comme une pie sur un nid

ce voyageur arrivant aux Ursules voyait à cent pas devant
ses yeux la plaine se continuer, et cette plaine était séparée
de lui par un parterre objet de sa colère, car pour arriver
au plateau convoité par sa fatigue et sa vue, il devait inutilement faire un vaste circuit par un chemin tortueux et
non exempt de péril à cause de sa déclivité; pourquoi se demandait-il? l'obligeait-on à ce surcroît de diffi-
cultés de route et de retardement à sa hâte d'arriver au
terme de son voyage; étranger aux lieux, il ignorait que
deux dragons placés à chaque extrémité de ce parterre en
rendaient plus que dix forteresses le passage infranchissa-
ble; ces deux gardiens terribles, invincibles, se montraient
sous l'aspect de deux couvents, de deux ordres invulnéra-
bles aux coups des lois; vainement le prince avait lutté
contre eux par les représentants de son pouvoir, vainement
l'autorité épiscopale elle même avait interposé ses bons
offices, la majesté du trône s'était vue vaincue par l'invio-
lable privilège attaché à la bure du cénobite; cet état
monstrueux faisait gémir la fierté patriotique, mais la
crainte d'être exclu du troupeau accablait les âmes et
donnait de l'horreur à la seule pensée d'entrevoir au mal

d'aigles; moine qui, oubliant ses vœux, franchissait, de nuit, les murs de
son couvent et venait, sous un déguisement, se mêler aux fêtes mondai-
nes du carnaval.
    Convaincu d'avoir forfait à ses serments, il fut condamné au supplice
du puits, mais sa mort fut précédée d'une épouvantable agonie, enfermé
sous un catafalque, vivant il entendit prononcer sur lui la longue et
lugubre psalmodie des trépassés.
    Ce fut horrible, ce fut affreux, mais quoi! commettant le crime, il
connaissait le châtiment, où était l'injustice, où était l'odieux? Cependant ceux qui pleurèrent en prononçant la sentence, qui furent les
martyrs de leur fermeté à venger la justice outragée, sont conspués,
honnis, maudits, pourquoi? La mémoire de cet indigne, de ce lâche sur-
nage sur l'océan d'oubli où reste plongée celle de tant de braves que
privèrent de la vie les affreuses douleurs de nobles blessures; elle
survit à celle de mille bienfaiteurs du peuple, à celle de dix mille héros
dont chacun des jours fut un long sacrifice à leurs devoirs de citoyens.
de pères, d'époux, pourquoi? Satan peut le dire, pour moi je me tais.

une fin non conçue par ceux-là même de qui on n'en pouvait point attendre ; cependant ce que le prince et l'évêque désiraient et n'osaient ordonner, deux hommes de cœur, deux patriotes le firent ; Dubouloz occupait la première dignité de la ville, il appela mon aïeul ; Dantand, lui dit-il, puis-je compter sur toi ? Je vous connais, lui répondit mon aïeul, vous aimez notre chère ville et je vois à votre geste qu'il s'agit d'un projet intéressant grandement son avenir (l'édile avait l'habitude dans les moments difficiles de se tirer la lèvre inférieure et dans ce moment sa main l'agitait à la détacher de sa face) — Oui, mon ami. Et après un quart d'heure d'entretien, mon aïeul parcourt les rues poussant d'instant en instant un sifflement particulier et levant en même temps la main, ce qui était un signal de ralliement dans les cas importants ; de toute part on accourt, on se presse autour de lui, préparez vos pioches, dit-il aux uns, préparez vos pêles, dit-il aux autres, tenez prêts vos pics, vos haches ; pourquoi, demande-t-on, pourquoi ? Est-ce pourquoi que vous devez répondre, nous serons prêts devez-vous dire ; au signal, levez-vous et courez.

Cependant à des signes certains la nuit se préparait épouvantable comme de longtemps on ne l'avait vue ; au moment où l'orage se déchaîne, mon aïeul par des sifflements prolongés et puissants donne le signe ; on sort, on accourt avec les instruments demandés, est-ce quelque ennemi à vaincre ? Escorté de 114 combattants, mon aïeul se dirige vers les murs d'enceinte du parterre sacré ; le voilà, leur dit-il, l'ennemi ; abattez, renversez ; qu'au jour une large voie montre détruite cette barrière ; mais les foudres ? disent plusieurs, et ce n'était point celles fulgurantes dans les cieux que craignaient ces hommes ! Les foudres, répondit mon aïeul, je demande qu'elles frappent ma tête pour épargner la vôtre ; bravo, Dantand, répétèrent plusieurs voix, mais ceux qui avaient parlé demeurèrent invisibles, cependant à leur accent on eut pu reconnaître l'intendant même du prince et le premier magistrat de la ville; mais déjà mon aïeul donnait l'exemple et sous ses coups puissants et répétés une brèche ouvrait le mur; à la faveur de l'horrible nuit éclairant et couvrant par ses tonnerres multipliés les bruits des travailleurs démolissant, emportant, pulvérisant les murs, les arbres accumulés devant eux, aplanissant, nivelant avec une activité fiévreuse; le chemin de la délivrance fut ouvert, achevé avant la venue du jour; d'autres ouvriers ou plutôt le reste de la population (et ce travail fut celui dont l'achèvement donna le plus d'angoisse) a fabriqué, bordé la voie de fortes palissades; l'aurore parut et montra l'œuvre faite aux moines ébahis; ils sortent en foule, ils demandent raison de l'outrage fait à leur domaine et reconnaissant en tête des profanateurs mon aïeul, homme vénéré entre tous et reconnu ardent parmi les ardents dans sa foi de chrétien, ils demeurent interdits; vous ne pouvez, leur dit mon aïeul, accorder à notre chère ville la concession de ce chemin nécessaire; nous avons cru lever nous-mêmes vos serments de l'observance de vos droits, en le faisant sans que vos yeux ni vos oreilles aient pu devenir coupables en ne s'y opposant pas; et Dieu lui-même le veut, car il nous a aidés.

L'intendant du prince traversait déjà avec sa voiture la nouvelle voie et en prenait possession au nom du souverain en félicitant de ce sacrifice au bien public les religieux retenus ou plutôt enfermés derrière les palissades; il ne restait aux Pères qu'à agréer ce qui n'avait pas été en leur pouvoir d'empêcher et ce fut à cette occasion et comme témoignage que mon aïeul reçut le surnom glorieux de Joson-la-Valeur.

La patrie s'était levée contre la religion oppressive, elle

se leva bientôt après pour la défense de la religion opprimée.

L'épisode du prêtre Jacques est dans tous les souvenirs, je ne le rapporterai donc point ; des milliers de témoins vivants ont vu de leurs yeux les marques laissées aux lourdes portes, aux massives murailles de la prison d'où le prêtre fut arraché des mains terribles du tribunal révolutionnaire ; Thonon eût sa Bastille, mais ce qui est inouï et mérite d'être à jamais médité pour la gloire de Thonon, c'est que ce fait insurrectionnel contre les impitoyables décrets de la Convention resta impuni ; les hommes étranges dont l'énergie stupéfiait l'Europe sourirent à leur tour à celle du petit peuple dont la jeunesse s'était, entre toutes, montrée ardente à répondre à la voix de la patrie les appelant à défendre son indépendance et ne savait pas regarder à la puissance dès qu'il s'agissait de secouer une oppression ; aussi il est rapporté que Robespierre s'écria à l'annonce du lèse-décret commis par Thonon : Ce petit peuple ! que trois cents lui ressemblent et la tyrannie aura disparu du monde ; et comme marque d'estime, lui-même prit sous sa protection son église que des Jacobins voulaient renverser.

Ces temps d'héroïsme et d'incompréhensible folie ne laissèrent pas Thonon sans ombre ; mais s'ils affligent, ils étonnent plus encore ; devant leur grandeur la raison reste confondue et l'histoire se déclare incompétente à les juger, elle voit dans leurs acteurs des géants et non des hommes.

Aussi je viens à des faits, à des temps plus supportables à nos yeux humains et c'est sur toi que j'arrêterai d'abord mes regards vieux chemin d'amour où, avec mes frères et d'autres vaillants, nous marquâmes notre mépris au peuple insulteur, au peuple qui depuis trois siècles prie, à deux genoux, pour remercier l'Eternel d'avoir vaincu treize des nôtres (1) il osa! dans un moment de suprême anxiété pour la patrie se montrer en conquérant; un caniche en recherche d'aventures et qui se trouve fourvoyé dans une enceinte pleine de dogs ne passe pas plus repentant que ne passa ce peuple; un cri! et le vent de nos bras eut poussé jusqu'à Genève la poussière de ses os; une corbeille d'ognons offerte à ses yeux et des balais couvrant de boue

(1) L'attaque nocturne, dite l'Escalade, du 22 Décembre 1602, n'est généralement connue que parce qu'en dirent les Genevois qui se gardèrent bien de dire la vérité: les écrivains de la Savoie et de l'étranger en acceptant de bonne foi ces récits en ont accrédité le mensonge: or voici ce qui se passa:

Le chef de l'attaque fut de Sonnaz-le-camp; il s'était entouré comme d'une garde d'honneur de douze jeunes gens du pays, tous soldats déterminés:

6 étaient de Thonon :	Gaillard-le-noir,
	Pelaud-faro,
	Serand-l'hardi,
	Dantand-la-comté,
	Devaud-l'épée,
	Deleschaud-collerette.
2 étaient d'Evian :	Dechevrand-le-long,
	Fréchet-la-masse.
1 était de Margencel :	Rieux-grand-pas.
1 » de Vacheresse :	Bron-la-boucle.
1 » de Lugrin :	Jacquier-beau-front.
1 » de St-Gingolph :	Chevalley-falot.

De Sonnaz suivi des douze portant chacun une échelle escaladent le rempart et attendent sur la plate-forme ceux qui les suivent, ceux-ci étaient au nombre de 300, tous paysans des environs et passés d'avance à l'ennemi, ils s'étaient offerts comme connaissant mieux les lieux ; mais arrivés, au lieu d'obéir au chef qui se dispose à assaillir la garde des portes, ils tentent d'envelopper de Sonnaz et son escorte pour les livrer aux Genevois; comprenant leur dessein, le chef Thonon tombe sur eux avec la rapidité de la foudre; effrayés de cette attaque, les traîtres lâchent pied et retournent aux échelles qui se rompent sous le poids des fuyards, ou sont emportées par eux pour empêcher la poursuite; dans leur effroi, nombre se jettent du haut des murs et restent enfoncés dans la vase des fossés; cependant les bataillons de Genève avertis étaient prêts et s'étant avancés assistaient à la défaite des traîtres; ils restaient comme pétrifiés devant la vaillance des treize nôtres frappant, poussant devant eux tant d'ennemis; à la lueur d'un amas d'herbes desséchées que les fuyards en déchargeant à la hâte leurs mousquets avaient mis en flammes, nos héros paraissaient des êtres géants, des êtres surhumains; le glacis déblayé, de Sonnaz et les siens s'apprêtaient à charger les bataillons eux-mêmes et à vendre chè-

sa face blémie dédommagèrent nos âmes magnanimes d'une trop facile victoire.

Onze ans après les mêmes et d'autres à leur place indignés du manque d'énergie d'une grande cité, primes l'engagement, lequel fut renouvelé aux plus mauvais jours, de fermer le chemin de Thonon aux ennemis quelque fut leur nombre ; notre devise fut : l'homme combat, mais Dieu seul donne la victoire (1).

Mais il me presse de te tendre mes bras, Crête, aux mille souvenirs, c'est sur ton sol fameux que le brave Fillon

rement leur vie, préférant une mort glorieuse à la honte de se rendre prisonniers et au hasard de trouver le salut en se précipitant des remparts ; mais les bataillons n'attendirent pas le choc de cette poignée de guerriers, ils les assassinèrent à coups de canons ; comble d'infamie! pour se venger des treize glorieux, ils soumirent leurs cadavres à un interrogatoire monstrueux, puis les attachèrent à des gibets !

On pourra demander pourquoi nous ne les vengeâmes point? le prince lui-même fit taire nos colères pour ne pas s'attirer l'inimitié du tout puissant Henry, roi de France, qui protégeait Genève.

Jusqu'ici, nous n'avons vu dans les saturnales de l'Escalade qu'un moyen puéril employé par les Genevois afin de se consoler du souvenir de nos vertus mis en parallèle avec la félonie et l'indigne conduite de leurs aïeux ; mais l'outrage veut exister ; pauvre peuple, quand enfin comprendras-tu qu'en t'attaquant à l'honneur de la Savoie tu ressembles à l'homme qui lève sa main contre le soleil et croit parcequ'il voile sa lumière à ses yeux qu'il la cache à tout l'univers.

Que Genève le sache, nous sommes patients parceque nous sommes forts, mais notre modération peut se lasser et ce jour terrible Genève n'aurait ni assez de sanglots ni assez de larmes pour le pleurer.

Ville énivrée de science mais oublieuse de nos droits, ville riche de notre bénignité, ville ingrate puisses-tu reconnaître ton injustice et acceptant la main qui t'est tendue, car nos cœurs souffrent de haïr, éviter à ton avenir une calamité que nous pleurerons ensuite avec toi et que nos colères contenues désirent de t'épargner ; Ah! si tu le fais, je marquerai ce jour comme faste à ta gloire, mon âme reconnaissante aura une hymne pour toi.

(1) On s'étonne que ce projet n'ait pas été divulgué, le patriotisme lui-même commanda de faire le silence autour : connu de l'ennemi, il n'eut pas manqué d'envoyer à son heure une force qui nous eut brisés et rendu vain notre effort ; inconnu de lui il était à présumer qu'il se bornerait à envoyer contre Thonon quelques centaines de soldats et ceux-ci eussent trouvé devant eux une résistance qui les eut sûrement anéantis ou obligés de fuir et ce commencement de succès en reconfortant le patriotisme des populations voisines pouvait devenir une suite de vic-

notre parent, entendant, plus qu'il ne lui convenait, la garnison pousser le cri de : Vive le roi, y répondit par celui de : Vive Thonon! Furieux de ce que la formidable voix de ce citoyen avait couvert la clameur de sa cohorte comme le cri de l'aigle domine le piallement des moineaux, le capitaine ordonna de s'emparer de lui ; les inconscients mercenaires de la tyrannie (1) du roi Charles purent dompter le géant, mais sa force terrible ne le céda qu'à cinquante ; sa tête justifia son surnom de fer ; ne pouvant emporter leur captif, les mercenaires le traînent et son crâne heurt, bat les cailloux d'un long et raboteux chemin ;

toires, être le salut de la grande patrie ; oui, nous espérions de notre embuscade une seconde édition du soulèvement contre les Espagnes mais comme alors le succès n'était possible que dans le secret gardé.

. Ce projet fut conçu et médité par les sergents dont je m'honore d'avoir été du nombre ; des motifs puissants ne nous permirent pas de l'ouvrir aux officiers ; de ces motifs je dois absolument taire les uns ; mais je puis faire connaître les deux suivants :

1° Nous n'avions nul besoin de nos officiers pour l'attaque, la plupart nous eussent été plutôt nuisibles qu'utiles.

2° Qu'ils pussent avec toute bonne foi nous désavouer en cas d'insuccès et laisser retomber sur nous toute la responsabilité de notre acte sans exposer toute la patrie à l'extrême fureur d'un barbare ennemi.

Que ceci toutefois soit déclaré, même au prix de l'entière ruine de la patrie nous n'eussions souffert qu'elle fut envahie par l'ennemi sans lui résister, par aucun motif nous n'aurions enduré qu'elle subit la honte de Nancy, qu'elle sortit de cette guerre amoindrie dans son honneur, humiliée.

Nous nous étions assurés le concours de nombre d'hommes vaillants des autres communes, à un signe ils devaient accourir suivis d'intrépides chasseurs et surtout de vieux soldats de l'ancienne brigade de Savoie, je puis nommer mes amis, l'entraînant Constant, d'Evian, et l'énergique Grenat, de Vacheresse ; sa réponse retentit toujours comme un cantique à mes oreilles : Oui, je te jures que j'y serai avec tout ce qu'il y a dans le pays, de vieux fusils et de vieilles cocardes.

Une voix plus autorisée que la mienne célébrera, à son heure, les autres.

(1) Je pourrai donner cent exemples de l'oppression où était le peuple, je me bornerai à celui-ci qui regarde ma famille, si l'on me dit : Tu ne parles que d'elle ? qu'il me soit permis de répondre : Que chacun ouvre une histoire à la sienne ; pour moi, le faisant, je me garde d'erreur, car où trouver des faits plus précis et dont il me soit possible de mieux rendre la vérité que ceux que j'ai vu de mes yeux, ou qui étant arrivés aux miens m'ont mis à même d'en contrôler à loisir

homme moins semblable aux mortels qu'au grand Antée,
tu te relevas plein de vie de ce martyr et d'une dure prison.

Cependant le peuple s'assemble, la force armée hésite,
lorsque pour lui rendre courage, le commandant de place,
le Gessler de Thonon d'alors, s'arrache à sa sieste et,
malgré les larmes et les cris de sa compagne tremblante
et heureuse d'être l'épouse d'un tel héros, sort à demi
vêtu et l'épée à la main parcourt les rues, criant : Thonon,
je te brûlerai ; mais il ne porta pas loin ses odieuses paroles ; la foule indignée, houleuse, le sépare de sa troupe ;
deux hommes de haute stature, voilés, Durand-le-Velu et
Lochon-Pescaire s'approchent et pendant que l'un lui ôte
le glaive comme à un enfant son jouet, l'autre lui verse
dans les épaules une potée d'urine qui le forçant à aller
changer de linge, l'obligea aussi à changer de discours.

Ce fait fut longtemps l'entretien des veillées, les noms

l'exactitude par mes observations et questions de cent manières
variées et répétées.

Ceci dit, je viens a mon sujet :

Mon père était boulanger, il tenait de ses aïeux une vigne que je
possède moi-même et réputée comme donnant l'un des meilleurs vins
du pays.

Or, un des officiers du commandant de place l'ambitionnait et main-
tes fois s'en était ouvert à mon père qui, ayant tout à craindre de faire
à cet homme un refus à cause des vexations qui en eussent été la suite,
feignait de ne pas comprendre, et éludait de jour en jour sa réponse,
espérant que le temps ou une cause imprévue le débarrasserait des
obsessions de ce petit tyran : celui-ci finit-il par percer l'intention de
mon père ? ou fusse extrême impatience, le fit surveiller et un jour qu'il
était absent, eut l'impudeur de se rendre, sans se faire annoncer, dans
l'appartement intérieur de la famille et sans ménagement fait connaître
à ma mère son intention d'ôter à mon père son gagne-pain, de faire
fermer sa boutique si, sans délai, il ne lui cédait la vigne à un prix que
lui, acquéreur, fixait ; ma mère outrée de l'audace de cet homme à
violer notre domicile plus encore que de sa demande, lui dit : Malheureux,
je vais moi-même vous répondre pour mon homme ; elle démanche le
balai et, sans se soucier des conséquences, l'attaque avec furie, un coup
n'attendant pas l'autre, vainement l'officier met la main à l'épée, elle
frappe si dru que l'épée n'a pas le temps de sortir du fourreau que la
main qui le tient meurtrie, brisée, la laisse tomber ; l'officier désarmé
fuit, redescend l'escalier quatre à quatre, suivi, battu par **ma mère**

des auteurs étaient sur toutes les lèvres, mais malgré les recherches, l'irrité commandant en fut pour sa honte, ils demeurèrent introuvables, plutôt que de les livrer, la ville se fut ensevelie sous ses ruines.

Vous aussi je vous salue :

Noble rue Vallon, où trois nouveaux citoyens, trois Colly, comme pour acheter leur droit de cité, coururent armés de tridents sus à Budna, en présence de son armée; le siège qu'ils soutinrent dans une étable contre l'élite de soixante régiments mérite un poëme, il eut rendu jaloux Ogier et les fils Aymon (1);

Délicieux ombrages du Canal, où s'assembla la petite armée de vieux chasseurs qui alla volontairement contribuer à la défense du défilé de Meillerie, contre la plus puissante des armées de l'invasion.

Nouveaux Spartiates, ils ne purent empêcher l'armée

jusqu'au seuil de la rue; la présence de l'épée avertit mon père de ce qui venait de se passer, il craignait à chaque instant de voir paraître les sbires et se tenait prêt à défendre ma mère jusqu'à la mort; heureusement il n'en fut rien, la perte de son épée tirée contre une femme donna à réfléchir à l'officier et plus tard il sut même gré à ma mère de n'avoir point divulgué le fait, dans sa prudence elle avait compris qu'il était suffisamment puni et corrigé et que tout éclat n'eût servi qu'à nuire; elle ne contredit point son dire : que voulant aller présenter ses respects à ma mère, comme à une nouvelle épouse dont la beauté était la grande conversation du jour et en féliciter mon père, un faux pas suivi de vertige l'avait précipité du haut des degrés de la maison et avait été la cause de ses meurtrissures.

Il est certain que sans la fermeté de ma mère, cet abominable homme nous eut sûrement nui et peut-être, par ses tracasseries, obligés de quitter le pays comme un sûr moyen d'arriver a ce qu'il désirait; mais ma mère n'était pas la femme de Naboth.

(1) Les Autrichiens ne purent se servir contre eux d'armes à feu par crainte d'incendier l'étable contiguë à la caserne où ils avaient déposé beaucoup de leurs poudres; bien plus, ils durent se résigner à laisser sortir, tridents à la main, les trois frères dont deux étaient blessés (plus de vingt Autrichiens l'étaient aussi) par frayeur que ces hommes endiablés ne missent eux-mêmes le feu aux fourrages; et à la vérité ils brûlaient d'envie de jouer ce terrible tour à l'ennemi et s'ils ne le firent point, s'ils se privèrent du plaisir d'aller gambader dans les

immense de forcer ces Thermopyles, mais leur action vigoureuse leur mérita d'irriter à ce point le généralissime qu'il jura de venger le demi désastre qu'il avait éprouvé par l'entière ruine du repaire qui avait fourni ces terribles loups ; Thonon l'héroïque ne dut son salut qu'aux larmes et aux prières des ministres de Dieu qui renouvelèrent pour elle ce qu'avait fait, à l'approche d'Alexandre, le grand Prêtre Jaddus pour sauver Jérusalem.

Louange à vous, Seigneur, de ce que dans vos desseins éternels vous avez donné à Thonon toute gloire, car seule d'entre toutes les cités elle peut dire : Dieu m'a assimilé à sa sainte Sion.

N'avancez point, traîneurs de sabres, ce n'est pas vous que je m'apprête à louer ; le cri et le glaive qui défendent la patrie ou l'honneur du foyer méritent mille louanges, et mon âme est heureuse de les leur donner ; mais vainement

nuages ce fut devant la certitude de détruire en même temps une grande partie de la patrie.

Je dois le dire, j'ai éprouvé une joie patriotique à presser dans les miennes la main de l'un de ces héros.

Ah ! que n'entendirent-ils les cris poussés par l'un de mes oncles pestant de ne pouvoir se joindre à eux et les excitant à tout faire sauter ; l'ennemi en eut éprouvé un échec qui eut pu sauver la France ; Thonon eut été enseveli, mais quelle gloire éternelle eut plané sur ses ruines.

C'est au grand four situé à quelques pas derrière cette caserne que se rapporte l'histoire populaire du pain Favi ; elle est contée de diverses manières ; la voici dans sa simple vérité.

Chacun sait que, sous la Terreur, pour donner de la vie aux nouvelles lois et faire supporter au peuple la misère que les malheurs du temps lui imposaient, la Convention nationale avait décrété l'interdiction de l'usage du pain blanc, riches et pauvres ne devaient manger que du même pain, du pain noir ; des commissaires spéciaux étaient chargés de la stricte observance de cet édit, ils visitaient les magasins, boulangeries, les fours et dressaient contre les contrevenants des procès-verbaux emportant de fortes peines.

Mon aïeul gérait le four de la Grande-rue, dit le grand four ; or un matin les commissaires s'y présentent et demandent s'il ne contient rien de contraire à la loi ; oui, dit mon aïeule, il y cuit deux pains blancs ; pour qui demandent les commissaires ? Quels sont ces citoyens indignes, ces contempteurs de la misère du peuple ! Vite leurs noms et que nous

vous agitez vos brillantes aigrettes et vous pavanez dans
l'or de vos habits, fuyez, le clinquant qui vous couvre ne
mérite un regard de mes yeux que pour dire : Cette livrée
a menti à la patrie, elle couvrit dans vos poitrines non son
noble amour, mais la vanité de plaire à la vanité d'un
César; toi seul, Dessaix, mérite dans cette cohorte, une
exception à ces cris de réprobation, toi, dont la vertu patriotique ombragea le tyran, toi, dont la grande âme comprit que la gloire de la France te demandait de mettre
dans l'âme des vaincus non les douleurs de la honte, mais
son respect et son admiration. Ah! si tu eusses eu des
imitateurs, toi qui, sans te soucier de complaire aux cruels
regards du maître, sus par ta probité, ton humanité, plus
encore que par science du gouvernement, mériter à la
France la sympathie, presque la reconnaissance du peuple
entre tous son ennemi, que d'adoucissements eussent été

dressions procès-verbal; eh bien, dit mon aïeule, verbalisez contre moi
pour un. Vous! semblent dire les regards étonnés des agents de la loi —
Oui, moi, il n'est coq dont la jambe une fois ne cloche; mais faites
votre devoir; quant au possesseur de l'autre pain, je ferai qu'il vienne
de lui-même se livrer à vous; elle fait entrer les commissaires dans
l'appartement intérieur, ils se placent à une table et disposent tout
pour écrire: or je dois dire qu'une femme valétudinaire et âgée avait
manifesté comme un suprême désir de manger de ce pain blanc défendu
dont elle n'avait goûté qu'une fois en sa vie, le jour de ses noces; aimée
et chérie à l'excès de ses enfants, ils s'en ouvrirent à mon aïeule, qui
émue du désir de l'indigente Nonou, promit d'y pourvoir; il lui restait
un peu de farine de froment, elle le pétrit, et le place au four près d'un
pain qu'elle soupçonne, malgré l'enduit noir qui le couvre, d'être lui-
même de froment; ce pain était pour l'usage de l'épouse du commissaire
le plus exalté, le plus intraitable et aussi le plus redouté, il s'appelait
Favier, dit Favi; mon aïeule rentre, suivie de sa servante portant les
deux pains; celui-ci, dit-elle, en les présentant au terrible commissaire,
est blanc et aucune excuse n'est à sa transgression de la loi, c'est le
mien; celui-là, ajoute-t-elle, en montrant l'autre, est plus noir que la
suie; vous y reconnaissez votre marque? — oui — eh bien, il servira, si
vous le voulez bien, à constater la différence; et coupant le pain, son
intérieur apparut blanc, plus blanc que l'autre; on s'imagine sans
peine la stupeur des commissaires qui ne s'avisèrent plus, que pour
la forme, de faire leurs visites; mon aïeule promit de se taire, mais les
deux pains furent livrés à la pauvre femme qu'ils mirent à même de
satisfaire amplement son souhait.

apportés aux maux, aux humiliations de la grande patrie au jour des revers.

Nom sans tache des Dessaix, reçoit mes louanges, reçois les aussi, nom des de Foras, qui en ces jours a sacrifié ta prospérité à ta foi de chrétien et laissé à l'Italie le plus digne des souvenirs, celui d'être seul entre dix mille autres grands noms qui ait préféré une perte immense de biens à un remords du devoir trahi.

Je te loue aussi, de Sonnaz, qui seul contre tous affirma hardiment ton droit à ne pas te séparer des princes qui avaient fait la grandeur de ta maison; Ah! si l'enfer eut eu un seul démon de ta trempe, combien le suivant auraient recouvré le salut; et quel vide se fut fait dans la Cour de Satan.

Amour des lettres, pionniers de la félicité du peuple, apôtres, martyrs de la vérité et du travail, tous vous méritez que je vous loue; mais en nommant la vraie gloire, de toutes ces portes sortent des ombres; rentrez, ombres illustres, rentrez, ce livre n'est pas fait pour retracer vos travaux, vos vertus, mais tenez haut vos parchemins, car le collecteur va venir; pour moi, il est temps de revenir à vous, bois touffus, prairies, où, avec mes frères, je cueillais des fleurs dont ma sœur et ma mère aimaient, pour notre joie, à orner leur tête charmante; lieux aimés, que de larmes votre vue amène à mes yeux; mais je te dois un particulier souvenir, fontaine! mortel eut-il jamais un rêve pareil à celui que j'eus sur ton bord, si l'on peut toutefois appeler rêve ce que les yeux ont vu, ce que l'ouïe a entendu, ce que les mains ont touché, ce que l'âme croit, est impuissante à discerner de la simple réalité : pauvre trouvère, accablé par le poids des ans, j'avais vu mon 123me hiver, je m'étais rendu au prix d'une peine infinie près de ton onde balsamée, désirant en désaltérer encore une fois mes lèvres avant que de mourir, je bénis Dieu de ce dernier bienfait, et, étendu sur l'herbe, bercé par le bruit aimé de ton flot, j'attendis le sommeil et la mort; un soupir que j'entendis près de moi me fit ouvrir les yeux; un ange, une femme belle et jeune était debout et me contemplait, ses yeux pleins de larmes me regardaient, non avec pitié, mais avec une douce joie; qui es-tu, lui dis-je, toi dont la vue illumine mon âme d'un rayon de bonheur, vas, n'assombris pas ta pensée de la vue d'un vieillard mourant; lève-toi, me dit la femme, je t'attends; l'autel est paré, viens, que ta main m'y conduise, refuseras-tu l'épouse dont la main se tend vers toi! — femme, que dis-tu? près de moi l'herbe est flétrie et la terre desséchée ne peut la reverdir, près de moi aussi l'herbe est verte et son sein étincelle de fleurs; je suis l'herbe flétrie, va, femme, à celle dont la vie voit la jeunesse, comme une onde, lui assurer la joie des jours et la beauté; et pendant que je parlais, qu'à mon étonnement même, je retrouvais en moi assez de vie pour redire tant de paroles, une voix pure et majestueuse s'éleva et prononça une prière et écoutant, j'entendis; et la main de la femme avait saisi la mienne et à genoux près de moi, elle écoutait recueillie : Dieu vous unit, Dieu vous bénit; cette parole de Dieu: « Que l'homme se fasse et se multiplie » est sur vous; et la voix se tut et pour la seconde fois la femme me dit : Lève-toi, je t'attends, je te le dis, la jeunesse du corps est une fleur qui éclose doit se flétrir, j'ai cherché ton âme dont la jeunesse est celle de Dieu; Ah! tu crains, ne crains plus, ton regard me dit ton désir, comme l'herbe nouvelle, vert souye (vert sois) et sa main remplie d'onde la versait sur mes lèvres; que devins-je, ou plutôt que devint mon corps, je l'ignore, mais lorsque je me souvins de moi, j'étais enfant et devenu adolescent, assis sur ton bord, je priais Dieu de mettre devant ma vue celle que je devais aimer; une jeune vierge passa, elle aussi s'approchait de l'onde et me demanda à désaltérer sa soif. — Comment puiserais-je l'onde, lui répondis-je, je n'ai de vase que ma main. — Donne-moi de cette eau, je lui devrai la vie. Et pendant qu'elle parlait, mes yeux restaient fixés sur son visage. Où avais-je vu ses traits? mais mon âme remplie d'eux priait l'Eternel de me souvenir, et le charme que me causait ma virginale contemplation était la réponse de l'Eternel. — Femme, tu me devras la vie, mais toi-même as la mienne et je ne veux pas mourir! Donne moi aussi à boire et que l'échange de cette onde soit, devant Dieu, notre lien éternel, notre promesse de fiancés; cette attraction, mystérieuse, invincible, qui m'unissait à elle, Dieu saint, tu me l'as révélée; dans ta miséricorde, tu la laissas planer comme un doux secret sur mes jours; et ton ange me protégea; lui-même maintint vivante l'étincelle d'intelligence qui est en moi dans cet inoubliable jour où dans mon épouse qui s'éloignait, je reconnus l'ange, la femme dont la main m'avait, avec l'onde, versé la jeunesse et l'amour.

Dieu saint, depuis combien d'années, combien de siècles, ton ange m'avait-il uni à elle? Et époux, suis-je resté attendu par mon épouse? Mais tu as mis devant mes yeux, tu leur a ouvert ton éternité, car seul ce temps infini peut contenter mon âme, peut lui suffire à l'aimer.

Sur vous aussi j'aime à reposer mes regards, plages, bosquets, sentiers pleins de nos histoires (1) de nos cris

---

(1) Ces histoires étaient des légendes propres à notre Thonon, chaque enfant avait la sienne, ou plutôt celle de sa famille, transmise d'âge en âge comme un legs; vu leur nombre, je dois me borner à rapporter ici les titres des trente plus curieuses :

L'origine de Crève-cœur et ce qu'après trente mille ans deviendront les Dantand.

Les six tours qui ne se finissent pas.

L'évêque et l'étui.

Les aventures du bossu Tratra.

Les déboires du diable à Tulli.

Est-ce moi ou vous? ou la femme à l'aveugle.

d'amis, que votre vue me rappelle d'absents. Ah! je les pleure; et toi, est-il un grain de poussière de ton sol que je ne voudrais baigner de mes larmes, champ sacré où reposent ceux qui ne sont plus et m'ont tant aimé.

Forzaël, aie pitié de moi, cesse de relever mon front, je me rends à ta volonté: mon cœur est reconnaissant, ces vivants m'ont aussi aimé; puis-je, sans jeter un cri de joie, vous voir encore dans les rues, sur les places de la patrie, Ramel, Pinget, Thorens, Dubouloz, Folliet, Burnet, Cagnoli, Deruaz, Colly, Gaillard, Baud, Vauthier, Guyon, Bordeaux, Arrès, Trombert, Boccard, Vaudaux, Pélisson, Mudry, Tavernier, Rieux, Blanchard, Marsein, Maitre, Naz, Mercier, Charmot, Delise, Dénarié, Guennard, Grillon, Moynat,

Le voleur et le banc de l'ermite.
Les sept épis de l'ange.
Saint Pierre servant la messe.
Les douze épées parlantes.
Le meunier forcé d'être empereur.
Le combat du forgeron Pinclet contre le géant des Tartares.
La dame des masures.
Le bandit prisonnier de son ombre.
La voiture aérienne du franc-maçon gourmand et son fripon de valet.
Bazin à la fourche.
Le nombre des bossus diminué, ou la mort de la voyageuse Salamec, reine d'Ethiopie.
Les hottes changées ou le grand combat de neuf jours.
La guitare du revenant et les mauvais juges.
L'écuelle de St-Lazare.
Les trois cheveux de Satan.
La pantoufle retrouvée ou l'innocence de Macma.
Le bûcheron Gando et sa vertueuse Nouna, ou l'injustice réparée par l'enchanteur Merlin.
Le sorcier du moulin cassé.
Les jeunes époux sauvés, ou St-Maurice et St-Martin à l'auberge du brigand Josse.
Thonon, lève ta bannière, ou l'armée Maure vaincue.
Les grandes fêtes de Concise, ou la bergère Mandala reconnue fille du roi Loban.
J'affront lavé, ou le seigneur forcé de faire l'âne.
Les exploits de notre soldat Mamet et son mariage avec la fille du sultan des Indes.
La rencontre de notre brave Planchamp avec Laramée, ils font ensemble le tour de la terre.

Bompard, Burnat, Malfroy, Bernaz Pethoud, Ducroz, Mar-
chat, Fillon et tant des miens, (1) que je voudrais descendre
près de vous, aussi près de toi, aimée hirondelle Blache,
près de toi, Lugon, près de vous, surtout, Auguste, Ferdi-
nand, qui m'avez tant de fois reçu à votre foyer ami.

Toits bénis, pour la centième fois ma main s'étendait
vers vous et mes lèvres s'apprêtaient à redire quelques-
unes des mille beautés des côteaux, des vallons, des rivages où Dieu vous a placés comme dans un doux nid ; mais
l'ange toucha mon bras et il fut frappé d'une souffrance
vive à ne laisser en moi d'autre pensée que d'en être délivré, je tournais vers lui ma douleur, sa main ramena la
mienne sur le Livre et, me montrant l'universalité des
mondes, me fit souvenir que s'il m'avait porté à une
distance infinie de la terre, il m'avait assis au-dessus des
étoiles qui scintillent dans ses cieux, c'était pour écrire ce
qu'il voulait que je vis, la vue de la patrie me l'avait fait
oublier ; je reconnus la justice de la violence exercée contre
moi et ce témoignage à la vérité me délivra de mes maux.

(1) Les miens! que ce nom plaît à mon cœur; patrie, c'est par eux que
je t'aime, ce qui les loue t'honore et c'est à cette pensée que j'ai obéi
en rapportant quelques faits sur ma famille ; puisse cette pierre offerte
à l'édifice de ta gloire, enhardir mille autres ouvriers à lui apporter la
leur ; Ah! je ne rougirai point qu'elle y brille plus que la mienne ; mon
âme s'en réjouira.

DÉCLAM XXXIII

——— ———

Mon esprit était rendu à Forzaël et ma main voulait retracer ce que je contemplais.

Qu'était cette contemplation ? Il m'eut été impossible de le définir ; j'existais, j'avais conscience de mon existence, mais tous mes efforts pour rassembler des idées ne pouvaient aller au-delà, un mot suffira à justifier cet accablement de mon être, autour de moi était le vide ! Non pas celui où l'homme étendant le bras occupe par ce bras ce que l'air occupait, mais le vide vide, le vide du néant.

Pour m'arracher aux pensées de la terre, l'ange m'avait transporté au-dessus de la création, loin, bien loin d'elle, et comparé à la distance où j'en étais, mille millions de fois l'espace qu'embrasse la vue de l'homme ne serait qu'un pas de fourmi pour la traversée du monde.

Dieu saint, sur quoi pourront se porter les regards de l'homme, que pourra saisir sa pensée qui ne te loue.

Le vide lui-même te glorifie ;

C'est pour t'obéir qu'il soutient les cieux ;

C'est pour les mettre sans cesse devant toi que son sein garde les mondes que tu lui as confiés.

Seule, la science divine pouvait trouver aux choses un fondement aussi sûr et un gardien aussi fidèle que le vide.

Assises dans le néant, il n'est pour elles ni cause, ni motif de monter ou de descendre, de se porter là plutôt que là. le rien qui les entoure fait que n'étant sollicitées en aucun sens, il leur est aussi interdit de se déplacer de l'épaisseur d'un brin d'herbe que de celle d'un monde ; et

accablées par leur inertie, elles resteraient dans une
éternelle immobilité sans le mouvement que leur imprime
l'œuvre continue de la larme divine, elles obéissent au
souffle divin et, marchant devant lui, publient sa gloire,
mais le vide aussi la publie, car c'est pour elle qu'il est vide.

Ma main avait écrit comme si elle eut été étrangère aux
autres parties de mon être, elle était devenue immense et
mon esprit cherchait mon corps ; je sentais dans l'orbite
de mes yeux les espaces de dix univers, je comprenais que
chacun de mes cils avait les dimensions d'une comète et
que mes bras, pour se réunir, devaient embrasser une
étendue que ne contenait point le ciel qu'avait connu ma
vue, et je grandissais encore ! Devais-je donc disparaître,
m'évanouir dans l'infini et n'allait-il rester de moi qu'une
vapeur dans laquelle flotterait et errerait mon âme ?

Vide immense ! ma matière non seulement t'eut rempli,
elle t'eut comblé, débordé, et ma pensée qui te conçoit sans
limites, ne comprendrait point qu'un grain de sable qui
gênerait à peine la prunelle de mes yeux ne puisse s'épan-
dre à égaler ton immensité, à te détruire.

Mais vide, existe-tu ? je t'ai pénétré ; comme le monstre
de Jonas, ton sein m'a englouti, puis m'a rendu, j'ai frappé,
j'ai crié en lui, il m'est connu, et ce que je sais de toi, je
dois, je veux le révéler.

Mon corps ne cessant de s'étendre était devenu d'une
telle grandeur que mon nez eut pu servir d'abri à la
voûte des cieux ; comme Jupiter fit de Métis, aurais-je pu
renifler cette voûte, je dois le dire, l'idée ne m'en vint point.

A travers le voile de plus en plus léger laissé devant
mon âme, un être apparut : rien dans ce que l'œil voit,
dans ce qu'aidé des sens imagine l'esprit ne peut servir à
le montrer ; il était seul et il formait un nombre infini, il
était tout entier dans un point de l'étendue et il comblait
l'immensité ; mon âme altérée de cet être faisait mille ef-

forts pour se jeter à lui et le vouloir à elle ; insensé, j'oubliais que mon corps dut mourir ; être infini d'attraits, être infini de beauté, pardonne à mon aveuglement, mon corps est souillé et je dois revêtir une nouvelle vie, la robe nuptiale pour être digne de toi.

Je reconnus mon indignité et, considérant ma lèpre, je priais l'ange d'épaissir le voile tendu entre mon âme et l'ombre de Dieu.

Non, vide, tu n'existes pas.

Dieu remplit chaque point des lieux où sont les choses.

Dieu remplit chaque point des lieux où ne sont pas les choses.

Forzaël me ramena de l'infini lointain et, me rapprochant de la terre, je me sentais me ressaisir, je me voyais redevenir moi-même ; enfin mes yeux purent de nouveau voir et admirer, ils s'ouvrirent sur la création de Dieu.

L'ensemble des choses me parut une lumière, comme une nuée de lueurs variées ;

Et je vis que les globules de cette nuée étaient autant d'univers diaprés des feux d'un soleil et animés par la marche de mondes et que chaque monde se mouvait dans un vide défini.

Et je vis que ces vides étant parfaits, les mondes, malgré leur poids immense, s'y promènent libres à être poussés par un souffle d'enfant, par moins encore !

Mais de quoi se compose la barrière qui sépare les univers ou clôt les vides demeures des mondes ? L'ange ne me répondant point, je voulus l'étudier sans lui ; mais, par une habitude contractée pendant que j'étais sur la terre, m'inclinant pour mieux voir, mon œil rencontra ma plume et la souffrance que me fit éprouver sa pointe m'entrant dans la cornée, m'obligea de m'occuper de moi-même ; la douleur qui tient mon corps, me dis-je, affecte mon âme immatérielle ; qu'est donc la douleur ? Comment est-elle un lien entre ce qui semble ne pouvoir être uni? Bien fou je serais si ne pouvant pénétrer le mystère qui en moi, que je possède, je prétende approfondir le mystère qui est hors de moi et du domaine d'autrui; à chaque labeur, son ouvrier; le mien est de voir et d'écrire et je m'y bornerai; sans doute, cette conclusion était sage, car l'ange l'approuva, et, comme pour me le témoigner, il étendit encore l'intelligence de ma vue, en me montrant que les soleils ne sont soleils que parcequ'ils touchent à cette barrière qui reste le secret de Dieu, ils sont d'autant plus éclatants qu'elle les enserre et les presse.

Et ma surprise était grande de voir que cette barrière divine, bain de vie des soleils, ne pouvait, sans les détruire, être effleurée par le corps des mondes; pour l'avoir touchée, cent s'éloignaient à mes yeux, en semant à leur suite leur poussière et s'usant comme des flambeaux, des milliers d'autres retombaient comme brisés par un choc infini et se fondaient en une clarté.

Et je vis que ces globes étaient composés chacun d'une masse de métal unique et différent pour chaque univers; toutefois je ne vis aucun de ces globes dans celui de la terre, bien qu'elle-même me montra des parties de tous dans sa masse.

Je dois le dire :

Entre les choses offertes à ma vue par l'immensité de la création, cette particularité est ce qui m'a causé le plus de tourments d'esprit; aussi j'espère en la bonté, en la justice de l'ange, j'en attends une joie d'autant plus vive lorsqu'il lui plaira de m'en accorder la solution.

Le cataclysme de ces mondes m'étonnait sans faire naître en moi aucune pensée pénible, car il n'était en eux aucun être ayant vie, aucun être que leur déchirement put faire souffrir; mais pourquoi la création de ces masses, pourquoi leur destruction? Devais-je voir en elles les

16

greniers d'abondance préparés par Dieu pour être l'aliment
des barrières elles-mêmes qu'épuiserait l'action des soleils?
Et venant à examiner les soleils eux-mêmes, je tombais
dans un étonnement qui pourra être égalé mais non sur-
passé par celui d'aucun homme en reconnaissant que ces
astres qui, de la terre, m'avaient paru si étincelants, si
radieux, étaient composés de quoi? De masses de sel! J'en
éprouvais une telle déception, que pour éviter aux autres
hommes le dépit dont je souffrais, je voulus empêcher ma
main de l'écrire; mais quoique je pus faire, elle l'écrivit;
cette violence à ma volonté me fit rentrer en moi-même et
mon âme gémit de ma faute, car me dis-je, rien ne sort de
la main de Dieu que nécessaire, et permettre à ma raison
de le juger plus parfait étant autre, est aussi insensé qu'au
ciron de décider, par la poussière qui l'entoure, du mérite
d'un palais, chef-d'œuvre du génie de l'homme.

Cependant je compris de moi-même que pour les mondes
métalliques, le mouvement n'avait point pour effet la suc-
cession des jours et des nuits, mais de leur permettre de
suivre la marche de la Tomoë des univers, afin de se
tenir à distance des barrières du vide, leur demeure, auxquelles ils ne doivent point toucher avant le moment marqué par les décrets de Dieu pour leur fin.

Et voyant qu'autour de ces globes il n'était pas d'atmosphère, je compris encore que seuls les mondes qui en sont
pourvus dureront jusqu'à la fin des temps, parceque seuls,
dans les desseins de Dieu, ils présenteront à son jugement
un champ à sa moisson d'élus.

Toutefois, par un dessein impénétrable de Dieu, un
globe aura été habité et ne présentera pas, à ce grand jour,
sa part de moisson; c'est l'Olympe, que Dieu permit aux
anges terrestres de descendre dans l'atmosphère de la
terre pour être leur demeure préférée; l'Olympe dont le
sol d'or eut une atmosphère formée par l'haleine de ses

Dieux, et qui, au milieu des ténèbres dont se couvrit la nature devant la mort du Christ, croula de la voûte étoilée
en produisant cette lumière qui rendit, un instant, prophètes tous les prêtres des temples; comme conduits par une
force mystérieuse, tous, à l'instant où le Christ poussant
son dernier cri ouvrait aux hommes son règne d'amour,
ouvrirent les portes de leurs temples et du seuil jetèrent
cette voix qui fut entendue de Rome au Gange, sur les
glaces des pôles, comme au sein des déserts et des îles :

Nos Dieux s'en vont.

Mais d'où me vient ce souvenir? Ces temples, ces prêtres,
je les ai vus et la colère que soulevait, dans mon âme, leur
aspect et qui se réveille en moi m'est un sûr témoin que ma
lointaine réminiscence est une vérité; qu'étais-je alors?
Chef de peuple ou pasteur, inspiré des Muses allais-je, de
patrie en patrie, révéler aux nations leur avenir, chanter
les vertus de leurs sages et montrer aux opprimés le prochain salut; conduit par ma main, un noble coursier me
portait-il suivi d'une multitude de fidèles maniant un glaive
vengeur des droits de la justice et de la vérité; ou esclave,
étais-je errant sur un âne ou un chameau, avec moi parta-
geant les labeurs imposés par les plaisirs ou le luxe d'un
maître; ange, les siècles passés sont devant toi, tu connais
ce que je fus; mais si mon être ne date que de quelques
années, la vérité est encore sur mes lèvres, elle y sera
même mieux, car ce qui se montre à moi, je l'aurai vu par
ta vue, et l'indignation de mon cœur sera juste parce
qu'elle aura eu sa source dans le tien.

Hammon, c'est ton temple aux splendeurs infinies qui
offusque le plus mes yeux ; tes prêtres se vantent de continuer la simplicité des premiers âges, en se couvrant les
épaules d'une toison de brebis! Si chaque filament de cette
toison étincelle d'un diamant, il y est attaché non par leurs
mains, qu'ils disent, ennemies des méprisables richesses,

mais par celles de riches pieux ; c'est pour ta gloire seule qu'ils les souffrent sur leurs épaules sacrées ; c'est aussi pour ta louange qu'ils laissent le front dans la poussière un peuple qui est asservi à leur désir et leur doit tout. Caverne d'hypocrites et d'oppresseurs, puisse ma main aider la foudre à briser ta dernière pierre ; puissent également tes murs se renverser, Delphes, dont j'entends l'écho magique des voûtes répéter en cent intonations diverses des voix où l'injuste mais riche suppliant n'a qu'à choisir pour le gain de sa cause ; c'est avec effroi, c'est avec horreur, Palmyre, que regardant ton temple immense, arrivent à mes oreilles ces cris affreux d'enfants se succédant sans fin, comme victimes sur ton barbare autel ; et toi, Capitole, quel spectacle tu offres à ma vue ! Des rois, des chefs de peuples chargés de chaines montent vers tes superbes portiques, ils marchent attachés au char triomphal du parjure qui les traine au pied de tes autels ; la pâleur de la mort est sur leur vénérable visage, ils courbent le front et pleurent non sur leur infortune, mais sur celle de leur patrie humiliée ; Odieuses voix des vainqueurs, ne cessez de vous élever jusqu'aux nues, que je ne voie point l'oubli se faire autour des nobles victimes, que je n'entende point leurs larmes troubler en tombant le silence de ton sanctuaire où ton Dieu les voit expirant dans les tortures de la faim, coupables à ses yeux de ce seul crime. Ah ! qui donnera à mes paroles le délire de l'enthousiasme, assez de louanges, pour apaiser la brûlante soif de mon âme à le louer, à le célébrer ! Celui d'avoir osé défendre contre toi la liberté de leur patrie, de l'avoir aimée.

Temples exécrés, nul ne vous pleurera ; vous aussi ne mériterez aucun regret, malfaisante caverne de Trophonius, antres affreux des Sybilles, cris et vains fantômes d'Eleusis, vous êtes des ironies contre l'humanité ; comment vous voir sans vous maudire, arènes, où un pontife prie

pour la joie de vos jeux, en levant vers le ciel ses mains
rougies d'un homicide; où des vierges sacrées, des Vesta-
les donnent l'exemple à un peuple entier d'applaudir un
lion montrant ses griffes et ses lèvres dégoûtantes de sang
humain; et vous, quelle âme honnête pourra ne pas vous
détester, cérémonies d'Apis, fêtes de Flore, d'Isis, immondes Phalléphories, dégradantes Lupercales, cultes grossiers
et cruels d'Edonides, de Bameçan, de Fapy, de Pitala; de
vous aussi je voudrais détourner ma vue, temples fastueux
de l'Inde; vos dômes immenses, vos murs, vos autels
splendides de toutes les beautés enfantées par le génie de
l'homme blessent encore plus mes yeux que les sanctuaires
formés de l'ombre et du mystère des grands bois où le
Gaulois et le Germain immolent sur un roc moussu ou des
pierres mal assemblées leurs déplorées victimes; dans ces
temples de la nature, les prêtres ne savent point enseigner
le plaisir et l'efféminée oisiveté, le lâche soin de courber
le front devant les oppresseurs; leurs rudes voix, leurs
bras nus ne font entendre aux oreilles qui les écoutent,
aux yeux tournés vers eux que le devoir à accomplir, le
culte de la liberté et l'amour de la patrie.

Pendant que mon âme maudissait les temples, ma main
ignorait ma pensée et traçait d'elle-même sur le livre, les
sites, les formes de ces temples, leur richesse, leur puissance, elle en donnait l'histoire, mêlant aux crimes, aux
erreurs inspirés par le démon, les actes de vertu, de chas-
teté, d'amour, soufflés sur eux par l'esprit du ciel pour
rappeler le règne de Dieu; mais ces pages remplies une
volonté les enlevait au livre, que sont-elles devenues? Ma
foi me dit qu'elles se retrouveront à l'heure voulue de
Dieu; elles sont innombrables comme innombrables étaient
les temples; j'en étais aux abominations du temple de Pa-
siphaë, leur vue me faisait jeter de grands cris; Sparte,
nulle ville n'est plus odieuse que toi; malheureux Ilotes, à

quel avilissement servez-vous? Horreur! A vos lamentations, à votre honte, vos farouches tyrans ne répondent
que par des rires. Ah! vous pouvez envier le sort des bêtes
de somme, au moins leurs maîtres ne les frappent, ne les
torturent, ne les dépravent point pour le seul plaisir de
leur rappeler leur servitude.

Comme la victime que les aides obligent à tenir la tête
rigide devant le coup dont le sacrificateur menace son
front, ne peut que verser des larmes devant son impuissance
à résister, à se soustraire à son sort; de même, je ne pouvais que pleurer de pitié et de colère sur ces opprimés sur
qui restaient fixés mes yeux maintenus comme ouverts par
des paupières de fer; et cette souffrance n'était pas la
seule qui accablait mon âme, d'autres s'y ajoutaient par la
vue des pages encore sous ma vue où étaient retracés les
terribles mystères de Cottyto, de Mithras, de Nivepa, de
Menamo, de Fatopoté; le dégoût qu'en éprouvait mon âme
me fit pour la millième fois lever mes regards vers le radieux visage de l'ange pour le prier de permettre à ma main
de cesser cette révélation; un signe ramena encore ma
vue sur le livre; à ma joie, au lieu de ce que je craignais
de lire, je vis écris : Tout corps contient la matière du
diamant, mais il ne se montre isolé par rocs et cailloux
que sur l'astre des nuits de la terre et par débris et poussière que sur la terre elle-même; le fond de ses mers surtout en abonde par les prins restés au front des géants.

Ces lignes me firent connaître que l'ange mettait fin à ma
tristesse; dans ma hâte à jouir de ce bienfait, non seulement
je me détournais des temples, mais j'en oubliais un instant
la terre elle-même; et ma vue s'étant portée vers les mondes, s'arrêtait une fois encore sur ceux inhabités; mais
peu à peu mon esprit se détourna de ces grands globes
offrant à mes yeux le spectacle grandiose et varié à l'infini
de vastes ténèbres se formant en lumières où, toutefois,

ma pensée redoutait de pénétrer comme l'homme désarmé craint l'accès d'une caverne obscure et inconnue; aussi laissant à l'ange, si l'heure en doit venir, le soin de mieux m'éclairer sur le motif de ces mondes où rien ne sent, rien ne vit, rien ne se meut, je concédais tous mes regards à ceux qui vêtus, comme la terre, d'une atmosphère, se révèlent les demeures d'êtres vivants et en ayant compté cent onze fois mille mille sans que ma vue en eut découvert un seul où ne fut une humanité, je crus avoir quelque raison de penser, toutefois l'ange ne me l'ayant point révélé, je déteste d'avance l'erreur que je puis commettre, qu'il n'est dans les univers aucun monde organisé pour des êtres vivants où ne soit une humanité ou au moins un couple d'humains la montrant dans l'avenir.

Et je vis que les atmosphères, principe de la vie des habitants des mondes, sont pour les mondes eux-mêmes ce qu'à l'homme sont les sens, elles leur servent de mains tendues, c'est par elles qu'ils saisissent la clarté et se vêtissent de chaleur, c'est par elles que la lumière accomplit entre eux ses fonctions de messagère divine, c'est par elles qu'ils se réjouissent et souffrent.

Sous l'impulsion qu'ils reçoivent du souffle divin, ces mondes habités se promènent dans les vides qui sont leurs demeures, frappant à des intervalles voulues de Dieu la barrière de leur chemin; l'atmosphère sauve le monde en recevant le choc, son élasticité le renvoi à l'autre bord; de ces allées et retours, de ces alternatives compressions, de ces expositions variées aux rayons des soleils, naissent les saisons, les orages et les incidents qui se produisent à la surface des mondes; j'y vis aussi l'origine de ces déplacements de pôles qui, à la volonté de Dieu, sont le balai des humanités.

La pensée de tels malheurs accablait mon âme et je priais l'Eternel de les épargner aux mondes et surtout à la terre.

Dans cet instant parut le signe de Dieu protecteur de la terre et sa vue me rassura pour elle, mais mes regards restés fixés à ses pôles amenaient mon esprit à se demander pourquoi leur désolation prolongée? Devais-je y voir un effet de la justice divine réclamant sur eux un châtiment particulier pour les crimes des dernières nations dont ils furent la demeure et mes yeux cherchaient un indice qui fut une réponse; car, jusqu'à cette heure, j'avais cru qu'outre le mouvement diurne, le souffle de Dieu, pour purifier les mondes des souillures laissées sur eux par les humanités, imprimait à leur masse une seconde rotation infiniment lente dont la marche non directe mais ellipsoïde et boiteuse leur permettait de pousser, de plonger tour-à-tour sous les glaces des pôles leurs plaines, leurs montagnes, leurs collines, leurs promontoires; et qu'ainsi, tour-à-tour, les lieux couverts de glace devenaient brûlés du soleil, qu'on voyait croître le safran et le palmier où longtemps n'avait germé que des algues, et qu'on entendait le bruit des cités et les joyeux chants des moissonneurs dans les vallées et les plaines où n'avaient retenti, pendant de longs siècles, que les lourds ébats des monstres des eaux; cette purification de la terre et des mondes me paraissait nécessaire, elle était due à la sainteté de Dieu et utile à la rénovation de leur beauté.

Quelle était mon erreur! Car je dus reconnaître que ce n'était point la terre qui voyageait sous les glaces de ses pôles, mais bien ces glaces qui s'avançaient sur elle. Je voyais leurs carapaces l'envahir de plus en plus en tournant sur elles-mêmes et je compris que dans les desseins de Dieu, ces glaces ne devaient être que la piscine où il lavera la terre avant qu'elle rentre dans la larme divine.

Ange, pourquoi me fais tu cette douleur de m'obliger à rappeler le souvenir que c'est à la douce Eve, à la première goutte de salive tombée de sa bouche reprochant au serpent de l'avoir trompée, que l'air immense a dû d'être préparé en magasin de neiges, de glaces et de grêles mortelles à la terre.

Le premier glaçon se montra aux pôles avec la corruption du premier fruit rejeté par le corps d'Adam, il s'accrut par la première feuille desséchée tombée de l'arbre, par la première aile arrachée à l'insecte par l'insecte ennemi; fruit du péché, tout ce que touche la mort flétrit la terre et l'immensité des glaces des pôles représente combien est immense l'œuvre accomplie par la mort sur les humanités, les animaux et les plantes; lorsque l'avancement des glaces aura éteint l'homme et tout ce qui sert à l'homme, lorsque les deux colossales masses venant du midi et du nord viendront à se joindre, en élevant l'une contre l'autre des fronts plus hauts que toute montagne, leurs flancs voulant encore s'étendre et ne le pouvant plus se presseront, se repousseront dans un effort immense, irrésistible qui désagrégera, disjoindra, divisera sans les séparer, les deux parties opposées du monde qui ne trouvant plus d'obstacle à la rotation en sens contraire où les entraîne un dessein de Dieu, se livreront à ce mouvement avec une vitesse infinie et ainsi que deux meules juxtaposées se broiront, s'useront en lançant, dispersant la poussière de la terre jusqu'à ce qu'elle revienne à l'état où elle parut à sa sortie de la larme divine en découvrant à la lumière ce qui forme son centre et son lien.

L'action mystérieuse par laquelle ce centre appelle à lui toutes les molécules de la terre, sera suspendue et dans leur impétuosité à se disperser, ces molécules se frapperont, s'agiteront en un tourbillon infini qui causera en eux une chaleur, un feu dont la flamme remplira tout le vide, cependant immense, où se meut la terre.

Pénétré par cet embrasement, ce qui était le centre de la terre éclatera, et ses atômes, dispersés à tous les horizons, s'élèveront jusqu'à la barrière divine et repoussés par elle, ils repousseront à leur tour toutes les autres

poussières, ils les conduiront devant eux comme dans un
filet, ils les réuniront sous une forme semblable à celle
qu'avait la terre, mais celle-ci n'aura plus d'atmosphère,
ses molécules, solides, liquides et éthérées resteront confondues et l'attraction des choses ne sera plus des bords du
vide au centre de la terre, mais sur la surface même de la
terre afin que toute poussière soit contrainte d'y venir et
reste exposée aux yeux à l'appel de l'ange.

Par cet effet, la terre se verra en peu de moments couverte de toutes les fleurs, de toutes les plantes qu'aura
vues la lumière ; ces plantes auront toute splendeur, car
elles ne seront plus soumises aux flétrissures de la mort.

La terre en sera belle comme elle aurait été si le souffle
du démon ne l'eut ternie et elle demeurera ainsi jusqu'à
ce que l'ange la conduise au jugement.

Elle y sera venue et la main de l'ange soulèvera le réseau
qui tiendra captifs les atòmes, réseau dont chaque fil, quoique presque impondérable, sera résistant à soutenir un
monde, il l'étendra comme un chemin entre la terre et la
cité de Dieu, une pluie de diamants s'y répandra, elle sera
formée des atòmes sanctifiés et lavés du signe de la mort
de tout ce qui aura servi à édifier, à orner les temples, à
soutenir, continuer et montrer le culte de Dieu ; c'est sur
ce chemin éblouissant que marcheront les justes pour
prendre possession de leurs trônes ; les aumônes, les pri-
vations, les labeurs, les peines, les larmes qu'ils se seront imposés pour leurs frères, seront les vêtements de
gloire, les couronnes, les trophées qu'ils porteront sous le
regard des humanités dans leur passage de la terre à la
cité de Dieu.

Et j'entendis une voix s'écriant : Que celui qui écrit l'écrive.

Heureux les pécheurs qui sont à l'ombre des œuvres du
juste, parce que :

L'épouse juste fera violence à la miséricorde de Dieu
pour le salut de son époux.

L'enfant juste fera violence à la miséricorde de Dieu pour le salut de son père et de sa mère.

L'ami juste fera violence à la miséricorde de Dieu pour le salut de son ami.

Le frère, l'étranger dans les larmes et souffrant, fera violence à la miséricorde de Dieu pour le salut de celui qui l'aura secouru et consolé.

L'Eglise du Christ est une tente immense tendue devant les pas de tous les hommes, elle offre l'abri du salut à tous ceux qui, pour le Christ, pardonnent et aiment, car :

En ceci est le règne de Dieu ;

En ceci le Christ reconnaîtra ses frères ;

En ceci se lira sur le front des élus le signe de leur justice :

Et la même voix continua :

Malheur aux réprouvés pour leurs crimes et parcequ'ils n'ont pas aimé et n'ont pas été dignes d'être aimés.

Comme les démons ils n'ont semé que la haine, ils ne récolteront que l'oubli.

Après le triomphe du dernier juste, l'ange repliera le chemin de la gloire et l'étendra aux pieds du trône du Très-Haut pour être son parvis saint, le parvis marqué des pas de son fils aimé, où les séraphins, les chérubins, les dominations, les puissances, les trônes, les archanges, les anges, chœurs sublimes de la cour de Dieu, accompliront, tour à tour, leurs fonctions éternelles dues à la grandeur, à la sainteté de Dieu.

Mais auparavant, un ouragan provoqué par le souffle de l'ange se sera élevé au sein des atômes, un tourbillon s'y formera de tous les atômes qui n'appartiendront point au corps de l'homme, mais aux plantes, aux animaux et à toute matière qui flétrie par le contact de la mort n'aura pas été lavée de cette souillure ; comme un immense nuage, ils s'élèveront de la terre et des univers, ils marcheront dans le vide jusqu'au lieu où s'étend l'abîme et se creuseront au-dessous de lui un abîme, mais le premier abîme ne contiendra plus les âmes des pécheurs, l'ange les aura rappelées dans leurs corps pour le jugement, il ne sera plus dans cet abîme que les démons, l'ouragan du nouveau abîme le soulèvera, l'agitera, le retournera comme un vêtement, il en secouera Satan et ses démons; il n'existera plus, ni les tolarbles; mais replié, resserré en un monceau, ses feux formeront le brasier sur lequel reposera le nouvel enfer, brasier ardent, inextinguible, immense, que viendront augmenter à l'infini les matières impures rejetées par tous les mondes au fur et à mesure de leur présentation au jugement de Dieu.

C'est dans la plus profonde profondeur de cet enfer, dans la plus noire de ses plus noires ténèbres, dans son lieu le plus plongé dans les flammes que seront entassés, comme le vil fer chargé de rouille dans le brûlant creuset, Satan, ses princes et la multitude des démons; sur ces affreux maudits, sur ces puants nus s'étendront les pécheurs de la terre comme les plus coupables de tous les mondes, au-dessus d'eux giseront les réprouvés des mondes dans l'ordre qu'ils ont eu pour l'intelligence de leurs crimes; c'est là que pressés, écrasés, seront soumis aux tortures éternelles du feu tous les maudits ; cuisson brûlante à l'infini, nauséabonde sans mesure, chaudière indicible d'horreur où tout versera le sang, tout pleurera, tout grincera des dents, tout hurlera, où le corps sera pantelant, brisé et demeurera pour l'éternité dans la posture où il sera tombé, où ni le doigt ne pourra jamais se mouvoir pour se porter au secours du membre qui souffrira le plus, ni les lèvres se fermer pour défendre la bouche des objets immondes et affreux qui la presseront.

Ange, par pitié, mets ta main devant mes yeux pour les sauver de ce qu'ils voient, ne tarde plus à me délivrer de l'épouvantable Novémo.

DÉCLAM XXXIV

Forzaël fut miséricordieux, car ce qui se montrait à moi
dépassait ma force de souffrir et je n'eusse pu rester un
instant de plus devant cette épouvante sans que mon âme
eut fui mon corps ou n'eut continué à le hanter que pour
le remplir des agitations de la démence; pour me rendre le
calme, l'ange assoupit en moi tout souvenir, combien dura
cette torpeur? Mais lorsque je sortis de ce bienfaisant
sommeil je me retrouvais devant les glaces du pôle les
étudiant avec la placidité de l'homme qui, assis au bord
d'une mer tranquille, ne pense qu'à l'heureuse navigation
promise par cette journée.

Pas plus que les neiges d'antan, me disais-je, les glaces
des pôles ne sont à craindre pour la génération de ceux que
j'aime; quelque soit le nombre des humains que connaissent mes yeux, nul d'eux ne verra ce temps où, de plus en
plus pressé par les glaces, le domaine du dernier peuple
qui s'assoira au soleil se réduira à un champ qu'un
homme pourra couvrir de ses cris; non aucun des mortels
de ces jours n'a à pleurer ni à gémir dans l'attente du terrible moment où demeuré avec son épouse les seuls survivants de l'humanité, il verra cette compagne de sa vie
morte devant lui, sans qu'il puisse lui donner que son ombre pour tombe, le fer lui-même ne pouvant entamer le
sein de la terre pour lui creuser un sépulcre.

Comme des nuages à peine perceptibles dans le bleu
du ciel, ainsi passaient sur mon âme ces affligeantes pen-

sées, et en même temps, à mon insu, ma main écrivait ce qui lui était imposé d'écrire.

Essentiellement amour parcequ'il est essentiellement être, Dieu ne pouvait rien faire sortir de lui qu'il ne voulut se rattacher par un lien éternel; le mal, le péché est donc monstrueux et digne de toute haine, puisque Dieu, malgré son amour, ne peut l'approcher de lui; Dieu remplissant l'immensité, où est le lieu du mal, où peut-il résider pour rester séparé de Dieu? Cette séparation n'est donc qu'un déchirement de Dieu, une aversion nécessaire en lui, une douleur! Mais rien en Dieu ne pouvant être qu'infini, il éprouve ainsi une joie infinie à rapprocher de lui les justes par l'amour et une souffrance infinie à repousser de lui, à haïr les réprouvés; enfer, voilà ton jugement; le mal, le péché non lavé par le repentir, par l'amour, ne sera jamais puni autant qu'il le mérite, car même éternel et dépassant tout ce que l'homme peut concevoir, jamais son châtiment n'arrivera à être infini, jamais il n'égalera la souffrance infinie dont Dieu souffre à cause de lui.

Par le plus incompréhensible des mystères, le péché fut jusqu'à la création en même temps prévu et inconnu de Dieu, il se manifesta lorsque la création, tentant de se connaître elle-même, se trouva devant un abîme d'impuissance qu'elle voulut combler en y jetant le doute qu'elle-même était l'Etre, puis l'orgueil de nier à Dieu ses droits de Dieu; sa révolte obligea Dieu à la séparer de lui et cette barrière fut la mort.

C'est pourquoi le fils de Dieu voulut mourir, afin qu'étant lui-même substitué à la mort, entre l'homme et Dieu, fut brisée la barrière de la mort; aussi il est écrit : Il a été offert parce qu'il l'a voulu, et il s'est chargé de nos iniquités.

Aussi le crime des Juifs n'est pas d'avoir fait mourir le fils de Dieu, mais dans leur mensonge à nier qu'il est mort en fils de Dieu.

Pendant que j'écrivais ces lignes, l'ange tenait ma pensée absorbée sur les glaces, car mon âme n'eut pu avoir conscience de ce que traçait ma main sans qu'elle eut été saisie d'une crainte qui eut grandi jusqu'à la terreur; mais ce qui était présenté à mes yeux assurait à Forzaël toute l'attention de mon âme.

Le mouvement n'est point inhérent aux corps, il n'est point inhérent à la vie, il n'est que le moyen donné à la vie de s'affirmer dans les corps; et de même que le marteau n'est point coupable de ce que la main de l'ouvrier lui fait édifier ou détruire, de même le mouvement n'est pas souillé par les actes auxquels il sert pour manifester l'union de la vie avec les corps; de là il n'est pas soumis à la mort, à qui, dans son amour pour sa création, Dieu ne soumet que ce qui est souillé; venu de Dieu, dès qu'il est accompli il rentre dans le sein de Dieu après avoir, avec une vitesse que rien ne limite, déposé sous l'aspect de glaçon ce qui forme son lien mystérieux, son union apparente avec la matière soumise à la mort.

Les mouvements que les corps devaient encore exécuter, s'ils fussent demeurés immortels et que la mort les empêche d'accomplir, ne sont pas anéantis; par une volonté de Dieu, ils se répandent dans l'espace et deviennent les forces vives de la nature :

Électricité, magnétisme, jailsée, feumons, bomules, vous sortez de ce trésor.

Louanges à Dieu!

Cette génération avait demandé un signe pour sa foi en la résurrection future, elle l'a devant elle, en voyant la nature comme secouer les liens de la mort; comment douter que ce qui était vivant ne puisse redevenir vivant, lorsque ce qui était incapable d'aucune vie s'anime lui-même de la vie.

Hommes, ne demeurez pas volontairement aveugles;

Ne ressemblez pas au hibou qu'éblouit le soleil et qui

fermant ses paupières dit : Quand viendra la lumière?

Cependant je ne pouvais me défendre de tristesse en observant que l'emploi de ces forces par l'homme débilite l'atmosphère et que leur accroissement tisse le linceuil de la terre.

Et examinant en quoi ces dépouilles du mouvement, ces neiges, puisque l'ange m'ordonne de leur donner ce nom, diffèrent des autres glaces ; je vis qu'elles ne sont point pénétrables à la lumière ; la flamme y serait sans lueur, en les abordant l'œil de l'homme croirait voir le vide de l'abime et sa main tendue ne pourrait arriver à elles qu'en se séparant de lui, elle disparaîtrait de son bras comme une goutte d'onde dévorée par un tison ardent ; destinées à être le levain de la résurrection de la terre, ces glaces doivent rester immaculées ; c'est pourquoi Dieu les entoure de défenses, immenses régions glacées dont le froid de plus en plus mortel, avertit de ne pas aller au-delà, qu'il est temps de faire retour ; aussi sacrilèges sont les pas qui s'obstinent, ils sont homicides d'eux-mêmes.

Comme une forteresse qui sans cesse grandit et élargit ses abords, ainsi les neiges poussent devant elles les glaces visibles et cette vue de la terre, de plus en plus envahie par les tristes frimats, me remplissait de douleur ; mais m'humiliant devant la justice de Dieu, je le louais de ce que l'œuvre de la mort se tourne contre la mort ; car dans le suaire qui s'étend sur le monde, s'amasse l'héritage par qui le monde recouvrera sa première vie, sa première beauté.

Quelque fut la certitude de mon âme que les glaces que je contemplais couvraient un des pôles de la terre, il me vint le désir qu'un signe en frappa mes yeux, une vive étincelle en les traversant m'assura de l'assentiment de l'ange, et dans l'instant même un corbeau descendait à la limite du cercle où Forzaël tenait captive ma vue et y secouant ses

ailes en faisait choir deux feuilles de fusain et de buis ; je
ne prêtais pas d'autre attention à ces dépouilles d'arbustes,
mon âme toute entière surveillait l'apparition du prodige
qui allait marquer la terre et la signaler entre les innombrables mondes comme elle assis dans l'immensité ; mais
en vain j'attendis, aucun signe ne parut ; étonné, je levais
vers l'ange mes regards, mais au lieu de son radieux visage, ce fut la nuit qui surprit mes yeux ; saisi de crainte,
j'adressais à l'ange une prière de pardon ; cependant, loin
de se dissiper, les ténèbres en devenaient encore plus profondes ; aussi, je cessais une supplication qui n'était que
sur mes lèvres et que mon âme discutait ; car, en quoi, se
disait-elle, ai-je pu offenser l'esprit des cieux et je réfléchis,
connaissant sa justice, que s'il y avait faute de ma part,
certainement il ne la trouvait point dans mon désir, mais
en ce que m'ayant accordé le signe demandé, je le désirais
de nouveau ; quand et sous quelle forme s'était-il manifesté ?
Je le cherchais sans le comprendre, mais je ne doutais
plus qu'il ne se fut produit ; aussi, je priais l'ange de pardonner à l'inattention de mon esprit et de mes yeux me
remettant à sa bonté de leur rappeler ce signe, l'assurant
de ma foi en lui quel qu'il put être ; j'achevais à peine les
paroles de cette prière, que le jour me fut rendu et mon
attention se réveilla sur les feuilles déposées par l'oiseau,
qu'il y avait loin d'elles à l'éclatant signe que ma vanité
attendait devoir se produire pour moi, j'avouais humble-
ment ma faute, et quelque étrange que put être l'idée d'un
rapport entre ces débris de plantes et la distinction de la
terre d'avec les mondes, mon âme croyante savait d'en découvrir une vérité, mais l'ange courba mon front et je
connus qu'il voulait cette preuve de la confirmation de ma foi
à différer toute recherche de ce qui devait, pour un temps,
m'être caché ; je m'y soumis, et déjà il m'en donnait la récompense en conduisant ma vue à de nouvelles découvertes.

17

Et je vis que la marche boîteuse des glaces ineigles (visibles) leur permet de pénétrer comme une immense tarière la masse des montagnes au moyen de successifs avancements suivis de reculs qui les rendent, pour un temps, aux ardeurs du soleil, et qui, tour à tour, dilatant et resserrant leur matière résistante, la désagrègent, la dissolvent, puis la livrent à l'infatigable lime des eaux et des vents qui l'use, la disperse, et l'œil des siècles en cherchera un jour vainement la place en voyant des tertres sur l'emplacement des abîmes et des promontoires où se montraient des vallées ; et cela sera, car l'Eternel a maudit les hauts lieux parcequ'ils furent témoins de la chute de ses anges de la terre et parceque, sur eux, Satan prononça son grand blasphème contre le Christ.

Et pendant que je réfléchissais que la variété des hivers est l'envoyé par qui Dieu applanit les montagnes et prépare le monde à sa conquête par les glaces, je me surpris contemplant l'ensemble de la terre ; à mon insu, l'ange avait délivré mes yeux de leur captivité du pôle ; je fixais mes regards sur l'entier domaine des neigles et dans l'un et l'autre pôle je vis leur limite dans une ligne argentée, paraissant circonscrire l'orifice d'un puits immense ; et voulant connaître leur progrès, je ne puis attribuer qu'à l'inspiration de l'ange le moyen admirable de vérité qui se suggéra à mon esprit de tendre un de mes cheveux, et je vis que l'avancement égalait l'épaisseur de ce cheveu tendu devant moi pendant que je prononçais la neuf mille neuf cent nonante-neuvième louange de la femme :

Les défauts mêmes de la femme sont nécessaires, car sans eux, comment comprendre que l'époux put détacher ses bras du cou de l'épouse.

Et supputant ce temps, je connus que je pouvais, d'une voix égale, prononcer dix mille fois cette louange dans la durée d'un jour et d'une nuit et qu'ainsi la marche envahissante des incandescentes était exactement de dix mille épaisseurs de cheveux pendant cette même durée d'un jour et d'une nuit.

Cette découverte me conduisit à vouloir connaître combien de jours s'étaient écoulés depuis celui qui vit Eve détacher le fruit fatal.

Et mesurant la distance qui existait entre le fil brillant qui termine les glaces visibles et la neige née à chaque pôle du premier souffle fait par Adam devenu coupable, car, par le péché, tout ce qui sort des corps en épuise la vie, je reconnus que cette distance était de onze milliards, cent quatre-vingt-trois mille, trois cent neuf épaisseurs de cheveu à l'hémisphère nord ; et de seize milliards, huit cent dix-sept millions, cinq cent vingt-sept mille, cinq cent trois épaisseurs de cheveu à l'hémisphère sud ; et qu'ainsi, jusqu'au septième jour de l'an de grâce mil huit cent quatre-vingt-cinq il s'était écoulé deux millions, sept cent quatre-vingt-un mille, sept cent septante-un jours et autant de nuits.

Pourquoi l'inégale progression des neiges aux deux hémisphères, et pourquoi le nombre de jours indiqué par ces glaces à l'existence de l'homme différait-il de celui révélé par les livres écrits sous la diction de Dieu? Quelque fut mon désir de l'apprendre, l'ange différa de m'en instruire.

Il me vint aussi le désir de savoir combien de jours s'écouleront encore avant celui où du sol entier de la terre, les glaces ne laisseront découvert qu'un jardin planté d'un arbre dont le dernier couple d'humains se partagera, en pleurant, le dernier fruit; ce que cette vue me fit verser de larmes, Forzaël en reste témoin, ses yeux eux-mêmes en devinrent humides; Ange, dans ta bonté, rappelle-les à ces infortunés époux, fais-les servir à consoler leurs suprêmes moments; tu le voulus, tu m'obligeas à cesser mes pleurs, et forcée par ta volonté, ma pensée revint à l'avenir de la

terre, et mes yeux ayant mesuré la distance qui sépare les
deux lignes conquérantes venant du nord et du sud, je la
reconnus de cent nonante-neuf milliards neuf cent quarante-
six millions, deux cent vingt mille, quatre cent soixante-
huit épaisseurs de cheveu.

Je pensais avec des éléments si précis pouvoir prédire,
ou plutôt déterminer à quelle heure de l'avenir les bords
du Tage auront le climat de la Laponie, quand la tumul-
tueuse cité des lords dormira sous une couche de glace
effleurant le sommet de la plus haute de ses tours, ou quand
les ours blancs et les phoques graviront paisibles ce chemin
du Capitole où ont triomphé Sylla, César et Dioclétien, je
voulais surtout connaître de combien de jours est reculé
le triste jour où le Léman comblé montrera au dernier
habitant de ses rives, tremblant de froid dans sa demeure de
neige, un morse se traînant au lieu d'esquif sur le lit effacé
du Rhône; mais me représentant la tristesse dont le froid
des glaces couvrira ces lieux, je ne pus défendre mes yeux
de s'obscurcir par de nouvelles larmes, ils eussent voulu
en verser assez sur les vestiges de la patrie pour leur redonner la vie.

Et un chiffre se traça sur le lieu que je contemplais!

4,114.201,144.

Quatre fois je fermais les yeux devant lui, quatre fois,
avec un éclat qui m'éblouissait, il se montra le même.

Que devais-je en déduire? Que m'était-il montré?

Etait-ce un instant où un âge d'homme que chaque
unité de ce nombre représentait, pour l'existence future de
la patrie?

Mon âme cherchait sans comprendre, lorsque ouvrant
les yeux une cinquième fois et les portant par inspiration sur le cheveu que tenait ma main, je le vis rompu,
une moitié conservait sa couleur première, l'autre avait
blanchi; il ne fut pas douteux pour moi que ce chiffre

signifiait la multitude des humains qui doivent encore naître et mourir sur le sol de la patrie; et considérant combien de milliers de siècles sont encore promis à sa durée et quelle immense postérité doit nous suivre . . . . . .

D'où vient qu'au lieu de la joie, c'est la tristesse qui envahit mon âme? Vous qui devez nous succéder dans la vie, vous que nous aimons sans vous connaître, nous craignons pour vous la tourmente qui nous poursuit, la robe brûlante jetée sur nous par la patrie.

Mais où est notre droit à nous plaindre? Des citoyens illustres, vertueux, n'ont-ils pas été exilés, maudits dans toutes les patries; Justice divine tu les venges, car l'envie qui s'acharne à les détruire, en les frappant, taille de ses mains le piédestal où vient reposer leur immortalité; et notre famille vivra plus par les persécutions dont elle fut victime que par les louanges et les fleurs jetées sur elle par les délires de la popularité attachée à ses jours de gloire.

Puissent nos longues douleurs nous rendre Dieu miséricordieux, puissent-elles nous mériter l'expiation des faits terribles à la charge de nos ancêtres avant qu'ils fussent chrétiens, qu'ils cessent enfin de nous être reprochés.

Patrie, quelques soient tes injustices envers nous, nous ne nous souviendrons de nos peines que pour demander à l'Eternel de les doubler si elles doivent servir à ton bonheur; non, Thonon, tu ne pourras jamais nous empêcher de t'aimer.

Seigneur, console nous de nos humiliations en les faisant contribuer à ta gloire.

Sans que je le recherchasse, je reconnus, ou plutôt mon âme n'eût qu'à lire : Que l'époque de la plus grande félicité des peuples, celle où la terre semblera, par sa beauté et sa fertilité, épuiser son reste de vie sera entre le moment où, pour la première fois, les navires se verront captifs des

glaces dans le port de Palerme et celui où un premier glaçon se formera à l'entrée de la rivière de Bornéo ; je connus
de plus que moins de trois siècles et demi s'écouleraient
depuis l'instant où l'homme aura disparu de la terre, jusqu'à celui où la terre se verra partagée en deux meules, et
que plus de six siècles et demi passeront encore jusqu'à ce
que l'ange, posant son pied sur elle, la conduise au jugement ; et je connus que cette période s'accomplira en mille
et une années et, réfléchissant à cette durée, j'étais plein
de cette parole de l'Eternel :

A moi sont les vengeances, j'enchaînerai pendant mille
ans l'esprit de l'abîme.

Mon âme se demandait ce que signifiait cette menace de
Dieu.

Une lumière éclaira mon esprit, me montrant que les
démons n'ont de pouvoir qu'à la tentation des habitants de
la terre et que l'homme n'y étant plus, Dieu leur retirera
la faculté de sortir de l'abîme ; c'est pourquoi il les mettra
tous sous la domination des Totarbles jusqu'à la formation
du nouvel enfer ; c'est là que pendant mille ans, ils demeureront éperdus d'effroi devant des monstres sans fin changeants, sans fin plus horribles et ainsi Dieu vengera les
premières angoisses, les premiers pleurs d'Adam et d'Eve
sous l'arbre du péché, car les branches de cet arbre seront
les griffes de vautour par qui les démons seront cherchés
dans tout l'espace de l'enfer et hors de l'enfer et ses feuilles
seront les spectres armés de fouet dont chaque lanière est
une différente torture.

Le supplice des démons est affreux, mais la perte de
l'âme d'un seul homme mérite plus d'être pleurée que le
sort de tous ces maudits.

Et je voyais dans ce pouvoir des démons sur la terre non
étendu aux mondes, une manifestation de l'éternelle justice pesant à tous les êtres une égale somme de moyens

de salut, afin que nul, s'il est tombé, ne puisse incriminer l'équité divine, que nul, au jour de son jugement, ne puisse lui dire : Pourquoi ne m'as-tu pas mis à la place de celui-là, je serais resté debout.

Il est écrit : La vigne du Seigneur est ouverte à tous, mais il sera demandé à chacun selon ce qui lui aura été confié ; c'est pourquoi que celui qui n'aura reçu qu'un talent le fasse fructifier et n'envie point celui qui en aura reçu mille, car il rendra un compte mille fois moindre et recevra la même récompense.

Homme, ne l'oublie pas, réjouis-toi de la grande vertu de ton frère, sa gerbe sert au pain de ton salut ; souviens-toi seulement de déposer toi-même, avec joie, avec amour, ta javelle, ton épis dans la moisson comme utile à tes frères, car en cela ton grain sera selon le cœur de Dieu ; ton œuvre lui plaira mêlée à celle de ton frère, il sera riche de ton œuvre, tu seras riche de la sienne ; dans son regard d'amour, Dieu ne distinguera point ton épis de sa gerbe, et vos parts seront égales à l'héritage du grenier.

Seule de tous les mondes, la terre est sortie inachevée de la larme divine, seule elle eût des anges commis à sa formation, car elle devait être un autel, et tout autel s'édifie ; autel sublime où Dieu voulut le sacrifice à sa sainteté de l'intelligence des esprits des cieux, en leur proposant l'adoration de l'humanité de son fils ; de la volonté des hommes de tous les mondes en leur imposant sa loi et où il sacrifia lui-même, au salut et à la gloire de toutes ses créatures, par l'humiliation de sa grandeur en prenant, comme elles, une forme, en pensant comme les esprits, en souffrant et mourant comme homme.

Et pendant que l'ange montrait ces mystères à mon âme, ceci frappait ma vue : Je voyais que la terre est seule dans son univers un monde habitable par des hommes ; j'observais de plus que seule d'entre tous les mondes de

tous les univers, elle est entièrement entourée d'atmosphère et marche dans le même chemin que son soleil; je
voyais encore que les planètes, guirlandes de ce brillant
chemin, n'ont pas d'atmosphère, mais sont tapissées, ver-
nissées d'un air métallique (il servit de modèle aux Divinités pour l'ocréan de leurs armures). Ce souvenir me fit
lever les yeux vers le radieux visage de l'ange pour
l'interroger sur elles; son regard m'imposa de revenir à
l'objet ouvert à ma vue, je me soumis, et rendant mon
attention à l'air métallique des planètes, je reconnus que
par un secret de Dieu il laisse pénétrer en elles la chaleur
de la lumière, mais non la clarté de la lumière; ces astres
sont la demeure des âmes à qui une première vie sur la
terre n'a pas permis de subir l'épreuve de leur salut; sur
eux se voit une plante de chacune des espèces de celles de
la terre; leur racine est plongée dans le sol, leurs tiges et
branches émergent du bouclier divin qui couvre ce sol, et
elles vivent dans le vide, immobiles, immortelles dans leur
forme et leur beauté, sur ces plantes, comme sur des sta-
tions établies par Dieu, s'arrêtent puis s'éloignent sous
forme de rayons de lumière, les âmes appelées à reprendre
un jour leurs corps pour subir l'épreuve de leur salut;
chaque plante est pour elles un observatoire différent leur
montrant l'humanité d'un monde, elles en observent les
faits et les suites qu'ils méritent devant Dieu; étude infinie
pour ces âmes, comme infini est le nombre et la variété
des peuples et des individus composant les humanités des
mondes; et je voyais que si dans chaque planète existent
les mêmes plantes, leur beauté et leur suavité cependant
y diffèrent et forment à ces âmes un degré de contentement
intime, de bonheur particulier, et en cherchant le motif,
l'ange m'éclaira en me montrant que ceci est une récompense due aux œuvres des parents justes de qui ces âmes
ont reçu leur première vie d'humains; toutefois, cette

différence de béatitude n'est point une privation, une douleur pour les âmes qui s'ignorent entre elles et existent
ignorant leur passé, ou plutôt sans qu'une pensée s'éveille
jamais en elles sur lui, absorbées qu'elles sont par la
contemplation toujours nouvelle, sans fin émouvante des
actes des humanités et des actes de Dieu exerçant envers
elles son infaillible justice.

Ces choses sont tout ce que l'ange a voulu que j'écrive
sur les planètes; il reporta mon esprit et mes yeux sur la
terre et m'ayant fait mesurer la hauteur de son atmosphère,
je la reconnus de 90,003 montagnes; et continuant à élever
mes regards, je vis et je fus étonné de ne l'avoir pas plutôt remarqué, que dans tous les mondes des autres univers,
un des pôles est tourné vers la terre et en perçoit la clarté,
le pôle opposé ne verra jamais cette lueur; et considérant
ces choses, je comprenais pourquoi dans ces mondes une
moitié, toujours la même, regardant la terre, ils sont ran-
gés non autour de leur soleil, mais assemblés au-dessus de
lui comme un abri de miroirs sur une lampe ardente; cette
partie des mondes qui regarde la terre est seule lumineuse,
car seule elle jouit d'une atmosphère, seule elle est la demeure des hommes.

Sortant de la pure lumière, l'être pensant des mondes
ne naît point pécheur, non issu d'Adam et d'Eve, il n'a
point part à leur faute, sa naissance n'est pas frappée de
tache originelle; mais il ne peut devenir homme, il ne peut
parvenir à l'immortalité qu'en acceptant volontairement
sa solidarité avec la faute d'Adam, qu'en consentant d'en
recevoir les maux, d'en subir l'expiation, d'en attendre la
rédemption, d'en mériter les récompenses.

La faveur spéciale de Dieu pour la terre est compensée
pour les habitants des mondes en ce que doués d'intelligence, mais moins près de la source de vérité, ils ne sont
point soumis aux suggestions du démon, la foi innée en eux

est inaltérable, mais si la lumière intuitive qui les éclaire sur les mystères de Dieu ne peut s'obscurcir, elle ne grandit point, elle restera à l'état de lueur jusqu'à l'heure voulue de Dieu.

Aussi le salut des hommes des mondes n'a d'obstacle que l'opposition de leur volonté à l'instinct qui les guide, ils n'errent point, ils résistent et comme les anges déchus, ils péchent par orgueil, mais sont moins coupables, parcequ'ils ont moins d'intelligence.

A tout monde sortant de la larme divine, Dieu destine deux corps humains et deux âmes qu'il place dans la partie du monde non en vue de la terre, partie pleine de ténèbres, parceque joignant le vide, elle n'a pas d'atmosphère; chaque corps y suit son âme comme le fer suit l'aimant, la plaine est immense et l'âme la parcourt, aucun vent n'y souffle, aucune fontaine n'y bruit, aucune plante, même un brin d'herbe, ne rompt sa monotonie; le corps, non soumis à la mort, n'y éprouve aucun besoin, il ne voit point, il ne sent point, il suit l'âme comme l'ombre, il marche en effleurant le sol, l'âme le précède, plongée dans la continuelle méditation à se déterminer si elle se joindra à lui, ou en restera séparée; lutte où elle ne mérite point, qui ne la rend ni plus digne des regards de Dieu, ni coupable, car l'une et l'autre de ces déterminations est conforme à ses fins; lui-même met devant elle les motifs de ce combat de l'âme avec elle-même; d'une part, l'exemption des peines, des tourments, des labeurs qui accompagnent la vie mortelle, elle-même et le corps rentrant dans le sein de Dieu avec le monde auquel ils sont attachés; de l'autre, une félicité éternelle, particulière et distincte de Dieu, mais le reliant à lui par l'amour, si acceptant le combat de devenir homme par sa réunion au corps, elle parcourt sa carrière mortelle en suivant la loi divine, comme aussi une existence sans fin maudite, sans fin infortunée, si accep-

tant l'épreuve elle succombe à la charge que lui aura imposée le corps; le labeur et sa récompense détournent
et poussent l'âme à accepter l'épreuve, tantôt elle s'approche, tantôt elle s'éloigne de la limite qu'elle doit traverser
et qui franchie, ne lui laissera plus le moyen du retour;
mais ce corps dont elle est suivie la demande, il est digne
d'elle, car tout ce qui sort de la larme divine jouit de la
plénitude de ses beautés; aussi elle erre sur la limite même,
voulant, ne voulant pas s'exposer à l'épreuve, gardant une
liberté qui lui pèse, mais dont elle craint de se dessaisir;
mais ce qu'elle pense et fait, l'âme sa sœur aussi le pense
et fait, suivant le même chemin, enfin elles se rencontrent
et déjà s'aiment, parce que tout ce qui sort de Dieu mérite
l'amour et sait aimer; chaque âme est heureuse de se joindre à sa sœur et chacune voit dans le corps qui la suit et
dans celui accompagnant sa sœur deux liens d'amour, car
par eux seuls elles peuvent s'unir; ces maux, ces dangers
qu'on redoute, peut-on les craindre en les supportant ensemble; leur faix! On l'acceptera; l'épreuve! On la subira
en s'aimant, on en sortira vainqueurs; aussitôt, les âmes
se dirigent vers la redoutable limite et, suivies des corps,
la franchissent.

Là, dès l'apparition du premier atôme de l'atmosphère
apportant une vision de la lumière, le sol se tapisse de plantes, les fontaines y bruissent, signe certain que l'insecte
habite ces lieux et prépare à la rencontre des grands animaux; mais sur cette végétation éblouissante de beauté règne l'immobilité de la vie, nulle brise n'agite les airs, ne
permet à la feuille de sortir de l'ombre où la tient la feuille
qui la couvre, nul brin d'herbe affaibli ne cherche un
soutien dans le brin d'herbe voisin, l'oiseau vole ignorant
sa compagne, l'animal qui marche ou rampe ne se soucie
point d'être heurté ou renversé par celui qui vient à sa
rencontre, inaccessible à la douleur, à la peine, il ne con-

naît point, il ne peut connaître le sentiment de la conser-
vation de la vie, tout lui est indifférent, tout pour lui est
bien; exempt de toute passion, il est enseveli dans son
calme, il est étranger à tout ce qui n'est pas lui et lui-même
s'ignore parcequ'il ne peut sortir de lui-même; une seule
chose m'étonnait en lui, c'est qu'il mangeait, incorruptible,
inaltérable dans son corps, pourquoi cette fonction de la
nature? Elle cachait un dessein de Dieu, sa volonté suffit
à mon âme, et je l'en bénis.

Mais l'âme suivie du corps a continué son chemin, pressée par l'atmosphère, la bouche du corps s'est ouverte,
l'aspiration y introduit la sensation et avec elle l'âme,
l'union est accomplie et pour l'éternité.

Le corps a vu la lumière où se confond la clarté de la
terre et par ses yeux s'introduit en lui sa part au péché
d'Adam, l'âme en entrant dans cette demeure souillée devient elle-même flétrie; l'expiration de l'homme se fait,
son souffle en se mêlant à l'atmosphère y introduit la
mort et en marque tout ce que touche cet atmosphère, mais
en introduisant la mort il y introduit l'amour, la foudre
qui éclate dans les cieux pousse l'épouse à chercher dans
les bras de son bien-aimé un refuge à sa crainte; l'oiseau
déjà aime sa compagne et sa joie de l'abriter sous son
aile le fait frémir de plaisir; la fleur qui, pour la première
fois, ferme sa corolle devant l'orage, est heureuse d'y
retenir la poussière en qui elle reconnaît le baiser de sa
sœur et pardonne au vent qui menace sa tige.

Tout, dans la nature, parce qu'il se savait ne pouvoir
périr, dormait du calme de l'oubli, mais à l'instant où il
lui est révélé que ses jours sont comptés, tout cherche
dans le moment qui fuit un souvenir de la vie.

Sois béni, Dieu saint, sois loué, Dieu miséricordieux,
d'avoir, pour consoler les yeux de ta créature, couvert la re-
poussante laideur de la mort du charmant voile de l'amour.

Mes regards s'étant reportés sur l'ensemble des univers, je reconnus, avec un étonnement qui ne peut se définir, que le mouvement des mondes dans leur vide, et des soleils dans leur circuit immense, au lieu d'être abandonné à lui-même, ainsi que je l'avais cru d'abord, était combiné de manière que tous les mondes et tous les soleils restent en vue de la terre et de son soleil leur source de salut et de lumière; et plus je contemplais leurs mouvements variés, plus j'admirais cette œuvre de Dieu.

Cependant un désir reposait au fond de mon âme et pour la troisième fois ramenait mes yeux sur les pôles de la terre, quelle était, se demandait-elle, la signification des feuilles déposées par l'oiseau? Mon esprit était certain d'avoir, par elles, devant moi, une grande découverte, un mystère dévoilé, lequel? Je ne comprenais toujours point et sans doute le moment n'en n'était pas encore venu, car une autre pensée s'emparait peu à peu de moi; un jour et une nuit achevaient de s'écouler depuis la venue de l'oiseau et je voulus profiter de l'instant pour confirmer l'exacte marche des glaces neiges, et fixant leur avancement, je reconnus qu'il avait été de quatre mille neuf cent nonante-sept épaisseurs de cheveu à l'hémisphère nord et de cinq mille trois épaisseurs de cheveu à l'hémisphère sud, cependant l'épaisseur du dix millième cheveu ne se trouvait accomplie que moins un neuf millième; cette différence ne laissait pas que de me rendre perplexe et comme impatient d'éclairer mon doute, j'attendais l'arrivée d'un nouveau jour.

Et, dans mon intention de préciser, cherchant à quel objet déjà entre les mains des hommes je pourrais comparer la longueur du chemin parcouru pendant la durée d'un jour et d'une nuit par la marche d'acquittement de la terre envers la justice divine, je constatais et j'en bénis Dieu qu'elle égalait, moins une épaisseur de cheveu, le mètre, mesure choisie par plusieurs peuples et admirée par les autres comme inclination à l'accepter, et me l'étant promis, je remplis ma promesse de l'annoncer pour la joie de tous.

Et je compris que ceci m'était montré pour que le publiant, se fasse le dessein de Dieu qu'il n'y ait plus pour tous les hommes qu'une seule mesure de leurs œuvres et que le mètre était le moyen humain par qui il prépare l'union et la confiance sur toute la terre et ne voyant plus de nations, je voulus en chercher la cause et je vis qu'elles avaient disparu pour le bien de l'humanité ; cependant j'éprouvais une grande tristesse parceque en même temps se montrait à moi la presque extinction de l'amour de la patrie.

Que nul n'en doute, après la génération actuelle et deux autres, l'homme de celle qui suivra ne verra point la couleur de sa barbe avant que soit venue l'heure où, par l'ordre même du Très-Haut, se produira un évènement devant lequel il sera oublié que le mètre fut le fruit du génie d'une époque, la propriété d'une nation pour le regarder comme le domaine de tous les temps et de tous les peuples ; où, malgré tout obstacle, s'accomplira cette grande parole qui retentit et pèse sur la terre :

C'est par la France que Dieu gouverne.

Et ce moyen de Dieu est le mètre que tout proclame la mesure par excellence ; en lui, l'Eternel mesura le pas de l'homme, il est le pas du monde marchant vers sa rentrée dans le sein de Dieu.

Il sera un jour tout ce qui restera de la France ; mais si le jour doit inévitablement venir où les arts de la France, sa civilisation, ses richesses ne seront plus, où ses montagnes, ses fleuves, son sol même seront effacés de la face de la terre, jamais cependant, il ne sera dit d'elle ce qui a été dit des nations disparues, ce qui se dira de nations actuel-

lement réputées grandes, non, il ne sera point dit : Où est
la France ? Car à l'homme de tous les âges, le mètre montrera la France dans sa main.

Et réfléchissant que pour se former cette merveille, il
suffit à tout descendant d'Adam et d'Eve, et leur nombre
reste grand parmi les hommes, de faire le sacrifice d'un de
ses cheveux qu'il justaposera nettement dix mille fois ; et
quel fiancé ne se livrera avec joie à ce labeur qui sera pour
lui le temps de prononcer au moins une fois dans le cours de
ses jours les dix mille louanges de la femme ? Un sourire
vint à mes lèvres à la pensée de l'inépuisable trésor d'instruments fournis par sa tête à l'homme de ce temps pour
établir à ses travaux, à ses œuvres ce prodige qui fut le
rêve de tant de sages d'une mesure commune, inoubliable
par son origine et invariable dans sa vérité ; oui, que
n'auraient pas donné pour vivre au milieu de nous, pour
jouir du mètre, les Tatars Cécart et Mob, l'Indien Favi,
l'Égyptien Sésostris ; ce dernier surtout rempli mon souvenir ; je le voyais sortant de l'Egypte avec une infinité de
savants et mille chariots chargés d'or pour chercher sous
tous les climats une règle, une chose qui, n'ayant pas sa
seconde dans la nature, put sans froisser la vanité d'aucun
peuple, être proposée à tous et être acceptée par tous
comme la mesure commune du labeur et des arts, comme
la base indiscutable de vérité des traités d'échange devant
cimenter la paix et l'Union universelle.

Je voyais revenir presque seul, après neuf ans de fatigues
inouïes, ce roi des rois, ce sage des sages, décrépi, vieilli,
mais non désespérant de son dessein, dont il confia la suite
aux prêtres qui, après trois siècles et sept ans de méditations et de recherches, s'estimèrent heureux, pour extirper
de leurs propres provinces ~~minées par~~ la discorde qu'ij en-
tretenait la diversité des mesures fondées, dans celle-ci,
sur la dilatation moyenne des neuf sceptres, en métaux

différents, de la reine Cara ; dans celle-là, sur l'écartement des cornes de la lune à la 137ᵐᵉ heure de sa croissance ; dans cette autre encore sur la distance à laquelle le caméléon, soumis à un jeûne de onze mandels (semaines), peut tendre la langue pour saisir l'insecte exposé à sa faim ; mesures toutes sans foi, mais estimées infaillibles et soutenues comme telles avec une opiniâtreté armée ; les prêtres, je l'ai dit, furent heureux de trouver cette corne dont la forme singulière, représentant le doigt de l'homme, fut le présent de l'oiseau-poisson, sans postérité, Quétecé, supposé venir seul ou avec sa compagne et leur ombre, à tous les changements de règne, dicter aux prêtres, pour les inscrire au front des monuments, la fertilité du sol, la richesse du commerce, la gloire de l'Egypte durant le règne passé et la volonté des Dieux pour le règne avenir.

Cependant, ni le coffre d'or où cette corne était renfermée, ni les instruments d'or servant à l'appliquer sur le front des bœufs, pour reconnaître le successeur d'Apis dont l'éloignement des cornes devenait ensuite la mesure où les règles des marchands étaient imposées pour attester leur vérité, ne purent empêcher que le temps où une autre cause ne la rétrécit au point de ne plus admettre que des bœufs nains dans le temple, ce qui était le vœu des marchands, et à permettre aux rois, mesurant l'abondance de l'Egypte par le monceau de blé récolté dans le champ sacré, d'inscrire faussement sur le marbre de leur gloire que toutes ou presque toutes les années de leur règne avaient été bénies du ciel.

Ange, tu m'y obliges, je dois quelques paroles à l'évènement qui mit la corne entre les mains des prêtres, par l'importance qu'elle eut sur la destinée du peuple réputé le plus sage de la terre.

A Osou, 17ᵐᵉ successeur de Dormar, venait de succéder Apis, dont le nom fut déclaré immortel ; au nombre des fêtes par lesquelles toute l'Egypte célébra l'apothéose |du nouveau bœuf dieu par son accession au ratelier d'or, une des principales fut celle de la sortie du vaisseau sacré partant pour un voyage d'une durée de neuf lunes, afin de continuer l'œuvre de Sésostris; suivant l'intention du grand roi, on devait chercher dans les îles ce que le continent n'avait pu lui fournir; monté par l'élite des matelots des sept provinces et par neuf prêtres, le navire déploya ses voiles, aux acclamations d'une foule immense appelant sur lui la faveur des Dieux; dépassant les montagnes Salcanées qui ne furent qu'aperçues par Hercule, le vaisseau s'avança dans la mer Sonn plus loin qu'aucun ne l'eut fait avant lui, et au commencement du 5me mois, se trouvait explorant le groupe d'ilots nommé Hètefou, situés non loin du Malaf, grand et large fleuve, qui porte aux mers les eaux des terres inexplorées de l'Armacie (plus tard la Gaule), lorsque soudain le vaisseau se sentit soulevé; prêtres et matelots effrayés regardèrent et virent le navire engagé sur une masse roussâtre qu'ils prirent d'abord pour un ilot submersible qui s'était détaché des profondeurs de la mer, dont les eaux avaient pris, en un instant, une teinte noirâtre et huileuse; cependant l'ilot, continuant à s'élever, montra une tête semblable à un visage grossièrement ébauché sur un vaste tronc d'arbre; sa grande bouche, en forme de bec d'orfraie, s'ouvrait et se fermait avec un bruit de scies courant sur le fer et était surmontée d'un œil colossal dont l'aspect, terne et fixe, donnait au monstre l'apparence d'une immense araignée; sans doute, c'était le Dieu de ces mers inconnues, il avait aperçu le navire et, quittant son antre dans l'abîme, s'avançait pour venger, par sa perte, la violation de leur mystère; cependant, les prêtres avaient sacrifié aux divinités de ces lieux, mais quelles offrandes pouvaient être acceptées par ce Dieu horrible? Les matelots et les prêtres demeuraient comme

pétrifiés d'horreur, lorsque, tout-à-coup, s'élevèrent du
Dieu une multitude de bras qui, cinglant les airs comme
d'effroyables fouets, s'abattirent sur le navire, s'attachant
à ses bordages, à ses mâts, à ses voiles; son intention n'é-
tait pas douteuse, il voulait, dans sa furie, l'enlacer et
l'entraîner avec lui dans l'abîme; l'imminence du péril rap-
pela l'équipage à lui-même; prêtres et matelots s'arment
de glaives, de haches, ils attaquent, ils tranchent ces liens
affreux, d'autres succèdent et, dans leurs mouvements de
serpents parcourant le pont, massacrent ou enlacent les
hommes qu'ils emportent à la mer; mais robustes et éner-
giques, les prêtres et matelots ne désespèrent point, les
haches, les glaives sifflent, frappent avec une ardeur soutenue, et les membres du Dieu, qui n'est plus à leurs yeux
qu'un Ocan, un monstre, jonchent le pont de leurs convul-
sés débris, mais malgré ses blessures, il n'abandonne point
la lutte, un instant il semble s'éloigner et déjà prêtres et
matelots respirent, lorsqu'il sort de l'onde un bras tenu
comme en réserve, un bras près duquel ceux qu'il a montrés ne sont que des cordeaux près d'un câble, l'immense
serpent a flagelé l'air avec un bruit effrayant, il s'est fixé
non loin de l'extrémité du grand mât, l'arbre énorme plie
sous la tension, il amène le navire qui se penche, déjà la
quille apparaît, sur le tillac fortement incliné glissent et
roulent prêtres et matelots, plusieurs réussissent à saisir
qui un cordage, qui les mâts, ceux-là voient leur mort re-
culée d'un instant; les autres tombent et s'engloutissent
dans le flot noir qui bouillonne sous les mouvements de
l'Ocan; retenus au navire par une main, les survivants
font, malgré leur effroi, une dernière tentative de salut,
en lançant de l'autre leur hache ou leur glaive, les armes
volent, mais mal dirigées, effleurent ou manquent l'affreux
bras; que le monstre ajoute un léger effort et le navire est
perdu, déjà le bord plonge, se relève et replonge plus

avant, ouvrant un chemin aux premiers flots; à cette vue, prêtres et matelots n'ont plus d'espérance, et devant l'horrible mort qui les saisit, ferment les yeux, se croyant engloutis; mais soit impatience de sa victoire, soit toute autre cause, l'Océan s'est rapproché et un de ses bras s'est élevé sur l'autre flanc du navire, il tient enlacé un monstre qu'il y précipite. sa chute, lourde comme celle d'un roc, sort vivement de l'onde le bord qui déjà s'enfonce, mais la secousse imprimée au navire par ce brusque relèvement manque de faire périr le reste des prêtres et des matelots, plusieurs sont arrachés du pont et lancés à la mer.

Le navire est à demi comblé par les eaux, mais le bras de l'Océan est venu à la portée des coups, à le trancher serait le salut et il ne reste dans aucune main une hache, un glaive; cependant le nouveau monstre abattu sur le pont y était retenu par le bras de l'Océan et par sa corne que la force de sa chute avait profondément enfoncée; ses efforts pour se dégager étaient effrayants, il poussait en gémissant une réunion de cris formant le mot de Quétécé; prêtres et matelots se regardaient avec des yeux pleins de désespoir; pendant ce temps, l'Océan soulevant de nouveau son bras, s'apprêtait à ramener le Quétécé dans les ondes; l'appréhension du danger dont on venait de sortir inspira à un matelot la pensée de retenir ce bras qui faisait obstacle à un nouveau renversement du navire; saisissant un aspect, il en fixe l'extrémité à une nervure et pesant de tout son poids, presse, retient le bras de l'Océan; que ce fut douleur de l'écrasement, ou surprise de sentir son bras rendu captif, le monstre poussa une clameur semblable à celle de mille sangliers furieux et soulevant son vaste corps, exhaussa son front hors de l'onde comme pour reconnaître quel était cet ennemi nouveau; dans cet instant même, les prêtres et les matelots, à défaut d'armes, avaient réuni leurs forces à soulever une ancre de réserve, ancre énorme

et la jetant sur le monstre, elle pénétra dans son œil avec
un bruit claffe, en faisant jaillir un liquide verdâtre,
comme un roc s'enfonçant dans un bourbier épais; si le
premier cri poussé par l'Ocan avait été effrayant, le second
le fut cent fois plus, il dut être entendu sur une large partie de la terre; un trou béant jusqu'à l'enfer, si l'enfer
était au centre de la terre, n'en laisserait pas sortir un plus
affreux; mais le monstre était vaincu, dépliant son grand
bras du mât et arrachant plutôt qu'il ne retira celui qui
retenait le Quétécé, il abandonna ce poisson-roi, mais dans
son mouvement de fouet frappa le matelot qu'il lança au
loin, brisé dans la mer; la descente précipitée du monstre
dans l'abîme produisit dans ses ondes un remous qui mit le
navire dans un péril non moins redoutable que celui auquel
il venait d'échapper; inévitablement il eut été englouti, si
le Quétécé, par un effort prodigieux qui rompit sa corne,
n'eut imprimé au vaisseau une poussée qui le jeta hors de
la bouche hurlante du tourbillon; le Quétécé avait rejoint
la mer, au milieu du brouillard formé par le jaillissement
des flots, il apparut aux prêtres beau comme un Dieu, prodige inouï, ils l'entendirent! Chargés d'enseigner la vérité,
qui eut osé les suspecter de mensonge! Ils l'entendirent,
parlant harmonieusement la langue d'Egypte, leur tenir
ce discours :

Je m'en vais, mais non pour toujours; je conserverai
l'éternelle mémoire que c'est à vous, à un navire Egyptien,
que je dois d'être délivré des liens de l'Ocan, ce monstre
époux de Léviathan ne paraîtra plus tant que vous honore-
rez votre seigneur et mon seigneur Apis, car je suis son
serviteur, sa volonté, sa puissance; c'est pourquoi je veil-
lerai sur vos rois, je les jugerai morts et dirigerai l'esprit
de leurs successeurs; je m'en vais pour revenir et comme
gage de mon alliance avec la fertilité, la richesse et la
gloire de l'Egypte, je vous laisse ma corne, qu'elle soit

dans vos mains le signe de la manifestation de mon amour
pour vous; en elle, vous reconnaîtrez de qui vous êtes l'esclave, et de celui-là, moi-même je le suis et continuerai à
l'être aussi longtemps que le jour se distinguera de la nuit;
et celui-là est mon seigneur dont la langue est nouée, car
captif, j'ai dû interrompre ma louange, et dont le corps
entièrement noir changera en témoignage de ma délivrance, les blancs anneaux de ses pieds en brillant crois-
sant sur son front, ma corne en éloignera les cornes;
qu'en ce front soit la règle de justice du peuple d'A-
pis, mon peuple, qu'en elle, il justifie ses sueurs et
leurs fruits, qu'elle soit sans cesse et toujours la vérité de
ses mains et de ses yeux, qu'il ignore tout autre; car je
suis l'universel, le puissant, à moi est l'onde et la fertilité
du sol, par elles vous reconnaîtrez que ma volonté est sur
vous et que mon œil sans cesse vous voit et vous juge.

Pendant que le Dieu prononçait ces paroles, un nuage
sombre comme une sombre nuit entourait le navire, et les
voix de cent tonnerres étaient dominées par sa voix; il
cessa de parler et présentant la plaie laissée par la rupture
de la corne, une goutte de sang en tomba, elle rougit la
mer, ainsi, à la lueur des foudres, la virent les prêtres,
mais reportant leurs regards vers le Dieu, ils n'aperçurent
plus que le soleil, confondant dans une immense flamme,
le vaste ciel et la vaste mer; comme un voyageur quittant
son toit aimé se retourne du haut de la montagne pour jeter sur lui un dernier regard, de même, les prêtres, la foi
en fut imposée! Les prêtres virent le soleil, en descendant
sous l'horizon, arrêter un instant sa course pour contempler pendant un instant de plus le navire et s'étant incliné
devant lui, laissa le ciel couvert d'étoiles, car la vraie nuit
était venue.

Sans pilote et à moitié submergé, le navire retourna de
lui-même en Egypte; sur la corne restée fixée à son bois,

se voyait la griffe du Quétécé le soutenant, le faisant voler sur les ondes avec une vitesse dépassant celle de tous les vents, il fut de retour la même nuit et, sitôt arrivé, s'abîma dans les flots.

Il avait ramené trois prêtres, aucun des quarante matelots ne reparut jamais.

C'est pour perpétuer la mémoire de ce voyage que fut institué le jeûne de Nionnissa qui, chaque quatre ans, précédait les fêtes du Baman Héroc Subé (promenade de l'immortel cornu) pendant laquelle les prêtres échangeaient contre son triple poids d'or, la Mephotes Lafa (réunion des fleurs) fumante, et contre son simple poids d'or, celle desséchée; toutefois l'indigent était admis à appliquer sa langue sur le tapis qui avait reçu cette bouze sacrée.

Mais le soleil est le serviteur d'Apis, en rentrant sous l'horizon, il précède le Dieu retournant à son temple; il y revient escorté de ses douze Aphodes portant d'étincelantes images de l'astre, des trois cent soixante-cinq Aphores portant des gerbes d'or et d'un nombre infini de musiciens tirant de leurs instruments sacrés des sons se mêlant harmonieusement aux cantiques de voix lointaines.

Le Dieu a repris place dans son sanctuaire, et la nuit docile étend autour son voile ; mais que veulent ces femmes richement parées et portant dans leurs mains des touffes d'herbes fraiches entourées de liens d'or; semblables à des ombres, elles se glissent avec mystère dans le temple, et les regards brillants à travers les arbustes qui ornent les parvis de ses douze portes, témoignent combien de pieds légers frémissent d'impatience d'avancer d'arbuste en arbuste et de prendre la place des heureuses qui entrent dans la hutte de rosiers, d'où le son argentin d'une clochette d'Apis, les appelle une à une dans l'enceinte secrète du temple; Ah! Je cherche un voile et la vérité le refuse ; que la honte en retombe sur le temple : monstres d'Aphodes sur quelle laine reposez-vous ?

Jeunes époux, n'attendez plus celles que vous aimez, pleurez sur vos couches, ce qui en faisait la joie se consume avec l'encens ; ce n'est plus de vous, mais de la vue du Dieu qu'elles recevront vos baisers, qu'un fruit désiré fera tressaillir leur sein ; Ah ! ne les accusez pas, c'est pour vous sauver de la colère du Dieu, c'est pour assurer un avenir de bonheur aux enfants que porteront leurs entrailles, qu'à l'ordre du prêtre, elles, qu'un regard fait rougir, viennent exposer leurs charmes aux yeux du Dieu, lui livrer leur chevelure pudique, qu'elles s'immolent à paraître nues parceque lui-même est nu. Doux Sauveur ! Comment méconnaître la nécessité de ta pure doctrine en voyant les sages du peuple le plus sage faire servir la vénération même de Dieu à la plus odieuse volupté.

La promenade de gloire n'était faite qu'une seule fois par le Dieu sur la figure du même Apis.

Mais ces choses je ne les ai pas apprises en un jour, elles me restent comme un long songe que tous les raisonnements de mon esprit ne peuvent me dissuader de n'être pas la réalité ; je me vois dans le riche berceau devant lequel, chaque matin, des hommes vêtus de blanc venaient se ranger en silence et, se prosternant, s'éloignaient ; leur apparition avait lieu quelque temps après le lever du soleil, la manière dont ils fléchissaient le genou, leur tête chauve et luisante, leur barbe longue amusaient mon âme d'enfant et me prêtaient à rire ; du reste, c'était le seul divertissement dont il m'était donné de jouir ; jamais je ne sortis de la salle immense, magnifique où était mon berceau, de toutes parts des statues géantes servaient de colonnes ; la voûte, les murs étaient décorés de peintures dans des cadres d'or ornés de pierreries. mes pieds ne marchaient que sur des figures dont alors j'ignorais la substance,

mais que je reconnais avoir été de somptueux tapis; de
loin en loin, une des deux femmes qui étaient auprès de
moi, les seules dont se souviennent mes yeux, me condui-
saient, au lever des étoiles, sur un balcon ou terrasse, et
me montrant au loin la lune éclairant des objets éclatants,
me disait Nau ou Thob, que voulait-elle désigner par ces
mots à mon intelligence d'enfant, des villes peut-être?
Je ne sais.

De ces deux femmes, l'une avait un visage jeune et gracieux, elle me nourrissait de son lait, l'autre mille fois plus
parée, avait la figure pâle et presque ridée, laquelle des
deux était ma mère? La jeune m'appelait fils de Ramnasar,
l'autre me donnait le nom de Méhul; mon âme préférait la
première, dont mes yeux aimaient à regarder les beaux
yeux et le doux sourire; cependant l'autre avait seule le
droit de m'embrasser, mais une répulsion invincible m'é-
loignait d'elle, je ne pouvais répondre à ses embrassements
passionnés; ses traits durs, ses yeux ardents me déplai-
saient à l'excès et ses baisers m'arrachaient des cris, ils
me semblaient des morsures de serpent; c'est en m'endor-
mant de sa voie harmonieuse que, dans des chants aimés,
la jeune femme m'apprenait l'histoire de Sésostris et des
prêtres, histoire ténébreuse dont, en parlant du mètre,
j'ai été amené à citer quelques paroles, et que je me pro-
pose d'écrire à la satisfaction des hommes, si l'esprit qui
est en moi et me la montre m'en donne le temps; mais
qu'osais-je promettre? Pour écrire tout ce que l'esprit met
devant mes yeux, il me faudrait une vie non pas mille, ni
dix mille fois égale à celle de l'homme, mais se confondant
avec l'éternité, l'étendue qu'embrasse l'univers ne pourrait
en contenir les volumes, ils ne cesseraient de s'accumuler
tant qu'il resterait dans l'espace un vide pour y placer un
livre de plus; aussi, au milieu des choses innombrables
que je vois, je me soumets à la volonté de l'esprit en

retraçant celle ou les parties de celles dont lui-même fait
choix; tout est sous ma vue comme les faits d'un rêve du
dormeur sortant de sommeil; je le revois toujours ce moment fatal où la jeune femme penchée sur mon berceau
me donnait le sein, mes bras enfantins levés vers elle
caressaient son charmant visage pour la consoler, car
elle pleurait; elle osa, quel crime non compris par ma raison était-ce donc? Elle osa, inclinant son front sur le mien,
effleurer ma joue d'un baiser; la furie le vit et, rugissant,
se précipita sur elle, l'arracha de mon berceau et la foula
à ses pieds; je trépignais de rage de ne pouvoir, de mes
faibles mains, frapper la cruelle, elle s'approcha de moi et
saisissant un vase m'en versa quelques gouttes du contenu
pour me laver de la tache, de l'opprobre laissé par le baiser et cherchant à m'apaiser, elle approcha sa tête de la
mienne pour me prodiguer ses caresses, mais au lieu d'y
répondre, aveuglé par la colère, je la mordis avec fureur;
l'horrible cri qu'elle poussa je ne cesse de l'entendre; un
éclair se fit sur mes yeux et une vive sensation de froid
suivie de chaleur dans ma gorge, j'y portais les mains,
elles étaient rougies; cependant je ne pleurais point. je ne
jetais point de cri, m'efforçant, malgré ma souffrance, de
ne pas en donner la joie à celle qui m'avait frappé; je l'a-
voue, à ma honte, mon âme d'enfant voyait dans la séche-
resse de mes yeux un dépit pour cette femme, c'était ma
seule vengeance et je me vengeais; des lueurs se faisaient
dans ma vue; à travers leur sombre éclat, la main et la
lame qui s'étaient levées sur moi m'apparaissaient aussi
rougies, mais quelque fut ma force de volonté, je ne pus
tenir devant le désespoir de la femme, elle se meurtrissait
le visage, elle s'arrachait les cheveux et je sentais que ses
cris n'étaient plus des cris de colère, mais de douleur et
de pardon; il y avait en eux des accents si déchirants, si
douloureux, que mon âme émue, mes yeux voilés par le

sang ou l'approche de la mort ne voyaient plus, dirigea
mes bras, les tendit pour venir en aide à cette peine infinie; quel cri, grand Dieu, retentit à mes oreilles; Dieu
juste, châtie-moi, punis-moi de ma faute, cette femme
était ma mère, une mère seule avait pu trouver dans son
cœur un tel cri; Ah! J'eusse voulu pleurer, l'effort que je
fis pour y parvenir me brisa; dans ce moment, le commencement d'une autre lumière se fit, elle était non devant
mes yeux, mais dans mes yeux mêmes, ils voulaient,
c'était pour eux une nécessité de grandir en même temps
qu'elle se développait. . . . .

Forzaël, tu brises mon bras; pardonne, sublime esprit
des cieux, toi-même, devant la coupe de souffrances qui
me fut offerte, n'eut pu empêcher ton cœur de gémir; et
comme moi, tu sentirais l'irrésistible besoin de te déchar-
ger du fardeau de dévoiler à tes frères l'effet étrange de la
séparation de l'âme, mais tu scelles cette douleur sur mes
lèvres, et pourtant tu me contrains, tu veux que je m'écrie:
Je l'ai vu! Sept fois malheur au suicide; car celui que la
mort appelle, souffre une fois, mais celui qui appelle la
mort, souffre sept fois; lui-même se livre au jugement, car
Dieu est miséricordieux, mais il ne rendra plus son présent
à celui qui l'a jeté.

DÉCLAM XXXV

J'étais devant l'ange comme un infime vers; son doigt en me touchant pouvait me frapper avec le choc d'un monde, mais il ne pouvait m'empêcher de résister et de souffrir; plutôt que de répéter ce qu'il voulait de moi, plutôt que de dire cette parole qui me semblait maudire ma mère, j'eusse enduré une torture à briser mille fois ma vie.

Ce que la chute des cieux n'eut pu faire, un baiser le fit :

Par la permission de Dieu, ma mère m'apparut, devant son visage blémi par la mort, que n'aurais-je pas accompli, que n'aurais-je pas souffert pour racheter mon crime; elle me sourit et, se penchant sur moi, ses lèvres froides murmurèrent sur les miennes : Mon fils, pour mon salut, soumets-toi; je voulus répondre, il ne sortit de ma bouche qu'un déchirant sanglot, je tendis mon bras que ne clouait pas la souffrance pour enlacer sa tête, il n'embrassa que le vide; mais cette parole de ma mère était pour moi l'ordre de Dieu; je ne résistais plus, je dis ce que voulait l'ange et comme il le voulut; ce cri de vérité, ce cri attendu me délivra de ma douleur et, par un effet qui me reste inexpliqué, un oubli s'était de nouveau fait en moi et mon âme se trouvait aux pensées que voulait l'Esprit des cieux.

Et je me demandais comment, dans le nombre infini des hommes composant les générations passées, il ne vint à aucun, n'eut-il qu'un seul cheveu. l'idée qu'en lui était l'instrument d'une merveille! Et cette pensée me conduisait à cette autre, que Dieu regarde la génération actuelle avec une bonté particulière; pour les autres, il n'a qu'entrou-

vert le trésor des secrets de la nature ; pour elle, pour nous,
il en a comme descellé la porte pour que nos yeux y regardent à loisir ; entre leurs regards d'enfants et leurs regards de vieillards, les hommes que l'âge incline vers la
tombe ne reconnaissent de la terre que le sol ; mais sa
face s'est transformée et son humanité, entourée de prodiges, semble jouir d'une nouvelle vie.

Ici, le verre commun se change en diamant et la plus
pauvre femme s'embellit, au prix d'un fagot, d'une parure
digne, par son brillant, d'orner le front d'une reine ; là,
les miettes d'or que peut contenir la main d'un nouveau né
couvrent de leur éclat un roc à tromper des yeux avares
et à le faire accepter pour la rançon d'un peuple ; ailleurs,
ce ne sont plus les plantes, les arbres qui fournissent la
lumière des nuits, ce soin est confié aux fontaines de la
terre, dont les détritus, jusqu'au corps corrompu du chien,
se changent en sources d'éblouissantes lueurs ; la plus
humble chaumière s'éclaire ou bientôt s'éclairera, comme
le palais de Jupiter, par une lampe à soleil ;

Le chemin aérien d'Icare n'est plus la route d'un seul,
mais de tous ; la nature elle-même est son peintre, et l'instant que demande le regard pour fixer les bois, les villes,
les fleuves, les montagnes d'un horizon, lui suffit pour en
retracer les innombrables objets avec une vérité que le
pinceau d'Apelles eut désespéré de réaliser pour un seul ; il
n'est plus d'exilés, séparé des siens par cent mers, cent
déserts, l'absent converse avec eux comme s'il était assis
auprès de son foyer ; qu'êtes-vous, taureaux de Colchos,
dont le souffle est de flammes, en présence du cheval de
fer que l'homme de ces jours nourrit de feu et que, sans
fouet, sa main dirige et pousse devant lui, non avec la rapidité de Bucéphale, il ne serait qu'une tortue, mais avec
la vitesse de l'oiseau de Jupiter en traînant ensemble, à sa
suite, l'énorme mobilier de Polyphème, la forêt qui suivait

Orphée et autant de troupeaux que Mercure en ravit dans
les bois du soleil; héros de Troie, revenez, vous parcour-
rez, en sept jours, ces mers redoutées dont la traversée
vous demanda dix ans et vous rendit méconnaissables aux
épouses que vous quittiez au sortir de l'adolescence et vous
voyaient revenir courbés et blanchis; ne craignez point
les vents et les orages, leurs efforts à vous éloigner de vos
foyers ne feront que hâter votre retour.

Et voyant que les hommes dont le génie produit ces
choses se répandent sur toute la terre, je vis qu'en cela
Dieu doit être loué.

Et voyant que, par ces choses, le sort d'aucun peuple
n'est abandonné à lui-même, que ses villes, fussent-elles
réduites en cendres, ses moissons détruites par l'orage, il
ne manquera cependant ni d'abri, ni de pain, parceque l'a-
bondance des autres peuples formera sa propre abondance,
il frappera du pied dans sa détresse, et le peuple situé dans
l'autre hémisphère, le peuple dont les pieds sont contre
les siens entendra sa demande de secours, il répondra qu'il
vient et il accourt apportant des collines de vêtements, des
greniers immenses à lui faire douter si son infortune n'est
pas pour lui une cause de prospérité; et je vis qu'en cela
Dieu doit être loué ;

Et voyant que la guerre entre peuples ressemble à une
lutte entre deux joûteurs soumis à un combat du jugement
de Dieu, mais entourés d'amis prêts à relever le blessé
et à panser ses blessures, je vis qu'en cela Dieu doit être
loué.

Puis contemplant le sol même de la terre, je vis qu'il
était moins arrosé des sueurs de l'homme; comme animé
par son génie, le fer, non content de creuser les sillons,
répand lui-même la semence, moissonne, assemble la
gerbe, la lie et la présente aux mains de l'homme qui en
confie l'épi à un autre travailleur de fer, celui-ci en ex-

trait le grain, le nettoie de sa poussière, de toute graine
parasite, mieux que ne saurait le faire la main humaine et
le livre pur à un troisième travailleur de fer qui, avec
soin, sépare l'écorce de la farine, fait choix dans celle-ci
de ce qui en forme la fleur et la remet à un quatrième
ouvrier de fer qui lui mesure l'eau à laquelle elle doit
s'unir, les mêle, les agite, les frappe, les bat jusqu'à ce
qu'elles se confondent, se fondent solides et liées pour être
la meilleure substance de l'homme ; puis la divise et la
présente à ses mains sous cent formes gracieuses qui, en
plaisant à ses yeux, invitent, excitent son appétit et aident
sa bouche à plus facilement l'absorber et à mieux le savourer ; c'est ainsi qu'à ces ouvriers de fer, à ces travailleurs
infatigables ignorant la sueur et le salaire, il suffit du
temps que l'homme prend son repas, pour que de la moisson qu'il leur a montrée se balançant au souffle des vents,
ils lui fassent un pain qu'il n'aura qu'à déposer sur la
pierre rougie pour une cuisson proportionnée à la force
de ses dents, à la délibilité de sa poitrine, tempérament
qu'ignore leur estomac de fer ; et je vis qu'en cela Dieu
doit être loué ;

Et considérant que ces allégeances aux sueurs, aux labeurs des hommes sont les œuvres des peuples nourris de
la loi du Christ et que leur éclat en illuminant le monde
montre au monde l'excellence de cette loi ; et moyen humain prépare l'œuvre divine des ministres de Dieu dans
leur appel des nations à s'éclairer du flambeau de l'Evangile, à boire à son puits de vérité, à s'asseoir à son
foyer de liberté et d'amour ; et je vis qu'en cela Dieu doit
être loué ;

Et voyant que la troupe innombrable d'ouvriers que
l'homme a fait sortir du sein de la terre sont tous de fer,
je voulus connaître si l'homme eut pu les faire d'autres
métaux, je reconnus que par ses qualités, le fer répond le

mieux de tous au dessein, à l'œuvre voulue de l'homme ;
aucun, mieux que lui, ne se plie, aucun ne résiste mieux à
la peine, aucun ne dure mieux à ses chariots, aux instruments sans nombre dont il travaille la terre, fouille le
sein des montagnes, conquiert les forêts, captive les ondes,
combat leurs monstres ses ennemis ; ni avec des outils
d'or, ni avec des outils d'argent, il n'eut pu, ainsi qu'il l'a
fait avec le fer, défoncer le sol des bois, les charrues for-
mées de ces précieux métaux n'eussent pu, sans se rompre,
y tracer un sillon et les pointes de leurs armes brillantes,
émoussées ou brisées par leur choc contre la dure peau
des fauves, l'eussent laissé sans défense et à la merci de
leurs griffes et de leurs dents ; il n'eut pu, à leur aide, briser le roc qui forme obstacle à son chemin, en réduire les
débris informes à servir d'assises régulières à ses demeures
ou les tailler en bassins, en colonnes, en statues et autres
formes agréables pour les orner! Le plomb, le cuivre,
l'étain, quelque utiles qu'ils soient, n'eussent pu, seuls ou
combinés, rendre les services du fer ; toutefois d'un emploi plus commode à l'homme que l'or et l'argent, la terre
les fournit avec plus d'abondance ; mais d'aucun elle n'est
aussi prodigue que du fer parcequ'en lui est l'incomparable
serviteur de l'homme ; et je vis qu'en cela Dieu doit être
loué ;

Et je voyais que toutes les forêts de la terre ne pourraient fournir son aliment de feu à l'ouvrier de fer qui as-
siste l'homme de ses millions de bras ; c'est pourquoi Dieu,
devant qui est non seulement le temps mais l'éternité, a
préparé dans le sein de la terre les immenses magasins
qui y pourvoient ; et je vis qu'en cela Dieu doit être loué ;

Et je savais que ces magasins, dussent-ils s'épuiser,
Dieu qui donne aux fleurs leurs mille parures, à l'oiseau la
science de construire de mille formes son nid, assure
aussi à ces ouvriers de l'homme mille autres aliments à

leur force; et mesurant les cieux, j'y voyais l'étendue des
réservoirs de puissance dont il tient dans sa main les clefs
des portes, et je connus qu'ils sont inépuisables et qu'en
cela Dieu sera à jamais loué;

D'autres découvertes, d'autres œuvres, également admirables, faites par la génération présente, assiégeaient
ma vue.

C'était les terribles marées et les effrayantes cataractes
luttant de voix formidables pour dire à l'homme : Ma force
est la plus géante, emploies-moi, je veux te servir; c'était
les vents, les orages, les saisons levant pour lui le voile de
leur avenir; c'était la peste, les maladies, présentant elles-
mêmes, à ses mains, la tunique qui le préservera de leurs
coups; c'était mille autres!

Je différais de les célébrer, car une pensée s'était faite
en moi et s'imposait à toute l'attention de mon esprit : les
générations futures, me disais-je, doivent-elles être appelées à continuer le pas de géant fait dans le chemin des
sciences par la génération dont la vie marque l'heure présente de son soleil; est-il utile que ce progrès ne s'arrête
point; je me demandais ce qu'il arriverait de l'homme,
s'il lui serait profitable que par suite de la perfection des
arts, l'approfondissement des sciences, l'application illimitée des forces de la nature, une civilisation raffinée, il put,
en se levant, se dire : Un nouveau jour luit, mais rien ne
peut plus orner mon esprit, rien ne peut plus éblouir mes
yeux, rien ne peut plus étonner mon âme et, malgré moi,
je ne désirais point à l'homme cet état séduisant, il me
causait de la crainte, ma pensée le redoutait comme un lit
de fleurs repaire de reptiles.

Mes yeux voyaient par la vue de l'ange, lui-même suivait ma pensée, il m'abaissa dans la nuée et une masse immense se dirigeait contre moi; à ses montagnes, ses bois
et ses villes présentés tour à tour; je compris que j'étais

sur le passage d'un monde, sa vitesse d'arrivée me donnait
le vertige, un instant encore et j'allais être frappé, broyé;
à ma terrible attente se mêlait une grande surprise de
n'être pas refoulé à une distance sans limites par l'ouragan
que devait conduire devant elle la marche du monde, j'oubliais que j'étais dans le vide et que le néant était mon
rempart.

Devant l'extrême péril, j'étendis involontairement le
bras, ma main arriva aux premiers atòmes de l'atmosphère
de l'astre; sans doute la pression qu'elle exerça sur eux
eût pu, à peine, courber une barbe de plume, et cependant
à mon indicible étonnement, elle suffit à repousser, à faire
rétrograder le monde; il s'en retournait non plus avec sa
vitesse d'arrivée, mais avec celle bien plus lente reçue du
mouvement de ma main; il était venu tournant sur lui-
même de droite à gauche et s'éloignait en se mouvant de
gauche à droite; par ce changement, je voyais la mer repoussée de son lit chercher d'autres rivages; hélas! Que de
ruines allaient se produire; que d'œuvres fruits des labeurs
de longs siècles faits par une humanité, par un nombre
innombrable de mes frères allaient périr, disparaître par
le fait de mon inconscient effort; je portais, vers l'ange,
mes regards pour qu'il répara ma faute et me délivra de
l'horrible douleur d'être l'auteur de tant de maux; son
radieux visage était attristé, il contemplait ce monde et
mes yeux suivirent les siens, mais je restais comme aveugle aux merveilles sans nombre accumulées sur sa surface
par ses habitants, mes regards ne firent qu'entrevoir, sans
s'y arrêter, ses montagnes immenses, sculptées, percées à
jour, comme de fines broderies, ses fleuves roulant des
ondes larges comme nos mers entre des bords enrichis de
palais, de cités splendides se succédant sans fin; ses fleurs,
ses plantes, la nature de son sol, la forme de ses animaux
furent oubliés par mes yeux, devant ce qui frappa ma vue;

19

sur les deux versants d'une haute colline étaient rassemblés,
d'une part, une multitude innombrable d'hommes, et sur
l'autre un nombre non moins grand de femmes ; mon esprit
était inattentif à la richesse, à la forme étrange de leurs
vêtements, une seule chose me frappait dans ces deux
foules, l'une ne montrait que des femmes, l'autre que des
hommes ; et ces deux foules montaient comme chacune à
part à l'assaut de la colline ; la fureur qui se lisait sur tous
les visages les rendait hideux et telle était leur hâte qu'ils
ne s'apercevaient point du cataclysme qui ravageait leur
monde ; leurs voix tumultueuses, irritées, couvraient jusqu'au bruit des océans sortis de leurs rivages et dont les
ondes grondantes, écumeuses, gagnaient d'instant en instant les hauts murs, les superbes portiques des cités ; et
mes yeux regardant le haut de la colline où courait cette
multitude, je vis un jeune homme et une jeune fille tendant
vers les cieux leurs mains unies ; leurs yeux suppliants,
leur doux visage témoignaient d'une indicible crainte ; Dieu
saint, disaient-ils, protège nous, pour continuer la race de
ceux qui t'adorent, nous nous aimons et voulons nous unir ;
et tout mon sang se figea dans mes veines en comprenant
ce que voulaient les deux foules : Mort à l'homme, s'é-
criaient-elles, après nous la mort, qu'ils meurent ceux qui
s'unissent pour se perpétuer, pour qu'après nous vive
l'homme ; et elles montaient sans cesse, mais la mer aussi
montait à leur suite et ne permit point à ces méchants
d'achever leur œuvre perverse, de voir s'accomplir leur
désir impie ; je la vis, par trois fois, ramassant ses ondes,
les élever en collines, s'abattre et les ramener couvertes,
surchargées de corps flottants et mourants ; cependant les
plus impétueux, les plus terribles touchent au rocher
suprême asile des adolescents ; une dernière vague se
montre, son front semble se dresser contre la hauteur des
cieux ; les jeunes gens oublient devant sa menace ceux

qui semblables à des bêtes féroces s'avancent pour les déchirer, ils ferment les yeux devant l'épouvantable flot qui leur apporte la mort, ils tombent prosternés, et, d'une voix où se révèle le regret d'un bonheur entrevu, mais humiliée et soumise aux volontés du Très-Haut, ils murmurent : Dieu saint, tu es juste ; le flot monstrueux est descendu, il les a inondés de son écume ; mais où sont leurs ennemis ? Tous jusqu'au dernier sont emportés, rapportés, puis disparaissent dans les tourbillons de l'abîme ; à la vue des deux justes sauvés, je m'écriais :

Eternel, gloire à toi ;

Je crus voir les cieux s'incliner et une voix immense comme les voix réunies des océans de tous les mondes répétait : Gloire à toi.

Mon âme resta longtemps émue du faible moyen employé par Dieu pour accomplir sa justice ; mille fois, insensé, pensais-je, est donc l'impie qui, dans l'orgueil de sa science, ose dire à l'Eternel que me peux-tu ? Car l'Eternel peut lier son sort et avec le sien celui de tous les hommes et du monde lui-même à l'aile d'un moucheron !

L'ange m'avait reporté au Faho des univers, et mes regards s'abandonnant de plus en plus à sa volonté, je reconnus, et mon admiration en était grande, que la paresse des atmosphères à suivre les mondes dans leur rotation diurne était l'ouvrière de la chaleur qui répand en eux la vie et y entretient la beauté.

Dans sa marche, la terre tourne sur elle-même et en même temps, comme un navire bercé par l'océan, elle se balance avec majesté en élevant et abaissant tour à tour ses pôles qui, sans ce mouvement, ne verraient jamais le soleil ; l'atmosphère ne participe point à ces inclinaisons alternatives des pôles, elle ne fait qu'être entraînée et cet entraînement opposé à celui qu'elle reçoit de la marche même du monde est pour elle la cause d'une agitation sans fin; ainsi m'étaient dévoilées et l'origine des variétés de ciel qu'offre le firmament et la production continue des vents; mais à quoi devais-je attribuer, d'où provenaient la différence de chaleur des climats et la fécondité du sol? Quelque fut mon désir de le connaitre, mon appréhension de déplaire à l'ange le faisait taire dans mon âme; il m'en récompensa en me découvrant que toute chaleur vient de la lumière, mais que la lumière n'est visible aux yeux humains qu'autant que délivrée de sa chaleur, elle n'est plus que clarté; là est la fonction des atmosphères, là est le but admirable voulu de Dieu dans leur faible cohésion, dans leur croissante inertie à suivre la rotation de leur monde à mesure que leurs atômes sont éloignés de lui; seules les molécules aériennes qui touchent à la terre participent complètement au mouvement diurne qu'elle exécute sur elle-même, les suivantes moins entraînées ne le suivent que d'une manière imparfaite et cette imperfection s'accentue et grandit sans cesse jusqu'aux extrêmes atômes qui touchent au vide, lesquels n'y prennent aucune part; de là dans les couches aériennes qui composent l'atmosphère une série de retards dont la gradation insensible mais incessante constitue un nombre infini de cercles tournant justaposés avec une vitesse variée et un frottement continu et universel.

Comme des guetteurs vigilants, les atômes qui limitent l'atmosphère saisissent tout rayon de lumière venant du vide, le confient aux atômes voisins qui le transmettent aux plus profonds, lesquels semblables à la meule qui broie le grain l'épilent, le triturent et le répandent d'autant plus éblouissant que son travail par l'atmosphère est plus prolongé, plus intense et a rendu plus parfaite son épuration de la chaleur; mais en se développant, le rayon n'est pas détruit, il reste lié à son soleil et aussitôt que touchant la terre, il lui a déposé la chaleur obtenue de lui par l'atmosphère; avec une rapidité dépassant tout ce que peut concevoir l'esprit humain, il rentre dans son soleil demander aux fluides renaissant sans fin de sa matière une nouvelle cohésion, un nouveau don pour le monde.

Je n'avais plus à m'étonner ni des chaleurs de la zone torride, ni des froids excessifs des pôles; ceux-ci comme celles-là étaient, dans leur cause, comme mis à nu devant mes yeux par la différence de labeur de l'atmosphère.

Le désir de mon âme à reposer avec persistance mes regards sur la terre était conforme à la volonté de Forzaël, et je ne puis en douter devant ce fait que l'ange me permettait d'oublier les mondes.

La terre avait relevé son pôle sud;

L'extrémité de ce pôle a la forme d'une corne de jeune taureau, celle du nord plus obtuse, plus promontoire que montagne a l'apparence du pouce de l'homme; les neiges qui les couvrent les ont pour jamais enlevées à la vue des habitants de la terre et la nuit qui en résulte sur elle modifie son aspect pour les mortels des autres mondes.

Le point noir qui parut sur le disque brillant de la terre à l'œil du premier homme des mondes n'a cessé de grandir et leurs générations à venir le verront sans fin diminuer la grande lueur, mais sa dernière étincelle se transformera en lumière immense, elle sera le flambeau du bûcher où vrai phénix (elle en est le symbole) la terre renaîtra de ses cendres pour sa vie nouvelle et la vie nouvelle de tous les mondes; ils le savent et leurs yeux en suivent la clarté décroissante; elle est pour eux comme une horloge leur montrant l'heure où vont finir les univers et commencer l'éternité.

Et pendant que mon âme et mes yeux s'absorbaient dans ces choses, une troisième journée prenait fin, je sortis de mon recueillement pour observer et je vis que l'avancement des neiges était de trois dix-neuf millièmes d'une épaisseur de cheveu moindre que dans la précédente journée; j'en relevais la cause en ce qu'ayant achevé de couvrir les bases des deux pyramides rocheuses qui différentes de forme sont de surface égale, comment ne l'avais-je pas remarqué plutôt? Les neiges avaient agrandi au delà de ces monts essieux de la terre leur cercle d'envahissement d'une partie d'épaisseur de cheveu que je reconnus, et ceci était pour moi capital, répartie par exacte moitié sur chaque pôle ; la satisfaction que j'en éprouvais ne peut se définir, car j'y lisais la solution de la différence de jours dont s'était troublée mon âme; j'en bénis 100 fois l'ange.

Il me plut ensuite de connaître (et ma prière à Forzaël en fut d'autant plus pressante que je savais en cela répondre à un désir des sages de la terre) quel est autour des neiges l'espace que nulle vie ne franchit et que tout corps ne peut toucher qu'à l'état de poussière? Et je constatais que la largeur de ce bastion divin est égale à l'épaisseur même des glaçons perdurables, soit à l'épaisseur du cheveu de l'homme ; limite mobile, le doigt de Dieu la pousse devant lui, indiquant à chaque dépouille du mouvement le point où elle doit accourir et s'y reposer; mais, dans l'épaisseur de cheveu, au-delà, germe et se flétrit le brin de mousse, naît, grandit, se perfectionne et meurt le puceron à qui Dieu le donne pour domaine pendant quelques instants.

Où mes yeux mortels n'auraient vu qu'une glace polie, ma vue de l'ange remarquait une végétation riche, variée, nourrissant, abritant un peuple infini; quelles sont les lois qui régissent la vie de ces êtres pour qui la moitié d'un quart de minute est une vieillesse? Quelles sont leurs mœurs, leurs passions, leurs maladies, j'étais certain en les écrivant de plaire aux sages, mais l'ange me détourna de cette histoire en portant ailleurs mes yeux.

L'instant arrivait pour la terre de descendre son pôle sud pour l'inclinaison contraire et, par ce retour, allaient se produire dans les molécules de l'atmosphère deux

entraînements, deux courants opposés ; soudain, le pôle
cessa de monter et de suite commença son mouvement
rétrograde ; entre les masses d'air chassées en sens contraire se forma un vide à travers lequel les rayons du
soleil parvinrent aux bases du pôle sans avoir presque subi
le travail de l'atmosphère et durent faire retour à leur
source encore chargés de presque toute leur chaleur ; mais
le gouffre creusé au sein des airs a duré moins d'un instant
et pour le combler les deux masses d'atmosphère en présence s'y sont roulées, précipitées et se pressant l'une
l'autre, dans leur rencontre, ainsi que deux vagues furieu-
ses, immenses, se sont confondues, mêlées, en s'élevant,
se projetant autour et au loin ; c'est à travers cette masse
ondoyante, excessivement agitée, que les rayons retour-
naient et étaient soumis à un travail d'épuration déréglé,
mais puissant, et pareils à des fleurs pressées abandonnant leur matière grossière aux mains qui les tourmen-
tent, semblent remonter au séjour azuré en emportant la
partie pure de leur être, leur suave parfum, ainsi les
rayons laissaient à l'atmosphère troublé qui les agitait des
clartés épaisses, encore à demi captives de leur chaleur,
des lueurs.

Innombrables étaient ces rayons, vaste était l'étendue
couverte des flammes par eux abandonnées et incapables
par leur essence de sortir de l'atmosphère, toutefois elles
s'y élevaient, ou plutôt elles étaient emportées, brassées
par les mille ondulations des airs qui se joignant, s'enche-
vêtrant, se repoussant, produisaient mille tableaux variés
de flammes dont l'étrange arrangement et le grandiose
décor laissèrent longtemps mon âme et mes yeux captivés
par leur terrifiante beauté ; cependant peu à peu la tempête
s'apaisa et les flammes de plus en plus développées, devenues subtiles, s'évanouirent, ajoutant leurs clartés aux
clartés des rayons retournant au soleil et apportant à la

terre avec ceux descendant vers elle un supplément de
chaleur pour sa vie.

Mais ceci surtout frappa et retint mon attention, c'est
que le vide de l'arche enflammée traçait l'ampleur du champ
des glaces neiges, il en était comme l'enjambée, et j'ado-
rais Dieu dans ce signe qui assure à cette génération et à
cent soixante-dix mille quatorze autres qui la suivront une
entière quiétude sur la durée de notre terre.

Et en même temps j'étais heureux d'être utile à la science
des hommes en pouvant leur découvrir : que les aurores
boréales varient de formes et de lieux, suivant qu'elles ont
pour cause le mouvement même du pôle, ou les nuages
glacés qui se cristallisent autour et loin de lui, ou les
lueurs réfléchies par les palais de Vesta.

Insensiblement mes regards cessèrent d'être absorbés
par cette contemplation ; un instant encore, ma vue fut
charmée des surprenants édifices, des aspects pleins de
mystère de vallées se bifurcant, se croisant à l'infini peu-
plées d'êtres et de plantes bizarres; mais l'absence de vie
que montraient ces lieux, ces animaux au sommeil sans
fin dans leurs froides demeures ne tarda point à peser à
mon âme, à la remplir d'une accablante tristesse et mes
yeux sentirent le besoin de se reposer sur des plaines, des
vallées, des collines où la présence de vraies plantes,
d'êtres agissants, de demeures habitées, parceque habita-
bles me décela le mouvement et la vie.

Mais en même temps que cette pensée occupait mon
esprit, une autre plus intime, d'un désir d'autant plus
impérieux que son objet me paraissait ne pouvoir se réaliser, naissait, surgissait en moi celle de connaître le
profond intérieur de la terre que l'ange fermait à mes
yeux; contre mon espérance même elle s'ouvrit et mes
regards la pénétrant virent le rocher de mille sels qui
forme son cœur et son centre, si toutefois l'on peut donner

le nom de rocher à une masse qu'embrasseraient les bras de douze hommes et que septante pourraient soulever; pour détruire le monde, Dieu n'aurait qu'à suspendre un instant la vertu de ce roc et tous les éléments de la terre se séparant se disperseraient, et l'homme que contient un tombeau, où sa poussière peut être réunie dans le creux de la main, verrait ses cendres répandues à tous les points de l'espace formant le ciel de la terre; ce roc sortit de la larme divine suivi, entouré de tous les éléments de la terre, les attirant à lui et les obligeant de se rapprocher, de se réunir dans l'ordre où sont les siens; les révolutions du globe, ses bouleversements, ses cataclysmes n'ont lieu que pour ce but; c'est le modèle imposé par l'Eternel à l'œuvre des éléments de la terre; et pour s'accomplir la terre copie le modèle de Dieu; ce qu'elle sera se montra à mes yeux, mais quelque effort que fit ma main pour le retracer, elle resta inerte, ces choses ne devaient pas être révélées et l'ange me le fit connaître; un souffle, sans doute, le sien, était descendu sur le miroir, il se répandit et tout immense que fut l'ensemble des mondes et de leurs cieux, ils en étaient enveloppés, et aussi loin que ma vue presque divine pouvait pénétrer dans l'espace des vides, l'espace en était débordé; mon impuissance à découvrir ses limites refoula mon attention sur ce qui était de moi et sur mon corps; mais contrairement à ce que j'avais éprouvé dans le vide, ce n'était plus mon esprit qui cherchait mon corps, mon corps le cherchait; et si on comprend l'étonnement d'un homme qui ouvre une porte pour pénétrer dans une chambre qu'il croit nue et déserte et se trouve dans une salle d'une richesse inouïe et habitée par le personnage le plus auguste de la terre, on ne sera point étonné que je demeurais surpris en me voyant devant moi; c'était bien mon corps, mon maintien un peu timide, ma taille presque frêle et cependant robuste, mes cheveux blanchissants, ma barbe touffue, mon regard songeur s'animant de flammes, mes traits peu gracieux mais sympathiques et doux ; comme moi sa personne était négligée, sans doute, me disais-je, lui aussi n'a pas de serviteur, et ces soins qu'il aime, qu'il est heureux de recevoir, il ne peut se résoudre à se les donner lui-même ; mais dans cet être était une telle plénitude d'intelligence, de sérénité et de majesté que je restais à le considérer étonné, ému d'admiration et de respect ; il écrivait sur le livre absorbé dans une contemplation surhumaine, que pouvait-il écrire, m'était-il permis d'y jeter les yeux ; mais si lui-même est moi, me dis-je, je suis donc son ombre et j'ai le droit de rester.

Un autre viendra, sans doute, révéler les pages déjà écrites, leur nombre en est immense, pour moi ce fut assez de suivre celles que sa main remplissait et versait sans relâche avec une rapidité me laissant à peine le temps de les parcourir ; cependant leur ensemble est resté dans mon âme et s'il m'est impossible d'en reproduire le texte dans sa sublime beauté, je puis du moins en redire la substance :

Lorsque par l'effet du temps, par la morsure des vents et des eaux toute montagne aura disparu de la terre et que l'inégalité des lieux habités par l'homme ne consistera qu'en monticules et collines ombragés de grands bois ou couverts de champs et de cités, alors la fin des temps sera proche et dix-sept âges d'hommes ne passeront point avant que la larme divine cessant de produire rappelle à elle, pour les rendre à Dieu, les mondes sortis de son sein.

En ce dernier jour, aucun autre n'aura son soleil pour la terre, le Christ viendra commencer par elle sa moisson d'élus ; porté par la vertu de Dieu, il paraîtra entouré d'une majesté infinie et ayant dans sa main la force de l'Eternel ; la sublime armée des anges le précédera et le suivra assise sur ses trônes ; épars parmi eux seront les trônes désertés par Satan et les siens, ils seront destinés aux justes de la terre et des innombrables humanités des mondes.

Le char de gloire du Christ descendra dans les lumières de la larme divine, les radieux soleils marcheront à sa rencontre, il s'arrêtera et avec lui s'arrêtera la marche des cieux.

Alors Gezaël, dont le nom dans la cité sainte est Eléova, présentera au Christ le Livre où seront inscrits les noms des anges terrestres ses frères qui auront mérité leurs trônes parmi les élus ; le Christ le recevra et remettant à ses mains avec l'Olaphir céleste ce calice d'amertumes que lui envoya son père, où, pour les sanctifier, se versent par les anges les douleurs, les larmes et les prières des justes, le renverra mander devant lui la terre.

L'ange ira et la couvrant de son ombre aussitôt la poussière de tous les corps où aura résidé une âme se lèvera, elle se cherchera, se réunira et reformera ces corps ; il répandra sur eux une goutte du calice divin et les peines, les souffrances, les cris de pardon sanctifiés retourneront aux corps qui les ont produits et les marqueront du sceau de justice pour l'heureuse immortalité ; puis l'ange sonnera de la trompette divine et à ses accents, comme à ceux d'un ordre irrésistible, chaque âme viendra, se dirigera vers le corps d'où elle était sortie et y rentrera.

Quel effet en eux ! Pour ces corps, il n'y aura plus ni beauté, ni laideur de forme, ni jeunesse, ni décrépitude, ils recevront leur beauté ou leur hideur de l'âme qui les occupera ; comme des fanaux réflétant une lumière, les mérites ou les crimes de l'âme les feront paraître beaux de mille charmes ou épouvantables de mille horreurs ! Les difformités, les plaies jugées hideuses par les hommes seront vengées par la splendeur que leur communiquera la vertu de Dieu comme récompense de la patience, de l'humiliation, des douleurs qu'elles auront causées.

Puis l'ange posant son pied sur la terre la conduira vers les pures clartés sous les regards du Christ et de ses anges.

Comme une reine passant ses armées en revue, ainsi la terre marchera majestueuse au milieu des mondes immobiles sur son chemin, leur montrant la voie du sein de Dieu, les invitant à la suivre dans la larme divine.

Elle y entrera et l'effluve divine poussera dans les bras du Christ tendus à ses justes les corps sanctifiés et refoulera vers les abîmes de l'oubli de Dieu, vers la demeure maudite, vers les mains des cruels et hideux nus les corps aux âmes mortes dans le péché.

Mais comment décrire ce moment attendu par les uns et redouté par les autres ; comment redire l'ivresse des saints en voyant diminuer la distance qui, dans ce voyage de la terre, les séparera de moins en moins de Dieu foyer immense, infini de joie et d'amour vers lequel tendront sans fin tous les efforts de leur âme, et la douleur, le désespoir des réprouvés dont l'âme sera enchaînée à leur corps horrible, puant et repaire d'infinies douleurs ; ils demanderont aux astres de les écraser, aux gouffres profonds de les cacher dans leur noire horreur, ils se frapperont pour se déchirer, pour s'anéantir, mais, comble de désespoir ! ils reconnaîtront que la mort n'est plus, qu'il n'est plus que l'immortalité ; leurs coups, comme ceux battus contre l'air ou dans l'onde, ne laisseront sur leurs corps aucune trace, rien ne pourra modifier leur corps, ce que lui aura mérité l'âme, il le restera, son châtiment sera immuable, il ne pourra pour l'éternité ni augmenter sa peine, ni acquérir une seule joie ; malheur à nous, s'écrieront-ils ? Oui malheur ! Car à l'angoisse de leurs maux s'ajoutera sans fin le remord de la félicité perdue, et perdue parce qu'ils l'auront voulu.

Cependant la larme divine ne retiendra pas dans son sein la matière de la terre, elle rejettera, elle dispersera sur les mondes sa poussière sanctifiée par les larmes et le sang du Christ de Dieu pour leur porter, à leur allégresse, avec une fécondité nouvelle, une vie nouvelle, l'explication de la loi, de la parole du fils de Dieu ; inée dans chaque monde sortant de la larme divine, cette parole était connue de leurs humanités, mais elle n'y était que semblable à une lueur dans la nuit, elle deviendra éclatante comme la lumière du jour ; les âmes des enfants qui n'ont point combattu, celles des insensés qui n'ont point compris n'étaient que pures, elles devront se baigner dans la justice en répandant la parole divine aux humanités des mondes, en souffrant pour sa vérité ; mais le Christ distinguera ceux qui lui ont été donnés par son église ; dès cette heure, il les a établis les princes de la nouvelle lumière.

Heureuses ces âmes si elles acceptent et remplissent leur mission suivant les désirs de Dieu, mais malheur à elles si se croyant rabaissées, humiliées à prendre le corps des hommes, à s'emprisonner de nouveau dans la matière, elles contestent à Dieu cette épreuve, et à l'exemple de Satan et de ses démons, se séparent du joug de Dieu, car elles aussi voudront leur malheur éternel, elles l'auront choisi.

La poussière de la terre marquera les mondes pour paraître à leur rang devant le Christ ; mais en s'attachant à eux, elle aura détruit les ténèbres, elle aura détruit la barrière des mondes, il n'y aura plus qu'un univers celui des cieux, plus qu'une lumière celle de la larme divine, sur eux règnera un perpétuel printemps embelli de toutes les fleurs qui ornent la terre et cela sera parceque l'éternelle justice de Dieu compensera les mondes du privilège donné à la terre et ce temps durera jusqu'à ce que le Christ ait rempli ses trônes, car il est dans les desseins de Dieu de compléter sa cour pour son règne éternel.

Ces choses peintes en traits de feu étaient rendues présentes à mes regards, mon esprit était avec les justes, je les voyais, je les comptais, avec quelle ivresse, avec quelles larmes de joie, j'apercevais dans leurs rangs nombre de ceux que j'ai connus, que j'ai aimés ; mais je l'avoue à la honte de mon égoïsme, dans mes efforts à les reconnaître, c'était surtout moi que je cherchais ; Dieu saint, je te demande, à grands cris, pardon de ma faute, châtie-moi pour elle, mais au prix de toutes les douleurs, de toutes les souffrances, ne me rejette pas de ta face de miséricorde, ne me sépare pas de l'épouse que je redemande à ta bonté et de ceux que tu m'as donnés à aimer, ce serait pour moi un enfer à part, un enfer trop affreux.

Mon désir coupable de pénétrer le mystère de Dieu sur moi-même ne permit sans doute point à l'ange de dévoiler à ma vue comment s'accomplira le retour du Christ dans la Jérusalem sainte ; de même que mon épouse, dans cette vision que pleurent mes yeux, je voyais déjà loin de moi et s'enfonçant dans l'éternité le moi-même accompli, le moi-même tel que mes désirs et mes prières le demandent, le moi-même dont la séparation rend si tristement réels à mon âme le vide et la nudité qui est en moi ; j'implorais le pardon de l'ange et le priais de cesser de m'envelopper de son souffle d'intelligence et de vie m'en sentant indigne ; la vérité de mon repentir et de mon humilité lui plut, il ne me punit point, il ne me précipita pas de l'Yzieto du ciel, où serais-je allé, et sur quel monde eut fini ma chute ? Bien plus, dans sa miséricorde, pour distraire mon esprit de l'excès de chagrin et de mécontentement que me faisait éprouver la contemplation des motifs sans nombre que j'ai de me plaindre et de me récrier contre moi-même, il mit devant mes yeux, il subjugua ma pensée en exposant devant elle ce qu'il savait avoir un attrait irrésistible pour mon esprit, il fit violence à mon attention en me montrant la terre, la patrie !

Ah! je vous retrouvais, je vous eusse reconnues au milieu de mille millions d'autres, montagnes, d'où mes yeux
ont tant de fois vu venir l'aurore, bocage dont l'écho surprit mon premier cri d'amour, ruisseaux qui murmuriez
déjà avant le réveil des chantres des bois pour leur hymne
à Dieu; comment vous oublier, cascades sonores, forêts
sombres qu'ont parcourues mes pas rêveurs; ne craignez
point, sortez de vos palais de mousse, de vos dômes de
ramée gracieux, petits fauves, charmants oiseaux, passez,
courez vous parfumer de thym, vous baigner de rosée.......
Ange, pardonne, mon épouse les a vus, elle les a aimés,
puis-je les voir et ne pas leur dire un mot de tendre souvenir?

Sans doute l'ange voulut s'éviter la tristesse de renouveler la douleur de mon bras, il me porta aux limites du
vide obligeant ma vue à se répandre sur l'ensemble des
mondes; sous ma main était de nouveau le livre et lorsque
j'eus conscience de son labeur, elle commençait une nouvelle page, combien d'autres ignorées de moi en avait-elle
écrit? Ceci est le secret de Forzaël qui fait tout pour la
gloire de Dieu. Mais celui qui se dira: j'eusse mieux fait,
je les eusse cherchées; que celui-là dépouille mille ané-
mones de leurs pétales et les jetant dans la nuit, essaie,
en s'éclairant d'un charbon ardent placé dans sa main nue,
de réunir celles appartenant à la même fleur, car telle eut
été la souffrance assurée à mon bras et dix mille fois plus
grand était le nombre des feuilles sorties du Livre et répandues autour et loin de moi; en elles est, sans doute,
une réponse aux ennemis à venir du nom saint de Dieu,
puisse Dieu pour cette faveur désirée de mon âme ne point
regarder à mon indignité.

Où était le miroir, où étaient les Dieux? Il m'eut été
impossible d'y répondre! Une chose m'étonnait entre toutes, c'était mon séjour prolongé dans le vide, où rien de

vivant ne peut durer ; quant à ce qui m'y servait de nourriture, ceci me paraissait si accessoire, si peu important
que ma pensée ne daignait pas même s'y arrêter ; puis une
inquiétude me dévorait l'âme au sujet de mes enfants, que
devaient penser mes bien-aimés sur ma longue absence,
quelle ne devait pas être leur angoisse ; pour la millième
fois, j'allais lever mes regards vers l'ange pour l'intercéder en leur faveur, lorsque mes yeux s'ouvrirent jusque
dans ma demeure et, à mon admiration, je vis l'autre moi-
même auprès d'eux les aimant et les entourant de soins
comme je n'eusse pu mieux faire ; eux-mêmes l'aimaient,
je les voyais heureux, je les voyais contents ; tout père
comprendra l'immense satisfaction qu'en éprouva mon
âme ; dans ma reconnaissance, je me livrais, sans réserve,
à l'ange et je n'eus plus qu'une attention, celle d'appliquer
mon esprit et ma main à retracer ce qu'il lui plaisait, de
me faire connaître sur les mondes ; ils étaient devant moi,
je les comparais entre eux et avec la terre, et cette comparaison dévoilait à ma vue la signification des feuilles de
fusain et de buis déposées par le corbeau.

LIVRE IV.

MORPOUNOU

Lecteur, je me suis tout-à-coup souvenu de toi et j'ai prié Forzaël de soulager ta lassitude, il ne convient point, ai-je dit à l'ange, que je sois seul à me réjouir, fais que ceux qui m'accompagnent dans mon voyage aient aussi leur part de joie; si l'homme qui est dans l'affliction éprouve un soulagement à voir sa douleur partagée, des visages réjouis centuplent l'allégresse du cœur satisfait.

L'ange m'a entendu et comme signe qu'il a agréé ma prière, il veut compenser pour toi la joie immense qu'a éprouvée mon âme d'avoir revu les miens, en me permettant de t'annoncer que les dix Déclams qui vont suivre sont réservés aux dix mille louanges de la femme.

Dix mille louanges! Qu'est ce nombre, me diras tu, en comparaison de celles qu'elle mérite? Rassures-toi, lecteur, et que ton visage se déride, car si l'ange me limite à ce nombre, c'est pour que toi-même puisse apporter ta part, et mon âme y applaudira.

Approches-toi donc de la moisson et fais ta gerbe, car immense est le champ d'amour, innombrables sont les épis qui mûrissent au doux soleil des yeux de l'épouse.

Je te l'ai dit, le nombre des miens est limité à dix mille, mais appelé le premier à faire ma javelle, l'ange la veut d'épis de choix, également pleins et parfaits de beauté, il a voulu de plus qu'en les coupant je les laisse dans l'ordre où ils sont tombés et que cet ordre soit immuable.

Ainsi l'ordonne l'ange pour que ce pain d'encens plaise à toutes les lèvres et qu'à toute voix qui en dira les louanges, puisse s'unir une autre voix; chants d'amour que mérite

la femme et que l'homme sera heureux de redire, vous ré-
jouirez le cœur de Dieu en étendant son règne de pardon
et de paix, vous le glorifierez, en rappelant que tout mo-
ment qui passe attend pour juge son éternelle vérité.

J'ai annoncé, lecteur, que les dix Déclams qui vont
suivre sont réservés aux dix mille louanges, car un
obstacle invincible s'oppose à ce que je puisse, dans cette
édition, satisfaire ton désir de les répéter ; sois en toi-même
le juge.

Obligé, sur une infinité de louanges, à me retrancher
d'abord à 23,000, tu comprends ma peine, presque mon
angoisse à me séparer encore de 13,000 pour me réduire
à 10,000 ; impossible de dire le labeur d'examen auquel
je me livrais, j'y passais les jours, j'y passais les nuits ; j'y
parvins cependant jusqu'à une louange, mais il ne me fut
pas possible de faire plus ; cette dix mille et unième louange
me paraissait valoir les dix mille conservées et si, de ces
dix mille, j'en ôtais une pour la conserver elle-même, celle
ôtée me semblait, à son tour, nécessaire et indispensable à
rendre, sans valeur, les dix mille autres ; dix, vingt, cent
fois, je recommençais, je cherchais, je comparais et tou-
jours celle enlevée brillait à mes yeux d'un prix unique et
c'était m'arracher l'âme que de m'en priver, de l'écarter ;
l'ange, cependant, attendait ; pour me faire décider, il eût
pu recourir au grand moyen de la douleur de mon bras, il
ne le fit point et à quoi cela eût-il servi, à moins de la
renouveler dix mille fois et encore ! Le trouble de mon esprit
émut l'ange et il daigna transiger ; par accord entre mes
yeux et les siens, il m'imposa : Que je mettrais ici même la
dix mille et unième louange :

L'homme peut opposer à l'homme le mérite de ses œu-
vres, mais que répondra-t-il à la femme lui disant : C'est
moi qui t'ai fait.

Et renverrai la publication des dix mille à une semaine

édition : cet arrangement me satisfit ; il me donnera le temps de nettoyer mes épis de leur nuisible poussière et à toi, lecteur, d'assembler et de lier ta gerbe ; qu'elle soit haute et ample, te souvenant toutefois de n'y admettre que de bon grain, car lui seul forme le pain de l'immortalité.

Mais en attendant de mettre la main à la faucille, viens, lecteur, suis moi encore, soutiens moi de loin par tes cris amis ; à mon tour, je m'efforcerai d'aider à ta gerbe et riche comme elle sera, sois en sûr, la renommée fixera sur elle sa demeure, la prenant pour une cime de gloire, et l'annonçant, ses trompettes rempliront la terre de ton nom pendant que du haut de l'étoile où m'aura relégué l'ange, je trépignerai pour toi, je battrai les mains d'allégresse, je crierai tes louanges à en perdre la voix.

DÉCLAMS

THONON. — IMPRIMERIE A. DUBOULOZ.

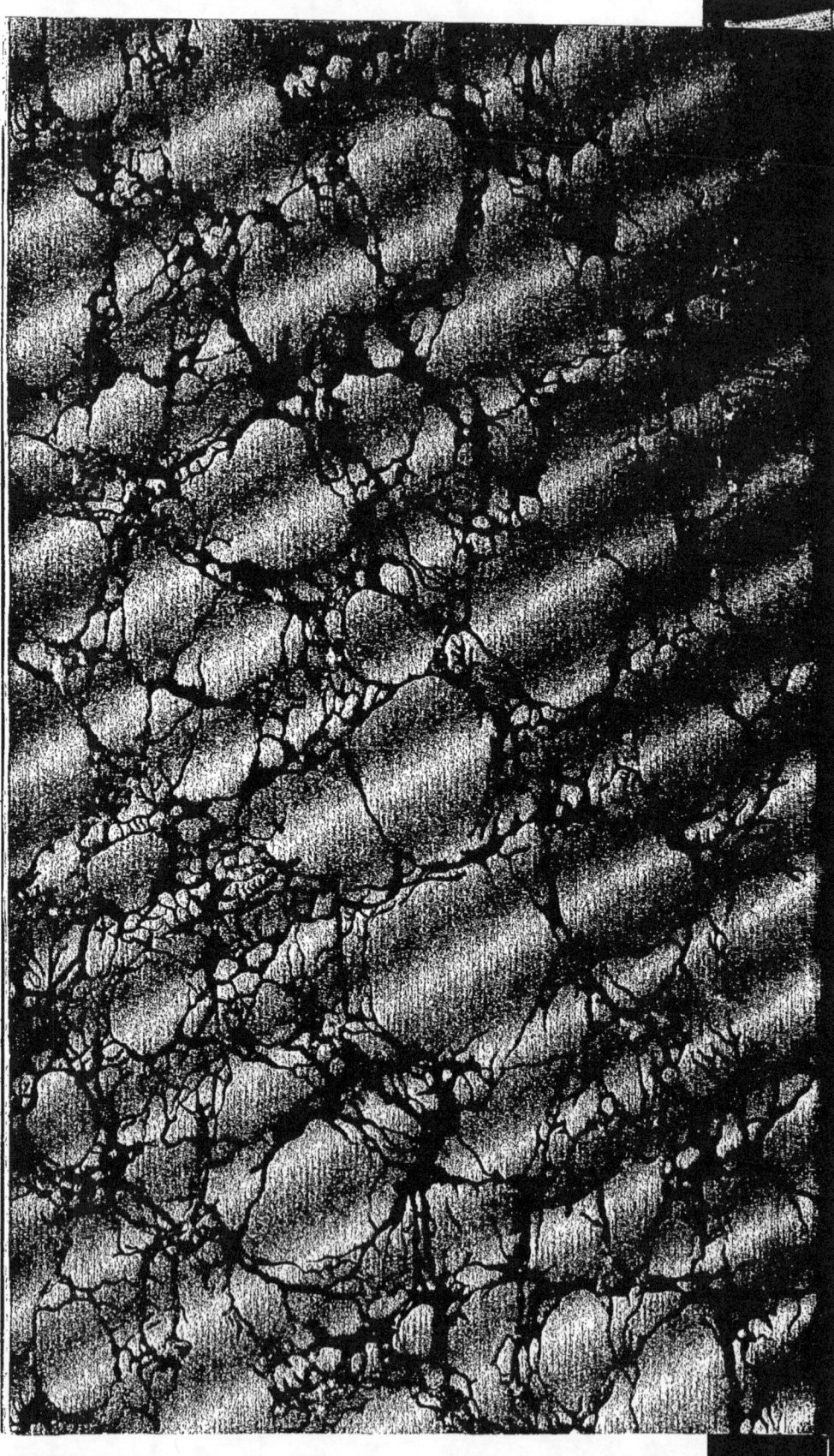

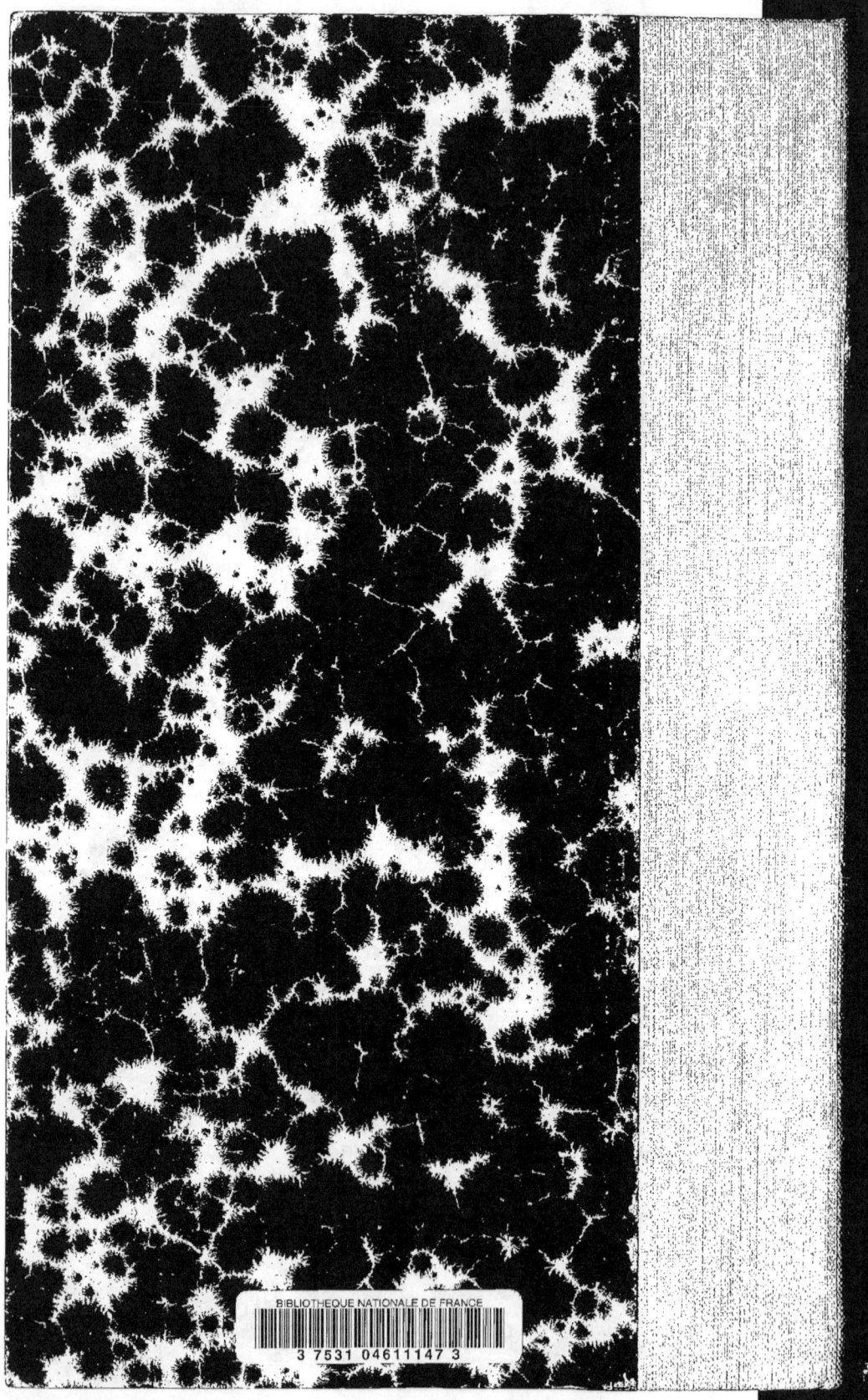

www.ingramcontent.com/pod-product-compliance
Lightning Source LLC
Chambersburg PA
CBHW071843020726
47502CB00003B/572